QUANDO ELA ACORDOU

HILLARY JORDAN

QUANDO ELA ACORDOU

Tradução
Sonia Coutinho

Rio de Janeiro | 2013

Copyright © 2011 by Hillary Jordan

Trecho do poema "Not Just an Image", da coletânea *False Spring*, © 2007 Sharon Morris, Enitharmon Press, Londres. Traduzido e reproduzido com a permissão da autora.

Título original: *When She Woke*

Capa: Adaptada da original de Keith Hayes

Imagem de capa: Aleksej Vasic

Editoração: FA Studio

Texto revisado segundo o novo
Acordo Ortográfico da Língua Portuguesa

2013
Impresso no Brasil
Printed in Brazil

Cip-Brasil. Catalogação na publicação
Sindicato Nacional dos Editores de Livros. RJ

J69q	Jordan, Hillary
	Quando ela acordou / Hillary Jordan; tradução Sonia Coutinho. — 1. ed. — Rio de Janeiro: Bertrand Brasil, 2013.
	434 p. ; 23 cm
	ISBN 978-85-286-1772-6
	1. Romance americano. I. Coutinho, Sonia. II. Título.
13-01281	CDD: 813
	CDU: 821.111(73)-3

Todos os direitos reservados pela:
EDITORA BERTRAND BRASIL LTDA.
Rua Argentina, 171 — 2º andar — São Cristóvão
20921-380 — Rio de Janeiro — RJ
Tel.: (0xx21) 2585-2070 — Fax: (0xx21) 2585-2087

Não é permitida a reprodução total ou parcial desta obra, por quaisquer meios, sem a prévia autorização por escrito da Editora.

Atendimento e venda direta ao leitor:
mdireto@record.com.br ou (0xx21) 2585-2002

Este livro é para o meu pai

"Verdadeiramente, amigo, acho que deve alegrar seu coração, depois dos seus problemas, e da temporada no ermo", disse o morador da cidade, "por estar finalmente numa terra onde a iniquidade é perseguida e punida, sob o olhar dos governantes e do povo."

— NATHANIEL HAWTHORNE, *A letra escarlate*

UM

O PATÍBULO

Q UANDO ELA ACORDOU, ESTAVA VERMELHA. Não ruborizada, não queimada de sol, mas com o sólido e afirmativo vermelho de um sinal de trânsito. Viu primeiro as mãos. Manteve-as altas, na frente dos olhos e envesgou-os para cima, a fim de observá-las. Por alguns segundos, sombreadas pelos cílios e iluminadas por trás, pela forte luz branca que emanava do teto, pareciam pretas. Depois, seus olhos se ajustaram e a ilusão se desfez. Examinou os dorsos, as palmas. Flutuavam acima dela, tão inteiramente alheias quanto uma estrela-do-mar. Ela sabia o que esperar — já vira Vermelhos muitas vezes, claro, na rua e no vídeo —, mas, mesmo assim, não estava preparada para a visão da sua própria carne modificada. Durante os vinte e seis anos em que estava viva, suas mãos eram de um tom de rosa meio mel, que se escurecia para castanho-dourado, no verão. Agora, estavam da cor de sangue recém-derramado.

Sentiu pânico crescendo, sentiu sua garganta se apertar e suas pernas começarem a tremer. Fechou os olhos e se forçou a ficar deitada, quieta, respirando mais devagar e concentrando a atenção no constante sobe e desce da sua barriga. Uma camisola curta, sem mangas, era a única coisa que a cobria, mas não sentia frio. A temperatura no quarto era perfeitamente calibrada para mantê-la confortável. O castigo era imposto, parceladamente, de outras maneiras: no prolongamento da solidão, na monotonia e, o que era mais duro, na autorreflexão, tanto figurativa quanto literal. Ela ainda não vira os espelhos, mas podia senti-los brilhando, nas margens da sua consciência, esperando para lhe mostrar o que ela se tornara. Podia sentir também as câmeras atrás dos espelhos, registrando cada piscar de olhos seu, cada contorção dos seus músculos, e os observadores por trás das câmeras, os guardas, médicos e técnicos empregados pelo estado, e os milhões que observavam em casa, com os pés apoiados na mesinha de centro, uma cerveja ou uma soda numa mão, os olhos fixos na telinha. Disse a si mesma que não lhes daria nada: nenhuma prova ou exceção para seus estudos de caso, nenhuma reação para despertar a zombaria ou a piedade deles. Podia soerguer-se, abrir os olhos, ver o que havia para ser visto e então esperar calmamente até que a libertassem. Trinta dias não era um tempo assim tão longo.

Respirou fundo e se sentou. Espelhos revestiam todas as quatro paredes. Refletiam um chão e teto brancos, a plataforma e o catre brancos, um compartimento transparente com chuveiro, pia e privada brancas. E, no meio de todo esse branco puro, uma mancha vermelha horripilante que era ela mesma, Hannah Payne. Viu o rosto vermelho — o seu. Braços e pernas vermelhos — os seus. Até a camisola que ela usava era vermelha, embora de um tom menos intenso que o da sua pele.

Desejou enroscar-se, formando uma bola, e se esconder, desejou gritar e bater com os punhos contra o espelho até ele se espatifar. Mas, antes de poder agir de acordo com qualquer desses impulsos, seu estômago se apertou e ela sentiu uma onda de náusea. Correu para a privada. Vomitou até não haver mais nada a não ser bílis e se apoiou fracamente no assento, com o braço escorando seu rosto suado. Depois de alguns segundos, a privada deu descarga por si mesma.

O tempo passou. Um som soou três vezes e um painel na parede em frente se abriu, revelando um recesso que continha uma bandeja com comida. Hannah não se mexeu da sua posição no chão; estava doente demais para comer. O painel se fechou e o som tornou a soar, agora duas vezes. Houve uma rápida demora e então o quarto ficou escuro. Era a escuridão mais bem-vinda que ela já conhecera. Rastejou até a plataforma e se deitou no catre. Finalmente, dormiu.

Sonhou que estava na Ilha Mustang, com Becca e os seus pais. Becca tinha nove anos, Hannah, sete. Estavam construindo um castelo. Becca dava forma ao castelo, enquanto Hannah cavava o fosso. Seus dedos sulcavam a areia, movimentando-se sempre em círculo, em torno da estrutura que se elevava no centro. Quanto mais fundo ela cavava, mais a areia se tornava molhada e densa, e era mais difícil para seus dedos penetrarem nela. "Já está fundo o bastante", disse Becca, mas Hannah ignorou as palavras da sua irmã e continuou a cavar. Havia alguma coisa ali embaixo, alguma coisa que ela, com urgência, precisava encontrar. Seus movimentos se tornaram mais rápidos, frenéticos. A areia estava muito molhada agora, e muito escura, e seus dedos ficaram esfolados. O fosso começou a se encher de água vinda de baixo, subindo sobre suas mãos, até seus pulsos. Ela sentiu o cheiro de alguma coisa fétida, e percebeu que não era água, mas sangue, escuro e viscoso com a velhice. Tentou arrancar suas mãos do fosso, mas elas estavam presas em alguma coisa — não, alguma coisa as segurava, puxando-as para baixo. Seus braços desapareceram até os cotovelos. Ela gritou, chamando seus pais, mas a praia estava vazia, só havia ali ela e Becca. Seu rosto bateu no castelo de areia, derrubando-o. "Me ajude", ela implorou a sua irmã, mas

Becca não se mexeu. Observava impassível, enquanto Hannah era puxada para baixo. "Beije o bebê por mim", disse Becca. "Diga a ele"... Hannah não pôde ouvir o resto. Seus ouvidos estavam cheios de sangue.

Acordou num sobressalto, com o coração disparando. O quarto ainda estava escuro, e seu corpo frio e molhado. *É apenas suor*, disse a si mesma. *Não é sangue, é suor.* Enquanto ele secava, ela começou a tremer, e sentiu o ar em torno de si se tornar mais quente, para compensar. Estava prestes a dormir de novo, quando o som soou duas vezes. As luzes chegaram, eram tão fortes que ofuscavam. Começara seu segundo dia como uma Vermelha.

Tentou voltar a dormir, mas a luz branca ardia através das suas pálpebras fechadas, através dos seus globos oculares, e penetrava em seu cérebro. Mesmo com um braço atirado por cima dos olhos, ainda podia vê-la, como um áspero sol alienígena queimando dentro do seu cérebro. Isso ocorria propositalmente, ela sabia. As luzes inibiam o sono em quase todas as internas, a não ser numa pequena percentagem delas. Destas, cerca de noventa por cento se suicidavam, menos de um mês depois da soltura. A mensagem dos números não deixava dúvidas: se a pessoa se sentia tão deprimida a ponto de dormir, apesar das luzes, era como se estivesse morta. Hannah não podia dormir. Ela não sabia se ficava aliviada ou desapontada.

Mudou de posição e ficou de lado. Não podia sentir os microcomputadores encravados no catre, mas sabia que estavam ali, monitorando sua temperatura, fazendo a contagem das pulsações, pressão sanguínea, compasso respiratório, contagem de células brancas no sangue, níveis de serotonina. Informações privadas — mas não havia privacidade numa ala Cromo.

Ela precisava usar a privada, mas segurou a necessidade pelo maior tempo possível, cônscia das câmeras. Embora os "atos de higiene pessoal" fossem censurados da transmissão pública, ela sabia que os guardas e editores as viam, mesmo assim. Finalmente, quando não pôde mais esperar, levantou-se e urinou. A urina saiu amarela. Havia algum consolo nisso.

Na pia, ela encontrou um copo e uma escova de dentes. Abriu a boca para escovar seus dentes e ficou espantada com a visão da sua língua. Era de um tom de roxo pálido, avermelhado, da cor de um picolé de framboesa. Apenas seus olhos estavam a mesma coisa, ainda de um negro profundo, cercados de branco. O vírus não mudava mais o pigmento dos olhos, como fizera nos primeiros tempos da melacromagem. Houvera casos demais de cegueira e isso, decidiram os tribunais, constituía um castigo cruel e incomum. Hannah vira vídeos daqueles primeiros Cromos, com seus olhares impassíveis, de néon, e seus perturbadores rostos vazios. Pelo menos ela ainda tinha seus olhos para lembrá-la de quem era: Hannah Elizabeth Payne. Filha de John e Samantha. Irmã de Rebecca. Assassina de uma criança sem nome. Hannah imaginou se aquela criança teria herdado os olhos melancólicos do pai e sua boca sensível, a testa larga e pele translúcida.

Sua própria pele estava viscosa e seu corpo tinha um cheiro azedo. Foi para o compartimento do chuveiro. Um letreiro na porta dizia: ÁGUA NÃO POTÁVEL. NÃO BEBA. Logo abaixo havia um gancho para sua camisola. Começou a tirá-la, mas então se lembrou dos espectadores e caminhou para dentro do boxe ainda usando-a. Fechou a porta e a água saiu, maravilhosamente quente. Havia uma torneirinha de sabão líquido e ela a usou, esfregando sua pele com força, com as mãos. Esperou até as paredes do boxe ficarem enfumaçadas com o vapor e então se lavou por baixo. Como sempre, a sensação dos pelos embaixo dos braços a surpreendia, embora já devesse estar acostumada, agora. Não tivera permissão para usar uma lâmina desde que fora presa. No início, quando os pelos ali e em suas pernas começaram a crescer, passando de eriçados a sedosos, isso a horrorizara.

Agora, pensar nessas vaidades femininas a fazia rir, um som feio, alto, no espaço fechado do compartimento. Ela era uma Vermelha. Sua feminilidade não tinha a menor importância.

Lembrou-se da primeira vez em que vira uma mulher Cromo, quando estava no jardim de infância. Naquele tempo, como agora, elas eram relativamente raras e a grande maioria era de Amarelas, cumprindo penas curtas por contravenções. A mulher que Hannah vira era uma Azul — uma visão ainda mais incomum, embora ela fosse pequena demais, na época, para saber disso. Pessoas que abusavam sexualmente de crianças tendiam a não sobreviver muito tempo, depois que eram soltas. Algumas se suicidavam, mas a maioria simplesmente sumia. Seus corpos apareciam mais tarde em depósitos de lixo e rios, apunhalados, com marcas de tiros ou estrangulados. Naquele dia, Hannah e seu pai estavam atravessando a rua e a mulher, embrulhada num casaco comprido, com capuz, e usando luvas, apesar do calor pegajoso do outono, atravessava na direção contrária. Quando a mulher se aproximou, o pai de Hannah puxou-a bruscamente em sua direção, e o movimento repentino fez com que a figura erguesse sua cabeça abaixada. Seu rosto era de um espantoso azul-cobalto, mas foram seus olhos que chamaram a atenção de Hannah. Pareciam fragmentos de basalto, denteados de raiva. Hannah encolheu-se, afastando-se dela, e a mulher sorriu, mostrando dentes brancos plantados em gengivas horrorosas, roxas.

Hannah não acabara ainda de se lavar, quando o freio da água foi ativado. Vieram os jatos de secagem e o ar quente fez um ruído por cima dela. Quando pararam, ela saiu do boxe, sentindo-se um pouco melhor por estar limpa.

O som soou três vezes e o painel da comida se abriu. Hannah o ignorou. Mas parecia que não lhe dariam permissão para deixar de comer outra refeição, porque depois de uma curta demora um som diferente soou, este um grito aguçado como uma agulha, intolerável. Ela caminhou depressa para a abertura na parede e tirou a bandeja. O som parou.

Havia duas barras nutritivas, uma de um marrom pintalgado, a outra verde-vivo, e também um copo de água e uma grande pílula bege. Parecia uma vitamina, mas ela não podia ter certeza. Comeu as barras, deixando a pílula, e devolveu a bandeja à abertura. Mas, quando se virou e começou a se afastar, o grito recomeçou. Ela pegou a pílula e a engoliu. O som parou e o painel deslizou, fechando-se.

E agora, o que acontecerá?, pensou Hannah. Olhou desesperadamente para a cela vazia, em torno dela, desejando alguma coisa, qualquer coisa, que a distraísse da visão de si mesma. Na ala, pouco antes de lhe injetarem o vírus, o supervisor oferecera a ela uma Bíblia, mas suas maneiras pomposas, hipócritas, e seu tom de voz desdenhoso impediram-na de pegá-la. Isso, e seu próprio orgulho, que a levara a dizer: "Não quero nada da sua parte."

Ele sorriu, ironicamente.

— Você não estará mais tão cheia de si, e tão altaneira, depois de uma ou duas semanas sozinha naquela cela. Mudará de ideia, como acontece com todos.

— Está enganado — disse ela, pensando, *não sou como os outros...*

— Quando mudar de ideia — prosseguiu o supervisor, como se Hannah não tivesse falado —, basta pedir e providenciarei para que tenha uma.

— Já lhe disse, não pedirei.

Ele a olhou, com um ar de quem calcula.

— Dou-lhe seis dias. No máximo, sete. Não se esqueça de dizer por favor.

Agora, Hannah revoltou-se consigo mesma por não ter aceitado aquela Bíblia. Não porque fosse encontrar qualquer conforto em suas páginas — Deus claramente a abandonara, e ela não podia culpá-Lo —, mas porque ela lhe daria alguma coisa para contemplar, além da ruína vermelha em que ela transformara sua vida. Recostou-se na parede e foi deslizando para baixo até suas nádegas tocarem no chão. Abraçou seus joelhos e descansou a cabeça em cima deles, mas então viu o quadro lamentável, parecendo uma pequena vendedora de fósforos, que ela fazia no espelho, e se levantou, cruzando as pernas e entrelaçando as mãos no colo. Não havia como saber quando estava no ar. Embora as transmissões de cada cela fossem contínuas e os programas ao vivo, eles não mostravam todos os internos ao mesmo tempo, mas passavam de um para outro, segundo a vontade dos editores e produtores. Hannah sabia que era exatamente uma das mil que eles tinham de escolher, apenas na zona de controle central do tempo; mas, pelas poucas vezes em que espiara o espetáculo, também sabia que as mulheres, especialmente as atraentes, tendiam a ficar mais tempo no ar do que os homens, e os Vermelhos e outros criminosos, mais do que os Amarelos. E, quando a pessoa era do tipo realmente divertido — se falava em línguas estrangeiras ou conversava com pessoas imaginárias, se gritava pedindo piedade ou tinha acessos, ou coçava a pele esfolada, tentando tirar a cor (o que era permitido apenas até certo ponto, e aí vinha o som, castigando) —, então essa pessoa podia ser repentinamente elevada para o show nacional. Ela jurou apresentar-se como um quadro tão calmo e desinteressante quanto possível, mesmo que fosse apenas por causa da sua família. Eles podiam estar observando-a neste momento. Ele podia estar observando.

Ele não fora para o julgamento, mas aparecera através do vídeo, na audiência da sentença. Um holo do seu rosto famoso flutuara na frente dela, maior do que o tamanho natural, exortando-a a cooperar com a acusação. "Hannah, como seu ex-pastor, imploro-lhe que obedeça à lei e diga o nome do homem que fez o aborto e de quaisquer outras pessoas que tomaram parte nisso."

Hannah não conseguiu forçar-se a olhar para ele. Em vez disso, espiou os advogados e funcionários do tribunal, espectadores e jurados, enquanto eles o escutavam, inclinando-se para a frente, em seus assentos, a fim de captar cada palavra sua. Ela observou seu pai, que estava sentado, encurvado, com seu terno de domingo, e que não a olhara nos olhos desde que o meirinho a conduzira para dentro da sala do tribunal. Claro, sua mãe e irmã não estavam com ele.

— Não se deixe abalar por uma lealdade ou piedade equivocada por seus cúmplices — continuou o reverendo. — O que pode o seu silêncio fazer por eles, a não ser encorajá-los a cometer mais crimes contra os ainda não nascidos? — A voz dele, baixa, profunda e enrouquecida pela emoção, rolava através da sala, exigindo absoluta atenção de todos os presentes. — Pela graça de Deus — disse ele, com um tom mais alto —, foi-lhe concedida uma vergonha pública, a fim de que, algum dia, você possa ter um triunfo público sobre a maldade que existe dentro de você. Você negaria aos seus companheiros de pecado a mesma taça amarga, mas purificadora, da qual bebe agora? Negaria essa taça ao pai da criança, que não teve a coragem de se apresentar? Não, Hannah, é melhor dar agora os seus nomes e tirar deles a carga intolerável de esconder sua culpa pelo resto das suas vidas!

O juiz, o júri e os espectadores viraram-se para Hannah, cheios de expectativa. Parecia impossível que ela pudesse resistir ao poder daquele apelo apaixonado. Vinha, afinal, de ninguém menos que o Reverendo Aidan Dale, ex-pastor da Plano Church of the Ignited Word, com vinte mil membros, o fundador do Way, Truth & Life Worldwide Ministry, e agora, com a idade inédita de trinta e sete anos, indicado Secretário da Fé do governo do Presidente Morales. Como poderia Hannah deixar de dizer os nomes? Como alguém poderia?

— Não — disse ela. — Não direi.

Os espectadores soltaram um suspiro coletivo. O Reverendo Dale colocou a mão sobre o peito e baixou a cabeça, como se rezasse em silêncio.

— Srta. Payne — disse o juiz —, seu advogado a informou de que, recusando-se a depor sobre as identidades de quem fez o aborto e do pai da criança, está acrescentando seis anos à sua sentença?

— Sim — respondeu ela.

— Por favor, que a prisioneira se levante.

Hannah sentiu a mão do advogado em seu cotovelo, ajudando-a a ficar em pé. Suas pernas cambalearam e sua boca estava seca de terror, mas ela manteve seu rosto sem expressão.

— Hannah Elizabeth Payne — começou o juiz.

— Antes de sentenciá-la — interrompeu o Reverendo Dale —, posso falar mais uma vez ao tribunal?

— Fale, reverendo.

— Fui pastor dessa mulher. Sua alma estava sob minha responsabilidade. — Ela o olhou, enfrentando seu olhar. A dor nos olhos dele cortou-lhe o coração. — O fato de ela estar sentada diante deste tribunal hoje não é apenas sua culpa, mas também minha, por falhar em guiá-la no sentido da conduta correta. Conheço Hannah Payne há dois anos. Vi sua dedicação à família, sua bondade para com os menos afortunados, sua verdadeira fé em Deus. Embora seu crime seja grave, acredito que através da graça Dele ela pode ser redimida, e farei tudo o que estiver ao meu alcance para ajudá-la, se mostrarem clemência para com ela.

Entre os jurados, cabeças fizeram sinais afirmativos e olhos se encheram de lágrimas. Mesmo a fisionomia severa do juiz se suavizou um pouco. Hannah começou a ter esperança. Mas então ele sacudiu bruscamente a cabeça, como se afastasse um feitiço, e disse:

— Sinto muito, reverendo. A lei é categórica, nestes casos.

O juiz tornou a se virar para ela.

— Hannah Elizabeth Payne, tendo sido considerada culpada do crime de assassinato em segundo grau, eu a condeno, por isso, a passar pela melacromagem, pelo Departamento de Justiça Criminal do Texas, a passar trinta dias na ala Cromo da Prisão Estadual Crawford e a permanecer Vermelha por um período de dezesseis anos.

Quando ele bateu seu martelo de juiz ela balançou sobre seus pés, mas não caiu. Tampouco olhou para Aidan Dale, enquanto os guardas a levavam dali.

O CHUVEIRO SE TORNOU o único prazer de Hannah e um intervalo decisivo durante as longas e sombrias horas entre o almoço e o jantar. Ela aprendera essa lição no segundo dia, quando a primeira coisa que fizera fora tomar seu banho. A tarde se arrastara, enquanto o silêncio batia em seus tímpanos e seus pensamentos adernavam entre passado e presente. Quando, desesperada para se distrair, tentou tomar um segundo banho, nada saiu do chuveiro. Xingou seus guardas e depois soltou um selvagem "Malditos!", que teria chocado seu eu mais jovem e mais inocente, a Hannah de dois anos atrás, cuja vida girava entre dois núcleos: sua família, e a igreja; que vivera com seus pais, trabalhara como costureira para uma loja local especializada em vestidos de noiva, ia aos ofícios religiosos nos domingos de manhã e nas quartas-feiras à noite, e às aulas de estudo da Bíblia duas vezes por semana, que se apresentava como voluntária para ajudar em feiras beneficentes e fazia campanha para os candidatos do Partido da Santíssima Trindade. Aquela Hannah fora uma boa menina e uma boa cristã, obediente aos desejos dos seus pais — em quase tudo.

Seu único vício secreto eram seus vestidos: vestidos com decotes em forma de buraco de fechadura, abrindo-se entre os seios, e botões de madrepérola, revestimentos transparentes e saias justas, retas, vestidos feitos de suntuosos veludos, sedas com tons de joias, e voiles furta-cor, com fios dourados entremeados. Ela os desenhava para si mesma e os costurava tarde da noite, escondendo-os debaixo dos montões brancos virginais de seda, renda e tule que enchiam sua sala de trabalho, em cima da garagem. Quando terminava um, ela verificava bem, para ter certeza de que seus pais e Becca estavam dormindo, e então tornava a subir furtivamente para a sala de trabalho, trancava a porta e o experimentava, fazendo lentas e sonhadoras piruetas na frente do espelho. Embora soubesse que aquilo era fútil e pecaminoso, não podia deixar de ter prazer com a sensação do tecido em sua pele e a maneira como as cores a aqueciam. Que contraste com as roupas sem graça que tinha de usar fora daquela sala, os vestidos recatados que sua fé impunha, de gola alta e no meio da barriga da perna, em tons pastel ou com uma estamparia florida elegante. Ela usava essas coisas zelosamente, entendendo sua necessidade num mundo cheio de tentações, mas detestava vesti-los, de manhã, e por mais que rezasse com essa intenção, não conseguia sentir-se de maneira diferente com relação a isso.

Hannah tinha bastante consciência de sua natureza rebelde. Seus pais a haviam repreendido por causa disse durante toda a sua vida, enquanto a exortavam a imitar sua irmã. Becca era uma criança risonha, obediente, que atravessou a adolescência e se tornou mulher com uma tranquilidade que Hannah invejava. Becca nunca precisara lutar para seguir o plano de Deus, nem tinha quaisquer dúvidas sobre o que era esse plano, nunca ansiava por alguma coisa indefinivelmente *mais*. Hannah tentava ser como sua irmã; mas, quanto mais suprimia sua verdadeira natureza, com força maior ela irrompia, quando sua decisão se enfraquecia, o que inevitavelmente ocorria. Durante a adolescência, ela estava sempre se metendo em problemas, com relação a uma coisa ou outra: pondo batom, fazendo buscas proibidas nos orifícios do seu corpo, lendo livros que seus pais consideravam corruptores. Porém, mais frequentemente, os problemas eram o fato de ela formular as perguntas que brotavam com tanta insistência em sua cabeça: "Por que é falta de decoro para as meninas não usarem camisas e para os meninos não?" "Por que Deus deixa as pessoas inocentes sofrerem?" "Se Jesus transformou água em vinho, por que é errado as pessoas o beberem?" Essas perguntas irritavam seus pais, especialmente sua mãe, que a fazia ficar sentada em silêncio durante horas e refletir sobre sua presunção. Boas meninas, Hannah acabou entendendo, não perguntavam por quê. Sequer cogitavam sobre isso, mesmo em seus pensamentos mais particulares.

Os vestidos a haviam salvado, pelo menos temporariamente. Ela sempre tivera um dom para a costura e as paredes do lar dos Payne estavam cobertas com suas amostras, progredindo do simples ponto de cruz dos seus primeiros esforços — JESUS ME AMA, HONRA TEU PAI E TUA MÃE, DÁ UM PEQUENO ESPAÇO A SATÃ E ELE TOMARÁ CONTA DO ESPAÇO INTEIRO — até versos elaboradamente bordados, ilustrados com carneirinhos, pombas e cruzes. Ela costurara roupas para suas bonecas e as de Becca, bordara flores nos aventais da sua mãe e JWPs nos lenços do seu pai, usando tudo isso como ofertas de paz, quando não estava nas boas graças da sua família. Mas nada disso fora o suficiente para satisfazê-la ou para silenciar as perguntas que tinha dentro de si.

E então, quando tinha dezoito anos, deu com a peça de seda roxa enterrada na caixa de liquidação da loja de tecidos. Desde o momento em que a viu desejou possuí-la. Ela brilhava com uma beleza profunda, misteriosa, que parecia chamá-la. Passou os dedos por ela, numa carícia e, quando sua mãe virou as costas, inclinou-se e esfregou a maciez da seda contra as suas faces. Becca silvou, avisando-a de que a mãe delas se aproximava, e Hannah deixou cair o tecido, mas a sensação voluptuosa que ele lhe causara perdurava em sua pele. Aquela noite, uma forma roxa começou a se esboçar em sua cabeça, primeiro indistintamente, mas se tornando mais nítida à medida que ela a imaginava: um vestido de noite, com mangas compridas e gola alta, mas com a parte das costas baixa, cavada — um vestido com um lado secreto. Daí, foi apenas uma curta viagem para imaginar a si mesma usando-o, não numa pista de dança em Paris, nem num baile, ou nos braços de um belo príncipe, mas sozinha, num quarto simples, com um piso de madeira reluzente e um único espelho, de pé, no qual ela podia admirá-lo sem culpa, procurando agradar apenas a si mesma, ninguém mais.

Esperou uma semana inteira antes de voltar de bicicleta para a loja, dizendo a si mesma que, se o tecido não estivesse mais lá, era pela vontade de Deus, e ela obedeceria. Mas não apenas a peça ainda estava lá, como também seu preço fora reduzido em mais trinta por cento. *Então, assim seja*, ela pensou, sem nenhum vestígio de ironia. Ainda lhe faltavam oito anos para chegar à ironia.

Durante seis deles, os vestidos secretos haviam sido suficientes. Fizera um ou, no máximo, dois por ano, passando meses nos projetos antes de escolher o tecido e começar o trabalho. Criá-los satisfazia alguma coisa dentro dela que nada mais, algum dia, satisfizera, aliviando sua inquietação e facilitando-lhe o cumprimento do papel que esperavam dela. Seus pais a elogiavam por sua recém-descoberta obediência e agradeciam a Deus por lhe ter mostrado o caminho. Hannah, por sua vez, sentia-se igualmente grata a Ele. Deus lhe mostrara, de fato, o caminho. Com aquela peça de seda violeta, Ele lhe dera um canal para suas paixões, um canal que não causava dano a ninguém e que a sustentaria pelos anos vindouros.

E sustentou. Até que ela conheceu Aidan Dale.

Agora, sentada, apoiada na parede da sua cela, esperando que soasse o sinal do jantar, Hannah pensou retrospectivamente no primeiro encontro deles, naquele terrível Quatro de Julho, dois anos atrás. Seu pai administrava uma loja de mercadorias esportivas e tivera de trabalhar aquele dia. Ele voltava para casa no trem quando o homem-bomba suicida explodiu, atingindo, além dele mesmo, dezessete outras pessoas. Seu pai estava na extremidade mais afastada do vagão e ficou muito ferido. Fraturou o crânio, teve um tímpano perfurado e lacerações múltiplas, por causa dos parafusos que o terrorista acondicionara em torno da bomba, mas os danos mais graves eram para seus olhos. Os médicos disseram que havia cinquenta por cento de chances de ele não recuperar a visão.

No dia seguinte à cirurgia dele, Hannah voltara do café do hospital com uma bandeja com bebidas e sanduíches e encontrara Aidan Dale ajoelhado, ao lado da sua mãe e da irmã Becca, ao lado da cama do seu pai, suplicando a Deus para curar suas lesões. Hannah o ouvira falar vezes incontáveis, antes, mas ficar sentada na décima sexta fila, ouvindo-o através dos microfones, era uma preparação pobre para o efeito de ouvi-lo em pessoa. Sua voz era tão sonora e convincente, imbuída de tamanha fé e paixão que parecia um instrumento criado com o único propósito de alcançá-Lo. Viajou através dela como líquido quente, aquecendo-a e acalmando seu medo. Com certeza Deus não ignoraria, não poderia ignorar, as súplicas dessa voz.

Ela pôs a comida em cima de uma mesa e foi até a cama. Jamais estivera tão próxima do Reverendo Dale e ele parecia mais jovem do que ela esperava. Uma mecha cacheada de cabelos castanho-claros caía em cima de sua testa e quase dentro do olho e ela sentiu seus dedos formigarem com o desejo de alisá-la para trás. Desconcertada — de onde viera isso? —, ajoelhou-se na frente dele. Quando ergueu os olhos e a viu, sua prece vacilou brevemente, e depois ele fechou os olhos e continuou. Hannah curvou a cabeça, deixando seus cabelos caírem para a frente, a fim de esconder sua confusão.

Depois que ele terminou, levantou-se, foi até o lado da cama onde ela estava. Durante um ansioso momento, tudo o que ela conseguiu fazer foi olhar fixamente para os joelhos dele.

— Você deve ser Hannah — disse ele.

Ela se levantou, obrigou-se a olhar para ele. Fez um sinal afirmativo com a cabeça. A compaixão que havia nos olhos dele fez os seus se encherem de lágrimas. Ela murmurou um "Obrigada" e baixou a vista para seu pai, embrulhado em ataduras e crivado de agulhas e tubos. A forma que seu corpo fazia debaixo do lençol parecia pequena demais para ser a sua. Tudo o que era visível dele era o topo da cabeça e um antebraço e, quando ela estendeu a mão para acariciar o trecho de pele exposta, ocorreu-lhe que poderia estar tocando num perfeito estranho e nunca sequer tê-lo conhecido. Uma lágrima escorreu por sua face e caiu no braço dele e então ela sentiu a mão do Reverendo Dale descer sobre seu ombro, um peso quente e confortador. Ela teve de lutar contra o impulso de se apoiar nessa mão, de se apoiar dentro dele.

— Sei que está assustada por causa dele, Hannah — disse ele, e ela pensou em como o seu nome soava lindo, formulado por sua boca: um poema de duas sílabas. — Mas ele não está sozinho. Seu pai está dentro dele, e Jesus está ao seu lado.

Como você está ao meu. Ela teve uma aguda consciência dos poucos centímetros que os separavam. Podia sentir o cheiro dele, cedro e maçãs e um fraco, mas nítido, vestígio de cebola crua, e sentiu em suas costas o calor que emanava do corpo dele. Fechou os olhos, dominada por uma sensação desconhecida, um arrebatamento de querer, precisar, pertencer. Será que era isso a que as pessoas se referiam quando falavam de desejo?

Seu pai gemeu, em seu sono, arrancando-a de volta para a realidade. Como poderia ter esses pensamentos, enquanto ele jazia ferido e sofrendo, à sua frente? Como podia chegar a pensar coisas assim?

Porque Aidan Dale era um homem casado. Ele e sua esposa, Alyssa, casaram-se no início dos seus vinte anos e, segundo todos os relatos e aparências, a união deles era feliz. A infalível ternura dele para com ela, e a expressão de êxtase e adoração no rosto dela, quando ele pregava, davam lugar a muitos suspiros, entre os membros femininos da congregação — inclusive Becca, que jurara, aos dezoito anos, jamais se casar, a menos que estivesse tão profundamente apaixonada quanto os Dale. E, no entanto, eles não tinham filhos. Ninguém sabia o motivo, mas isso era assunto de constante especulação e oração, na Ignited Word. Todos concordavam que não podia haver duas pessoas mais adequadas para a paternidade ou maternidade, nem mais dignas das suas alegrias, do que Aidan e Alyssa Dale. O fato de Deus tê-los escolhido para negar-lhes a maior de todas as bênçãos era um mistério e uma vívida ilustração da Sua inexplicável vontade. Se os Dale estavam tristes — e como não estariam? e por que nunca haviam adotado uma criança? —, na verdade suportavam isso, canalizando suas energias para a igreja. Mesmo assim, não passou despercebido que as crianças, em especial as carentes, eram o centro principal do ministério do Reverendo Dale. Ele fundara abrigos e escolas em todas as grandes cidades do Texas e financiara incontáveis outros, pelo país inteiro. Era um visitante regular das comunidades de desprivilegiados na África, Indonésia e América do Sul, e trabalhara com os governos de muitos países devastados pela guerra, a fim de possibilitar a adoção de órfãos por famílias americanas.

O Ministério WTL rendia milhões, mas os Dale não viviam numa mansão fechada nem tinham um exército de criados e guarda-costas. A maior parte do que entrava no ministério saía outra vez, para os necessitados. Aidan Dale era conhecido e admirado no mundo inteiro como um verdadeiro homem de Deus, e Hannah sempre sentira orgulho de ser membro da sua congregação. Mas o que ela estava sentindo naquele momento — o que a proximidade dele e o simples toque da sua mão acendiam nela — ia muito além de orgulho e admiração. Pecaminosamente além. *Perdoai-me, Senhor*, ela orou.

A mão do Reverendo Dale se ergueu, deixando um espaço frio e vazio em seu ombro, e ele voltou a ficar em pé diante da sua mãe.

— Há alguma coisa de que precise, Samantha? Alguma ajuda em casa?

— Não, obrigada, reverendo. Entre a família e os amigos da igreja, temos tanta gente ajudando e tanta oferta de comida, que nem sabemos o que fazer com tudo.

Gentilmente, ele disse:

— E quanto ao dinheiro, tudo bem?

Hannah viu o rosto da sua mãe ruborizar-se um pouco.

— Sim, reverendo. Estamos bem.

— Por favor, chame-me de Aidan. — Quando ela hesitou, ele disse: — Insisto.

Finalmente, ela fez um relutante aceno afirmativo com a cabeça. O Reverendo Dale sorriu, satisfeito por ter vencido, e Hannah sorriu também, sabendo que seria mais fácil sua mãe partir para fumar maconha ou se tornar modelo de roupas íntimas do que se dirigir a um pastor e, especialmente, àquele pastor, por seu primeiro nome.

Aidan. Hannah provou-o em sua mente e pensou: *Mas eu poderia.*

Aidan informou a elas como entrar em contato particular com ele e as fez prometer que telefonariam a qualquer hora, se precisassem do que quer que fosse. Quando estendeu sua mão para a mãe de Hannah, ela a pegou em suas duas mãos e, depois, curvou-se e repousou a testa nela, durante uns poucos segundos.

— Que Deus o abençoe por ter vindo, reverendo. Saber que veio terá um significado infinito para John.

— Bom, eu... eu estou satisfeito por me encontrar na cidade — disse ele, retirando desajeitadamente a mão. — Deveria estar no México, esta semana, mas minha viagem foi adiada no último momento.

— O Senhor deve amar nosso pai, e muito, por tê-lo mantido aqui — disse Becca.

Como o da mãe — e, supunha Hannah, o seu —, o rosto de Becca estava doce, de tanta reverência.

Aidan baixou a cabeça, como um garoto adolescente sendo elogiado por ter crescido, e Hannah percebeu, com algum espanto, que ele não estava apenas autenticamente constrangido pela adulação, mas também que se sentia indigno disso. A sensação de arrebatamento tornou a vir, desta vez mais forte. Quantos homens na mesma posição seriam tão humildes?

— Sim — concordou Hannah. — Deve mesmo.

A valise de Aidan emitiu um som de sinos e ele lhe deu uma olhada, com evidente alívio.

— É melhor eu voltar — disse ele. — Alyssa e eu rezaremos por John e por vocês.

Alyssa e eu. As palavras retiniram na cabeça de Hannah, lembrando-lhe de que Aidan Dale era o marido de outra mulher, uma mulher que tinha um nome, Alyssa, e que se preocupava com ele da maneira como a mãe de Hannah se preocupava com o pai dela. Desejando-o, Hannah certamente ofendia a esposa de Aidan, da mesma forma como ofenderia se fosse para a cama com ele. Abalada e envergonhada, ela apertou sua mão, agradeceu-lhe e se despediu. Aquela noite, quando chegou em casa, ela rezou durante muito tempo, pedindo o perdão de Deus por infringir seus mandamentos e implorando-Lhe que a conduzisse para longe da tentação.

Em vez disso, Ele mandou Aidan Dale de volta para o hospital no dia seguinte, e no que veio depois, e quase todos os dias, durante a semana seguinte. A mãe e a irmã de Hannah estavam em êxtase por causa da contínua atenção dele para com sua família. Um homem tão importante, com um rebanho tão grande para cuidar, e no entanto ali estava ele, rezando com elas diariamente! Os sentimentos de Hannah eram um emaranhado de exultação e desespero. Ela sabia que Deus a testava e que ela falhava no teste, mas como não falharia, se era um teste tão cruelmente elaborado? Aidan (que ela tinha o cuidado de chamar de Reverendo Dale, apesar dos protestos dele) trazia-lhes luz e esperança. Fazia Becca sorrir e tirava um pouco do medo dos olhos da sua mãe. E, quando seu pai já não estava tomando sedativos, e com a cabeça suficientemente clara para se lembrar do que lhe acontecera, Aidan falou tranquilamente com ele, uma vez, por quase duas horas, dando-lhe ânimo para forçar o terror, a raiva e o desamparo a recuarem, o desamparo que Hannah via em seu rosto, quando ele pensava que ela não estava olhando.

Na manhã em que as ataduras deveriam ser retiradas, Aidan chegou cedo e esperou com elas pelo cirurgião. Disse uma oração, mas Hannah estava ansiosa demais para acompanhá-la. Ficou em pé ao lado da cama e acariciava a mão do seu pai, sabendo como ele devia sentir-se desesperadamente aterrorizado, naquele momento. Ele sempre se orgulhara de ser o tipo de homem com quem se podia contar, um homem a quem os outros procuravam, em busca de conselhos e apoio. A dependência faria seu espírito murchar, e esse pensamento, do seu pai sendo diminuído ou quebrado, era quase tão insuportável quanto o pensamento de perdê-lo.

O cirurgião chegou, afinal, e todos se juntaram em torno da cama, enquanto ele cortava as ataduras. As três mulheres em pé de um lado, e o médico do outro. Aidan no pé da cama. O pai de Hannah abriu os olhos. De início, pareciam não se focalizar; mas depois eles se fixaram em sua mãe.

— Você está linda — disse ele, finalmente —, mas ficou muito magricela.

Então todos explodiram de rir, riram até as lágrimas, enquanto o beijavam e abraçavam.

— Graças a Deus — disse Aidan.

A rouquidão em sua voz fez Hannah erguer os olhos para ele. Sua expressão era séria, e ele não estava olhando para seu pai e sim para ela.

Depois, os olhos dele baixaram, e ele sorriu e disse:

— Parabéns, John — deixando Hannah a cogitar se imaginara o que vira neles, o arrebatamento do desejo, da necessidade e do pertencimento.

Ela foi até o nono dia, antes de pedir. Detestava fazer isso, mas a opção era se tornar um dos que gritavam.

— Gostaria de ter uma Bíblia — disse ela, dirigindo-se à parede com o compartimento da comida.

E então esperou. O almoço veio: duas nutribarras, uma pílula. Nenhuma Bíblia.

— Ei — disse ela à parede, sem chegar inteiramente a gritar. — Alguém está ouvindo? Quero uma Bíblia. O guarda disse que eu podia ter uma, se pedisse. — Relutante, acrescentou: — Por favor.

Chegou junto com o jantar. Era a versão original do Rei Jaime, não a Nova Versão Internacional, com a qual Hannah crescera. A capa de couro estava cheia de rachaduras, as páginas tinham dobras do tipo que se faz para marcar o lugar. O Novo Testamento estava mais gasto do que o Antigo, a não ser no caso dos Salmos, cujas páginas estavam tão esfarrapadas e manchadas que ela mal podia ler alguns dos trechos. Mas o versículo que ela procurava estava bastante legível, todo ele. "Mas eu sou um verme, e de forma alguma um homem", ela sussurrou. "Dou motivo à repreensão dos homens e ao desprezo das pessoas. Todos os que me veem riem de mim, numa zombaria."

Sua mãe agora a desprezava, como deixara claro na única vez em que visitara Hannah na prisão, pouco antes de começar o julgamento. Àquela altura, Hannah estava encarcerada havia três meses. Seu pai viera todos os sábados e Becca sempre que conseguia escapar, mas Hannah não pusera os olhos em sua mãe desde o dia da sua prisão. Então, quando caminhou para a sala da visitação e viu a figura familiar sentada do outro lado da fuliginosa barreira, começou a chorar, soluçando, doloridamente, de angústia e alívio.

— Pare com essa choradeira — disse sua mãe. — Pare agora mesmo, senão vou caminhar outra vez até aquela porta e sair, está ouvindo?

As palavras caíram em cima de Hannah como pedras. Conteve as lágrimas e se forçou a se levantar, devolvendo sem piscar o olhar gelado da mãe. De repente, ocorreu-lhe que, se um artista esboçasse suas duas silhuetas, naquele momento, elas seriam como um reflexo uma da outra, num espelho.

Mesmo aos cinquenta anos e com um vestido simples, bege, Samantha Payne era uma mulher notável. Alta, de corpo cheio, com maneiras nobres, que já haviam levado algumas pessoas a dizerem que era arrogante. Seus olhos eram grandes e negros, acentuados pelas ousadas linhas das sobrancelhas, e seus cabelos negros não tinham um aspecto menos exuberante pelo fato de serem entremeados de branco. Hannah herdara cada pedacinho desses dotes generosos e mais ainda. No curso dos anos, suportara muitos sermões da mãe sobre a tolice da vaidade terrena. Ela e Becca ouviam juntas até o fim, mas ficava claro para ambas que Hannah era o alvo principal dessas advertências.

— Não estou aqui para consolar você — disse agora a mãe de Hannah. — Não tenho mais simpatia por você do que você teve por aquele bebê inocente.

Hannah mal podia respirar, sob o peso das palavras da mãe.

— Então, por que veio?

— Quero saber o nome dele. O nome do homem que desonrou você e depois a mandou abortar seu filho.

Hannah sacudiu involuntariamente a cabeça, lembrou-se da sensação dos lábios de Aidan sobre sua pele, beijando a parte interna do seu cotovelo, o peito macio do seu pé; das mãos dele levantando seus cabelos para descobrir seu pescoço, erguendo seus braços, empurrando suas pernas, a fim de abri-las, para sua boca poder reivindicar cada parte escondida do seu corpo. Não parecia desonra. Parecia veneração.

— Ele não me mandou — disse ela. — A decisão foi minha.

— Mas ele lhe deu o dinheiro?

— Não, paguei por tudo eu mesma.

Sua mãe franziu a testa.

— Onde você conseguiu esse tipo de dinheiro?

— Andei economizando por algum tempo. Eu... eu pensava que poderia usá-lo para abrir minha própria loja de vestidos, algum dia.

— Loja de vestidos! Mais parecida com uma loja para Jezebel e suas prostitutas. Ah, sim, achei todas as coisas pecaminosas que você fez. Cortei tudo em pedacinhos, não deixei nenhum inteiro.

Outra brutal e inesperada saraivada de pedras. Atingiram Hannah com força, fazendo-a balançar para trás, em sua cadeira. Todas as suas criações, destruídas. Embora soubesse que não poderia nunca usá-las abertamente, o simples fato da sua existência, da sua pródiga beleza, levantara seu ânimo durante os longos e monótonos dias da sua prisão. Agora, não deixaria para trás nada seu que tivesse importância.

— Você fez os vestidos para *ele*? — perguntou sua mãe.

— Não. Para mim mesma.

— Por que você o protege? Ele não a ama, isso está claro. Se amasse, casaria com você.

Sua mãe deve ter visto alguma coisa em seu rosto, um inconsciente estremecimento de dor.

— Ele já é casado, não é.

Não era uma pergunta e Hannah não deu nenhuma resposta.

Sua mãe ergueu um indicador.

— Não cometerás adultério.

Um segundo dedo.

— Não cobiçarás o marido da vizinha.

Um terceiro.

— Não matarás.

O dedinho.

— Honrai teu pai e tua mãe, para poder...

Sua raiva despertou a da própria Hannah.

— Cuidado, mamãe — disse ela. — Você vai ficar sem dedos.

O comentário chocou as duas. Hannah jamais falara com seus pais de forma tão zombeteira, na verdade com ninguém, e, por alguns poucos segundos, ela se sentiu melhor por ter feito isso, mais forte e com menos medo. Mas então os ombros da sua mãe se curvaram e a carne do seu rosto pareceu murchar, encolhendo-se para dentro, contra os ossos, e Hannah entendeu que seu sarcasmo quebrara alguma coisa em sua mãe, alguma frágil esperança à qual ela se agarrava, de que a filha que antigamente conhecia e amava não estivesse inteiramente perdida para ela.

— Meu Deus do céu — disse sua mãe, passando os braços em torno de si mesma e balançando-se para a frente e para trás em sua cadeira, com os olhos fechados. — Meu Deus do céu, ajudai-me neste momento.

— Desculpe, mamãe — exclamou Hannah. Teve a sensação de que se partia em fragmentos tão pequenos que jamais poderiam ser encontrados e muito menos colocados juntos outra vez. — Sinto tanto.

Sua mãe ergueu os olhos, com uma expressão de loucura.

— Por que você fez isso, Hannah? Seu pai e eu teríamos ficado do seu lado e do bebê. Não sabia que seria assim?

— Sabia — disse Hannah.

Sua mãe teria explodido e seu pai ficaria mal-humorado. Eles reclamariam, passariam sermões, interrogariam, chorariam e rezariam, mas, no fim, aceitariam a criança. Eles a amariam.

— Então não entendo. Ajude-me a entender, Hannah.

— Porque... — *Porque eu seria obrigada a dar o nome de Aidan como pai ou então iria para a prisão por desacato até fazer isso. Porque eles notificariam a junta estadual de paternidade, o intimariam, o submeteriam a testes, ordenariam à Ignited Word que descontasse do seu salário a pensão para a criança. Destruiria a vida dele e seu ministério. Porque eu o amava, mais até do que ao nosso filho. E ainda amo.*

Hannah faria qualquer coisa, naquele momento, para apagar a dor do rosto da sua mãe, mas sabia que dizer a verdade, pronunciar as sílabas do nome dele, só faria magoá-la mais, despojando-a da fé num homem que reverenciava. E se ela o culpasse e decidisse revelar o segredo dos dois... Não. Hannah abortara o filho deles a fim de protegê-lo. Não o trairia agora.

Sacudiu a cabeça uma vez.

— Não posso dizer-lhe. Desculpe.

Suas próprias pedras, caindo com força, pesadas, para dentro do espaço entre elas. A muralha se ergueu em segundos. Ela observou acontecer, observou o rosto da mãe muito perto, contra ela.

— Por favor, mamãe...

Samantha Payne levantou-se.

— Não conheço você. — Virou-se e caminhou para a porta. Parou. Olhou para trás, para Hannah. — Tenho só uma filha e o nome dela é Rebecca.

No décimo quarto dia, Hannah estava sentada, recostada na parede, folheando descuidadamente o Novo Testamento, quando sentiu algo molhado entre suas pernas. Olhou para baixo e viu uma vívida mancha de sangue no chão branco. Sua chegada provocou uma enxurrada de emoções: alívio, porque embora o abortador tivesse dito a ela que seus ciclos recomeçariam, no final, ela não fora capaz de se livrar da ideia de que Deus tiraria sua fertilidade, como punição. E depois, rapidamente, logo depois de pensar isso, amargura. Que diferença fazia ela ser fértil? Nenhum homem decente desejaria casar-se com ela, agora, e mesmo que encontrasse alguém que se casasse, não poderia ter um filho com ele; o implante que faziam em todos os cromos impediria. E então, desespero. Na ocasião em que terminasse sua sentença e o implante fosse removido, ela estaria com quarenta e dois anos, supondo-se que sobrevivesse por tão longo tempo. Sua juventude estaria terminada, seus óvulos velhos, suas possibilidades de achar um homem para lhe dar filhos diminuiriam. E, finalmente, embaraço, quando se lembrou da presença das câmeras. Sentiu-se corar e, com a mesma rapidez, percebeu que ninguém saberia — uma pequena vantagem.

Levantou-se, sem dar importância ao sangue no chão, e foi lavar-se. Quando saiu do chuveiro, o painel estava aberto. Dentro, havia uma caixa de tampões, um pacote de lenços esterilizados e uma túnica limpa. Olhando para isso, sentiu uma vergonha tão profunda que teve vontade de morrer, em vez de suportar mais um só momento daquilo. Quando estivera estirada na mesa, com as pernas abertas e uma mão estranha movimentando-se dentro do seu útero, pensara que não poderia haver nada pior, nada. Agora, confrontada com essas peças cotidianas, que representavam a absoluta e irrecuperável perda da sua dignidade, sentiu que estava enganada.

ELA QUASE NÃO conseguira fazer tudo. Fizera o teste de gravidez com pouco mais de seis semanas, depois que seu segundo período não veio, e depois passou outro mês angustiada, antes de tomar coragem para agir. Perguntara a uma moça com quem trabalhava, uma vendedora do salão de vestidos de noiva com quem tinha um relacionamento amistoso, embora não fossem amigas, de fato. Gabrielle descrevia a si mesma como uma criança selvagem, e tinha um senso de humor perverso e um vocabulário pesado, que usava sempre que seu patrão e os clientes estavam fora do alcance da sua voz. Tinha uma fileira interminável de namorados, muitas vezes mais de um ao mesmo tempo, e falava da sua promiscuidade num tom alegre e corriqueiro. De início, suas maneiras chocaram e intimidaram Hannah; mas, com o tempo, acabara apreciando a confiança e o autodomínio de Gabrielle, o jeito como se sentia profundamente à vontade em ser quem era. Entre todas as pessoas que Hannah conhecia, Gabrielle era a única com a qual achava possível falar do assunto.

Da próxima vez que ela foi à loja, para uma prova, Hannah perguntou a Gabrielle se poderia encontrar-se com ela para tomar um café, depois do trabalho. Elas jamais haviam feito contatos sociais e a outra moça a examinou com clara surpresa e curiosidade.

— Claro — disse finalmente Gabrielle —, mas vamos tomar uma bebida, então.

Encontraram-se num bar, a alguns quarteirões de distância. Gabrielle pediu uma cerveja, Hannah, ginger ale. A mão dela tremia, quando pegou seu copo e tornou a colocá-lo em cima da mesa. E se Gabrielle decidisse entregá-la à polícia? E se contasse ao patrão das duas? Hannah não podia arriscar-se a isso. Estava pensando num pretexto para seu convite, quando Gabrielle perguntou:

— Você está com algum problema?

— Não sou eu — disse Hannah. — É uma amiga minha.

— Que tipo de problema?

Hannah não respondeu. Não conseguia dizer as palavras. Gabrielle olhou para o ginger ale e, depois, outra vez para Hannah.

— Essa sua amiga engravidou?

Hannah fez um sinal afirmativo com a cabeça, o coração aos pulos.

— E então? — disse Gabrielle.

Observando, à espera.

— Ela não quer ter o bebê.

— Por que você está me contando isso?

— Achei que você poderia... conhecer alguém capaz de ajudá-la.

— E eu pensei que esse tipo de coisa fosse contra a sua religião.

— Minha amiga não pode ter esse bebê, Gabrielle. Ela *não pode*. — A voz de Hannah falhou, quando disse isso.

Gabrielle olhou-a, por um longo momento.

— Talvez eu conheça alguém — disse ela. — Se ela tem certeza. Ela precisa ter realmente certeza.

— Ela tem.

E Hannah tinha, naquele momento tinha uma certeza completa, angustiante. Não podia criar o bebê nessa situação, nesse mundo em que ela e Aidan viviam. Começou a chorar.

Gabrielle estendeu a mão através da mesa e apertou a de Hannah.

— Vai dar tudo certo.

Houve várias pessoas, na verdade, cada uma representando um pequeno exercício de terror para Hannah, mas finalmente ela falou com uma mulher que lhe deu um endereço, instruções cuidadosas sobre o que fazer, quando chegasse lá e o nome de um homem que poderia fazer aquilo. Raphael. Era, obviamente, um pseudônimo, e Hannah ficou arrepiada com sua dissonância. Por que um abortador batizaria a si mesmo com o nome do arcanjo da cura? Quando perguntou se Raphael era um médico verdadeiro, a mulher desligou.

O encontro foi marcado para as sete da noite, em North Dallas. Hannah pegou o trem para Royal Lane e depois um ônibus para o conjunto de prédios de apartamentos, e chegou cedo. Ficou em pé, gelada, no estacionamento, olhando fixamente, com terror, para a porta, o número 122. Os programas de televisão estavam cheios de histórias horrorosas sobre mulheres que haviam sido estupradas e roubadas por charlatães que se faziam passar por médicos, mulheres que haviam sangrado até a morte ou morreram de infecção, que haviam sido anestesiadas e tiveram seus órgãos roubados. Pela primeira vez, Hannah se indagou até que ponto tudo isso era verdadeiro e quanto era ficção espalhada pelo estado, como um meio de intimidação.

As janelas do número 122 estavam escuras, mas o apartamento vizinho estava aceso, do lado de dentro. Hannah não podia ver os ocupantes, mas podia ouvi-los através da janela aberta, um homem, uma mulher e várias crianças. Estavam jantando. Ouviu o tinir dos seus copos, o arranhar dos talheres contra os pratos. As crianças começaram a brigar, suas vozes alteando-se, e a mulher as repreendeu, com um tom de cansaço. A discussão continuou, sem diminuir a altura, até o homem estrondear: "Chega!" Houve um rápido silêncio e depois a conversa recomeçou. A banalidade dessa cena doméstica foi o que fez Hannah, afinal, atravessar o estacionamento. Isso ela sabia que não poderia ter nunca, não com Aidan.

Entrou no apartamento sem bater e fechou a porta, deixando-a destrancada, como fora instruída a fazer.

— Olá — sussurrou.

Não houve resposta. O interior estava escuro feito breu e com um calor sufocante, mas ela fora advertida a não abrir nenhuma janela nem acender as luzes.

—Tem alguém aí? — Nenhuma resposta.

Talvez ele não viesse, ela pensou, meio esperançosa meio desesperada. Esperou no escuro sufocante por longos e ansiosos minutos, sentindo o suor aos poucos encharcar sua blusa. Estava virando-se para ir embora quando a porta se abriu e um homem grande esgueirou-se para dentro, fechando-a depressa demais para que Hannah pudesse dar uma olhada em seu rosto. O estalido alto da fechadura provocou nela uma onda de alarme. Fez um movimento selvagem na direção da porta e sentiu uma mão agarrar seu braço.

— Não tenha medo — disse ele, com voz branda. — Sou Raphael. Não vou machucar você.

Era a voz de um velho, cansada e bondosa, e seu som tranquilizou-a. Ele soltou seu braço e ela o ouviu movimentar-se através da sala, na direção da janela. Apareceu uma fenda de luz, vinda do lado de fora, quando ele abriu a cortina e espiou o estacionamento, lá fora. Ficou em pé junto à janela por um longo momento, espiando. Finalmente, fechou a cortina e disse:

— Venha por aqui.

Um raio de luz surgiu e ela o seguiu, através da sala de estar, por um curto corredor, até chegar a um quarto de dormir. Hesitou, no umbral.

— Entre — disse Raphael. — Está tudo bem. — Hannah entrou na sala e o ouviu fechar a porta, depois que ela entrou. — Luzes acesas — disse ele.

Raphael, como ela viu então, não tinha o aspecto de um Raphael. Era gordo e nada imponente, com os ombros curvados e um ar de distraída desarrumação. Calculou que estivesse no meio da casa dos 60 anos. Seu rosto largo e carnudo tinha faces vermelhas e era curiosamente achatado; já os olhos eram redondos e encapuzados. Tufos de cabelos grisalhos e crespos projetavam-se de cada lado de uma cabeça que nos outros lugares era careca. Ele lembrou a Hannah fotos de corujas, que já vira.

Ele estendeu sua mão e ela a apertou automaticamente. Exatamente como se, pensou, eles se encontrassem na saída da igreja. *Sermão maravilhoso, não foi, Hannah? Ah, sim, Raphael, muito inspirador.*

A sala estava vazia, a não ser por duas cadeiras de dobrar, uma grande mesa e um ventilador numa caixa, com um aspecto antigo, que estalou e ganhou vida, quando Raphael o ligou. Um pesado tecido negro cobria a única janela. Hannah ficou ali em pé, vacilante, enquanto ele abria uma bolsa de lã felpuda, que estava no chão, e tirava de dentro um lençol, estendendo-o em seguida em cima da mesa. Tinha uma estamparia inadequada, com coloridos dinossauros de histórias em quadrinhos. Eles a lançaram de volta ao nono aniversário, quando seus pais a levaram para o Museu da Criação, em Waco. Havia lá uma exposição que descrevia dinossauros no Jardim do Éden e outra que mostrava como Noé os encaixara na arca, junto com as girafas, pinguins, vacas etc. Hannah perguntara por que os *Tyrannosaurus rex* não tinham comido os outros animais, nem Adão e Eva, ou Noé e sua família.

— Bem — disse sua mãe —, antes de Adão e Eva serem expulsos do Paraíso não havia morte, e os seres humanos e os animais eram todos vegetarianos.

— Mas Noé viveu *depois* da queda — observou Hannah.

Sua mãe olhou para seu pai.

— Ele era um sujeito esperto — disse seu pai. — Só levou para a arca filhotes de dinossauro.

— Ãh — disse Becca, dando um beliscão, com força, no braço de Hannah. — Todo mundo sabe disso.

Becca era o barômetro de Hannah, quanto ao desagrado dos seus pais; o beliscão significava que ela estava em terreno perigoso. Mesmo assim, aquilo não fazia sentido, e ela detestava quando as coisas não faziam sentido.

— Mas como é que...

— Pare de fazer tantas perguntas — disse sua mãe, rispidamente.

Raphael interrompeu o devaneio de Hannah.

— Desculpe o lençol. Pego no compartimento das roupas limpas, e só havia esse lá. Mas está limpo. Eu mesmo lavei.

Abriu uma maleta de médico, pescou dentro um par de luvas de borracha e calçou-as, depois começou a tirar instrumentos médicos da maleta e a colocá-los na mesa. Hannah desviou a vista do seu agourento brilho prateado, sentindo-se repentinamente tonta.

Ele fez um gesto na direção de uma das cadeiras.

— Por que você não se senta?

Ela esperara ter de tirar a roupa imediatamente; mas, quando terminou seus preparativos, ele puxou para perto a outra cadeira e começou a lhe fazer perguntas. Qual era sua idade? Já tivera algum filho? Outros abortos? Quando fora sua última menstruação? Quando começara a se sentir enjoada de manhã? Ela já tivera algum problema grave de saúde? Alguma infecção sexualmente transmitida? Mortificada, Hannah baixou os olhos em direção às mãos e respondeu às perguntas num murmúrio.

— Você já fez alguma outra coisa para tentar interromper esta gravidez? — perguntou Raphael.

Ela fez um sinal afirmativo com a cabeça.

— Consegui algumas pílulas, duas semanas atrás, e sabe, eu as inseri. Mas elas não deram resultado.

Pagara por elas quinhentos dólares e seguira cuidadosamente as instruções que lhe deram, mas nada acontecera.

— Deviam ser falsificadas. Mais ou menos a metade do que está sendo vendido por aí é de falsificações. Não há como saber o que a pessoa está recebendo. — Raphael fez uma pausa. Disse: — Olhe para mim, filha.

Hannah olhou para dentro dos olhos dele, esperando um julgamento e descobrindo, em vez disso, para sua surpresa, compaixão.

— Tem certeza de que quer interromper essa gravidez?

Novamente esta frase: não *assassinar seu filho ainda não nascido*, nem *destruir uma vida inocente*, mas *interromper essa gravidez*. Como isso fazia tudo parecer honesto, corriqueiro. Raphael estava analisando seu rosto. Tão próxima dele, ela podia ver a rede de minúsculos vasos sanguíneos partidos irradiando-se através das suas faces.

— Sim — disse ela. — Tenho certeza.

— Gostaria que eu lhe explicasse o procedimento?

Uma parte dela queria dizer não, mas ela decidira, antes de vir, que não esconderia de si mesma a verdade do que estava fazendo ali, naquele dia. Devia pelo menos isso a ele, ao pequeno fragmento de vida que nunca seria seu filho. Não ousara pesquisar o procedimento na internet; a Autoridade de Internet do Texas monitorava de perto as buscas de certas palavras e assuntos, e aborto estava no topo da lista.

— Sim, por favor.

Raphael tirou do bolso um pequeno cantil, desatarraxou a tampa e bebeu — para firmar suas mãos, disse —, e depois descreveu o que estava prestes a fazer. Seu tom prosaico e os termos clínicos que usou, "espéculo", "dilatadores" e "tecido da gravidez" faziam tudo soar arrumado e impessoal. Finalmente, ele perguntou a Hannah se tinha alguma pergunta a fazer. Ela disse que já perguntara e respondera às mais importantes em sua própria mente: se isso era assassinato (sim), se ela iria para o inferno por causa disso (sim), se tinha alguma outra escolha (não). Todas menos uma, e ela a atormentava desde que decidira fazer isso. Fez a pergunta agora, com suas unhas cravando-se do lado debaixo da cadeira.

— Sentirei alguma dor?

Raphael sacudiu a cabeça, negando.

— Com base no que você me contou, você está grávida há apenas cerca de doze semanas. Nunca foi provado como começa a dor da recepção fetal, mas posso dizer-lhe com certeza de que é impossível antes da vigésima semana. — Os ombros dela descaíram, de alívio, e Raphael acrescentou: — Mas será doloroso para você. A cólica pode ser forte.

— Não me importo com isso.

Hannah queria que doesse. Achava injusto tirar uma vida e não sentir dor.

Raphael levantou-se e bebeu outro trago do seu cantil.

— Agora vá tirar a roupa — disse ele. — Só da cintura para baixo. E depois se deite na mesa com a cabeça nesta ponta. Pode usar o outro lençol para se cobrir.

Foi para o banheiro contíguo e fechou a porta, a fim de lhe dar privacidade — esse homem que estava prestes a espiar entre suas pernas abertas.

Hannah, não obstante, ficou agradecida pela discrição dele. Dobrou direitinho sua saia, estendeu-a na cadeira e depois enfiou suas calcinhas embaixo dela, outro gesto de decoro que sabia ser ridículo, nas circunstâncias, mas que não pôde deixar de fazer. Estar nua da cintura para baixo a fazia sentir-se mais suja, de alguma forma, do que se estivesse completamente nua. Às pressas, subiu na mesa e se cobriu. Obrigou-se a dizer:

— Estou pronta.

O SOM DO CASTIGO soou, fazendo-a voltar num arranco para sua cela, voltar para seu corpo sangrento. *Tudo se reduz a sangue*, ela pensou, enquanto tirava os tampões e os panos do compartimento e os usava. *Sangue que sai da pessoa e sangue que não sai*. Mecanicamente, limpou o chão, lavou com o jato de água os panos manchados, lavou as mãos e trocou sua túnica, não fazendo nenhuma tentativa de esconder sua nudez. *E, se ele não vem, quando você espera, reza e espera um pouco mais e, ainda assim, ele não vem...* Deitou-se de lado no catre, passou os braços em torno dos joelhos e chorou.

Há quantos dias estava ali? Vinte e dois? Vinte e três? Não sabia e sua ignorância a deixava ansiosa. Havia lacunas de tempo que não conseguia entender, momentos em que parecia despertar de um sono que suspeitava jamais ter ocorrido. Saía desses intervalos suada e rouca, com a boca seca. Será que estivera falando consigo mesma em voz alta? Delirando? Revelando alguma coisa que não deveria?

Tentou afastar esses períodos com leitura e caminhadas de um lado para outro, mas cada vez mais se sentia apática demais para uma coisa ou outra. Sua aparência no espelho se tornara macilenta. Não tinha nenhum apetite e desenvolvera uma habilidade para baixar o tom do som punitivo até o ponto em que ele se tornava apenas um distante e aborrecido zumbido, como um mosquito passando perto do seu ouvido. Parara de tomar seu banho diário de chuveiro e seu corpo cheirava a suor rançoso, mas mesmo isso só lhe causava indiferença. Seu habitual melindre desaparecera havia muito tempo, junto com sua energia.

Quando estava lúcida, a coisa que mais temia era ter dito alguma coisa que traísse Raphael. A polícia a pegara no estacionamento, depois de um telefonema de um vizinho suspeitoso, mas Raphael há muito tempo fora embora, àquela altura, e nunca o pegaram, pelo que ela sabia. Dera-lhes uma falsa descrição, esperando até a terceira vez em que a interrogaram para fingir que cedia, e então descreveu um homem esguio e louro, na casa dos trinta anos, com um símbolo do Earth First tatuado em seu pulso direito. O que Hannah não sabia era que os vizinhos tinham visto um homem mais velho, corpulento, sair do apartamento. Quando a polícia a pegou mentindo, foram implacáveis. Interrogaram-na seguidamente, algumas vezes com aspereza, outras demonstrando uma melíflua preocupação com seu bem-estar, cuja falsidade qualquer criança poderia de imediato perceber. Manteve-se firme em sua história, contra os conselhos do seu advogado e apesar das súplicas do seu pai. Não trairia Raphael, com seu aperto de mão sério e seus olhos tristes.

Mas poderia ter feito isso. Com certeza ele lhe contara o suficiente sobre si mesmo para que a polícia o identificasse. Quando ele terminou e estava limpando tudo, com Hannah ainda tonta por causa dos anestésicos, ela lhe perguntou por que fazia aquilo. O que queria dizer, mas não disse, era: *Como você pode suportar fazer isso?* A essa altura, Raphael já tomara mais uns goles de bebida em seu cantil e estava com um estado de espírito falador. Contou-lhe que era ginecologista e obstetra em Salt Lake City, quando irrompeu a epidemia de gonorreia resistente a antibióticos (ele usou um termo de gíria que a chocou, para se referir a isso; em seu universo, a expressão era sempre "The Great Scourge", "O Grande Açoite"), e o Utah se tornou o centro do recuo conservador ("A Correção"), que levou à virada do *Roe versus Wade*. A decisão fora motivo de comemoração no lar dos Payne, mas Raphael falou dela com raiva, como também se referiu com ultraje às leis da Santidade da Vida, que o Utah aprovara logo em seguida. Ainda mais odioso para ele do que a ausência de exceções nos casos de estupro, incesto ou questões referentes à saúde da mãe era a abolição do sigilo entre médico e paciente. Legalmente, estava obrigado a notificar a polícia, se descobrisse evidências de que uma paciente fizera um aborto recente; moralmente, sentia-se obrigado a não fazer isso. Ganhou a moralidade. Quando foi apanhado falsificando os resultados de um exame pélvico, o estado tirou-lhe a licença para praticar a medicina e ele trocou Salt Lake City por Dallas.

Hannah tinha onze anos quando o Texas aprovou sua versão do Estatuto Legal de Limitações. Não houve muitos médicos que protestassem abertamente, mas os que protestaram foram veementes. Ela ainda se lembrava dos seus discursos irados por causa da legislação, e da reação de raiva deles, quando as leis, quase idênticas às do Utah, inevitavelmente foram aprovadas. A maioria dos que não concordaram com elas deixaram o Texas, em protesto, e fizeram o mesmo seus colegas com a mesma maneira de pensar, em outros quarenta estados que, no final, aprovaram estatutos parecidos. "Bons ventos os levem. A Califórnia e Nova York podem ficar com eles", dissera sua mãe, e Hannah se sentira de forma muito parecida. Como poderia alguém que jurara preservar a vida justificar que ela fosse tirada, ou quisesse proteger os que a tiraram, sobretudo quando o futuro da raça humana estava em jogo? Aquele foi o terceiro ano do "açoite" e, embora ninguém próximo de Hannah tivesse entendido isso, estavam todos infectados pelo medo e desespero que tomavam conta do mundo, enquanto as mulheres, em número crescente, tornavam-se estéreis, e os índices de natalidade despencavam. As características perniciosas da doença — os homens eram portadores, mas tinham poucos sintomas, ou nenhum, e tampouco complicações — atrapalhavam os esforços para detectá-la e contê-la. No quarto ano da pandemia, Hannah, junto com todos os outros americanos entre as idades de doze e sessenta e cinco anos, submeteram-se ao primeiro entre muitos exames, obrigatórios de dois em dois anos e, quando a cura foi descoberta, no sétimo ano, já houvera conversas sobre quarentena e colheita compulsória dos óvulos de jovens mulheres saudáveis, medidas que o Congresso quase certamente teria aprovado se o superantibiótico demorasse mais para surgir. Por mais aflitiva que fosse a perspectiva, Hannah estava bem consciente de que, se vivesse num país como a China ou a Índia, provavelmente já teria sido inseminada, por força da lei. A sobrevivência da humanidade exigia sacrifícios de todos, tanto morais quanto físicos. Nem mesmo seus pais haviam objetado, quando o presidente suspendeu a melacromagem por delitos mais leves e perdoou todos os Amarelos com menos de quarenta anos, ordenando que sua cromagem fosse revertida e removidos seus implantes anticoncepcionais. E, quando ele autorizou a pena de morte pelo sequestro de uma criança, os pais de Hannah apoiaram a decisão, embora fosse contra a fé deles. O roubo de crianças se tornara tão endêmico que famílias ricas e até de classe média viajavam com guarda-costas. Hannah e Becca eram velhas demais para serem alvos, mas a mãe delas, mesmo assim, ainda olhava com raiva para qualquer mulher cujos olhos pousassem nas duas de forma excessivamente faminta ou durante tempo demais.

— Lembrem-se, meninas — ela costumava dizer, quando encontravam uma das mulheres sem filhos que vagueavam, como fantasmas perdidos, em torno dos playgrounds e parques, nas lojas de brinquedos e em museus. — Isso é o resultado de fazer sexo fora do casamento.

E isso também, pensou Hannah agora, analisando seu reflexo vermelho no espelho. Ela tinha tanta certeza de tudo, naquele tempo: de que nunca faria sexo pré-marital, nunca seria uma daquelas mulheres tristes, nunca, de que nunca faria um aborto. Ela, Hannah, era incapaz de más ações tão terríveis.

Ainda a surpreendia o fato de Raphael não ter encarado as coisas da mesma maneira. Na cabeça dele, o erro estava no Estatuto Legal de Limitações, e quem o aprovou era culpado de um crime. Seu maior desprezo estava reservado para outros médicos: não apenas os que apoiaram as leis e as aplicavam, mas também os que ficaram calados, por medo. Quando Hannah lhe perguntou por que ficara no Texas, em vez de ir para um dos estados pró-Roe, ele sacudiu a cabeça e tomou um gole do cantil.

— Acho que deveria ter ido, mas eu era jovem, tinha a cabeça quente e via a mim mesmo como um revolucionário. Deixei que me convencessem a ficar aqui.

— Quem?

Raphael gelou, imediatamente, e depois deu as costas para ela, agitado, como dava para perceber.

— Ela, quero dizer, minha esposa... foi o que eu quis dizer. Ela é daqui. Queria estar perto da irmã, são muito ligadas.

Tateou para fechar sua valise e Hannah não precisou ver o quarto dedo sem aliança em sua mão esquerda, para saber que ele estava mentindo.

Sentiu uma sensação de leve cólica em sua barriga e agarrou-a, involuntariamente.

— Você pode esperar certa quantidade de cólicas e sangramentos, durante os vários dias seguintes — disse Raphael. — Tome paracetamol para a dor, e não ibuprofeno ou aspirina. E fique deitada durante o maior tempo que puder.

Foi até a porta e fez uma pausa, com as mãos na maçaneta.

— O dinheiro. Você o trouxe?

— Ah, sim. Desculpe.

Hannah olhou para dentro da bolsa, tirou o cartão de dinheiro líquido que comprara aquela manhã e entregou-o a ele. Raphael jogou-o dentro do seu bolso, sem sequer verificar a soma.

— Luzes apagadas — disse. O quarto ficou negro. Hannah o ouviu abrir a porta e soltar alto a respiração, o que soou como alívio. — Espere dez minutos, e então você pode sair.

— Raphael?

— Que é? — perguntou ele, agora impaciente.

— É assim que pensa em si mesmo? Como um curandeiro?

Ele não respondeu imediatamente, e Hannah imaginou se ela o ofendera.

— Sim, na maior parte do tempo — disse ele, finalmente.

Ela ouviu seus passos atravessando o apartamento, a maçaneta sendo girada, a porta da frente se fechando, depois que ele saiu.

— Obrigada — disse ela, para dentro da escuridão vazia.

A CELA FICOU repentinamente escura, desorientando-a. Será que os sinais haviam soado? Ela não os ouvira. Foi tateando até a plataforma e se deitou de costas, perdida nas lembranças. Raphael fora tão gentil com ela, tão compassivo. Tão diferente da médica da polícia que a examinara, na noite da sua prisão. Uma mulher apenas um pouco mais velha do que Hannah, com mãos frias e olhos ainda mais frios, que sondou seu corpo com brutal eficiência, enquanto ela jazia com as pernas abertas, os tornozelos algemados a ganchos. Quando ela se encolheu, a mulher disse:

— Mexa-se de novo e chamo o guarda para segurar você.

Hannah ficou rígida. O guarda era jovem e homem, e resmungara alguma coisa para ela, quando passou por ele, enquanto o policial a levava para dentro da sala de exame. Ela ouvira a palavra *xoxota*; o resto, graças a Deus, era ininteligível. Ela cerrou os dentes e permaneceu sem se mexer durante o resto do exame, embora a dor fosse muito forte.

Dor. Alguma coisa afiada apunhalou-a no braço e ela gritou e abriu os olhos. Duas formas brancas, brilhantes, pairavam acima dela. *Anjos*, ela pensou, num sonho. *Rafael e outro, talvez Miguel*. Eles giraram em torno dela, primeiro devagar e depois mais depressa, fundindo-se num borrão. Suas imensas asas brancas empurraram-na para cima, para dentro do paraíso.

Q UANDO AS LUZES SE ACENDERAM, as pálpebras de Hannah se abriram com relutância. Ela sentia a cabeça pesada, como se seu crânio estivesse cheio de chumaços. Empurrou a si mesma até ficar numa posição sentada e notou que havia uma leve dor em seu pulso esquerdo. Havia uma marca de perfuração do lado de baixo, cercada por um pequeno círculo roxo. Ela se examinou no espelho, vendo outras mudanças sutis. Seu rosto estava um pouco mais cheio, os ossos malares menos pronunciados. Ela engordara, talvez uns dois quilos, e embora ainda estivesse tonta, sua letargia desaparecera. Escavou em suas lembranças, desenterrou duas figuras brancas que vira. Deviam tê-la sedado e ela recebera alimentação intravenosa.

Alguma coisa na cela parecia diferente também, mas ela não conseguia descobrir o quê. Tudo tinha exatamente o mesmo aspecto. E então ouviu: um zumbido alto, vindo de trás dela. Virou-se e espiou uma mosca rastejando para cima, numa das paredes revestidas de espelho. Pela primeira vez, em vinte e tantos dias, não estava sozinha. Acenou com o braço e a mosca se afastou, zumbindo e voando em círculos pela sala. Quando se instalou num ponto, ela tornou a acenar com o braço em sua direção, pelo simples prazer de vê-la movimentar-se.

Hannah caminhou de um lado para outro da cela, inquieta. Por quanto tempo estivera inconsciente? E quanto demoraria até que a soltassem? Não permitira a si mesma pensar para além daqueles trinta dias. O futuro era um vazio imenso, inimaginável. Tudo o que ela sabia era que a parede espelhada em breve deslizaria e se abriria e ela caminharia para fora daquela cela e seguiria o guarda, que estava à espera, do lado de fora, até uma área de processamento, onde lhe dariam suas roupas e lhe permitiriam vesti-las. Tirariam sua foto e emitiriam para ela uma Carteira de Identidade Nacional, exibindo sua nova aparência vermelha, transfeririam a principesca soma de trezentos dólares para sua conta bancária e repetiriam os termos da sua condenação, cuja maior parte ela já conhecia: não sair do estado do Texas; não ir a parte alguma sem levar consigo sua nova carteira de identidade; não comprar armas de fogo; a renovação de suas injeções a cada quatro meses, no centro federal de Cromagem. Depois, eles a acompanhariam até o portão pelo qual entrara e o abririam para o mundo exterior.

A perspectiva de cruzar aquele umbral a enchia tanto de anseio quanto de apreensão. Estaria livre — mas para ir para onde, e fazer o quê? Não podia ir para casa, disso tinha certeza; sua mãe nunca permitiria. Será que seu pai estaria ali para pegá-la? Onde ela viveria? Como sobreviveria, na semana seguinte? Nos próximos dezesseis anos?

Um *plano*, ela pensou, lutando contra o pânico. *Preciso de um plano*. A questão mais urgente era onde viveria. Era notoriamente difícil para Cromos encontrarem residência fora dos guetos onde se aglomeravam. Dallas tinha três Cromovilas, pelo que Hannah sabia, uma em West Dallas, outra em South Dallas e uma terceira, conhecida como Cromofloresta, no local onde antes era a área de Lakewood. Os dois primeiros eram guetos, quando foram cromatizados, mas Lakewood, antigamente, era um bairro respeitável, de classe média.

Como em locais similares em Houston, Chicago, Nova York e outras cidades, a transformação começara com apenas um punhado de Cromos que, por acaso, possuíam casas ou apartamentos na mesma área, ou em área contígua. Quando seus vizinhos obedientes às leis tentaram forçá-los a sair, eles se juntaram e resistiram, permanecendo por tempo suficiente para os vizinhos decidirem ir embora, primeiro um a um, depois dois a dois, em seguida aos rebanhos, enquanto o preço das propriedades entrava em queda total. A tia Jo, de Hannah, e seu tio Doug, estavam entre os que resistiram por tempo demais e terminaram vendendo a casa a um Cromo por um terço do valor que antes tinha. Logo depois, o tio Doug morrera de um ataque cardíaco. Tia Jo sempre dizia que os Cromos o mataram.

Hannah desanimou, com o pensamento de viver num lugar desses, cercada por traficantes de drogas, ladrões e estupradores. Mas para que outro lugar poderia ir? A casa de Becca também estava fora de questão. O marido dela, Cole, a proibira de tornar a ver ou falar com Hannah (embora Becca já tivesse violado várias vezes essa proibição, visitando Hannah na prisão).

Como sempre, pensar em seu cunhado deixava Hannah contrariada. Cole Crenshaw era um homem que parecia um touro arrogante, com um sorriso retraído que ele tornava aberto e mesquinho, quando não conseguia o que queria. Era um corretor de hipotecas, originário de El Paso, apreciador das roupas do Oeste. Becca o conhecera na igreja, dois anos atrás, uns poucos meses antes de o pai delas se machucar. Seus pais o aprovaram — Becca não continuaria a se encontrar com ele, caso contrário —, mas Hannah desconfiara de Cole desde o início.

Surgiram na primeira vez em que ele viera jantar. Hannah encontrara Cole em várias ocasiões, mas jamais falara com ele demoradamente e estava ansiosa para conhecê-lo melhor. Embora ele e Becca estivessem namorando fazia apenas umas seis semanas, Hannah nunca vira a irmã tão apaixonada.

No início, ele se mostrou encantador e cheio de elogios, fosse ao vestido de Becca, ao bordado de Hannah, ao molho de espinafre feito pela mãe delas, sempre falando na boa sorte do seu pai por ter três damas tão lindas tomando conta dele. Mas, certa vez, comiam *hors d'oeuvres*, no gabinete, e o vídeo estava ao fundo. Quando começou o noticiário sobre um tiroteio numa escola secundária local, eles aumentaram o volume para assistir. O atirador, que fora aluno ali, atirara em seu professor e em oito dos seus colegas de turma, na mesma ocasião, fazendo-lhes perguntas sobre o Livro dos Mórmons e executando, com um único tiro na cabeça, os que respondiam incorretamente. Quando terminou de interrogar todos os membros da turma, ele caminhou para fora do prédio, com as mãos para cima, e se entregou à polícia. A expressão do seu rosto, enquanto o empurravam para dentro da parte de trás de um carro de radiopatrulha, era estranhamente tranquila.

— Pobres criaturas — disse a mãe de Hannah. — Mas que maneira de morrer.

Cole sacudiu a cabeça, repugnado.

— Nove pessoas inocentes assassinadas e esse animal consegue continuar vivo.

— Ora — disse o pai de Hannah —, ele não terá grande vida numa prisão federal.

— O quanto tiver, para mim será demais — disse Cole. — Nunca entendi por que acabamos com a pena de morte.

Os olhos de Becca se arregalaram, refletindo o susto da própria Hannah, e os pais delas trocaram um olhar preocupado. Os Payne eram contra a pena de morte, como era o Reverendo Dale, mas a questão ainda dividia opiniões, tanto na igreja quanto no Partido da Santíssima Trindade. Pouco depois de se tornar pastor supremo da Ignited Word, o Reverendo Dale manifestara-se a favor da reunião do congresso em que foram dados os votos decisivos para abolir a pena de morte, contrariando assim as veementes objeções dos seus colegas religiosos. Centenas de pessoas deixaram a igreja por causa disso, e os pais da melhor amiga de Hannah proibiram a filha de continuar mantendo uma amizade com ela. A controvérsia desaparecera, no final, mas a amiga de Hannah nunca mais falou com ela e, oito anos depois, o assunto ainda era sensível para muita gente.

O silêncio no gabinete tornou-se constrangedor. Os olhos de Cole deslizaram rapidamente pelos rostos de todos eles, antes de se fixarem nos de Becca.

— Então, vocês concordam com o Reverendo Dale — disse ele.

— "A vingança é minha, disse o Senhor" — lembrou o pai de Hannah. — Acreditamos que só Deus pode dar a vida e apenas Ele tem o direito de tirá-la.

— Vida inocente, sim, mas em caso de assassinato é diferente — disse Cole. — Está escrito na Bíblia: "Quem derramar o sangue do homem, seja quem for, terá seu sangue derramado pelo homem."

Ele não tirara seus olhos de Becca. Hannah podia sentir a força da sua vontade pressionando-se contra a da sua irmã.

Becca hesitou, enquanto olhava, cheia de dúvidas, primeiro para Cole e, depois, para o pai.

— O Gênese diz mesmo isso — disse ela. — E o Levítico também.

— O Levítico também diz que as pessoas devem ser apedrejadas até a morte, se xingarem — disse Hannah. — Acredita nisso também?

— Hannah! — repreendeu sua mãe. — Preciso lembrar-lhe de que Cole é um convidado em nossa casa?

— Eu estava falando com Becca.

— Isso também não é maneira de falar com sua irmã — disse o pai de Hannah, com seu tom de voz de maior desapontamento.

Os olhos e a boca de Cole estavam duros, mas a expressão de Becca era mais de espanto do que de raiva.

Hannah suspirou.

— Você tem razão. Desculpem, Becca, Cole.

Becca fez um sinal afirmativo com a cabeça, aceitando as desculpas, e se virou para Cole.

A evidente esperança com que ela o olhou mostrou a Hannah que aquilo não era uma simples paixonite. Sua irmã não suportava conflito entre os que amava.

— Não, a culpa é minha — disse Cole, dirigindo-se aos pais de Hannah. Seu rosto assumiu uma expressão arrependida, mas seus olhos, ela notou, não a acompanhavam. — Antes de mais nada, eu nunca devia ter tratado desse assunto. Minha mãe sempre dizia: "Quando estiver em dúvida, fale só do tempo." E Deus é testemunha de que meu pai se esforçou ao máximo para meter isso em minha cabeça, mas às vezes falo demais e esqueço as boas maneiras. Peço desculpas.

Becca ficou radiante e disparou um olhar para Hannah: *Está vendo? Ele não é maravilhoso?*

Hannah fez seus lábios se curvarem, como resposta. Mas percebeu tudo, e só podia esperar estar enganada. Ou, se estivesse certa, que Becca percebesse também.

No entanto, os sentimentos de Becca por Cole foram ficando mais fortes, e as apreensões de Hannah mais profundas, especialmente depois que o pai delas foi ferido. Ele ficou no hospital durante dez dias e permaneceu incapacitado por mais um mês. Sua ausência deixou um vazio, para dentro do qual caminhou ansiosamente Cole. De forma não oficial, tornou-se o Homem da Casa, estava sempre lá para consertar o vazamento na pia, as dobradiças enferrujadas, dar conselhos e opiniões. Becca estava encantada e a mãe delas agradecida, mas a presença constante de Cole na casa só provocava em Hannah uma atitude de obstinada resistência.

Mais do que qualquer outra coisa, ela não gostava da sua atitude ditatorial com Becca. Seus pais tinham um casamento tradicional, seguindo as Epístolas: uma mulher cuidava do marido, como a igreja cuidava de Deus. John Payne era a autoridade inquestionável da família e seu pastor espiritual. Mesmo assim, ele pedia a opinião da mulher em todas as questões e, embora nem sempre seguisse seu conselho, tinha um profundo respeito por ela e pelo papel que desempenhava como companheira e mãe.

A atitude de Cole para com Becca era diferente, com perturbadoras implicações de condescendência. Becca jamais tivera uma vontade forte, mas, quanto mais tempo ficava com ele, menos opiniões tinha que não fossem fornecidas pelo marido. "Cole diz" tornou-se seu refrão constante. Parou de usar verde porque "Cole diz que essa cor faz minha pele ficar amarelada", e de ler ficção porque "Cole diz que ela polui a mente com tolices". Desistiu de seu emprego de meio expediente, como professora-assistente, porque "Cole diz que o lugar de uma mulher é junto da sua família".

Hannah manteve em sigilo sua crescente aversão, esperando que o ardor de Becca esfriasse, quando o seu pai melhorasse; ou, se isso não acontecesse, que ele percebesse o verdadeiro caráter de Cole e dissuadisse sua irmã de se casar com ele. Tinha o cuidado de não desafiá-lo abertamente nem de transmitir suas dúvidas a Becca. O confronto não era a maneira de derrotá-lo; melhor seria esperar o momento propício e deixar que ele derrotasse a si mesmo. Mas ela superestimara tanto sua habilidade como atriz quanto sua paciência, como descobriu no aniversário de Becca. O pai delas estava em casa fazia duas semanas, mas ainda não suficientemente forte, então a festa foi feita só para os parentes próximos — e para Cole, naturalmente. Hannah fez para Becca um vestido de uma lã macia cor de lavanda, e seus pais compraram para ela um pequeno par de brincos de opala, para combinar com a cruz que lhe haviam dado no ano anterior.

— Ah, que lindos! — exclamou ela, quando abriu a caixa de veludo.

—Vamos ver os brincos em você — disse o pai delas.

Becca gelou e seus olhos dispararam, cheios de culpa, na direção de Cole.

—Vamos, Becca — insistiu Hannah. — Coloque os brincos.

Parecendo presa numa armadilha, toda infeliz, Becca pôs os brincos.

— Estão lindos em você — disse sua mãe.

— Sim, estão — concordou Hannah. — Não acha, Cole?

Ele olhou para Becca durante longos segundos, com uma expressão indecifrável.

— Pessoalmente, não acho que Becca precise de nenhum enfeite para ficar bonita — disse, com um sorriso tenso. — Mas, sim, são muito bonitos.

Depois que ele foi embora, Hannah encurralou sua irmã na cozinha.

— Que conversa era aquela?

Becca encolheu os ombros, constrangida.

— Cole diz que a única joia que uma mulher deve usar, além de uma cruz, é sua aliança de casamento.

A antipatia de Hannah para com ele cristalizou-se naquele momento. Ainda mais do que as opiniões dele, ela não gostava do tom de imposição com que eram emitidas e sua hipocrisia subjacente.

— Mas é perfeitamente correto para ele usar todas aquelas grandes e brilhantes fivelas em seus cintos, e também gravatas de caubói azul-turquesa.

— É diferente, no caso dos homens — disse Becca. — Você sabe disso.

Era diferente, e Hannah fora bem-ensinada quanto aos motivos para isso. Mesmo assim, a diferença de padrões sempre a incomodara. E, aplicada a Cole Crenshaw, deixava-a furiosa.

— Não, não sei. Mas tenho certeza de que Cole faria um belo e longo sermão para mim sobre o assunto.

— Sei porque você não gosta dele — disse Becca, com um tom de voz duro. — Sente inveja, porque tenho um homem em minha vida e você não.

— É o que Cole diz?

Becca cruzou os braços em cima do peito.

— Não pense que ele não notou sua frieza com ele, todos esses meses. Ele fica magoado com isso e eu também.

— Sinto muito, Becca. Tentei gostar dele, mas...

— Não quero ouvir isso — disse Becca, virando-se e se afastando. — Eu o amo e quero passar minha vida com ele. Será que você não pode ficar feliz por minha causa?

E a conversa acabou aí. Becca casou-se com Cole logo que o pai delas estava suficientemente bem para caminhar com ela pelo corredor da igreja. Hannah fez o vestido de casamento da sua irmã e ficou ao seu lado, segurando um buquê de copos-de-leite, enquanto ela jurava amar, honrar e obedecer a Cole Crenshaw por toda a eternidade. E então Becca foi embora. Ela e Cole moravam a apenas alguns quilômetros de distância, mas seria a mesma coisa se tivessem mudado para o Maine. Hannah tentou ser boazinha com ele, agora que era seu cunhado, mas ele não aceitou: o dano já ocorrera. As irmãs se viam principalmente em reuniões da família e, mesmo nessas ocasiões, Cole tomava todas as precauções para que passassem pouco tempo juntas, sozinhas. Hannah sentia imensamente a falta de Becca. Por mais diferentes que fossem, sempre houvera proximidade entre elas. Agora, Hannah não tinha ninguém com quem pudesse partilhar sua vida interior.

Parte dessa vida, ela não ousaria partilhar. Embora não visse Aidan Dale havia mais de dois meses, ele ainda era uma presença insistente em seus pensamentos. Enquanto ela costurava pérolas em véus e rosetas em corpetes, lembrava-se das suas muitas gentilezas para com sua família, do fervor das suas orações por seu pai, do calor reconfortante da sua mão em seu ombro. Repetidas vezes, revivia o momento em que olhara dentro dos seus olhos e vira seus próprios sentimentos refletidos neles, ou pensara ter visto. Duas coisas a impediam de descartar isso como uma mera fantasia: ele não voltara ao hospital depois daquele dia. E Alyssa Dale, sim.

Ela os visitara já na manhã seguinte. Hannah e Becca estavam sozinhas com o pai; sua mãe estava em casa, mas descansando. A excitação da véspera, e a longa e tensa preparação para aquele momento, deixara todas exaustas. Hannah cochilava na cadeira ao lado da cama do pai. Teve uma distante consciência de uma conversa murmurada, entre Becca e outra mulher, mas não foi isso o que a arrancou do sono. Na verdade, foi a sensação formigante de estar sendo observada. Ela abriu os olhos e encontrou Alyssa Dale aos pés da cama, exatamente onde estivera Aidan, olhando-a fixamente. Desconcertada, Hannah olhou por todo o quarto, mas Becca não estava ali.

— Sua irmã recebeu um telefonema e saiu para atender — disse Alyssa, baixinho. — Ela não queria acordar seu pai.

— Ah — disse Hannah.

Sentia-se lenta e estúpida. Sabia que devia levantar-se e cumprimentar a visitante, mas o olhar franco e avaliativo de Alyssa parecia prendê-la na cadeira. Em público, Alyssa Dale era a perfeita esposa de um pastor: recatada e graciosa, bonita sem ser tão linda a ponto de causar ressentimento, digna sem ser altiva. Agora, pela primeira vez, Hannah percebia a inteligência que residia nos suaves olhos castanhos da outra mulher. Será que não a vira porque não esperava ver, ou porque Alyssa, habitualmente, a mantinha escondida?

— Parabéns pelas boas notícias sobre seu pai. Você deve estar muito aliviada.

— Estamos sim, obrigada. — Hannah obrigou-se a ficar em pé, estendeu a mão. — Sou Hannah. Muito prazer.

Alyssa fez um sinal afirmativo com a cabeça, mas não estendeu também sua mão.

— Sim, meu marido mencionou você. Em suas orações.

Hannah deixou sua mão cair do lado do corpo.

— Bondade sua ter vindo.

— Aidan me contou que o Senhor fez um milagre, ontem. Queria vê-lo por mim mesma.

Os olhos de Alyssa não se afastavam dos de Hannah. O exame minucioso fez com que ela sentisse vontade de se contorcer.

— Bem — disse Hannah —, estamos todos imensamente gratos pela preocupação dele.

— Gratos ao Senhor ou ao meu marido? As pessoas tendem a confundir os dois. — A voz de Alyssa tinha um tom levemente ácido. — Claro, isso é só porque nunca estiveram com Aidan antes de ele tomar seu café da manhã.

Hannah não disse nada, embaraçada pela imagem que estourou dentro da sua cabeça, Aidan de pijamas, com os cabelos despenteados, os olhos com as pálpebras pesadas. Alyssa a observava com uma expressão compreensiva, mas contendo uma leve insinuação de advertência, e as faces de Hannah arderam, quando lhe ocorreu como muitas mulheres deviam, ao longo dos anos, alimentar fantasias de estarem apaixonadas por Aidan Dale. Ela devia ser uma entre dezenas, até centenas, que fantasiavam a respeito dele. Que desejavam que ele não estivesse casado com essa mulher astuta e controlada.

— Hannah — disse Becca, num sussurro alto. Estava em pé no umbral, erguendo seu celular. — Mamãe quer falar com você.

Hannah conteve um suspiro de alívio.

— Por favor, me dê licença, sra. Dale.

— Não. Preciso ir — disse Alyssa. — Vamos viajar para o México esta noite e, em seguida, para a América do Sul e a Califórnia, e ainda não terminei de fazer as malas.

— Uma longa viagem, então — disse Hannah.

— Três semanas. Longa o suficiente.

Ela não precisou acrescentar: *Para que ele a esqueça.*

Por algum tempo, pareceu que ele esquecera. O verão deu lugar ao outono e a temperatura finalmente caiu e, quando as primeiras imagens de esqueletos pulando e bruxas montadas em paus de vassoura apareceram nos gramados da frente das casas dos seus vizinhos, as lembranças que Hannah tinha de Aidan começaram a perder a nitidez, assumindo o aspecto nevoento de imagens vistas através de filó. Se, algum dia, ele tivera sentimentos por ela — e ela começava a duvidar disso — devia ter, desde então, recuperado a razão, como ela própria precisava fazer. Até pensar em estar com ele, um homem casado, um homem de Deus, era um grave pecado. E assim, no estudo da Bíblia, fez questão de se sentar ao lado de Will, um rapaz tímido que há semanas lançava olhares ansiosos em sua direção; e quando, finalmente, ele juntou coragem e lhe pediu que saísse em sua companhia, aceitou.

Tivera dois namorados sérios, um em seu último ano na escola secundária e o outro no início da casa dos vinte anos. Eram rapazes simpáticos, e ela apreciara sua companhia e atenção, mas nem um nem outro conseguiram despertar-lhe mais do que afeto e uma esporádica curiosidade sexual, que ela não tinha nenhuma intenção de explorar, não com eles. Não lhe bastaria. Eles não lhe bastariam.

Tampouco, logo percebeu, Will bastaria, embora, por todas as avaliações racionais, devesse bastar. Era um veterinário, doce, tímido, engraçado, de uma maneira autodepreciativa. Eles começaram a sair juntos em meados de outubro e, em meados de novembro, quando as folhas dos carvalhos começaram a voejar para o chão, descrevendo círculos castanhos e pontudos, ela percebeu que Will ia caindo junto, mas ela não.

— Por favor, Hannah, dê a ele uma oportunidade — insistiu sua mãe, e então ela continuou a vê-lo.

Ele se tornou ardente, falou de amor, sugeriu casamento. Ela imobilizava suas mãos errantes e mudava de assunto, quando ele estava quase pedindo-a em casamento. Finalmente, quando a frustração dele se transformou em raiva, ela o largou, infeliz e desorientado, enquanto seu coração permanecia perfeitamente intacto.

Aidan não o deixaria intacto, desde o início soubera disso. Muito antes de se tornarem amantes, ela podia prever que haveria um depois, e que traria consequências para ambos.

Mas, ainda assim, não imaginara isto: ela transformada numa Vermelha, numa pária, enquanto Aidan continuava com sua vida, mudava-se com Alyssa para Washington, a fim de assumir seu novo cargo como Secretário da Fé, continuava a inspirar milhões com suas palavras e seu exemplo. Hannah sabia que ele pensava nela, que sentia sua falta, lamentava, como ela, a perda do filho deles. Que culpava a si mesmo e se atormentava com as possibilidades não realizadas. Provavelmente, que detestava a si mesmo por não se apresentar.

Mas mesmo assim...

Espiou a mosca voar animadamente em torno do cômodo, zumbindo. Quando ela pousou no chão, ao seu lado, matou-a com uma selvagem palmada da sua mão.

A GORA, SOU UMA VERMELHA.
Era seu primeiro pensamento do dia, todo dia, emergindo depois de uns poucos segundos de nebulosa e abençoada ignorância, e envolvendo-a como uma onda que se quebrava em seu peito, com um rugido inaudível. Logo em seguida vinha uma segunda onda, estilhaçando-se sobre os destroços deixados pela primeira: *Ele foi embora*. A primeira terminava, finalmente, restando apenas uma dor imprecisa, mas a segunda a atacava com fúria incansável, rolando a cada dez, vinte minutos, *foi embora, foi embora, foi embora*, atolando-a numa dor sempre renovada. A sensação de perda nunca diminuía. Na verdade, parecia tornar-se mais crua, à medida que se aproximava o dia da sua soltura. Ela imaginava como seu coração podia conter tanta dor e continuar com suas batidas compassadas, insistentes.

Se, pelo menos, ele estivesse aqui, eu poderia procurá-lo. A ideia era absurda, uma fantasia pueril; e, embora a afastasse imediatamente, seu fantasma perdurava, agitando-se pelas bordas dos seus pensamentos e despertando lembranças da primeira vez em que fora encontrar-se com ele, num hotel em San Antonio. Com as lembranças, vinha uma inevitável pontada de desejo. Mesmo agora, depois de tudo o que acontecera, ela ainda a sentia.

Começara com um telefonema, umas poucas semanas antes do Natal. A melancolia que pesara sobre ela como um avental de ferro, durante as últimas semanas com Will, terminara, deixando-a mais determinada do que nunca a não aceitar nada menos que um amor verdadeiro, profundo. Sentira-o uma vez, pelo menos seu início; podia sentir novamente a mesma coisa, e sentiria. Aidan Dale, ela varreu à força da sua cabeça. Implorou perdão a Deus por tê-lo desejado e jurou perante Ele e para si mesma que jamais tornaria a ser tão fraca.

Esse era seu estado de espírito, quando o escritório da igreja telefonou. Um emprego de coordenadora, meio período, estava vago, no Ministério First Corinthians. Hannah ainda estava interessada?

Por um momento, ela ficou espantada demais para responder. Solicitara um emprego na Ignited Word fazia vários anos, mas os cargos pagos eram raros e muitíssimo procurados, e não recebera nunca qualquer resposta. O Ministério First Corinthians, ou o iCs, como era mais conhecido, informalmente, era a ala caritativa da igreja, com o encargo de ajudar os membros mais necessitados da comunidade, aqueles com maiores problemas. Era também o projeto favorito do Reverendo Dale. Ele podia ser visto com frequência, atrás das pás de um dos seus reluzentes ventiladores brancos, entregando comida aos pobres, encaminhando viciados à reabilitação e homossexuais para retiros de terapia de conversão. Ele dera àquela ala o nome do seu versículo favorito da Bíblia, Coríntios I, 13:2, que muitas vezes citava em seus sermões e entrevistas, sempre usando a versão original das Escrituras, a do Rei Jaime — "E embora eu tenha o dom da profecia, e entenda todos os mistérios e todo o conhecimento; e embora eu tenha toda a fé, de modo que poderia remover montanhas, sem a *caridade*, nada sou" —, em vez da nova versão internacional atualizada, que substituía a palavra *caridade* por amor. Há infinitos tipos de amor, o Reverendo Dale gostava de dizer, mas a caridade é o mais puro de todos, porque é o único que não pergunta: *O que receberei em troca?*

Será que Aidan apresentara o nome de Hannah para esse cargo? E, se tivesse feito isso — por que estariam telefonando, depois de tanto tempo —, seria por bondade ou por outro motivo?

— Srta. Payne? — disse a mulher, puxando Hannah de volta para a conversa. — Gostaria de aparecer aqui, para uma entrevista?

Bondade, Hannah disse a si mesma, ao marcar o encontro. Bondade e nada mais.

Ela foi entrevistada pela gerente do escritório, sra. Bunten, uma mulher de meia-idade com um rosto estranho, profundamente enrugado, que escondia uma natureza compassiva e maternal. Hannah, mais tarde, soube que as rugas haviam sido entalhadas pela dor: a sra. Bunten perdera o marido e dois filhos num dos tumultos do Açoite, e tivera um renascimento pouco depois. Agora, dez anos mais tarde, a Ignited Word era todo o seu mundo, e o Reverendo Dale o glorioso sol que brilhava no centro dele. Isso ficou claro para Hannah desde o início. A sra. Bunten falou com bastante afeto de Deus e do Seu Filho, mas era quando falava sobre Aidan que seu rosto assumia o ardor da verdadeira veneração.

O momento-chave da entrevista veio quando conversavam sobre a recuperação do pai de Hannah.

— Um milagre — disse a sra. Bunten.

— Sim — concordou Hannah. — Agradeço a Deus todos os dias, por isso. A Deus e ao Reverendo Dale.

A sra. Bunten deu-lhe um sorriso que era positivamente beatífico.

—Vejo que vai enquadrar-se perfeitamente aqui.

O trabalho era de vinte horas por semana, na maior parte empregadas em tarefas clericais no escritório do iCs, embora às vezes pedissem a Hannah para servir a sopa na cozinha ou fazer entregas. Em sua primeira semana, ela não viu Aidan nem uma só vez. Mas, na segunda-feira da semana seguinte, ele entrou no escritório, carregando uma pesada torre de caixas muito coloridas com brinquedos para crianças.

— Ho, ho, ho — gritou, meio sem fôlego.

A sra. Bunten foi correndo ajudá-lo. Hannah acompanhou-a mais devagar, dividida entre ânsia e relutância.

A sra. Bunten tirou as caixas do alto, descobrindo o rosto dele.

— Obrigado, Brenda — disse ele. E então viu Hannah. — Ah, Hannah. Olá.

Seu sorriso era cândido, agradavelmente surpreso. Bondoso. Hannah foi em frente.

— Olá, Reverendo Dale.

— Ora, reverendo — disse a sra. Bunten, que só faltava cacarejar, enquanto entregava as caixas a Hannah e tomava o resto da mão dele —, sabe que não deve carregar tudo isso. A sra. Dale ficará furiosa com nós duas, se tiver outra vez problemas nas costas.

— Alyssa se preocupa em excesso.

A sra. Dale. Alyssa. Hannah virou as costas e colocou as caixas no chão. *A mulher dele.*

— Como vai seu pai? — perguntou ele.

— Papai está bem. Voltou para o trabalho. Seu olho esquerdo ainda está meio enevoado, mas esperamos que, com o tempo, fique curado. — *Aidan não sente isso.*

— Rezo para que sim. Por favor diga a ele e sua mãe que mandei meus melhores votos.

— Direi, sim. — *Ele não sente e é melhor assim.*

Perguntou se Hannah estava gostando dali e ela disse que muito, obrigada. Indagou a respeito de Becca e mandou os parabéns pelo casamento dela. A sra. Bunten interveio, maravilhando-se com o fato de ele nunca se esquecer do nome de uma pessoa, quando rezava junto com ela. Ele protestou contra sua tendência a exagerar as suas virtudes. Hannah deu as respostas adequadas. Sentia-se entorpecida e tola.

A assistente de Aidan interrompeu-os, telefonando para lembrá-lo do seu encontro, às quatro horas, com o senador Drabyak. Aidan deu pequenas batidas na testa, pesarosamente, disse que era melhor ir andando, deu as boas-vindas a Hannah no iCs e pediu licença para sair.

Na porta, virou-se para trás.

— Brenda, me esqueci de lhe dizer, há mais alguns brinquedos lá fora, na van. Precisam estar embrulhados até amanhã. Vou levá-los para o abrigo, às três horas.

— Providenciaremos isso, reverendo — disse a sra. Bunten.

Aidan virou-se para Hannah.

— Gostaria de ir junto? Para o abrigo? É maravilhoso ver os rostos das crianças se iluminarem.

Seu próprio rosto não expressava nada, a não ser um interesse amistoso e ansiedade — para ver as crianças. Talvez ele não tivesse apresentado seu nome, afinal, nem mesmo por bondade. Talvez fosse um ato de Deus ela estar ali, um castigo por seu desejo: para ver o rosto dele, ouvir sua voz e saber que nunca seria seu.

— Eu adoraria — disse ela.

E assim começou, a longa e torturada dança de acasalamento, embora se passassem meses antes de ela reconhecê-la como tal. Hannah vivia num estado de silencioso anseio, pontuado por irrupções de culpa e medo de que alguém notasse. Aidan a tratava como a todos, com a cordialidade profissional de um pastor.

Hannah estava trabalhando na igreja havia seis semanas, quando Alyssa entrou no escritório com Aidan. Ela parou, logo que viu Hannah e esta percebeu que ele não lhe contara. Porque era demasiado sem importância para ser mencionado ou...?

— Olá, sra. Dale.

— Olá — disse Alyssa. — Becca, não é?

Sentindo que a ignorância era fingida, Hannah disse:

— Essa é minha irmã. Sou Hannah.

— Hannah veio trabalhar conosco pouco antes do Natal — disse Aidan. — Ela está fazendo um serviço maravilhoso.

O comentário soou forçado e desajeitado. Hannah sorriu, com constrangimento.

— Claro que está, querido — disse Alyssa. Passou o braço em torno da cintura de Aidan e deu a Hannah um sorriso gélido. — Meu marido inspira os outros a trabalharem duro. As pessoas detestam desapontá-lo.

O desconforto de Aidan era óbvio e Hannah teve quase certeza de que Alyssa o elogiara de propósito, porque sabia como ele detestava isso. Talvez o casamento deles não fosse tão idílico quanto todos imaginavam.

— Ah, mas tenho certeza de que Hannah faria um bom trabalho para qualquer um — disse ele.

— Bem — disse Alyssa —, não vamos mantê-la afastada do seu serviço.

Os Dale pegaram o que tinham vindo buscar — a chave de uma das vans — e foram embora. Alyssa precedeu Aidan, na saída. No último segundo, ele girou a cabeça, a fim de olhar para Hannah, atrás, e ela teve uma sensação estranha, como se a estivesse puxando com um cordão. Os olhos deles se encontraram e se afastaram ao mesmo tempo.

Então, ela pensou. *Então*.

DEPOIS DISSO, COMEÇOU o verdadeiro tormento. O comportamento de Aidan para com Hannah era imutável, mas havia nos contatos deles algo carregado, que não existia antes, e ela percebeu que não sofria sozinha. A atração deles crescia devagar, vacilante, não reconhecida, mas inconfundível. A Hannah, muitas vezes tudo aquilo parecia uma gravidez, durante a qual ambos esperavam, com graus iguais de excitação e medo, o surgimento da coisa nova que estavam criando entre si. Raramente ficavam sozinhos juntos e, quando isso ocorria, era rapidamente e por acaso — um encontro casual na escada, um espaço de tempo de cinco minutos, quando a sra. Bunten estava no banheiro. Aidan estava constantemente cercado por pessoas, todas querendo alguma coisa dele: sua atenção, sua bênção, sua opinião, o toque da sua mão em seus ombros. Hannah acabou ficando ressentida com todos, mesmo sentindo em si própria o eco dessa ânsia.

Mais do que qualquer outra pessoa, ela sentia ressentimento e inveja de Alyssa Dale. A esposa de Aidan se tornara uma visitante frequente no escritório do iCs, lançando-se ali dentro sempre que era preciso ajuda. A sra. Bunten fez um comentário a respeito, um dia, dizendo como era bom que a sra. Dale estivesse tão interessada no trabalho delas. Com Hannah, Alyssa era friamente cortês e, quando Aidan estava por perto, vigilante. Quando eram apenas as mulheres, ela ficava mais descontraída, embora sempre mantivesse certa reserva, um ar de distanciamento. Mesmo assim, trabalhava tão duro quanto qualquer uma delas, era generosa nos elogios e as divertia com seu refinado senso de humor. A sra. Bunten e as outras mulheres a adoravam, e até Hannah começou a admirá-la. Ocorreu-lhe mais de uma vez que, em circunstâncias diferentes, ela e Alyssa Dale poderiam ser amigas.

Nesse meio-tempo, a tensão entre Hannah e Aidan continuava a crescer. Às vezes, era tão palpável que ela quase esperava que se materializasse, sinuosa e brilhante, no ar entre eles. Ela rezava toda noite, antes de ir para a cama, pedindo perdão a Deus. E toda noite ficava sem dormir, imaginando Aidan deitado ao seu lado. Sabia que devia deixar o iCs e tirar de si a tentação de estar perto dele. Até compôs uma carta de demissão, dirigida à sra. Bunten, mas não conseguiu obrigar a si mesma a dizer: "Mande", como também não podia obrigar a si mesma a pedir a Deus que a ajudasse a parar de amar Aidan.

Em junho, Hannah fez vinte e cinco anos. Na manhã do seu aniversário, entrou no escritório e descobriu uma grande orquídea num pote, em cima da sua escrivaninha. Seu aspecto era tão exótico e fora de lugar, no espartano escritório do iCs, quanto seria uma pele de zebra ou um vaso de porcelana Ming. As pétalas eram amarelas, com manchas rubras, e a planta tinha a forma de um U perfeito.

— De onde veio isso? — perguntou à sra. Bunten.

Alyssa, graças a Deus, não estava presente: acompanhara Aidan numa longa missão na África.

— Foi entregue, simplesmente. Endereçada a você.

Afogueada, Hannah deu as costas à outra mulher e fingiu procurar um cartão, sabendo que não haveria nenhum. Quando tocou numa das pétalas com seu indicador, era macia e com uma vibração de vida, como pele.

— Você não nos contou que tem um admirador — disse a sra. Bunten, num tom melindrado, de repreensão.

— É do meu pai — mentiu Hannah. — Ele sempre me manda uma orquídea, no dia do meu aniversário.

— Ah — disse a sra. Bunten, desapontada. — Bem, feliz aniversário, querida. Tenho certeza de que encontrará alguém, em breve, alguém tão bonito quanto você.

Hannah não conseguiu concentrar-se durante o resto do dia. O que significaria o fato de Aidan ter-lhe enviado essa coisa extravagante, sensual? Porque claro que viera dele: a ausência de um cartão era a prova. Será que ele se rendia, finalmente, aos seus sentimentos? Deveria ela fazer o mesmo? E o que aconteceria, em seguida?

Ela teve três semanas martirizantes, para ponderar sobre as respostas. Era o período mais longo que passara sem vê-lo e estava irritável e distraída. Confortava — e atormentava — a si mesma espiando vídeos das suas pregações, muitas vezes junto com seus pais. De início, ela ficava nervosa, com medo de que seu rosto a traísse, mas finalmente percebeu que sua expressão espelhava a deles e a de todos os membros das suas plateias. O mundo amava Aidan Dale.

ELE VOLTOU NUMA sexta-feira, um dos dias de folga de Hannah, e houve então o fim de semana para atravessar. Ela foi para a igreja com seus pais no domingo, como sempre. O sermão de Aidan foi incomumente ardoroso, aquele dia, levando a congregação a quase um frenesi de exaltação. Ele concluiu tranquilamente, com um trecho de João I: "Amados, vamos amar-nos, porque o amor é de Deus, e todos os que amam nascem de Deus e conhecem a Deus." Embora estivesse sentada longe demais dele, lá atrás, e Aidan não pudesse vê-la, Hannah teve certeza de que falava para ela.

Na segunda-feira, ela usou seu vestido verde-escuro, aquele que sempre fazia a testa da sua mãe enrugar-se, por causa da maneira como suas linhas simples acentuavam sua figura. Passou o dia num estado de tensa expectativa e até ficou por uma meia hora extra, mas ele não apareceu. Ela foi embora sentindo-se desanimada e confusa. Ele jamais pronunciara para ela uma palavra inadequada. Jamais saíra do seu caminho para ficar sozinho com ela, jamais a tocara. Será que ela imaginara aquilo tudo, então?

Na manhã seguinte, ela recebeu um telefonema do escritório da igreja: uma das voluntárias acompanhantes da animada festa do Verdadeiro Amor Espera, em San Antonio, naquele fim de semana, tivera de cancelar sua participação, por causa de uma emergência em sua família. Será que Hannah poderia ocupar seu lugar?

— Claro — respondeu ela. Sabia que Aidan compareceria. A sra. Bunten mencionara isso, na véspera. Será que ele sugerira Hannah?

Ela passou uma semana desassossegada, à espera, oscilando entre certezas: ele tinha, ele não tinha, ele tinha, ele não tinha. O próprio Aidan estava longe, novamente, supervisionando a abertura de um novo abrigo em Beaumont. Hannah não podia fazer nada a não ser esperar: que a sexta-feira afinal chegasse, que a caravana alcançasse San Antonio, que os adolescentes aos seus cuidados estivessem instalados no hotel, que os pacotes de boas-vindas fossem distribuídos, que ocorressem os habituais dramas e confusões — "Eu devia estar no quarto da Emily" — precisando serem harmonizados, e que terminasse a Ceia da Comunhão. Aidan deveria estar presidindo, mas ocorreram tempestades com relâmpagos no leste do Texas e o voo dele sofrera um atraso. Os gemidos de desapontamento que essa notícia arrancara dos duzentos e cinquenta adolescentes na sala afogaram completamente o pequeno som de frustração da própria Hannah.

Depois da ceia, ela ficou caminhando pelo seu quarto, esperando que o vídeo tocasse ou não, e reexaminando os poucos fatos de que dispunha. Fato: o escritório da igreja tinha centenas de voluntários aos quais recorrer, mas telefonaram para ela, Hannah, da mesma forma como lhe telefonaram para a entrevista. Fato: Aidan tinha vindo sozinho. Alyssa estava fora por uma semana, visitando seus pais em Houston. Fato: as outras voluntárias estavam dormindo duas num quarto, mas Hannah tinha um quarto só para ela. Podia ser uma simples coincidência que ela fosse a única ímpar, isolada?

Ela estava meio esperando, meio desesperada por um telefonema, e então, quando ouviu a batida, pouco depois das onze, ficou espantada. Não vinha da porta que dava no corredor, mas da porta do quarto vizinho: três leves batidas. O coração de Hannah deu um salto, mas ela não se apressou. Foi até a porta com a marcha majestosa e compassada de uma noiva seguindo pela nave da igreja.

Respirou fundo, destravou o trinco e abriu a porta. De início, nenhum dos dois se moveu nem falou. Apenas olharam um para o outro, absorvendo o fato de que estavam ali, juntos, sozinhos.

O rosto de traços delicados de Aidan era um desenho de dor e anseio. Hannah analisou-o, vendo pela primeira vez que suas feições, embora atraentes, não tinham nada de excepcional, e o que as tornava tão impressionantes eram as contradições que revelavam: infantilidade e sensualidade, autoconfiança e humildade, fé e apreensão, como se fosse por causa de algum golpe terrível ainda a ser desferido, que só ele podia prever.

— Não sou o homem que você pensa que sou — disse ele. — Sou um pecador. Fraco, sem fé.

— Você é o homem que eu quero — disse Hannah.

Sentia-se estranhamente calma, agora que o momento estava ali, acontecendo fora da sua cabeça. Não tinha nenhuma dúvida, apenas uma sensação de absoluta correção, que ela sabia que só poderia vir de Deus.

— Sou o pior dos hipócritas.

— Não, nisso, não — disse Hannah. — Isso é honesto. É certo. Não sente isso?

— Sim, sinto — disse ele —, como nunca senti nada em minha vida. Mas sua honra, Hannah. Sua alma.

Ela pegou a mão dele e a levou até seu peito, colocando-a em cima do seu coração, e depois colocou sua mão em cima do coração dele, que estava batendo numa selvagem percussão, em contraponto com a forte e firme cadência do seu próprio coração. Ela esperou e, finalmente, ele a puxou para si e a beijou.

Ele manteve os olhos fechados, daquela primeira vez, mesmo quando ela gritou, por causa da dor que ele lhe provocou. Com o som, ele fez uma careta, como se fosse quem era machucado. Ela não lhe contara que era virgem, não por causa de qualquer desejo de esconder o fato, mas simplesmente porque parecia evidente por si mesmo. Era por ele que ela esperava.

— Tudo bem — sussurrou ela.

Ele sacudiu a cabeça.

— Não, não está bem.

Seu quadril se movimentou mais depressa. Seu corpo estremeceu. E, então ele próprio gritou, mas não foi de dor.

Agora, Hannah fechou seus olhos e se deixou imaginar como seria vê-lo novamente. Deitar-se com a cabeça aninhada no oco do seu ombro, enquanto ele acariciava seus cabelos e falava de coisas ao acaso — um sonho que tivera na noite da véspera, um sermão que estava lutando para fazer, uma ideia que não contara a mais ninguém. Mas a fantasia gaguejou e parou, exatamente como acontecera, com frequência, com todas as conversas entre eles, quando um dos dois, inadvertidamente, dizia a palavra errada, perfurando a frágil membrana que os protegia do mundo lá fora. "Lar" convocava Alyssa para a cama, entre eles. "Igreja" despertava o fantasma da descoberta e do escândalo. "Amanhã" ou "na próxima semana" conduzia a pensamentos de um futuro juntos que jamais poderiam ter.

Pois estava fora de questão Aidan deixar sua mulher. Ele dissera isso a Hannah claramente, naquela primeira noite, enquanto se vestia.

— Não posso nunca oferecer-lhe mais do que isto — disse, acenando sua mão para abranger a cama desfeita, o quarto impessoal. — Amo você, mas não posso nunca deixar Alyssa. Não posso trazer-lhe esse tipo de vergonha. Você entende? Você e eu jamais poderemos amar um ao outro abertamente.

— Entendo.

— Você merece ter isso, com alguém — disse ele. — Um marido, uma família.

Deitada na cama úmida, com o cheiro dele em sua pele e seu corpo doendo por terem feito amor, ela não podia imaginar-se com outro homem. Até pensar nisso era repugnante.

— Não quero mais ninguém — disse-lhe.

DOIS

PENITÊNCIA

Luz solar ricocheteando no concreto, faiscando em arame farpado e aço, banhando seu rosto de calor. Vento frio açoitando sua pele e agitando seus cabelos, o azul intenso do céu perfurando seus olhos. Sons de carros passando com um zunido, um trecho de canção num rádio, o gorjeio de pássaros, o cri-cri dos gafanhotos, o ranger de dois pés sobre cascalho. O volume de informações sensoriais era estonteante, esmagador. Hannah tropeçou e o guarda que caminhava ao seu lado segurou na parte superior do seu braço, para firmá-la. Ao fazer isso, seus dedos roçaram na curva externa do seu seio. Intencionalmente? Ela lhe lançou um olhar de esguelha, mas seu largo rosto moreno estava impassível e seus olhos olhavam diretamente para a frente.

Eles se aproximaram de um grande prédio sem janelas, com a altura de seis andares: a prisão. Quando passaram sob sua sombra, Hannah sentiu um calafrio que não tinha nada a ver com o tempo. Apenas os criminosos mais violentos eram mantidos atrás das grades — assassinos em primeiro grau, estupradores em série, abortadores e outros infratores considerados incorrigíveis pelo estado. A maioria deles cumpria penas de prisão perpétua. Depois que entravam, nunca mais saíam.

Quando se aproximaram do portão, ele começou a se movimentar, deslizando para dentro do muro com um gemido mecânico.

— Você está livre para ir embora — disse o guarda a Hannah. Ela fez uma pausa no umbral. — O que é que há, *pajarita*, tem medo de sair do ninho?

Sem dar nenhum sinal de que o ouvira, ela endireitou os ombros e atravessou a abertura, caminhando para dentro do mundo.

Ficou em pé numa curta estrada que dava num estacionamento. Caminhou para a beira da estrada e examinou a área do estacionamento, com uma mão protegendo seus olhos do sol matinal. Não havia nenhum movimento, nenhum sinal do sedã azul dos seus pais. Fixou os olhos na entrada, desejando que o carro aparecesse, dizendo a si mesma que seu pai estava apenas atrasado.

— Ei, garota. — A voz de um homem veio de trás dela. Virou-se e viu uma pequena cabine que não notara, de um lado do portão. Um guarda estava apoiado no umbral, com os braços cruzados em cima do peito. — Acho que seu amigo não vem — disse ele.

— É meu pai — disse Hannah. — E ele estará aqui.

— Se eu ganhasse um dólar todas as vezes em que ouço isso, estaria rico como um árabe.

O guarda era alto e magricela, com um rosto presunçoso e cheio de espinhas, e um pomo de adão protuberante que se balançava convulsivamente, quando ele engolia. Parecia ter cerca de dezesseis anos, embora Hannah soubesse que ele tinha de ter pelo menos vinte e um, para trabalhar numa prisão estadual.

Ela ouviu o som de um veículo. Deu a volta e viu um carro parando no estacionamento, mas era prateado e não azul. Seus ombros despencaram. O automóvel parou, recuou e saiu.

— Parece que alguém virou no lugar errado — disse o guarda. Hannah deu uma olhada nele, atrás, imaginando se a ironia era intencional e depois decidiu que ele era estúpido demais para isso.

— O que vai fazer, se seu papai não aparecer, hein? Para onde vai?

— Ele estará aqui — disse Hannah, de forma talvez um tanto enfática demais.

—Você poderia ficar comigo durante algum tempo, se não tiver nenhum outro lugar para ir. Moro bem, a residência é simpática. E tem espaço suficiente para dois. — Sua boca se torceu num meio sorriso.

Hannah sentiu sua pele formigar de aversão, quando os olhos dele deslizaram por seu corpo abaixo e depois tornaram a subir. A quantas outras mulheres ele teria feito essa proposta, e quantas estariam desesperadas o bastante para aceitá-la? Deliberadamente, ela lhe virou as costas.

— Só estou tentando ser amistoso — disse o guarda. — Acho que você descobrirá que o mundo não é um lugar tão amistoso para uma Cromo.

Pelo canto do olho, Hannah o viu voltar para a cabine. Sentou-se no meio-fio para esperar. Estava com frio, com sua blusa e saia finas, de verão, mas não se importava. O ar fresco era divino. Ela o aspirou e ergueu o rosto para o sol. Pela sua posição, devia ser quase meio-dia. Por que seu pai estaria tão atrasado?

Ela já estava esperando havia vinte minutos, talvez, quando uma van amarela entrou no estacionamento e se dirigiu para o portão, parando exatamente à sua frente. Um letreiro pintado na porta dizia: SERVIÇO DE TÁXIS CRAWFORD. LEVAMOS VOCÊ ATÉ LÁ. O vidro do lado do passageiro foi baixado, um homem de meia-idade, com um rabo de cavalo engordurado, grisalho, inclinou-se para fora e perguntou:

— Precisa de um táxi?

Ela se levantou.

— Talvez. — Em Crawford, ela poderia conseguir alguma coisa para comer e encontrar um netlet, a fim de telefonar para seu pai. — A que distância fica a cidade?

— Quinze minutos, pegar ou largar.

— Qual é o preço?

— Bem, vamos ver, agora — disse o motorista. — Calculo que trezentos devem mais ou menos cobrir a viagem. Gorjeta incluída.

— Mas isso é um desaforo!

Ele encolheu os ombros.

— Não há muitos táxis que se disponham a transportar um Cromo.

— Lembra o que eu disse, garota? — disse o guarda atrás dela, com um tom de voz arrastado. — As coisas não são nada fáceis no mundo aí fora para um Vermelho.

Ele agora estava em pé na frente da cabine, sorrindo, e Hannah percebeu que ele devia ter chamado o táxi. Ele e seu camarada, o motorista, tinham sem dúvida encenado esse roteiro muitas vezes, dividindo, depois, seu lucro vil.

— E aí? — disse o motorista. — Não tenho o dia inteiro disponível.

Quanto dinheiro lhe restara? Não podia ser muito; quase todas as suas economias tinham sido usadas para pagar o aborto. Sua conta corrente tinha talvez mil dólares, quando ela foi presa, mas haveria as deduções automáticas dos seus pagamentos. Os trezentos dólares que recebera do estado do Texas talvez fossem tudo o que ela tinha em seu nome.

— Vou caminhando — disse ela.

— Faça como quiser.

Ele ergueu o vidro da janela do carro e se afastou.

— Ainda não mudou de ideia? — disse o guarda. Veio perambulando até onde ela estava. Hannah ficou tensa, mas ele apenas lhe entregou um fragmento de papel, no qual estava rabiscado um nome, Billy Sikes, e um número de telefone. — É meu número — disse ele. — Se eu fosse você, guardaria isso. Talvez decida que um amigo pode ser útil, um dia desses.

Hannah amassou-o em seu punho fechado e deixou-o cair no chão.

— Já tenho amigos em número suficiente.

Virou-se e começou a caminhar na direção da estrada.

Estava a meio caminho da entrada quando um sedã azul familiar entrou. Ela começou a correr. Ele parou a alguns passos, à sua frente e ela viu seu pai atrás do volante, sozinho. Bem sabia que não devia esperar sua mãe nem Becca, mas, mesmo assim, a ausência delas doeu fundo. Durante algum tempo, nem ele nem Hannah se movimentaram. Olhavam um para o outro através do vidro do parabrisa, com mundos de distância. A boca de Hannah estava seca de medo. E se ele não conseguisse suportar a visão dela? E se ele ficasse tão nauseado a ponto de se afastar, no carro, deixando-a ali? Ela já perdera tanto que não achava possível viver sem o amor do seu pai. Pela primeira vez, desde que entrara na prisão Cromo, ela rezou. Não a Deus, mas ao Seu Filho, que sabia o que era ficar preso numa armadilha, sozinho, dentro da carne mortal; que uma vez conhecera o terror de ser abandonado. *Por favor, Jesus. Por favor, não tire meu pai de mim.*

A porta do lado do motorista se abriu com força e John Payne saiu, mantendo a porta entre ele e Hannah. Ela se aproximou dele devagar, com cuidado, como de um pássaro que ela tivesse medo de espantar e fazer voar. Quando ainda estava a alguns passos de distância, parou, insegura. Seu pai olhava fixamente para ela, sem falar. Lágrimas rolavam pelo rosto dele.

— Papai?

O peito dele se levantou e ele soltou um soluço sufocado. O som a dilacerou. Apenas uma vez, no enterro da sua avó, Hannah já vira seu pai chorar, algum dia. Seus próprios olhos se encheram de lágrimas, quando ele saiu de trás da porta do carro e estendeu os braços para ela. Nunca fora tão grata por alguma coisa, em sua vida, quanto por essa ternura, esse simples calor humano. Pensou nas últimas poucas vezes em que fora tocada: pelo guarda, mais cedo, pelo médico que a amarrara e injetara o vírus nela, pelo meirinho, na sala do tribunal, pela horrenda médica da polícia. Ser tocada com amor era uma espécie de milagre.

— Minha linda Hannah — disse seu pai, acariciando seus cabelos. — Ah, minha doce e linda menina.

ELE TROUXERA UM cooler com comida: sanduíches de peru, batatas fritas, uma maçã, uma garrafa térmica com café. Coisas simples, mas, depois de trinta dias comendo nutribarras, o gosto era de ambrosia. Ele ficou em silêncio, enquanto ela comia, com os olhos fixos na estrada. Dirigiam-se para o norte, na I-35, em direção a Dallas. *Na direção de casa.* Uma gota de esperança pingou em sua mente. Talvez sua mãe a tivesse perdoado, pelo menos o bastante para deixá-la mudar-se outra vez para casa.

Como se estivesse lendo seus pensamentos, seu pai disse:
— Não posso levar você para casa. Sabe disso, não é?
A gota escorreu e desapareceu.
— Sei, sim.
— Se, pelo menos, você conversasse conosco, Hannah. Se nos contasse...
Ela o interrompeu, bruscamente.
— Não posso. Não contarei.
A voz saiu estridente e desafiadora. Com um tom mais ameno, ela disse:
— De qualquer forma, contar a vocês não adiantaria nada.
Seu pai apertou o volante com mais força, até as juntas dos seus dedos ficarem brancas.
— Me ajudaria a ir atrás desse filho da mãe, para eu poder espancá-lo até morrer.
"Ajuste o percurso. Você está fora da sua via", disse a voz agradável do computador. O volante fez um ligeiro e rápido movimento para a esquerda, sob a mão do seu pai, e ele soltou um som de frustração.
Hannah, agora sem apetite, baixou os olhos para o sanduíche meio comido, em seu colo.
— Desculpe, papai — disse.
A desculpa soou mecânica aos seus ouvidos, um eco agonizante que viajara até longe demais, desde a sua fonte original, com seu significado agora quase perdido pelo excesso de repetição. Ela dissera essas palavras tantas vezes — a ele, a Becca, a sua mãe, ao fantasma do seu filho, a Deus — sabendo que não eram suficientes e jamais seriam; sabendo que se sentiria compelida a dizê-las repetidas vezes,

mesmo assim. Sua vida se tornara uma conjugação apologética: Senti muito, sinto muito, sentirei muito, sem nenhuma esperança de um futuro perfeito: *terei pedido desculpas*.

Seu pai soltou um longo suspiro, e seu corpo relaxou um pouco.

— Eu sei.

— Para onde está me levando? — perguntou ela.

— Há um lugar em Richardson administrado pela Igreja do Senhor Ressuscitado. Chama-se Straight Path Center, o Centro do Caminho Justo. — Hannah sacudiu a cabeça. Não ouvira falar em nenhuma das duas coisas. — É mais ou menos uma casa para mulheres como você. Se funcionar, você pode ficar lá por até seis meses. Isso nos dará tempo para encontrar um emprego e um lugar seguro para você morar.

O "nós" tranquilizou-a, e também o fato de que o centro era em Richardson, logo ao sul de Plano.

— Quando você diz "mulheres como eu"...

— Vermelhas não violentas, e também Amarelas e Laranja. Eles não aceitam Azuis, Verdes ou Roxas. Não mandaria você para lá, se aceitassem.

— Você viu o lugar?

— Não, mas falei com o diretor, o Reverendo Henley, e ele parece um homem sincero e compassivo. Sei que já ajudou muitas mulheres a encontrarem um caminho de volta para Deus.

De volta para Deus. As palavras acenderam um clarão brilhante de ânsia dentro dela, quase instantaneamente apagado pelo desespero. Rezara para Ele todos os dias, na prisão, antes e durante seu julgamento, ajoelhando-se no chão duro da cela até seus joelhos latejarem, implorando seu perdão e clemência. Mas Ele permanecera silencioso, ausente, como jamais estivera antes. A cada dia que passava, Hannah se sentia mais solitária, como uma casa abandonada caindo em ruínas, com o vento frio assobiando através das fendas. Finalmente, no dia em que foi sentenciada e levada para a prisão Cromo, reconheceu a verdade inescapável: não haveria perdão nem clemência para ela, nenhuma volta para Ele. Como poderia haver, depois do que fizera?

— Mas, entenda — continuou seu pai —, não é nenhuma escola que ensine a Bíblia durante as férias. Eles têm regras severas, lá. Se as infringir, estará fora. E então, que Deus a ajude, Hannah. Não poderia pagar por um lugar para você sozinha, nem que sua mãe me deixasse fazer isso.

— Eu sei, papai. Não esperava que fizesse isso. — Eles não tinham nenhum dinheiro de família e o salário dele era modesto. Ocorreu-lhe agora que, sem sua renda para complementar a dele, seus pais teriam de viver muito mais frugalmente, mais uma coisa pela qual ela devia repreender a si mesma. — Mas quem está pagando por esse centro?

— O iCs está patrocinando você. O próprio Reverendo Dale apelou ao conselho.

A vergonha a queimou, e a viu refletida no rosto do seu pai. Hannah e, por extensão, a família Payne, agora era um caso para a beneficência. Lembrou-se de como costumava sentir-se, quando trabalhava na cozinha da sopa, colocando bandejas de comida nas mãos dos seus suplicantes esfarrapados, pessoas que fediam de pobreza e desespero, cujos olhos evitavam os seus. Como se compadecera deles, aquelas pobres pessoas. Como se sentira generosa, *virtuosa*, ajudando-os. A *eles* — pessoas totalmente diferentes dela e de sua família, pessoas que haviam caído num lugar para onde ela jamais iria.

— Ele também é o motivo para você conseguir entrar lá — disse seu pai. — O centro tem uma longa lista de espera. — Hannah não respondeu e ele disse: — Temos sorte pelo fato de o Reverendo Dale ter-se interessado tanto pelo seu caso.

Ela imaginou como Aidan se sentira, dando esses telefonemas. Será que tivera pena dela? Achara-se benevolente? Pensara nela como um *deles*?

— Sim — disse ela, rigidamente. — Temos muita sorte.

Quando a estrada se uniu com a Central, a via expressa estava engarrafada, como de costume, e Hannah e seu pai prosseguiram arrastando-se, pelos vinte quilômetros até Richardson. Ele ligou o rádio e sintonizou numa estação noticiosa. Hannah ouviu distraidamente. O Senado aprovara o Freedom From Information Act, por oitenta e oito a doze. Militantes direitistas haviam assassinado o Presidente Napoleón Cifuentes, do Brasil, derrubando o último governo democrático da América do Sul. As constantes enchentes na Indonésia tinham tirado das suas casas mais de duzentas mil novas pessoas, em outubro. A Síria, o Líbano e a Jordânia haviam saído das Nações Unidas, falando de preconceitos anti-islâmicos. O zagueiro do Miami Dolphins fora suspenso por usar energizantes Nano. Hannah desligou. O que tudo isso tinha a ver com ela, agora?

Uma família com três pessoas parou ao lado deles e foi regulando sua marcha com a do carro do pai de Hannah. Quando o menino que estava no assento de trás a viu, seus olhos se arregalaram.

Ela pôs a mão sobre o lado do rosto, mas podia senti-lo olhando-a fixamente, com a inconsciente ausência de disfarces de uma criança. Finalmente, ela se virou e fez uma cara assustadora para ele, mostrando os dentes. Os olhos e a boca dele se abriram, e o menino disse alguma coisa aos pais. As cabeças dos dois viraram-se bruscamente em sua direção. Eles a olharam com raiva, e ela sentiu uma punhalada de remorso. Claro que o menino só podia mesmo olhar daquela maneira; ela era uma anomalia. Quantas vezes ela própria olhara fixamente para um Cromo, com um fascínio mórbido, sabendo que era descortês, mas incapaz de se conter? Embora eles fossem uma visão comum na cidade, especialmente os Amarelos, ainda atraíam os olhares, irresistivelmente. Hannah imaginava como suportavam aquilo. Como ela suportaria.

Seu pai tomou a saída da Belt Line, e eles passaram pelo shopping onde ela e Becca costumavam ir "testemunhar", com o grupo da juventude da igreja, passaram pelo Eiseman Center, onde haviam assistido ao *Quebra-nozes* e ao *Lago dos Cisnes*, pelo estádio onde assistiam aos jogos de futebol da escola secundária. Essas visões da sua antiga vida agora pareciam tão estranhas e irreais quanto modelos num diorama.

Pararam num sinal de trânsito quando, como se saísse do nada, alguma coisa bateu contra o vidro do carro, do lado de Hannah. Ela teve um sobressalto e gritou. Um rosto foi batido no vidro. Ele recuou e ela viu que pertencia a um adolescente. Uma menina da mesma idade, com os cabelos pintados nas cores do arco-íris e um anel através do seu lábio, estava em pé atrás do rapaz. Os dois riam, zombando do susto de Hannah.

— Ei, deixem-na em paz! — Seu pai abriu com força a porta do carro, do lado dele, e saiu, e a dupla de adolescentes correu pela rua abaixo. — Punks! Deviam ter vergonha de si mesmos! — gritou, enquanto eles se afastavam.

O garoto apontou o dedo para ele. Houve uma buzina alta, do carro que vinha atrás deles, e Hannah tornou a dar um pulo — o sinal ficara verde.

Seu pai voltou para o automóvel e continuou dirigindo. Seu maxilar estava cerrado, rígido. Deu uma olhada nela.

— Você está bem?

— Sim, papai — mentiu ela. Seu coração ainda estava disparado.

De agora em diante, era assim que seria? Teria ela um só dia que não trouxesse zombarias e medo?

Seu pai parou na frente de um prédio indefinível, de quatro andares, numa rua comercial.

— É este — disse ele.

Parecia um centro médico ou um edifício de escritórios. Num discreto letreiro em cima da porta, estava escrito: STRAIGHT PATH CENTER. Uma roseira em um vaso flanqueava a entrada. Havia ainda algumas florações de final de outono, oferecendo sua frágil beleza a todos os que passavam. Eram rosas vermelhas, antigamente as favoritas de Hannah. Agora, sua cor vívida parecia zombar dela.

Virou-se para seu pai, esperando que ele parasse o motor, mas ele ficou sentado, sem se mexer, olhando diretamente para a frente, seus dedos ainda envolvendo o volante.

— Não vai entrar comigo? — perguntou ela.

— Não posso. Você tem de entrar sozinha, por sua própria livre vontade, não levando nada a não ser a si mesma. É uma das regras.

— Entendo. — Sua voz estava tensa e esganiçada. Ela engoliu, tentou demonstrar menos medo. — Quantas vezes você pode vir me visitar?

Seu pai sacudiu a cabeça, e a sensação de vazio dentro dela aumentou.

— Não são permitidos visitantes nem também telefonemas. As cartas são o único meio de comunicação que eles permitem que venha do mundo exterior.

Outra prisão, então. Seis meses mais sem vê-lo, sem ver Becca, sem sequer ouvir suas vozes — como ela suportaria isso?

Ele se virou para ela, com o rosto angustiado.

— Não gosto disso nem um pouquinho mais do que você, mas, no momento, é a melhor opção que temos. É a única maneira que conheço de manter você salva, até eu poder descobrir algum tipo de situação de vida para você. Virei buscá-la logo que puder.

— Mamãe sabe disso? Ela sabe que você está aqui comigo?

— Claro. Foi ela quem descobriu este lugar. Foi ideia dela mandar você para cá.

— Para me tirar da sua vista — disse Hannah, amargamente.

— Para ajudá-la, Hannah. Ela está zangada, neste momento, mas ainda a ama.

Hannah lembrou-se do rosto da mãe enquanto saía da sala dos visitantes na prisão. O aspecto repugnado que ela tinha, como se tivesse cheirado alguma coisa suja.

— Sim, ela me ama tanto que me repudiou.

— Ela chorou durante dias, depois que a condenaram. Não queria comer, não queria sair de casa.

Hannah não se deixou tocar.

— Deve ter sido mortificante para ela, ter como filha uma infratora condenada. O que diriam os vizinhos?

Seu pai agarrou-lhe o pulso.

— Ouça o que estou dizendo. Não foi a vergonha que manteve sua mãe em casa, foi o sofrimento, Hannah. — Seus dedos se apertavam em torno dos seus ossos, mas ela não tentou livrar-se. A dor era bem-vinda; mantinha o torpor afastado. — Você não pode imaginar como foi duro para ela. Para todos nós.

Duro é amar um homem que não se pode ter nunca, pensou Hannah. *Duro é pedir a alguém para matar seu filho e se manter quieta enquanto fazem isso.* Mas ela não podia dizer essas coisas a seu pai; já o ferira bastante. Em vez disso, perguntou por Becca.

Com um suspiro, ele soltou seu pulso.

— Ela lhe mandou muitos beijos e abraços. Pediu para lhe dizer que sente muito sua falta. — Ele fez uma pausa e depois disse: — Ela está grávida. São gêmeos, um menino e uma menina.

— Ah, que maravilha!

E foi, por um momento, deixando Hannah inundada por pura alegria, exatamente como Becca se sentira, com certeza, quando suas esperanças foram confirmadas. Hannah podia imaginá-la abraçando a si mesma, explodindo com o encantamento daquilo. Sentiria vontade de telefonar para a mãe, mas esperou até Cole chegar em casa, voltando do trabalho, para poder dizer a ele em primeiro lugar, com o rosto brilhando de tímido orgulho. Eles teriam ido juntos à casa dos Payne e contado a novidade, que seria recebida com boca aberta de delícia por seu pai e um sorriso experiente da sua mãe, que já suspeitaria disso há algum tempo. Hannah podia ver tudo, podia ver a mão da sua irmã em concha em cima da sua barriga que crescia e, mais tarde, em torno da cabeça macia e penugenta do bebê. Becca era feita para a maternidade. Sonhara com ela desde que eram meninas, sussurrando suas fantasias uma para a outra, na escuridão. Ela queria ter sete filhos, exatamente como em *A Noviça Rebelde*. E sua primeira filha, ela prometera, teria o nome de Hannah.

A lembrança era cruel, diante do que estava acontecendo no presente. Hannah não teria nenhuma xará, agora. Não mais faria parte das vidas de sua sobrinha e seu sobrinho, não seria convidada para o batizado deles, não leria nunca histórias para eles nem os empurraria num balanço. "Tia Hannah" — seriam palavras de vergonha para os filhos de Becca, se algum dia chegassem a dizê-las. No entanto, eram crianças que poderiam ter crescido ao lado das suas próprias.

— O nascimento será em abril — disse seu pai. — Ela e Cole estão extasiados com isso.

Hannah examinou cuidadosamente suas emoções, buscando alguma coisa pura para oferecer à irmã, algo que viesse do fundo do seu coração. Pôde encontrar apenas uma coisa:

— Diga a ela que eu a amo muito.

— Direi. Ela também lhe enviou seu amor e me mandou dizer que lhe escreverá. Quando responder, endereçe as cartas para mim e darei um jeito para que ela as receba. — Estendeu a mão e tocou a face de Hannah. — Sei que você está assustada, mas encontrarei um meio. Prometo. Enquanto isso estará segura aqui e receberá cuidados. E talvez possam ajudá-la a encontrar alguma graça. Rezo para que possam, Hannah. Rezarei por você todos os dias.

Seu amor por ele subiu em sua garganta, formando uma grande bola.

— Obrigada por tudo o que fez, papai. Se não fosse você...

— Você é minha filha — disse ele, antes que ela pudesse terminar o pensamento. — Isso não mudará nunca.

Ela se inclinou e o abraçou com força, disse-lhe que o amava e depois saiu do carro. Passou caminhando pela roseira e chegou à entrada. Havia uma placa de latão gravada à direita da porta. Dizia:

E EU LEVAREI OS CEGOS POR UM CAMINHO
QUE ELES NÃO CONHECIAM;
EU OS CONDUZIREI POR CAMINHOS QUE NÃO CONHECIAM:
TRANSFORMAREI A ESCURIDÃO EM LUZ DIANTE DELES,
E TORNAREI RETO O QUE ERA TORTO.
ESSAS COISAS FAREI PARA ELES E NÃO OS ABANDONAREI.
— ISAÍAS, 42:16.

Ela releu as últimas quatro palavras do versículo, sussurrando-as alto. *Não uma prisão*, disse a si mesma, *um santuário*.

Podia sentir seu pai observando-a, do carro parado. Ergueu uma mão, num adeus, mas não se virou. Esticou o corpo e empurrou a porta. Estava trancada, mas uns segundos depois ouviu um clique.

Abriu a porta e cruzou o umbral.

MARIA MADALENA EM PESSOA cumprimentou Hannah. Três vezes maior do que o tamanho normal, vestida apenas com seus longos e ondulados cabelos vermelhos. Maria olhava na direção do céu com uma expressão de adoração. Um braço pálido, gorducho, estava pousado através dos seus seios, que espiavam para fora, com as pontas rosadas, uma de cada lado. Hannah não pôde deixar de olhar fixamente para eles. Conhecia essa pintura — estava pendurada numa das capelas da Ignited Word —, mas, na versão de lá, ela tinha certeza, os cabelos da Madalena cobriam completamente sua nudez. A visão de tanta carne rosada e luxuriante, revelada de forma tão terna e sensual, e logo neste lugar, entre todos os outros, causou nela confusão e perturbação.

— É Maria Madalena — disse uma voz esganiçada, com as vogais emitidas em tom fanhoso.

Surpresa, Hannah deixou cair seus olhos da pintura para a face de uma moça à sua esquerda. Era alta e ossuda, e usava um vestido desbotado, estilo antigo, campestre, que a cobria do pescoço até os pés. Seus cabelos estavam puxados para cima, num coque, e cobertos, em cima da testa, por uma touca branca preguerada, com longos laços, como uma cauda. Tinha pendurada no pescoço uma pequena cruz de prata e segurava uma vassoura de palha. Se não fosse por sua pele, numa cor amarelo-limão, ela poderia ter vindo diretamente do século XIX. Hannah ficou a olhá-la, pasma. Claramente, aquelas pessoas eram fundamentalistas radicais. Será que seus pais sabiam disso, quando decidiram mandá-la para ali? Será que Aidan sabia?

— Ela era uma pária, como nós — disse a moça. — E então Jesus fez os demônios que havia dentro dela saírem correndo. Ele os mandou de volta para o inferno num instante, assim.

Estalou os dedos. Seus pulsos ossudos projetaram-se vários centímetros para fora das mangas do seu vestido.

— Sei quem ela é.

Hannah ficou imaginando qual seria o crime da moça. Nada sério demais, senão ela não seria uma Amarela. Posse de drogas? Pequeno roubo?

A moça inclinou a cabeça para um lado.

— Ah, é? Se é tão esperta, então me diga por que ela está nua?

Hannah encolheu os ombros.

— Todos estamos nus diante de Deus.

— É verdade — disse a moça. — Mas está errado.

Ela tinha traços simples, com um queixo recuado e os dentes superiores projetando-se em excesso, de uma maneira desagradável, sobre os inferiores. O tipo de moça que as pessoas ignorariam, se não fosse por seus olhos. Eram de um tom âmbar carregado e havia neles uma centelha de rebeldia que animava seu rosto e fez Hannah gostar dela, apesar dos seus maus modos.

— Por que, então? — perguntou Hannah, desejando poder abrir as mangas da garota, para ela. Era apenas uma criança: dezessete, dezoito, no máximo.

Hannah caminhou de um lado para outro. Seus olhos voltavam sempre para a Madalena, como se claramente devessem fazer isso: a pintura e um simples banco de madeira eram os únicos objetos na sala, fora isso, austera. As paredes eram brancas, os pisos de cerâmica, de terracota. Compridas janelas horizontais, perto do teto, deixavam entrar finos raios de luz. Havia três portas: aquela pela qual ela entrara e duas outras, uma perto da moça e outra diretamente embaixo da pintura. Esta segunda era alta e estreita, feita de madeira escura, elaboradamente entalhada e esfregada até ficar com um forte brilho. Parecia antiga e estrangeira, como se pertencesse a algum castelo europeu em ruínas. Hannah aproximou-se dela, para examiná-la mais de perto.

— Você ainda não pode entrar aí — disse a garota.

— Eu não ia abri-la, apenas olhar para ela.

Os entalhes no painel principal, com um pastor cuidando do seu rebanho, eram muito bonitos. Embaixo havia algumas palavras em latim. Hannah correu os dedos de leve por cima das letras.

— É de Lucas — disse a moça. — Diz aí que você precisa tentar entrar pela porta estreita...

— Porque muitos, eu lhe digo, tentarão entrar e não serão capazes — terminou Hannah. — Conheço esse trecho.

O rosto da moça se inflamou, mostrando hostilidade.

— Você não sabe de *nada*. Pensa que sabe, mas não sabe. Converse comigo daqui a três meses e então veremos o que você sabe.

Ela se curvou e, zangada, varreu o lixo que juntara para dentro da pá e depois foi até a porta lateral e a abriu.

— Você está aqui por esse período? — perguntou Hannah, antes que ela pudesse sair. — Três meses?

— Sim — disse a moça, com as costas rígidas, emburrada.

— Meu nome é Hannah. Como é o seu?

— Eve.

Ela disse isso com desconfiança, como se esperasse troça.

— É seu verdadeiro nome ou lhe deram esse nome aqui?
— É o meu.
— É um lindo nome — disse Hannah.
Alguma coisa se agitou nos olhos da moça.
— É a única coisa que eles deixam a gente conservar aqui.
Saiu, fechando a porta.

ALGUNS MINUTOS DEPOIS, a porta tornou a se abrir e um casal entrou na sala, de mãos dadas. O homem era de estatura média, em boa forma, vigoroso, com uma cabeça um tantinho grande demais para o corpo. Suas roupas eram simples: camisa branca abotoada até embaixo, calças cinza-escuro, suspensórios pretos. Estava no meio da casa dos quarenta, calculou Hannah, bonito, parecendo um boneco Ken — o namorado da Barbie — envelhecido, maxilar quadrado, cabeça coberta por cabelos louro-escuros e rugas nos cantos dos olhos. A mulher se parecia com ele o bastante para poderem ser irmão e irmã, embora ela fosse consideravelmente mais jovem e menor. Ela também era loura e transpirava boa saúde e bem-estar. Algumas sardas espalhadas através das suas faces rosadas aumentavam o efeito. Seu traje era parecido com o de Eve, mas o tecido era de um belo tom de azul e de qualidade muito melhor. Tanto ela quanto o homem usavam cruzes como a de Eve, porém maiores. Hannah se sentiu tranquilizada pela simpatia deles e por suas expressões, que eram sérias, mas não inamistosas. Vieram ficar em pé à sua frente, e o homem falou.

— Sou o Reverendo Ponder Henley, o diretor do Straight Path Center, e esta é a sra. Henley.

Seus olhos castanhos e redondos tinham uma expressão surpresa, levemente distraída. Os dela eram de um azul cintilante, que combinava com seu vestido.

— Muito prazer — disse Hannah, contendo um impulso absurdo de fazer uma mesura. — Sou Hannah Payne.

— Por que está aqui, Hannah? — perguntou a sra. Henley.

Sua voz era doce e juvenil, e seu tom ameno, mas Hannah sabia que a pergunta era um teste. Examinou seus rostos, tentando descobrir o que queriam ouvir. "Para me arrepender dos meus pecados", talvez, ou "Para aprender a seguir por um caminho mais reto, mais próximo de Deus".

No final, porém, ela encolheu os ombros e disse:

— Não tenho nenhum outro lugar para ir.

O reverendo e a sra. Henley trocaram rápidos olhares, com suas bocas se estendendo muito, em sorrisos aprovadores que revelavam dois conjuntos de dentes brancos e certinhos. As faces da sra. Henley tinham covinhas adoráveis.

— Essa é a resposta correta, Hannah — disse o Reverendo Henley. — Sabe por quê? — Ela abanou a cabeça e ele prosseguiu. — Porque é a resposta verdadeira. Sem a verdade, não pode haver salvação.

— Quer ser salva, Hannah? — perguntou a sra. Henley.

— Sim.

— E acredita que *pode* ser salva? — perguntou o Reverendo Henley.

Outra vez, Hannah considerou a possibilidade de mentir. E se fosse exigida a fé no perdão de Deus? E se eles decidissem não deixá-la ficar? Ela abanou a cabeça, negativamente. Os sorrisos deles se alargaram mais.

— Essa é tanto a resposta verdadeira quanto a errada — disse o Reverendo Henley. — Verdadeira porque você falou com honestidade, mas errada porque você *pode* ser salva. Você apenas está cega demais para ver isso agora, mas *será* salva, Hannah, se seguir pelo caminho reto. Já deu seus primeiros passos na direção da salvação.

Talvez eles possam ajudar você a encontrar alguma graça. Seria possível, imaginou Hannah, que Deus não estivesse perdido para ela, afinal? Que os Henley pudessem conduzi-la até um lugar onde Ele a perdoasse? A confiança deles, serena, sem vacilações, dizia que sim, era possível.

— "Levarei os cegos por um caminho que eles não conheciam... não os abandonarei" — disse o Reverendo Henley. — É o que Deus nos promete, em Isaías. E essa é a nossa promessa a você, Hannah, com as condições de que você obedeça às nossas regras e que nunca, jamais, minta para nós. Jurará fazer isso?

Hannah abriu a boca para dizer sim, mas, antes de poder falar, a sra. Henley levantou o indicador, numa advertência.

— Não faça esse juramento sem pensar, Hannah. "Aquele que utilizar o engodo não residirá em minha casa."

Eles esperaram, observando-a, com rostos solenes. Ela tentou imaginar uma pergunta que pudessem fazer e que ela não desejaria mentir a respeito. Só uma lhe veio à cabeça: "Era Aidan Dale o pai do seu filho?" — e essa eles jamais pensariam em fazer. Ela não tinha nada mais a esconder, nada com o que se preocupar o bastante para querer esconder.

— Juro — disse ela.

Os Henley caminharam até perto dela. Ponder Henley tomou sua mão esquerda e a sra. Henley a direita, formando um círculo. As palmas das mãos de Hannah estavam úmidas, mas as deles, quentes e secas. Ela era vários centímetros mais alta do que o reverendo e pairava acima da sra. Henley, e se sentia desajeitada e vermelha, junto deles. Os dois curvaram suas cabeças.

— Abençoado seja Jesus — rezou o Reverendo Henley. — Mostrai a esta Caminhante a trilha para a salvação. Guiai seus passos, Senhor, e ajudai-a a se manter no caminho, quando Satã a tentar, para que se desvie dele. Iluminai seu caminho, Senhor, e abri os olhos dela para Vossa vontade e sua alma para o verdadeiro arrependimento. Amém.

Os Henley soltaram as mãos de Hannah, e ela se sentiu estranhamente roubada de alguma coisa. A sra. Henley tirou do seu bolso uma cruz igual à de Eve e disse a Hannah para usá-la.

— Não deve tirá-la nunca, nem mesmo para dormir, até estar preparada para nos deixar — disse o Reverendo Henley. — A cruz é a chave que lhe permitirá entrar no centro e nas áreas destinadas a você. Não encontrará muito mais aqui, em matéria de tecnologia. Não temos *netlets*, *servbots* nem *smartrooms*, nada que se interponha entre nós e Deus.

— Você trouxe seu cartão de identificação? — perguntou a sra. Henley. Hannah fez um sinal afirmativo com a cabeça. — Entregue-o a mim. Eu o guardarei para você, em segurança.

Vendo-a hesitar, o Reverendo Henley disse:

— Ninguém é obrigado a ficar aqui, Hannah. Você é livre para ir embora a qualquer momento. Basta pedir e lhe devolveremos seu cartão. Mas, quando partir e tornar a entrar no mundo, não poderá mais voltar, entende?

— E minha renovação?

Hannah teria de deixar o centro encarregado disso, no final de janeiro. As renovações eram obrigatórias a cada dois meses, e as consequências de um atraso, muito graves. Se ela não tomasse sua injeção na data devida, a meia-vida do vírus começaria a se deteriorar e a cromagem aos poucos desbotaria, até a cor da sua pele voltar ao normal. Infelizmente, a essa altura, ela estaria "fragmentada" demais para se importar com isso.

A fragmentação era a maneira de o governo se certificar de que os Cromos continuariam cromados. A melacromagem, apesar dos esforços apurados dos cientistas, era impermanente: o composto que causava a mutação da pele começava a se desgastar depois de quatro meses. Então, para garantir que os Cromos apareceriam para suas renovações, os cientistas tinham inserido um segundo composto, junto com o primeiro, este último projetado para permanecer adormecido durante quatro meses, antes de ser ativado e iniciar o processo de fragmentação. Isso era tudo o que Hannah sabia, bem como qualquer outra pessoa, a não ser os geneticistas empregados pela Agência Federal de Cromagem; a ciência exata por trás da fragmentação era um segredo muito bem-guardado. Mas, como todos os outros americanos com mais de doze anos, ela fora bem-instruída sobre os seus efeitos.

Começava com fracos sussurros, esporádicos e indistintos. À medida que o cérebro da pessoa avançava na fragmentação, eles se tornavam mais altos e davam lugar a alucinações auditivas plenamente desenvolvidas. A vítima se convencia de que o mundo e todos os que nele vivem são malévolos. Sequer notava que sua pele estava voltando ao normal, porque a paranoia a consumia a ponto de desconectá-la do seu eu físico, fazendo com que se esquecesse de tomar banho, pentear os cabelos ou trocar de roupa, comer, beber. A fala perdia o sentido, tornando-se tão confusa e incoerente quanto os pensamentos. No final, as vozes se voltavam contra a própria pessoa, que se mutilava ou se matava. Só uma injeção de renovação poderia deter esse processo.

Centenas de Cromos haviam tentado reverter isso, manter-se sem injeções por tempo suficiente para escapar. Nenhum conseguira. Não havia nenhum escape.

— Claro que a levaremos, quando chegar a data — disse a sra. Henley. — Levamos todas as moças. Há um Centro Cromo em Garland.

Ela manteve sua mão estendida, à espera do cartão. Hannah tirou-o do bolso da saia e o entregou a ela.

— Obrigada. E agora — disse a sra. Henley, com seus olhos azuis cintilando — deixaremos que se dispa.

— O quê?

— Deve colocar os pés no caminho sem nada a não ser você mesma — disse o Reverendo Henley. — Deixe todas as suas roupas no banco e, quando estiver pronta, atravesse a porta estreita. — Ele estendeu o braço e colocou sua mão no alto da cabeça de Hannah. — Não tenha medo, pois o Senhor está com você.

Os Henley saíram pela porta lateral. Quando desapareceram, Hannah ergueu seus olhos para o rosto luminoso de Maria Madalena. Tirou a blusa, a saia, sutiã e calcinhas, dobrando as peças e colocando-as sobre o banco, uma de cada vez, tremendo por causa do ar frio da sala. Sentia-se entorpecida e oca, vazia de tudo a não ser de uma minúscula centelha de esperança. Pôs mentalmente as mãos em concha em torno de si e seguiu o olhar de Maria Madalena para o alto, para além dos limites da pintura. *Se é isso o que Você me pede, se é este o caminho de volta para Você, eu o seguirei.*

Tirou os sapatos e caminhou para a porta, com o piso frio contra a sola dos seus pés descalços. Não havia maçaneta. Ela pôs as palmas das mãos contra a madeira, mas ela resistiu ao seu esforço insignificante. Apoiou o corpo inteiro contra a porta, empurrando com toda a sua força. Ela girou para dentro com um gemido e Hannah tropeçou e caiu para dentro.

— Nua saí do útero da minha mãe e nua voltarei para ele — disseram as mulheres, em uníssono, com os olhos fixos em Hannah.

Havia cerca de setenta, em pé sobre o que parecia uma plataforma para coro, com degraus. Estavam agrupadas por cor: Vermelhas nas filas de baixo, Laranja no meio e Amarelas, em maior número que as outras, no alto. O efeito era surreal, como o de uma caixa de lápis onde faltasse a parte fria do espectro. Metade das vermelhas segurava bonecas e uma delas, nesse grupo, Hannah ficou pasma de ver, não era uma Cromo. A pele branca da moça destacava-se fortemente entre as outras.

A sra. Henley estava em pé na frente da plataforma, encarando Hannah. Para seu alívio, o Reverendo Henley não estava na sala.

— O que é esta mulher? — perguntou a sra. Henley, apontando para Hannah.

— Uma pecadora — responderam as mulheres.

— Como ela será salva?

— Seguindo pelo caminho certo.

— Quem seguirá com ela?

— Nós seguiremos.

— Quem caminhará na frente dela?

— Eu caminharei — disse uma voz solitária da fileira da frente. Uma Vermelha cerca de dez anos mais velha do que Hannah saiu da plataforma e se aproximou dela, estendendo um vestido marrom dobrado.

— Vista isto. — Hannah o pegou, com gratidão e o enfiou por cima da cabeça, fechando, com dedos desajeitados, os botões que subiam pelo corpete.

Quando Hannah terminou, a sra. Henley disse:

— O que o caminho exige de nós?

— Penitência. Expiação. Verdade. E humildade — respondeu a mulher.

Uma porta à esquerda de Hannah se abriu com força e o Reverendo Henley entrou na sala, com as faces rosadas e entusiasmado.

— Para onde o caminho nos conduz? — gritou ele.

— Para a salvação.

Ele olhou para Hannah, estendendo largamente as mãos, numa bênção.

— Minha alma será jubilosa em meu Deus: pois Ele me vestiu com o traje da salvação. Ele me cobriu com seu manto de honradez. —Virou-se e se dirigiu às mulheres. — Caminhantes, vamos orar.

Hannah baixou a cabeça junto com as outras, mas não ouviu as palavras dele nem as respostas mecânicas das mulheres. Sua mente estava enevoada pelo cansaço, sua atenção focalizada apenas em se manter ereta. A oração continuou por minutos intermináveis. Finalmente, o Reverendo Henley disse amém e as liberou. Fileira por fileira, as mulheres foram saindo silenciosamente da sala. Só Eve lhe deu um olhar de despedida. Se era de simpatia ou rancor, ela estava longe demais para saber.

A mulher que dera o vestido a Hannah ficou para trás, junto com os Henley.

— Hannah, esta é Bridget — disse o Reverendo Henley. — Acompanhe-a e ela lhe mostrará o caminho. — Ele fez um gesto na direção da porta.

Bridget virou-se obedientemente e caminhou em sua direção, mas Hannah não a acompanhou, relutando em se afastar do casal.

A sra. Henley lhe deu um sorriso tranquilizador.

— Vá, agora.

Hannah obedeceu, seguindo Bridget para fora da sala, na direção da salvação.

EM SILÊNCIO, BRIDGET levou Hannah a subir dois lances de escada e depois seguir por um corredor sem características especiais, até chegarem a um conjunto de portas giratórias. Entraram numa sala comprida, iluminada de um lado por outras janelas altas, que pareciam simples fendas. Inscritas logo abaixo delas, correndo num anel contínuo em torno de todas as quatro paredes, estavam as palavras PENITÊNCIA, EXPIAÇÃO, VERDADE E HUMILDADE. Faltava OBEDIÊNCIA.

— Este é o dormitório Vermelho — disse Bridget, pronunciando energicamente cada palavra.

A sala era marginada por dezesseis camas de casal bem-arrumadas, cada uma tendo ao lado uma pequena mesa de cabeceira e uma cortina branca, tipo hospital, suspensa de um trilho no teto. Uma toalha e uma comprida camisola branca estavam pendurados em ganchos ao lado de cada cama, menos uma. Ela conduziu Hannah para essa.

— Você dormirá aqui. Fará sua cama todas as manhãs. Puxará a cortina, enquanto estiver trocando de roupa. Em todas as outras ocasiões, deve ficar aberta.

Bridget puxou e abriu a única gaveta da mesinha, revelando um pente, uma caixa de grampos de cabelo, uma lixa de unhas, uma escova e pasta de dentes.

— Você guardará suas coisas pessoais aqui.

— Há quanto tempo você está aqui? — perguntou Hannah.

Bridget deu uma olhada com evidente desprazer para as unhas de Hannah, que estavam compridas e irregulares, por causa da sua prisão.

— Você se manterá sempre bem-cuidada.

Constrangida, mas determinada a não mostrar isso — por que a mulher precisava ser tão grosseira? —, Hannah observou-a com igual franqueza. Notando as rugas através da sua testa e os sulcos formando parênteses em torno da sua boca, Hannah elevou uma década em seu cálculo inicial da idade de Bridget. Ela tinha quarenta e cinco anos, no mínimo.

Com a postura rígida de um soldado, Bridget marchou para a outra extremidade da sala e abriu as portas de um grande armário. Dentro, havia abastecimentos comuns: pilhas de lençóis e toalhas brancos; camisolas brancas de mangas compridas e vestidos em tons fechados de marrom, azul e cinza, agrupados por tamanho; gavetas contendo roupa de baixo de algodão branco, sutiãs e grossas malhas pretas; cestas com toucas e papel higiênico; e, no chão, uma fileira de sapatos idênticos, sem saltos, pretos, indo de pequenos a grandes.

— Você mudará diariamente suas peças de baixo, e seu vestido a cada dois dias — disse Bridget. — Você trocará todo sábado sua camisola, touca, toalha e lençóis.

Hannah a seguiu, atravessaram um umbral e foram dar num grande banheiro com múltiplas unidades de chuveiros, e compartimentos com pias e privadas. Uma jovem mulher estava ajoelhada no chão, esfregando os azulejos. Ela fez uma careta quando viu Bridget e depois, depressa, baixou os olhos para escondê-la. Apesar da cara fechada e da pele vermelha, a moça impressionava, com suas feições afro-asiáticas: olhos escuros, amendoados, com pálpebras sem dobra, lábios cheios, um nariz achatado com narinas arredondadas, um pescoço comprido e gracioso. Hannah sentiu sua beleza como uma doce agonia em seu coração, um "Oh!" interior de encantamento. A beleza, fosse das pessoas ou das coisas, sempre a tocara dessa maneira e, apesar de muitos sermões severos dos seus pais sobre o pecado de dar importância a questões temporais, como a aparência de uma pessoa, uma parte teimosa sua sempre se recusara a acreditar que fosse errado apreciar a beleza. Não fora criada por Deus, e portanto amá-la não significava amá-Lo?

— Boa-tarde, Caminhante — disse Bridget, num tom consideravelmente mais cortês do que o usado por ela com Hannah.

Ela até deu à moça alguma coisa que se parecia com um sorriso.

— Boa-tarde — respondeu a moça, com um meio sorriso combinando, mas Hannah pôde perceber que era forçado.

Bridget tornou a se virar para Hannah.

— Você tomará um banho de chuveiro todos os dias, antes do café da manhã, durante não mais do que três minutos. Escovará seus dentes duas vezes por dia. Lavará suas mãos depois de usar a privada.

— Habitualmente faço isso — disse Hannah, sarcasticamente.

Bridget continuou, como se ela não tivesse falado.

— Você manterá seus cabelos presos para cima e decentemente cobertos, a não ser quando for dormir.

Sem aguentar mais a litania complacente, Hannah perguntou:

— E se eu não fizer isso, acontecerá o quê?

— Se der um passo para fora do caminho, você será advertida. Dois, será expulsa.

Saiu da sala. Hannah ouviu um *ufa* resmungado e deu um olhar para baixo. A moça no chão fez com os lábios a expressão "filha da puta". Pela primeira vez, em meses, Hannah sorriu.

Bridget a esperava junto da sua cama, com mais instruções.

— O serviço religioso é às seis e meia da manhã e às sete horas da noite, na capela. O horário das refeições, às seis, meio-dia e novamente às seis. Se você chegar depois de já ter sido dada a bênção, não será servida. Passará as manhãs da semana na "iluminação" e as tardes fazendo trabalhos úteis. Terá duas horas como tempo para reflexão, depois do serviço religioso da noite. As luzes se apagam às dez.

— E os fins de semana?

— As manhãs de sábado você dedicará ao estudo independente da Bíblia. As tardes, pode passar como quiser. Os domingos são puramente para a adoração. — Bridget deu uma olhada num relógio na parede. — São cinco e meia, agora. Vista-se, e eu a levarei para o jantar.

Hannah olhou desejosamente para a cama.

— Não estou com fome — disse ela. — E me sinto tão cansada.

— Não pode faltar às refeições nem aos serviços religiosos, a não ser que esteja doente.

— Não me sinto muito bem.

— "Quem inventar mentiras não morará em minha casa" — disse Bridget.

Hannah jamais batera em ninguém em sua vida e não desejava fazer isso, mas naquele momento sua mão se retorcia com o impulso forte de dar uma bofetada no rosto vermelho e presunçoso da mulher.

— Voltarei para pegar você dentro de vinte minutos — disse Bridget. — Esteja pronta, Caminhante.

Quando ela foi embora, Hannah pegou o que precisava no armário, puxou a cortina em torno da sua cama e se vestiu. As roupas eram estranhas e apertadas e o tecido áspero, mas ela se sentiu um pouco melhor depois que estava com roupa de baixo e sapatos, um pouco menos vulnerável.

Foi para o banheiro, a fim de lavar o rosto e as mãos e prender os cabelos para cima. A outra moça agora estava em pé, limpando o grande espelho atrás da pia. Deu um rápido olhar avaliador em Hannah.

— Não deixe Fridget perturbar você — disse. — Ela está meio atacada porque seu tempo quase já se esgotou e, dentro de um mês, ela levará um chute para fora daqui. Aquela maluca, na verdade, gosta deste lugar.

A voz da moça era baixa e doce, com um tom arrastado que evocava o Sul.

— Meu nome é Kayla.

Aliviada por nem todo mundo ser tão desagradável quanto Bridget, Hannah também se apresentou.

— De onde você é? — perguntou a Kayla.

— Savannah. Nós nos mudamos para Dallas quando eu tinha oito anos, mas consegui manter o sotaque.

— Há quanto tempo está no centro?

— Há vinte e cinco dias e lhe digo que são as três semanas e meia mais longas de toda a minha vida. Mas vou sair daqui a qualquer momento, logo que meu namorado vier me buscar. Ele está procurando um lugar para nós.

As palavras inocentemente ditas foram lembretes cruéis de que Aidan não viria buscar Hannah.

— Então ele não se importa... com o que você fez, seja lá o que for? — ela explodiu. E depois desviou a vista, mortificada com sua própria grosseria. — Desculpe. Não é da minha conta.

— Não precisa desculpar-se — disse Kayla, com um aceno de mão de quem descarta alguma coisa. — De qualquer forma, não é nenhum segredo. Dei um tiro em meu padrasto. — O tom de voz e a expressão dela demonstravam total ausência de remorso, como se ela falasse de um mosquito que tivesse matado com um tapa. — Minha mãe deixou de falar comigo, então não posso voltar para casa.

Alarmada, Hannah deu um pequeno passo involuntário para trás. Se o centro não admitia Vermelhas violentas, como é que ela estava ali? E será que haveria mais como ela?

— Não se preocupe — disse Kayla, secamente. — Não atiro em maçãzinhas assustadas como você.

— Maçãs?

— Você sabe, vermelhas por fora e brancas por dentro. — Ela sorriu. — Acabei de inventar isso.

Havia alguma coisa naquela moça, não exatamente inocência — claramente, Kayla não era nenhuma inocente —, mas uma franqueza e ausência de culpa que acalmaram o mal-estar de Hannah.

— A minha também não está falando comigo — disse ela.

— Ah, é? E o que você fez?

Hannah reviu mentalmente sua mãe na cadeia, perturbada e confusa. *Traí todos os valores que ela algum dia me ensinou. Cometi adultério com um homem de Deus. Assassinei o neto não nascido dela.*

— Ei — disse Kayla. — Seja lá o que for, você não é obrigada a me contar.

A inesperada compaixão deixou Hannah com um nó na garganta e isso enrijeceu um pouco sua espinha dorsal. Quando é que ela ficara tão patética, tão grata por qualquer migalhinha de bondade atirada em seu caminho?

Forçou-se a olhar para os olhos de Kayla.

— Fiz um aborto.

Hannah esperou o inevitável recuo — a reação que ela própria teria, se alguém lhe confessasse isso seis meses atrás —, mas Kayla fez um sinal afirmativo com a cabeça, como se fosse uma coisa banal.

— Algumas vezes, a pessoa tem de fazer o que precisa.

Hannah hesitou e depois perguntou:

— É assim que você se sente sobre o fato de ter assassinado seu padrasto? Como se precisasse fazer isso?

— Ah, eu não o matei. — Sua voz soava pesarosa.

— Então, como você é uma Vermelha, em vez de Verde?

— Meu padrasto é rico e branco. É uma combinação vencedora. — A testa de Hannah se enrugou e Kayla disse: — Ah, vamos lá, não me diga que você engole toda essa baboseira sobre nossa suposta "sociedade pós-racista". Os Cromos talvez sejam os novos negros, mas, acredite em mim, ainda ferram os antigos pra valer, e regularmente.

Sem entender, Hannah não disse nada. Claro que ela sabia que ainda havia racismo — não era tão ingênua assim —, mas não se tratava de um assunto sobre o qual tivesse pensado muito. Enquanto crescia, quase nunca ouvira ninguém fazer comentários depreciativos sobre afro-americanos, ou pessoas de qualquer outra etnia e, quando alguém agia assim, seus pais eram rápidos em denunciar tais declarações como fruto da ignorância e da ausência de espírito cristão. Pessoas de todas as raças rezavam na Ignited Word e os Payne — e a igreja — sentiam orgulho disso. Sim, refletiu Hannah, agora, mas quantos membros não brancos eles tinham, de fato? E como é que muitas famílias de negros, hispânicos ou asiáticos jamais foram convidadas para jantar na casa dela? As respostas eram perturbadoras: relativamente poucas, e nenhuma.

— Seja como for, o advogado de luxo dele convenceu o júri de que foi uma tentativa de assassinato — disse Kayla. — Como se eu estivesse atrás da merda do dinheiro dele, aquele mentiroso filho da puta. Desejaria mesmo que estivesse morto.

— Por quê? O que ele fez com você?

A mão vermelha de Kayla esfregou a toalha contra o espelho em círculos furiosos.

— Aquele filho da puta estava mexendo com minha irmãzinha. Ela tem apenas treze anos.

Hannah sacudiu a cabeça, com sua mente se encolhendo e se afastando, como sempre fazia, diante do fato incompreensível, mas irrefutável, de que as pessoas faziam isso com crianças; faziam e, de alguma forma, continuavam tocando suas vidas. Ela já conhecera crianças vítimas de abuso no abrigo, crianças até de apenas seis anos que haviam sofrido abuso de um pai, parente, amigo da família, padre, estranho. Olhava para dentro dos olhos delas e sabia que nenhuma quantidade de bondade ou de amor que ela ou qualquer outra pessoa lhes desse jamais as curaria inteiramente. Esses encontros a faziam sentir-se profundamente infeliz, mas a Aidan enraiveciam. Ele não permitia aos Azuis assistirem aos seus serviços religiosos, mesmo com um Acompanhante designado (embora todos os outros Cromos fossem bem-vindos, desde que ficassem sentados em sua área predeterminada). Hannah lhe perguntara, uma vez, se ele achava que Deus perdoava quem abusava de crianças. Ele ficou em silêncio durante um longo tempo. "A Bíblia nos diz que sim, se realmente se arrependerem", respondeu, finalmente. "Mas não acredito que nem mesmo o sangue do nosso Salvador seja suficientemente poderoso para lavar esse pecado." Foi a única vez que ela ouviu Aidan blasfemar.

— Fiz pontaria para os colhões dele — disse Kayla —, mas acabei acertando o tiro na barriga. Devia ter usado uma faca, era o que devia ter feito.

— A enfermeira da minha prima — disse Hannah — diz que os ferimentos no abdome são do tipo que mais dói. Levam muito tempo parar sarar e algumas pessoas não saram nunca. São literalmente envenenadas por seu próprio lixo.

A mão de Kayla se imobilizou e seus lábios se encurvaram de repente nos cantos.

— É verdade, mesmo?

— Sim. Acredita-se que seja uma das piores mortes que existem.

Sua nova amiga sorriu, com uma brilhante e feroz fileira de dentes à mostra.

— É ótimo saber disso.

De repente, Hannah lembrou-se da hora.

— É melhor eu me aprontar. Bridget voltará logo.

Juntou seus cabelos compridos, torceu-o num coque e tentou prendê-lo em cima com um grampo, mas era pesado demais e desafiou seus esforços, caindo em suas costas.

Kayla movimentou-se para trás de Hannah.

— Ouça, deixe-me ajudar você. — Com perfeita descontração, segurou os cabelos de Hannah e começou a fazer tranças nele. — A maioria das mulheres aqui é legal, mas tome cuidado quando estiver perto da Bridget, está ouvindo? Ela não apenas é uma filha da puta, também é uma delatora. Se der um único passo em falso, ela vai falar mal de você com os Henley. Pensa que, se agir assim, eles a deixarão ficar por mais de seis meses, mas não vai acontecer isso. Meu tio, foi ele quem me colocou aqui, me disse que dificilmente abrem alguma exceção.

— Abriram para você — disse Hannah. — Antes de mais nada, deixando você ficar aqui.

— Sim, bom, o tio Walt é um pregador há muito tempo em Savannah. Ele usou alguma influência.

As mãos de Kayla eram hábeis e os cabelos de Hannah logo estavam presos num coque.

— Você é boa nisso — disse ela.

— Eu trabalhava num salão de beleza. Foi assim que consegui financiar meus estudos em Baylor. Para onde você foi?

— A universidade não era uma opção para mim — disse Hannah. Não havia nenhum dinheiro para isso, mas mesmo se ela pudesse conseguir uma bolsa, seus pais se oporiam a que ela fosse. Ensinaram-lhe que seu objetivo mais elevado era como mulher, o objetivo para o qual fora criada era casar-se, ser uma auxiliar do seu marido e criar uma família. Ela cresceu acreditando nisso, mas algumas vezes não podia deixar de pensar, desejosamente, sobre como seria ter quatro anos para não fazer nada a não ser *aprender*. Um dia, no verão anterior ao seu último ano na escola secundária, ela disse à mãe que ia ao shopping e, em vez disso, tomou o trem para Dallas. Desceu na estação Mockingbird e caminhou os poucos quarteirões até a universidade, movimentando-se devagar, no calor de mais de quarenta graus, com uma respiração ofegante, pela boca. O campus estava quase todo deserto, como ela sabia que estaria; como a maioria das universidades, nas partes mais quentes do país, a SMU havia muito tempo fechava suas portas durante os meses de verão. O custo do ar-condicionado era proibitivo e, sem ele, o calor era intenso demais e a qualidade do ar excessivamente ruim para permitir que houvesse aulas.

Majestosos carvalhos marginavam as aleias vazias. Grata pela sombra deles, Hannah perambulou através do campus, imaginando as calçadas apinhadas de estudantes e ela própria entre eles. Viu um homem sair de um grande prédio, cuja entrada parecia pequena, junto de suas altas colunas brancas. Ela subiu a escada e entrou, caminhando para dentro da tranquilidade e do ar fresco, que cheirava deliciosamente a livros: a biblioteca. Claro, ali era necessário o ar-condicionado o ano inteiro, para proteger os livros do calor e da umidade. Passou pelo scanner e pelos seguranças, e depois por um largo conjunto de portas que davam na principal sala de leitura. Mesmo enorme como era, estava apinhada; a maioria das cadeiras, nas compridas mesas de madeira, estava cheia. Pelo menos metade das pessoas era de idosos que buscavam proteger-se do calor. E, ah, os livros! Fileiras sucessivas de livros, mais do que ela já vira, alguma vez, num só lugar.

— Ei, você aí — disse um rapaz atrás do balcão onde os livros eram entregues.

Ele tinha uma boa aparência, de uma maneira desarrumada, com cabelos habilidosamente desgrenhados e suíças compridas — sem dúvida um estudante dali.

— Você não tem sua carteirinha de estudante?

A ausência dela devia ter deflagrado um alerta. Hannah baixou os olhos para sua blusa e depois fingiu procurar em sua bolsa, sem querer que ele soubesse que ela não pertencia àquele lugar, num espaço tão lindo, tranquilo e cheio de livros.

— Acho que a deixei em casa.

Com um tom de quem se desculpa, ele disse:

— Eu não devia deixar você entrar sem a carteira, a não ser que tenha mais de sessenta e cinco anos. E, obviamente, você não tem. — Ele lhe deu um sorriso torto, apreciativo. Flertando com ela. — No entanto, para você, acredito que eu poderia abrir uma exceção.

Hannah tornou a olhar para ele, aquele rapaz com quem ela poderia namorar, se viesse para a escola ali, e depois olhou em torno da sala, para todos os livros, todos os milhares e milhares de livros contendo tantas respostas para tantas perguntas. Aqui, neste lugar, perguntar "Por quê" não seria impróprio nem pecaminoso. Aqui, ela poderia...

Seu celular zumbiu, era uma mensagem da sua mãe lembrando-lhe que ela tinha grupo de costura às quatro. Imaginou a si mesma e às outras mulheres curvadas por cima das suas agulhas, conversando sobre uma nova receita de pão de gengibre que tinham experimentado, um programa de televisão que tinham visto na véspera, à noite, sobre os melhores lugares para encontrar preços baixos de roupas de bebê e comparou mentalmente essa imagem com a que tinha à sua frente: os estudantes curvados silenciosamente sobre seus livros, com os lábios mexendo-se, enquanto decoravam fórmulas e ordens de mamíferos, e os nomes de reis antigos, com suas mentes engalfinhando-se com filosofia, literatura, física quântica, direito internacional. Eles eram moradores de outro país, onde ela era uma estrangeira e sempre seria.

— Obrigada — ela disse —, mas não pertenço a este lugar.

Caminhou para fora da sala, para fora do prédio, do campus, de volta para a estação, e não virou a cabeça nem uma só vez, a fim de olhar para trás.

— Eu ia conseguir meu mestrado em educação — disse Kayla, trazendo Hannah de volta ao presente. — Tinha uma bolsa para a UT a partir de setembro, e então isso aconteceu. — Fez um gesto na direção do seu rosto vermelho.

— Você perdeu muito — disse Hannah.

— Sim. E você?

— Sou apenas uma costureira. Ou era.

— E ainda é — insistiu Kayla. — Só porque é uma Vermelha, isso não significa que é apenas isso. — Pegou a touca de Hannah e a ajeitou em sua cabeça, com um pequeno floreio. — Opa, garota, você está com um aspecto ótimo, agora. Precisa apenas de um esfregão na mão, para ficar tão sexy quanto eu.

Hannah tentou retribuir o sorriso de Kayla, mas seus lábios estavam congelados. Olhava fixamente para seu reflexo no espelho, pasma. Uma alienígena devolvia seu olhar.

— Vamos — disse Kayla. — Anime-se, agora. Você vai passar por tudo isso e se recuperar.

— E se não conseguir?

Kayla olhou para dentro dos seus olhos.

— Precisa conseguir, senão eles vencerão.

Ouviram passos aproximando-se.

— Lá vem a Fridget — disse Kayla. — Lembre-se do que eu lhe disse.

Bridget apareceu no umbral. Examinou Hannah com um olhar frio e crítico e, finalmente, acenou para ela com a cabeça, de má vontade.

— Siga-me.

— Estou bem atrás de você — murmurou Kayla.

ENCONTRARAM OUTRAS MULHERES, ao longo do caminho, surgindo de umbrais e poços de escada em grupos organizados segundo sua cor. Hannah ouviu algumas trocas de palavras em voz baixa, mas a maioria das mulheres seguia em silêncio. Uma aglomeração de Vermelhas, com bonecas, caminhou para o corredor. A moça com o rosto pálido estava com elas.

— Por que ela não é uma Cromo? — perguntou Hannah a Bridget.

— Ela está grávida.

— Ah. — Como o vírus mudava todas as células de pele no corpo, inclusive as de um feto, as mulheres grávidas estavam isentas da melacromagem, até depois de seus filhos nascerem.

— E para que servem as bonecas?

—Você logo descobrirá — disse Bridget.

No refeitório, Hannah atraiu mais do que apenas uns poucos olhares curiosos. A mortificação que ela sentia era aguda — menos de uma hora atrás, aquelas mulheres a haviam visto nua —, e ela caminhava com a cabeça baixa e os ombros ligeiramente encurvados, sem olhar ninguém de frente. Havia seis mesas compridas, cada qual com doze assentos. Três das mesas já estavam cheias. Bridget se sentou numa quarta, que estava meio cheia. Hannah se sentou ao lado dela, e Kayla do outro lado de Hannah.

—Você se sentará no primeiro lugar desocupado— disse Bridget. —Você não se sentará numa mesa vazia, a não ser que todas as mesas ocupadas estejam completamente cheias. Você não guardará lugar para ninguém.

Mas, observando as outras mulheres entrarem na sala, Hannah podia ver que o processo de se sentar nem chegava perto de ser tão arbitrário quanto Bridget propunha. Havia manobras sutis ocorrendo; a troca de olhares de viés e pequenos movimentos bruscos com a cabeça; deliberadas pausas, enquanto mulheres esperavam que uma amiga as alcançasse, ou que evitavam sentar-se junto de alguém de quem não gostavam. Hannah espiou Eve parar para remexer em seus sapatos, até o grupo de Amarelas em que estava acabar de passar, e ela então se sentou na mesa vizinha. Por mais que aquilo fosse escasso, Hannah ficou animada com essa evidência de rebelião e camaradagem.

Um conjunto de portas giratórias se abriu e mulheres cromadas surgiram, carregando baldes de água, tigelas e pratos de comida.

— Você servirá à mesa a cada quatro dias e realizará outras tarefas designadas nas tardes — disse Bridget. — Apontou para um quadro de cortiça na parede. — O programa do trabalho para a semana é colocado ali toda segunda-feira de manhã.

— As tarefas são permanentes ou há um revezamento?

— Depende. Você tem alguma habilidade útil? — A expressão de Bridget era cética.

— Sim, sou costureira profissional.

— Mas como é hábil — disse Bridget, com um sorrisinho desagradável. Antes de Hannah poder perguntar o que ela queria dizer, Bridget disse: — A sra. Henley a convidará para ir à sua sala de visitas no sábado. Você a informará das suas habilidades nessa ocasião. Mas se conterá para não exagerar suas capacidades.

— Vá tomar no cu — disse Kayla, inaudivelmente.

Os lábios de Hannah se retorceram de divertimento. Bridget inclinou-se para a frente, olhando de Hannah para Kayla.

— Disse alguma coisa, Caminhante?

— Disse sim, Caminhante — respondeu Kayla, com seu rosto transformado num quadro da mais séria piedade. — Pedi a Jesus para tomar conta de nós todas, enquanto seguimos pelo caminho.

Hannah entrelaçou as mãos na frente do seu corpo e curvou a cabeça.

— Sim, Senhor, por favor nos conduza e cuide de nós, especialmente da Caminhante Bridget, que logo nos deixará e reentrará no mundo exterior.

— Amém — disse Kayla.

Houve um eco suave de outras vozes.

Hannah ergueu os olhos e descobriu Bridget olhando-a suspeitosamente e várias das outras mulheres com falsos sorrisos. Os olhos de Bridget percorreram rapidamente a mesa. A moça grávida, que estava sentada na extremidade mais distante, com sua boneca no colo, demorou para esconder seu sorriso com a mão, e Bridget fixou nela um olhar assassino. A moça foi salva — naquele momento, pelo menos — pela entrada dos Henley. A sala ficou em silêncio, enquanto eles caminhavam para os últimos dois lugares, na última mesa. O Reverendo Henley puxou a cadeira para sua esposa, instalando-a confortavelmente, antes de se lançar numa longa e sinuosa oração de agradecimento. Finalmente ele terminou, e ocupou seu assento, e as mulheres começaram a se servir da comida. Um abafado zumbido de conversa se elevou. Hannah ficou aliviada ao ouvi-lo; estava com medo de que as refeições fossem em silêncio.

A comida era simples e sua simplicidade era também econômica — uma caçarola de macarrão com tofu e vagens congeladas —, mas havia pãezinhos feitos em casa e manteiga de verdade, para acompanhar isso. O cheiro familiar de fermento era celestial e Hannah descobriu que, afinal de contas, estava faminta.

— Você não pegará mais do que sua porção justa — disse Bridget e, quando o prato tornou a voltar para Hannah, ela viu o motivo: mal havia o suficiente para doze delas, e apenas se todas fossem cuidadosas e se servissem de forma modesta. Serviu-se e passou o prato para Kayla. Quando ele alcançou a moça grávida, ela pegou duas vezes mais do que as demais. Hannah notou algumas expressões ressentidas, mas ninguém fez objeções.

— As grávidas têm porções duplas — disse Kayla, em voz baixa.

— Ninguém gosta de se sentar à mesa de Megan.

Kayla apresentou Hannah às mulheres mais próximas, mas depois dos alôs iniciais, ela não disse muita coisa. Ouviu as outras falarem tranquilamente entre si, na maior parte sobre notícias de casa, o que, como ela entendeu, era uma espécie de voga ali, com cartas de maridos e namorados conferindo o mais elevado status. Para sua surpresa, Bridget não apenas entrou na conversa, mas na verdade foi agradável para com todas, com exceção de Hannah e Megan. As outras mulheres, em troca, foram cordiais, mas, como ocorrera mais cedo com Kayla, Hannah podia sentir a desconfiança e o desagrado delas.

Enquanto comia, notou uma Laranja, na outra extremidade da mesa, olhando-a furtivamente. Seu rosto lembrou a Hannah os dos personagens de um velho DVD, que ela adorava quando criança; tinha criaturas tolas, bamboleantes, com uma pele cor de tangerina e cabelos verde-oliva. Becca ficava com medo delas, mas haviam feito Hannah rir. O nome delas era engraçado — qual, mesmo? E por que a mulher não parava de olhá-la?

— Vi você no programa noticioso — disse finalmente a Laranja, em resposta ao olhar inquiridor de Hannah. A mesa ficou em silêncio e ela sentiu onze pares de olhos fixos nela.

— Você com certeza o amava muito, para não ter contado.

Dor, aguda e inesperada, floresceu nela, e sabia que devia ser visível para as outras.

— Você deve ter dado uma porção de golpes por aí, para não ter sido sentenciada por má conduta — disse Kayla à mulher. — Uma grande trapaça, não é? Conte como foi, Caminhante.

Atingida, a mulher baixou os olhos para seu prato, mas Hannah ainda pôde ver a fome em seus olhos, a ânsia doente e desamparada de um viciado atrás daquilo que ele sabia que o destruiria.

— Tudo bem — disse Hannah a Kayla. Dirigindo-se à mulher, ela disse: — Sim, eu o amava. Não conseguia deixar de amá-lo.

A mulher ergueu os olhos e Hannah se lembrou do nome das criaturas do DVD: Oompa Loompas. Grotescos, absurdos objetos de ridículo, mal reconhecíveis como seres humanos.

O SERVIÇO RELIGIOSO da noite foi longo e o sermão monótono — o Reverendo Henley, Hannah estava começando a ver, não era lá muito brilhante, mas gostava de se ouvir falar — e ela encontrou conforto na camaradagem e, quando chegou a hora de rezar, rezou com a maior seriedade, agradecendo a Deus por aquele lugar de refúgio e pedindo Sua ajuda para se manter no caminho. Embora não sentisse Sua presença dentro dela, respondendo-lhe, foi bom estar novamente em comunicação com Ele, depois de um mês de silêncio envergonhado.

Em seguida, Bridget mostrou a Hannah o resto do centro: a sala de leitura, com suas estantes de livros e revistas cristãos; a lavanderia e o armário com o suprimento de roupas limpas; a cozinha; a sala de costura ("O mais provável é que você venha trabalhar aqui — *se* for tão boa quanto diz"); as portas fechadas que davam na sala de visitas da sra. Henley e no gabinete do Reverendo Henley ("Você não perturbará o reverendo enquanto ele estiver trabalhando, nem tentará ter um encontro particular com ele, seja por que motivo for; se tiver um problema, deverá procurar a sra. Henley"). Hannah se arrastava atrás da sua guia, cansada, sustentando-se com os pensamentos da cama que a esperava, no final da excursão.

Bridget abriu a porta para uma sala sem janelas, que continha dez cadeiras de madeira, com encostos retos, arrumadas em círculo. Uma parede inteira era uma tela de vídeo. Então, alguma tecnologia era permitida.

— Este é o seu local de iluminação — disse Bridget. — Você virá para cá amanhã, logo após o serviço religioso matinal.

— Você não virá comigo?

— Não. Meu lugar é em outra parte. — A breve alegria que Hannah sentiu com essa notícia se extinguiu, quando Bridget acrescentou: — Virei buscá-la em seguida e a acompanharei para o almoço.

— Onde é seu lugar?

— Lá em cima, com outras como eu.

Outra vez, aquele tom de desprezo. Ele exasperou Hannah, atravessando seu cansaço.

— Por que está fazendo isso?

— Fazendo o quê?

— Sendo minha guia, ou seja lá o que for.

— Exploradora — corrigiu Bridget. — É meu dever, sendo a Vermelha que está aqui há mais tempo.

— Acho que gosta disso — disse Hannah. — De ser a autoridade, dizer às pessoas o que fazer. Aposto que se apresentou como voluntária.

As narinas da outra mulher se arreganharam.

— Você está enganada — disse Bridget, cuspindo as palavras — se pensa que desejaria passar um único minuto com uma como você.

As indignidades do dia, grandes e pequenas, fundiram-se no peito de Hannah, formando uma bola quente de fúria. Quando Bridget começou a se virar e afastar, Hannah agarrou sua mão, erguendo-a até a altura do olho com a sua: vermelho sobre vermelho.

— Não vejo nenhuma diferença entre nós — disse ela. — Somos ambas assassinas, não somos? Quem você matou, Bridget?

Bridget arrancou com um puxão sua mão da mão de Hannah, colocando-a para trás, como se fosse bater nela. Hannah ficou em pé sem se mexer, observando as emoções nuas que corriam através do rosto de Bridget e vendo, tão claramente como se a outra mulher tivesse feito confidências a ela, a dor terrível embaixo do seu ultraje. De repente, Hannah teve pena dela, daquela mulher de meia-idade encolerizada e angustiada. Lembrou-se de como ficara assustada, ela própria, fazia apenas poucas horas, na segurança do carro do seu pai, quando o menino zombara dela, e pensou em quantas coisas mais daquele gênero aconteceriam quando tivesse de entrar no mundo como uma Cromo.

Mas, exatamente quando estava prestes a se desculpar, Bridget pareceu compor-se, baixando a mão para o lado do seu corpo e recolocando no lugar sua máscara de fria indiferença.

— Você acabou de se desviar do caminho, Caminhante. Que pena.

— Do que está falando? — perguntou Hannah.

— Você não porá as mãos, intencionalmente, em cima de outra Caminhante. É uma das regras.

— Você não me disse isso.

As sobrancelhas de Bridget dispararam para cima, em fingida consternação.

— Ah, tenho certeza de que disse. Lamento, mas terei de informar à sra. Henley o que você fez.

Isto não seria uma boa maneira de começar ali.

— Ouça — disse Hannah, em tom conciliatório. — Sinto muito eu ter agarrado você. Foi um dia difícil.

— Acha que isso é difícil? Não é nada, em comparação com o que encontrará lá fora. *Nada*.

A voz de Bridget morreu nessa palavra. Abruptamente, ela se afastou de Hannah e começou a caminhar pelo corredor.

— O que aconteceu com você? — perguntou Hannah baixinho, por trás dela.

Sem parar nem se virar, Bridget disse:

— Você descobrirá o que é realmente duro, quando a chutarem para fora daqui.

Desceu a escada que ia dar no dormitório. Hannah ficou em pé olhando para as costas dela, sabendo que não tinha escolha a não ser acompanhar.

A EXAUSTÃO FOI MAIS FORTE do que a estranheza do seu ambiente e Hannah dormiu profundamente, naquela primeira noite, só acordando quando as luzes se acenderam, às cinco e meia da manhã. Ofuscada, ela piscou, diante do seu clarão. Por alguns poucos segundos terríveis, pensou que estivesse de volta à prisão Cromo, mas então ouviu movimento de cada lado dela, o gemido das molas das camas e os pequenos suspiros e grunhidos das outras mulheres, arrancadas a contragosto do sono, e a lembrança voltou. Sabia que devia levantar-se, mas suas pernas estavam pesadas. O silvo da água correndo e o suave zumbido das vozes das mulheres era agradável, calmante. Suas pálpebras estavam exatamente começando a descair e a se fechar outra vez quando sentiu a cama tremer.

— Acorde — alguém disse, num sussurro alto. — Hannah abriu os olhos e viu Kayla em pé aos pés da cama. — Fridget está espiando. Vamos. — Ela se virou e se encaminhou para o banheiro.

Hannah forçou a si mesma a ficar na posição vertical, saiu da cama e juntou seus escassos objetos de toalete.

O banheiro estava apinhado. Os rostos vermelhos das mulheres eram colocados num vívido relevo pelo branco das paredes e das suas camisolas. Um par de mulheres reconheceu-a com um pequeno movimento de cabeça, e Megan lhe deu um sorriso tímido, mas a maioria delas a ignorou, entregues aos seus próprios cuidados.

Hannah escovou os dentes e enroscou sua trança, formando um coque, que prendeu da melhor forma que pôde. Houve uma fila para as privadas e depois para os chuveiros. Quando chegou sua vez, a água estava morna, e ela teve de se apressar para chegar a tempo ao café da manhã. Mesmo assim, era boa a sensação de estar limpa, de ter lavado completamente os resíduos da prisão Cromo.

Hannah vestiu-se e fez sua cama. Bridget esperava por ela à porta. Estava prestes a acompanhá-la, saindo do quarto, quando ouviu uma tosse alta por trás dela. Virou-se e viu Kayla olhando-a, com a testa franzida, dando palmadas no alto da sua cabeça. Hannah ficou confusa por um instante, mas depois se lembrou. *Você manterá seus cabelos decentemente cobertos, a não ser quando estiver dormindo.* Ela tirou sua touca do gancho e a colocou, obtendo alguma satisfação com o muxoxo de desapontamento de Bridget.

Elas seguiram para o refeitório, com Kayla logo atrás. Hannah não tivera uma oportunidade de falar com sua nova amiga desde a tarde da véspera, e estava com esperança de que as duas se sentassem juntas novamente. Mas, quando chegaram lá, Bridget se movimentou depressa para pegar os últimos assentos na mesa aberta, forçando Kayla a se sentar em outro lugar.

Logo que todas estavam reunidas, a sra. Henley entrou sozinha e disse uma oração de graças consideravelmente menos prolixa do que a do seu marido. O desjejum foi parco: uma pequena tigela de mingau de aveia, um copo de leite e uma maçã. Em seguida, ainda com fome, Hannah foi com Bridget consultar o horário de trabalho. Descobriram seus nomes no serviço de cozinha para o almoço do dia seguinte e o café da manhã na sexta-feira. Bridget tinha também serviço na capela durante a semana inteira. Hannah examinou a lista, que também incluía serviço no banheiro, lavanderia, limpeza do chão e costura, mas seu nome não estava incluído.

— Parece que não estou aqui — disse ela.

— Terá outro trabalho para fazer de tarde, esta semana.

Havia também, viu Hannah, um cabeçalho com a palavra Zilpah, sem nenhum nome listado embaixo. Quis perguntar o que significava isso, mas engoliu a pergunta. Mostrar ignorância era mostrar fraqueza. Ela não se colocaria em posição vulnerável diante de Bridget.

— Hannah? — chamou uma voz doce, ritmada.

A sra. Henley lhe fazia acenos para que fosse até sua mesa.

Bridget sorriu afetada.

— Parece que ela quer ter uma palavrinha com você.

Filha da puta. Tomando coragem para ouvir uma repreensão, Hannah foi até onde estava a sra. Henley.

— Bom-dia, Caminhante — disse ela, com um sorriso com covinhas. — Como está se acomodando?

— Muito bem, obrigada.

— Estou satisfeita de ouvir isso. — As faces da sra. Henley estavam um pouco coradas, como se ela tivesse acabado de sair do banho. Mechas de cabelo louro espiavam para fora das beiradas da sua touca. — É meu costume convidar toda nova Caminhante para tomar chá em minha sala de visitas. Bridget lhe mostrou onde fica minha sala de visitas?

— Sim, senhora.

—Venha no sábado, às três horas. Tomaremos chá de camomila e conversaremos um pouquinho, à vontade.

Pensando que a conversa se encerrara, Hannah virou-se para ir embora.

— Mais uma coisa — acrescentou a sra. Henley. — A Caminhante Bridget me contou que você se afastou do caminho, ontem à noite.

Hannah tornou a se virar para ela.

— Sim, senhora. Mas não tive essa intenção.

— Então você a tocou por acidente?

— Não, senhora.

Pequenos sulcos apareceram na testa da sra. Henley.

— Não entendo. Ou foi de propósito ou não foi.

— Eu não sabia que era contra as regras — disse Hannah. — Bridget só me disse depois.

— É estranho, porque ela me falou que disse, sim.

— Não disse.

— Bom, então a culpa não é sua. Se Bridget mentiu, quando falou que lhe contou sobre a regra de não tocar, seria ela quem saiu do caminho, não você. — O tom de voz da sra. Henley era simpático. Hannah relaxou um pouco. — Claro que Bridget já se afastou uma vez. Este seria seu segundo mau passo, o que significaria que teríamos de expulsá-la. Coitada, ela passou por momentos tão difíceis. — A sra. Henley se inclinou para a frente, e baixou a voz para um tom de confidência. — Ela passou pelo Açoite, sabe. Queria muito ter filhos, mas o superbiótico veio tarde demais para ela. Depois que foi descoberta a cura, seu marido a deixou por uma mulher mais jovem, que era fértil.

Hannah não disse nada, pasma e abatida com o fato de a sra. Henley divulgar segredos tão íntimos sobre outra Caminhante. O que revelaria ela a Bridget ou às outras sobre Hannah?

— E, depois de passar por tudo isso — continuou a sra. Henley —, acabou matando o bebê de outra mulher...

— De propósito?

— Não, foi um acidente. Mas ela assumiu a culpa.

Então é por isso que Bridget odeia Megan e a mim, pensou Hannah. *Porque quisemos fazer isso.*

— Então, você tem certeza de que ela não mencionou o regulamento? — A boca da sra. Henley se entreabriu, revelando sua língua rosada e as pontas brancas dos seus incisivos.

Hannah disse a si mesma que Bridget merecia; e que, se ficasse, ela tornaria a vida de Hannah miserável; que deveria partir dentro de um mês, de qualquer forma. E então Hannah se lembrou da frase que Bridget empregara — "lá fora, sozinha" — e do terror em seus olhos, quando ela dissera isso. Pelo menos, Hannah tinha seu pai para ajudá-la. Quando fosse embora dali, não estaria sozinha no mundo.

— É possível que eu tenha esquecido — ela disse, com os olhos baixos. — Eu estava tão exausta, a noite passada.

A sra. Henley mostrou-se imensamente bondosa.

— Claro que estava. Deve ter sido um longo dia. Mas cansaço e esquecimento não são desculpas para a desobediência. Tenho certeza de que Moisés estava cansado, quando desceu do Monte Sinai, mas ele não se esqueceu de nenhum dos mandamentos de Deus, não foi?

— Não, senhora.

A sra. Henley sacudiu tristemente a cabeça.

— E, além do mais, em seu primeiro dia. Apenas algumas poucas horas depois de você nos ter jurado solenemente que obedeceria aos nossos regulamentos.

— Sinto muito, sra. Henley.

— Estou muito desapontada com você, Hannah, e sei que o Reverendo Henley também ficará. Ele leva essas coisas muito a sério.

Olhando para dentro dos olhos azuis e contristados da sra. Henley, Hannah sentiu que ela era mesmo culpada, se não por infringir o regulamento, como estava sendo acusada, então por uma fraqueza de objetivos, por uma falha essencial do espírito. Ela desapontara a tantas pessoas: sua família e amigos, seus patrões, Aidan. E agora os Henley, que haviam sido generosos o bastante para recebê-la ali e lhe oferecer essa oportunidade de redenção. Uma oportunidade de que ela se mostrava indigna.

— E claro que seus pais e o Secretário Dale terão de ser informados — disse a sra. Henley.

Hannah sentiu um surto de pânico. Eles não deveriam saber, ela não deveria envergonhá-los mais do que já o fizera. Descobriu-se gaguejando, implorando:

— Desculpe, sra. Henley, por favor não diga a eles. Agirei melhor, prometo. Farei...

A sra. Henley a deteve, dizendo:

— É bom que você sinta muito, Hannah. A penitência é a primeira coisa que o caminho exige de nós. Quero que reflita e reze sobre o que fez, e falaremos mais a respeito disso no sábado, quando tivermos nossa conversa.

Hannah queria dizer mais, mas a sra. Henley ergueu uma mão pequena e pálida.

— Agora vá, e comece sua iluminação.

Hannah parou logo ao chegar do lado de fora do refeitório e descaiu contra a parede, dando ao seu coração tempo para reduzir suas batidas selvagens. Seus pensamentos estavam dispersos, confusos. O que exatamente acontecera com ela? Quem era essa criatura servil? A racionalidade voltou, à medida que se acalmava, e com ela, raiva. A sra. Henley gostara do encontro das duas; Hannah tinha certeza disso. A mulher brincara com ela como quem toca uma harpa, e Hannah, obedientemente, soara cada nota que ela queria ouvir. O Reverendo Henley podia ser um homem bondoso, autenticamente interessado em ajudar os outros a encontrarem um caminho para Deus, mas sua mulher era diferente.

O silêncio do corredor fez Hannah perceber que estava atrasada para a iluminação. Caminhou às pressas para a sala que Bridget lhe mostrara, na noite da véspera. A porta estava aberta e ela fez uma pausa no umbral. Oito mulheres, todas Vermelhas, com exceção de Megan, todas segurando bonecas, estavam sentadas no círculo de cadeiras, junto com um homem alto, anguloso, na casa dos quarenta, com uma cabeça raspada, brilhante, e um ar de autoridade — presumivelmente, o iluminador. Um tamborete, conspicuamente vazio, estava no centro do círculo. Quando o viu, Hannah sentiu um arrepio de inquietação, que se intensificou quando ela captou a cena bizarra à sua frente. Uma mulher estava embalando sua boneca em seus braços, cantando baixinho para ela; outra a fazia pular em seu joelho; uma terceira segurava a sua com o rosto para baixo em seu ombro, dando palmadinhas em suas costas, como se a botasse para arrotar.

Hannah agarrou o batente da porta. *Deus do céu. Socorro.*

— Entre, Caminhante — disse o iluminador, com uma voz severa e autoritária —, e feche a porta.

Lutando contra o impulso de fugir, Hannah obedeceu.

O iluminador apontou para o tamborete.

— Sente-se. — De alguma forma, suas pernas a carregaram até ele. Que girou, quando ela se sentou. Traçando um arco no ar com seu dedo, ele disse: — Olhe para elas, Caminhante. Porque olhar para elas é olhar para seu próprio pecado.

Hannah girou num lento círculo, na direção dos ponteiros do relógio, com os olhos atraídos para as bonecas. Eram todas do tamanho natural — do tamanho de bebês —, mas, fora isso, eram variadas. Algumas eram toscas, com botões no lugar dos olhos, fios de lã servindo como cabelos e horrendas bocas vermelhas de ponto de cruz, enquanto outras eram feitas de forma mais aprimorada. Duas eram marrons; o resto, de um tom claro de damasco.

O único som na sala era um arrulho alto, estranho, esganiçado, da mulher que embalava a boneca. E então ela começou a cantar para a boneca, tocando em várias partes dela:

— Essa é minha CABEÇA e esse é meu NARIZ. Esses são meus DEDOS, BARRIGA e JOELHINHO. Por ME fazer, Deus, fico muito feliz. Esse é meu... — A mulher interrompeu abruptamente sua canção e sacudiu a boneca, dizendo: — Psiu, psiu. Não chore, bebê, por favor, não chore. Mamãe está aqui.

Hannah deu um giro para não precisar observar, mas a conversa louca, como se fosse com um bebê, continuou sem parar. O iluminador ignorou-a, com sua atenção fixa em Hannah, seus olhos incendiados por alguma emoção que ela não saberia designar. Fosse o que fosse, fez sua pele arrepiar-se. Virou-se para a mulher sentada à direita dele, que era consideravelmente mais velha do que o resto delas — quase velha demais para engravidar. A mulher olhava para ela com uma cansada compaixão.

— Sonia, por que você não começa — disse-lhe o iluminador. Inclinou-se para a frente na cadeira dele, esticando os dedos para cima.

A mulher mais velha ergueu sua boneca, mostrando-a a Hannah e às outras.

— Este é meu filho, Octavio — disse ela, com um sotaque espanhol. Ele seria meu oitavo filho, mas eu o assassinei, contra os mandamentos de Deus e os desejos do meu marido. Ela virou a boneca em sua própria direção e falou com ela. — Perdoe-me, Octavio, por tirar sua preciosa vida.

A mulher junto dela disse.

— Este aqui é meu filhinho, Matthew. Eu o assassinei porque não confiava no Senhor para sustentá-lo, depois que o pai dele nos deixou. Perdoe-me, Matthew, por tirar sua preciosa vida.

— Esta é minha bebê, Aisha. O pai dela me estuprou, mas não foi culpa dela. Ela era inocente e eu a assassinei. Perdoe-me, Aisha.

Megan ergueu sua tosca boneca.

— Este é meu bebê não nascido, John Wyatt ou Gemma Dawn, a depender se for menino ou menina. Tentei matá-lo, mas Deus impediu que a pílula funcionasse.

Seu tom de voz era sombrio. *Não é o caso de penitência*, pensou Hannah.

— Tentei matá-lo — disse Megan —, mas Deus o salvou. Desculpe, bebê. — Estas últimas palavras foram endereçadas à sua barriga ligeiramente arredondada.

O perverso circuito continuou, com Hannah em seu centro, até que todas as mulheres, menos a louca — que parecia inteiramente sem consciência do que estava acontecendo em torno dela —, haviam confessado e se desculpado. Finalmente, o iluminador virou-se para Hannah.

— E você, Caminhante? Por que está aqui?

Ela replicou, sem equívoco:

— Matei meu filho não nascido.

— Por que fez isso?

— Porque tinha medo — disse ela.

E não, Hannah percebeu, de repente, apenas por Aidan, mas também por si mesma. Ele não abandonaria sua esposa por ela: deixara isso claro. E o pensamento de ter e criar um filho sozinha a aterrorizara. A verdade, enterrada durante meses, atingiu Hannah com força: ela agira tanto por egoísmo quanto por amor.

— Com medo? De quê? Da vergonha de ser mãe solteira? — O iluminador ficou em pé e se aproximou dela, pelo alto. Seu rosto estava de um tom de rosa manchado, cheio de ódio. — Tinha medo da ira de Deus, mulher? Foi contra Ele que você transgrediu. Quando desonrou seu corpo com a fornicação e depois com o aborto, desonrou a Deus. Quando roubou a vida do seu filho inocente, roubou o que era de Deus. — Ele agora quase gritava, borrifando o rosto de Hannah, virado para cima, com pequenos salpicos de saliva. — Todas as vezes que a fraqueza de uma mulher a leva a desobedecer aos mandamentos de Deus, Satã ri. Ele estava rindo, quando Eva colheu na árvore o fruto proibido. Ria durante o Grande Açoite, quando a fornicação das mulheres espalhou a suja pestilência que tornou seus úteros estéreis. Ria quando elas imploraram a Deus por filhos, mas não podiam conceber, ah, sim, ele bebia suas lágrimas de desespero como se fossem vinho. Você pôde ouvi-lo rindo, Caminhante, quando abriu suas pernas para o homem que a engravidou e quando tornou a abri-las para o açougueiro que raspou do seu útero sua preciosa criança? Pôde sentir a ira de Deus chovendo sobre você? — Ele lançou a mão para cima, em direção ao teto, com os dedos bem abertos e a manteve assim por vários segundos, antes de baixá-la até o lado do corpo. Sua voz se suavizou. — Mas Deus é clemente. Ele enviou Seu único filho, Jesus Cristo, para redimir seus pecados e lhe oferecer um caminho para a salvação, através de penitência, expiação, verdade e humildade. Você se arrepende humildemente dos seus pecados contra Deus, Hannah Payne? Está preparada para expiar com toda a sua alma o assassinato do seu filho?

Hannah baixou a cabeça.

— Estou preparada.

Sentiu seus braços ficarem inteiramente arrepiados, quando disse as palavras — as mesmas que dissera a Raphael pouco antes de ele realizar o aborto.

— Vá, então, para a sala de costura e faça uma boneca com a imagem do seu filho. Não a faça apenas com tecido e fio, mas com toda a angústia e arrependimento que há em sua alma. A cada ponto, imagine a vida preciosa que você extinguiu: os olhos que nunca verão a maravilha da criação de Deus, a boca que nunca sugará seu seio nem cantará os louvores a Deus, as mãos que nunca agarrarão seu dedo nem usarão uma aliança de casamento. Demore quanto tempo precisar; e, quando tiver terminado, volte a se unir a nós, aqui no círculo.

Hannah levantou-se e se dirigiu para a porta. Quando estava prestes a sair, o iluminador disse:

— Não se esqueça de dar um nome ao bebê.

ELA PASSOU QUATRO dias fazendo-o, trabalhando nele todas as manhãs e todas as tardes, bem como suas duas horas noturnas de tempo livre. Havia uma máquina de costura, mas ela não a usou. Queria que a boneca saísse inteiramente das suas mãos. Trabalhava num estado de extasiada concentração, quase em transe. A boneca era uma oração, tirada ponto por ponto da sua alma, e ela a costurava lenta e esforçadamente. Quando caía na cama, cada noite, seus dedos estavam tão doloridos que ela mal conseguia abotoar a camisola.

De manhã, ficava sozinha na sala de costura, mas depois do almoço se uniam a ela duas Amarelas, que passavam a tarde fazendo vestidos e toucas, costurando colchas e consertando roupas usadas, para serem dadas aos pobres. As mulheres falavam tranquilamente uma com a outra, deixando Hannah sozinha. A sra. Henley passava por ali de vez em quando, para checar o trabalho delas e acrescentar novas roupas à pilha das que precisavam de conserto. A Hannah ela, na maior parte do tempo, ignorava; pelo menos, até o terceiro dia.

— Você sem dúvida está demorando com isso — disse a sra. Henley, dando uma espiada na boneca de Hannah. — De quanto tempo mais precisará?

— Espero terminar até amanhã à tarde — disse Hannah. E depois acrescentou: — O iluminador disse que eu demorasse tanto quanto fosse preciso.

Os olhos azuis da sra. Henley se estreitaram.

— Você não está tentando evitar a iluminação, não é? Porque isso seria um passo muito sério para fora do caminho.

— Não, senhora.

A sra. Henley estendeu uma mão autoritária.

Com uma estranha relutância, Hannah entregou a boneca à outra mulher.

— Bem, Hannah — disse ela, finalmente —, este é um trabalho excepcionalmente bom. Você deve estar muito orgulhosa dele.

Reconhecendo a armadilha, Hannah curvou a cabeça.

— Não, senhora. Só quero fazer o melhor que posso. Para... para fazer justiça ao bebê.

A sra. Henley devolveu-lhe a boneca.

— Cuidado, Caminhante, para não gostar demais da sua penitência.

Hannah terminou no final da tarde de sexta-feira, pouco antes do jantar. Examinou a boneca uma última vez, procurando algum defeito nela, mas não pôde encontrar nenhum. Era uma oferta perfeita. Ela saiu da sala de costura carregando a boneca à sua frente, com a cabeça bem alta, e encontrando os olhos pasmos de todas as mulheres pelas quais passou, no caminho. Um murmúrio coletivo de maravilhamento se elevou, quando ela entrou no refeitório, ondulou atrás dela através da sala e depois se tornou um silêncio profundo, quando ela se sentou. A boneca era tão minuciosa e lindamente trabalhada — os olhos com seus cílios inacreditavelmente delicados, tremulantes, tão terno o botão cor-de-rosa da boca, tão gorduchos e encantadores os dedos das mãos e dos pés, com suas minúsculas unhas em forma de meia-lua — que ela parecia apenas adormecida, em vez de inerte. Mas não era apenas o objeto que ela segurava que atraía a atenção de todas as mulheres na sala, era a própria Hannah. Sua criação a transformara, acabando com seu desespero. Ela se sentia vibrante outra vez, viva como não se sentia desde sua prisão, e podia ver isso refletido nos olhos das outras.

As mulheres estavam tão atentas que, quando os Henley fizeram sua costumeira entrada majestosa, ninguém notou, a não ser Hannah. Ponder Henley ficou com o aspecto atarantado de um homem importante que chega ao palco e descobre que a plateia inteira está olhando para o outro lado. Mas a sra. Henley se mostrou inconfundivelmente aborrecida, em especial quando percebeu o foco da atenção das mulheres. O olhar que ela disparou para Hannah foi venenoso.

Hannah ergueu o queixo e devolveu calmamente o olhar da sra. Henley. Não ficaria outra vez acovardada diante dela.

Mais tarde, depois do serviço religioso da noite, Hannah procurou Kayla. Elas foram para a sala de costura, que Hannah sabia que estaria vazia, àquela hora da noite. Quando a porta se fechou atrás delas, Kayla fez um gesto na direção da boneca de Hannah e disse:

— Apenas uma costureira, hein? Como Jesus era apenas um carpinteiro.

Hannah encolheu os ombros, um pouco desconcertada. Seu desafio desaparecera, deixando apenas cansaço e ansiedade com relação ao seu encontro com a sra. Henley no dia seguinte.

— Pensei que a Senhora ia ter um ataque de nervos — prosseguiu Kayla. — E você viu o rosto da Fridget? Ela parecia ter engolido um galão inteiro de leite azedo.

Hannah também fez uma cara de desagrado e Kayla perguntou:

— E, a propósito, como vão as coisas com ela?

— Não vão bem. Tivemos uma briga, na outra noite, e eu perdi a cabeça. Depois ela contou à sra. Henley que eu a tocara de propósito.

— E tocou mesmo?

— Tudo o que fiz foi agarrar a mão dela e ficar segurando. Eu não sabia que era contra o regulamento.

— Deixe-me adivinhar. Ela não lhe contou.

— Não. E por que é proibido?

— Dizem que é para nos manter atentas à espiritualidade, deixando o físico de lado, mas eu acho que é para nos fazer sentir tão párias quanto possível. Isso, e provavelmente eles sentem medo de acabar tendo um centro cheio de sapatões iniciantes.

Hannah olhou fixamente para Kayla. Ela não podia estar dizendo que...

— Pois é, com mulheres que se tornam lésbicas.

Confusa, Hannah disse:

— Tenho certeza de que ninguém aqui faria uma coisa dessas.

— Você diz isso agora, mas converse comigo dentro de cinco semanas. Às vezes, sinto tanta falta de TJ que até Fridget começa a parecer sexy. — O constrangimento de Hannah deve ter aparecido, porque Kayla riu e disse: — Relaxe, você não é meu tipo.

Hannah mudou de assunto.

— A sra. Henley me disse que Bridget matou uma criança. Sabe como foi que isso aconteceu?

— Dirigindo bêbada. Ela atropelou uma mulher grávida que estava atravessando a rua. A mulher sobreviveu, mas ficou paralítica da cintura para baixo e perdeu o bebê. Isso passou em todos os canais de televisão.

— Meu Deus! Como é que a pessoa consegue viver carregando uma coisa dessas todos os dias?

Logo que Hannah disse isso, pensou: *Mas eu vivo com isso, de alguma forma.*

— Ah, Fridget se vira bem — disse Kayla. — Estamos juntas na iluminação, sabe. Ela se comporta com a maior humildade e arrependimento, mas não passa de uma encenação. Aquela mulher é um iceberg.

Mas Hannah sabia que Kayla estava enganada, que a encenação era o iceberg, uma barricada que Bridget construíra contra a horrenda verdade do que ela fizera. Porque, se permitisse a si mesma reconhecer inteiramente os fatos, eles a destruiriam. Isso não era intuição da parte de Hannah, mas algo mais seguro, era algo que ela sabia profundamente, da mesma forma como soubera que a sra. Henley tivera prazer com sua infelicidade. Ela sempre fora uma avaliadora bastante boa do caráter das pessoas, mas nunca até esse ponto. De onde vinha esse seu recém-descoberto insight? Hannah sacudiu a cabeça quando uma segunda pergunta, mais perturbadora, lhe ocorreu: O que significava o fato de que ela, ao contrário de Bridget, conseguia tocar sua vida, mesmo com o que fizera? Talvez Bridget fosse, na verdade, uma pessoa melhor do que ela.

— De qualquer forma — disse Kayla —, você deve livrar-se dela dentro de mais uns poucos dias. Em geral, eles liberam a pessoa depois de uma semana, embora nem sempre. Quem decide é a Senhora.

— Por que ela e não o Reverendo Henley?

Uma risada desdenhosa.

— Ele pode ter o título de diretor, mas não se engane, é ela quem dirige esta pousada. O homem mal sai do seu gabinete, a não ser para comer e pregar. Fica enfiado lá o dia inteiro, trabalhando em seus intermináveis sermões. Acho que a sra. Henley gosta de vê-lo fora do seu caminho.

— Devo tomar um chá com ela amanhã. Quero perguntar a você sobre isso.

Kayla se enrijeceu e seus olhos evitaram olhar Hannah.

— O quê, sobre isso?

— O que devo esperar? Sobre o que ela conversou com você?

— Não devemos conversar a respeito disso.

— Não vou dizer nada, prometo — disse Hannah.

— Ouça, não posso. Se ela descobrisse...

— Como ela descobriria? Claro que não lhe direi.

— Não posso, Hannah — disse Kayla, rispidamente. — Sinto muito. É melhor voltarmos.

Caminharam até o dormitório num silêncio constrangido. Quando passaram pela porta da sala de visitas da sra. Henley, Hannah sentiu, mais do que viu, Kayla se encolher.

H ANNAH FICOU INQUIETA E incapaz de se concentrar durante o estudo da Bíblia, na manhã seguinte. Depois do almoço, foi para a sala de leitura e deu uma olhada no material que havia ali, para passar o tempo até as três horas. Além de títulos como *Darwin, o enganador*, *Uma coroa para seu marido: 365 orações para a esposa virtuosa*, ela descobriu um velho livro de Aidan, *Uma vida com objetivo, uma vida em Cristo*, publicado quando ele ainda era um pastor iniciante na Ignited Word. A foto de trás era dele, no dia em que se formou no seminário, seu rosto iluminado de felicidade e esperança. Hannah olhou-o fixamente, marcada a ferro em brasa pela imagem, pensando nas poucas vezes em que o vira com esse aspecto. A maioria das vezes, fora entre as crianças do abrigo. Apenas uma vez ele se mostrara tão totalmente feliz e entregue, com ela.

Aidan a convidara para se encontrar com ele num sábado, num dos hotéis onde habitualmente se encontravam, mas numa hora sem precedentes, sete da manhã. Foi no final de outubro. Uma rara frente fria chegara, na noite da véspera, e a temperatura caíra bastante. Hannah foi pedalando em sua bicicleta até o hotel. Quando chegou, encontrou Aidan à sua espera, no carro dele.

— Entre — disse ele, surpreendendo-a; eles jamais tinham ido a parte alguma juntos, sozinhos.

— Para onde vamos?

— É segredo.

Dirigiram-se para o centro da cidade e depois tomaram a I-20 leste. Aidan segurou sua mão e acariciou seu dorso com seu polegar e, depois de meia hora, Hannah começou a cochilar. Seu último pensamento, antes de se render ao sono, foi de como era delicioso e como, paradoxalmente, a libertava, entregar-se tão completamente à vontade dele.

Acordou algum tempo depois, quando a estrada mudou do asfalto para terra esburacada, e se descobriu no meio de uma floresta de altos pinheiros. Seu cheiro forte e estonteante enchia o carro. Ela inspirou profundamente, pensando que jamais respirara, em toda a sua vida, um ar tão maravilhosamente fresco.

— Onde estamos?

— Na floresta encantada — disse Aidan. — Você se esqueceu de deixar cair suas migalhas de pão, então está condenada a vaguear por aqui até que um príncipe chegue e quebre o encantamento com um beijo.

Surpresa com o estado de espírito dele — Aidan era muitas coisas, mas caprichoso nunca —, Hannah disse:

— E se eu não quiser que ele quebre o encantamento? Será que ele vagueará aqui comigo para sempre?

— Sim, mas então ele nunca poderia beijá-la. E você ficaria presa com um sujeito rabugento e mal-humorado durante toda a eternidade.

Ela sorriu.

— E o pobre príncipe ficaria preso a uma megera mal-humorada.

Pararam na frente de uma casinha rústica. Atrás dela, por entre as árvores, Hannah pôde ver um tentador brilho azul.

— E aquilo — disse Aidan — é o lago mágico. Dizem que, se a pessoa mergulhar nele no exato instante em que o sol poente tocar o horizonte, lhe será concedido realizar seu maior desejo.

Ele trouxera tudo de que precisavam: uma pequena geladeira com comida, trajes de banho, filtro solar, boias. Hannah não era uma nadadora experiente — todas as piscinas tinham sido fechadas, quando ela era criança, por causa da seca, e ela estivera na praia apenas poucas vezes, desde então —, mas os movimentos lhe voltaram rapidamente. Eles passaram o dia como adolescentes, borrifando água por toda parte, ociosos na varanda, alimentando um ao outro com picles e fatias de laranja, rindo, beijando-se. Aidan acariciou seus cabelos e seu rosto, mas suas carícias nunca desciam mais para baixo e, quando a mão de Hannah começou a deslizar para baixo da cintura do seu calção de banho, ele a segurou e sacudiu a cabeça.

— Não vamos fazer isso — disse.

Ela não questionou suas palavras. Não lhe perguntou a que horas teriam de ir embora, nem de quem era aquela casinha, nem que desculpa Aidan dera à esposa para explicar sua ausência. Ela vivia com ele a alegria fugidia de cada momento. Quando o sol baixou no céu, ele pegou sua mão e conduziu-a até o cais. O sol era um círculo vermelho fundido, como um grande coração em chamas. Ficaram ali em pé observando-o baixar, até quase tocar o horizonte.

— Agora! — gritou Aidan e começou a correr. Hannah corria ao lado dele, com os pés descalços martelando as tábuas do cais, e no final atirou seu corpo para fora, para o ar. Ficaram suspensos juntos acima da água por um piscar de olhos, antes de suas mãos se separarem e eles mergulharem. Ela apareceu na superfície antes dele. Sem fôlego, ela mexia as pernas para se manter à tona, à espera de que ele aparecesse. Exatamente quando começava a se preocupar, ele irrompeu do lago, bem à sua frente, fazendo-a gritar. Ele riu, com seu rosto incandescente de felicidade, e ela teve uma rápida visão do aspecto que ele devia ter, quando era menino. Sua beleza e inocência agarraram seu coração e o apertaram como um punho implacável, fechando-se.

Treze meses atrás, ela pensou, agora. *Uma vida inteira atrás*. Empurrou o livro outra vez em seu lugar, na prateleira.

PRECISAMENTE ÀS TRÊS horas, ela bateu na porta da sra. Henley.

— Entre — disse a sra. Henley.

Hannah abriu a porta e caminhou para dentro da sala de visitas. Era um espaço íntimo, feminino, decorado com alegres tons de amarelo e azul. Ao contrário de todos os outros cômodos que Hannah vira no centro, a sala de visitas tinha duas janelas na altura dos olhos, cobertas por cortinas brancas, bordadas, finas o bastante para deixar a luz entrar, mas opacas em excesso para se poder ver alguma coisa através delas. Ansiou para estender a mão e separá-las, conseguir dar uma olhada no mundo além daquelas paredes.

— Gosta das minhas cortinas novas? — perguntou a sra. Henley. — Eu mesma as fiz. Estava sentada numa poltrona confortável, virada para longe das janelas. Em cima de uma mesa, à sua frente, estava uma bandeja com um bule, duas xícaras de porcelana e um prato de biscoitos.

— São lindas.

— Obrigada. É um grande elogio, vindo de uma costureira com seus talentos. — A testa da sra. Henley se franziu. — Mas onde está sua linda boneca? Você sabe que deve carregá-la o tempo inteiro.

Uma ponta de ferro, em sinal de alarme, disparou através de Hannah; em seu estado de distração, ela deixara a boneca na sala de leitura.

— Eu a esqueci. Posso voltar e pegá-la, se a senhora quiser.

A sra. Henley analisou-a por um momento e depois seu rosto relaxou.

— Bem — disse ela —, acho que podemos esquecê-la, desta vez.

A respiração de Hannah saiu com um silvo audível e a sra. Henley sorriu.

— Meu Deus, onde estão minhas boas maneiras! — Fez um gesto na direção do sofá à sua frente. — Por favor, sente-se. Gostaria de tomar uma xícara de chá?

— Sim, obrigada.

A parede em frente a Hannah estava coberta com uma grande coleção de arte, na maior parte amadorística. Além de versões em renda feita à mão, costuradas, entalhadas, pintadas e em acolchoados, das ubíquas palavras PENITÊNCIA, EXPIAÇÃO, VERDADE E HUMILDADE, havia vários desenhos de Jesus, aquarelas com cenas da Bíblia, festões feitos com ramos e rosas secos, cruzes de madeira gravada e outros esforços toscos.

— Elas não são uns amores? — disse a sra. Henley. — Tudo isso são presentes que as moças deram a mim e ao Reverendo Henley, no curso dos anos. Nunca deixa de nos tornar humildes saber que tocamos tão profundamente a vida de uma Caminhante.

Ela serviu o chá. A mão de Hannah tremia, quando ela pegou sua xícara e esta fez um pequeno ruído chocalhante contra o pires.

— Não precisa ficar nervosa, Hannah — disse a sra. Henley. — Esta é apenas uma conversinha informal, para nos conhecermos melhor. Quer um biscoito? Eu mesma os fiz, hoje de manhã.

Hannah pegou um. Sua boca estava tão seca que ela engasgou e começou a tossir. Fez o biscoito descer tomando o chá.

Quando ela se recuperou, a sra. Henley perguntou:

— Então, você é uma costureira profissional?

— Sim, senhora.

— Que tipo de trabalho você fazia?

— Principalmente vestidos de casamento. Eu costurava para um salão em Plano.

— Ah, que pena. Não acredito que vão querer você de volta, agora. Afinal, que noiva desejaria que seu vestido de casamento fosse feito por... — A sra. Henley parou, como se de repente tomasse consciência de que estava sendo descortês e depois disse, com uma animação artificial. — Bem, talvez você possa conseguir trabalho numa fábrica ou em algum outro lugar onde não se importem.

— Sim, talvez eu possa.

Hannah deu à outra mulher um suave e cortês meio sorriso e imobilizou sua mente, posicionando suas defesas.

A sra. Henley pôs sua xícara em cima da mesa e se inclinou para a frente, cruzando suas pernas na altura dos tornozelos. *Vai começar*, Hannah pensou.

— Quando foi que você fez o aborto?

— Em junho.

— E quanto tempo você tinha de gravidez?

— Três meses.

— Então, isso significaria que você engravidou em algum dia de março. Você é capaz de localizar a exata... ocasião em que ocorreu?

Hannah fechou os olhos, lembrando-se do hotel em Grand Prairie. Havia seis semanas que não estavam juntos, e se sentiam frenéticos, desesperados.

— Hannah? Você não respondeu à minha pergunta.

— Sim.

— Ele sabia que você ia fazer um aborto?

— Não.

— Ele chegou a saber que você estava grávida?

— Não.

— É uma completa violação dos direitos paternos dele. Tem sorte por ele não ter iniciado um processo contra você.

Hannah fez um sinal afirmativo com a cabeça, não confiando em si mesma o bastante para falar. Podia sentir sua pulsação se acelerando, tornando-se irregular.

— Claro — disse a sra. Henley — que, se ele fizesse isso, sua identidade se tornaria pública. E, se você tivesse o bebê, seria compelida a dar o nome dele. — Estreitou um pouco os olhos, estudando o rosto de Hannah, como uma peça especialmente intrigante num museu. — Soube que você se recusou também a dar o nome do abortador.

— Nunca soube o nome dele — disse Hannah.

Com um pequeno aceno de mão, a sra. Henley disse:

— Bem, não vou pedir-lhe para revelar isso, nem lhe perguntarei o nome do pai do bebê. As identidades deles não são da minha conta. Mais precisarei saber os detalhes da sua transgressão, por mais desagradável que possa ser para você contá-los e para mim ouvi-los.

Vamos começar com o momento em que você tirou a roupa e se deitou na mesa, foi uma mesa?

Hannah olhou-a fixamente, sem compreender.

— A verdade é a terceira coisa que o caminho exige de nós — disse a sra. Henley, numa voz que parecia mel despejado num fio fino sobre granito. — Como o reverendo e eu lhe dissemos, quando você chegou, a verdade não é opcional aqui, e uma mentira por omissão não deixa de ser uma mentira. Então, torno a lhe perguntar, foi uma mesa?

— Sim.

— Mostre-me como foi, em que posição você estava. Pode usar o sofá ou o chão, o que preferir.

Paralisada pelo horror, Hannah não conseguia nem se movimentar nem desviar a vista. Os olhos ávidos da sra. Henley estavam presos nos dela, extraindo sua vergonha, e ela viu que não havia fundo em suas profundezas azuis, nenhum final, apenas uma fome sem limites, insaciável.

— Eu estava preparada para perdoar seu primeiro passo para fora do caminho, Hannah, com Bridget — disse a sra. Henley —, porque você era nova aqui e não estava acostumada com nossas maneiras. Mas, se não pode ser sincera comigo, serei forçada a concluir que esse é um padrão de desafio e engodo.

Hannah fechou os olhos. Para que outro lugar ela poderia ir? Não havia nenhum. Vagarosa, mecanicamente, deitou-se de costas e ergueu os joelhos.

— A posição *exata*, Hannah — disse a sra. Henley, num tom irritado.

Hannah separou as pernas e tudo veio como uma inundação, voltou para aquela sala quente, lembrou a sensação de metal frio penetrando-a, a dor. Ouviu a si mesma gemer — naquele momento, agora.

— Olhe para mim, Hannah. — Ela virou a cabeça para um lado. A sra. Henley inclinou-se para a frente, deslocando para um lado sua própria cabeça. — Como você se sentiu, enquanto estava deitada ali, esperando que o abortador começasse?

— Tive vontade de morrer — disse Hannah.

Caindo, caindo dentro daquele azul faminto.

O INTERROGATÓRIO CONTINUOU sem parar. "Quanto tempo demorou?" "Houve muita dor?" "Como seus pais reagiram?" "Como foi acordar na ala Cromo e ver a si mesma pela primeira vez?" "Imaginou pessoas que você conhecia sentadas em suas salas, espiando você?" E, repetidas vezes, a pergunta: "Como foi que isso fez você se sentir?" Depois de dez minutos, Hannah percebeu que estava perto do fim da sua resistência; depois de uma hora, a sensação era de ter sido raspada até ficar em carne viva, como acontecera depois do aborto. A sala estava abafada e quente, e ela podia sentir o cheiro forte do seu próprio corpo. A pele da sra. Henley era rosada e havia um leve brilho em seu lábio superior, mas fora isso ela parecia perfeitamente à vontade. Em *seu elemento*, pensou Hannah, *como uma cascavel tomando sol numa pedra.*

Finalmente, a sra. Henley disse:

— Pode sentar-se agora, Hannah.

Hannah se endireitou, sentindo-se um pouco tonta.

— Quer um pouco mais de chá de camomila, querida?

— Não, obrigada.

Ela preferiria beber arsênico.

— Preciso dizer, uma coisa que me surpreendeu foi o grau de interesse que o Secretário Dale demonstrou em seu caso. Sabe que ele telefonou pessoalmente para o Reverendo Henley, a fim de falar sobre você? E, claro, houve o apelo que ele fez, em seu julgamento. Tão eloquente... tão apaixonado.

A sra. Henley tomou um gole de chá, com seus olhos azuis dançando alegremente em cima da borda da xícara.

Esforçando-se para manter a voz neutra, Hannah disse:

— Sim, estamos todos muito agradecidos, minha família e eu, pela bondade dele. Mas o Reverendo Dale é um pastor desse tipo. Ele se sente pessoalmente responsável por cada membro da sua congregação.

As sobrancelhas claras da sra. Henley formaram dois arcos incrédulos.

— Claro que não a ponto de telefonar de Washington, D.C. cada vez que um dos membros do seu antigo rebanho sai do bom caminho.

— Na verdade, não sei dizer. — Hannah sentiu o suor escorrendo por seu torso, debaixo do vestido, e esperou que não fosse visível.

— Claro que você também era empregada dele, não era? Via com frequência o Reverendo Dale?

Exatamente nesse momento, uma porta lateral se abriu e Ponder Henley entrou. Tinha um bloco de notas na mão e seus olhos estavam iluminados por uma ansiedade infantil. Não pareceu ver Hannah; sua atenção era toda para a esposa, que rapidamente escondeu, por trás de um sorriso encantador, sua irritação por ser interrompida.

— Você tinha razão — exclamou ele. — Aqueles trechos do Levítico fazem toda a diferença. Ouça isto...

— Tenho companhia, Ponder. Hannah veio tomar chá.

O Reverendo Henley pareceu espantado e depois desconcertado, por encontrar sua esposa ocupada.

— Ah! Bem, não me deixe interromper você. Sei como vocês, moças, gostam de suas conversinhas.

— É verdade, gostamos — concordou a sra. Henley. — Mas claro que seu sermão é muito mais importante e você sabe como amo ouvir você praticar. — O Reverendo Henley chegou a brilhar sob o olhar adorador da esposa. — Hannah e eu podemos continuar com nossa conversa em outra ocasião. Só me deixe acompanhá-la até lá fora e logo estarei aqui.

Quando a porta se fechou atrás dele, a sra. Henley deu uma olhada no relógio de madeira na parede.

— Meu Deus, já são quatro e meia. — Tornou a olhar para Hannah, e seu nariz se enrugou muito de leve. — Aposto que gostará de tomar um banho de chuveiro e trocar seu vestido, antes do jantar. Vá em frente e, se Bridget ou qualquer outra pessoa a questionar, diga-lhes que lhe dei uma permissão especial.

Hannah levantou-se sem firmeza e a sra. Henley a acompanhou até a porta.

— Estou muito satisfeita porque tivemos essa conversa, Hannah. Só lhe peço para mantê-la estritamente entre nós. Ficaria muito aflita se descobrisse que você andou falando sobre ela com qualquer outra das Caminhantes.

— Não farei isso — disse Hannah, entendendo agora a reticência e embaraço de Kayla.

Quem desejaria contar a quem quer que fosse essa humilhação?

No caminho de volta para o dormitório, ela passou por várias outras mulheres no corredor. Quando viam seu rosto, elas a olhavam com piedade, dando-lhe passagem com grande afastamento.

Hannah passou o fim de semana ruminando sua conversa com a sra. Henley. Sua vergonha finalmente cedeu lugar à indignação e, depois, à raiva inteiramente desenvolvida, tanto pela crueldade da mulher como por sua paralisia e cumplicidade com ela. Por que não mentira, como fizera com os interrogadores da polícia? Por que não saíra da sala, do centro? Será que o mundo lá fora teria a possibilidade de ser minimamente pior do que aquilo?

Hannah imaginou também quanto sua mãe sabia sobre esse lugar, quando propôs que fosse enviada para ali. Será que sua mãe tinha consciência do método de iluminação dos Henley? E Aidan, será que ele sabia? Hannah disse a si mesma que ele não tinha chance de saber, mas a dúvida apodreceu em sua mente.

Na segunda-feira, no café da manhã, Bridget informou Hannah de que ela não era mais sua "caçadora de caminho".

— Vai chegar uma nova Caminhante, na quarta-feira, e a sra. Henley me pediu que mostrasse a ela o caminho. A partir de hoje, você fica por conta própria.

— Estou arrasada — disse Hannah. — Depois de todos os bons momentos que tivemos.

Kayla, sentada na frente delas, engasgou com seu mingau de aveia.

Depois do café da manhã, as duas se uniram às outras mulheres aglomeradas em frente à lista de trabalhos. Kayla ficou satisfeita;

deveria cumprir tarefas na capela — um dever fácil. Hannah esperava ver seu nome em serviços de costura, mas descobriu, em vez disso, que ia assumir o trabalho da sua amiga, limpando os banheiros.

— Sorte pesada — disse Kayla. — Mesmo assim, ser uma Escrava do Banheiro não é tão ruim. Pelo menos, a pessoa consegue ficar sozinha. É bem melhor do que Criada de Lavanderia... ficar presa numa sauna com três outras mulheres esquisitas, fedorentas.

O nome de Bridget estava escrito embaixo do misterioso cabeçalho Zilpah. Hannah apontou para ele e perguntou:

— O que é isso?

— Lacaia pessoal da sra. Henley. Nunca fiz isso... ela só designa para fazer esse trabalho seus bichinhos de estimação... pelo que ouvi dizer, é principalmente escrever cartas, limpar a sala de visitas e o estúdio, e servir como motorista dela, de um lado para outro da cidade.

— Elas saem do centro?

— Sim, e precisa ouvi-las se gabando disso, diante do resto de nós. — Kayla soltou uma exclamação abafada. — No que me diz respeito, podem sair à vontade. Quanto mais longe eu ficar daquela mulher, melhor.

— Você e eu também — disse Hannah, com mais ênfase do que pretendia.

— Você está bem, depois do sábado? — perguntou Kayla. — Parecia meio... arrasada. Mas todo mundo fica — acrescentou, depressa.

— Estou ótima.

As palavras eram mecânicas e, pela expressão no rosto de Kayla, pouco convincentes. Hannah imaginou se algum dia seria capaz de dizê-las a sério.

Quando caminhou para a iluminação, uns poucos momentos depois, ficou aliviada de ver que o tamborete fora tirado de lá e agora havia dez cadeiras no círculo. Os olhos do iluminador se arregalaram, por uma fração de segundo, quando ele viu sua boneca, mas não disse nada. Quando todas estavam sentadas, ele se virou para a mulher à sua esquerda.

— Monica, por que você não começa — disse ele.

— Esta é minha filha, Shiloh. O pai dela ameaçou me abandonar, se eu não fizesse o aborto, mas eu devia ter me preocupado mais com ela do que com ele. Perdoe-me, Shiloh, por tirar sua preciosa vida.

— Este é meu menino, Christopher. Eu tinha medo de que meus pais me botassem para fora de casa, se descobrissem que eu estava grávida. Perdoe-me, Christopher, por tirar sua preciosa vida.

— Esta é minha filha, Aisha...

— Este é meu doce Octavio...

Finalmente, chegou a vez de Hannah. Ela não hesitou. Sabia como chamaria seu bebê, desde quando descobriu que estava grávida. Sua filha e de Aidan, que começara com um minúsculo grão de matéria e nutrida dentro do mar do seu útero. Escondida, maravilhosa, impossível de conhecer. Mal-recebida.

— Esta é minha filha, Pearl — disse ela.

Na quarta-feira de tarde, Hannah tomou seu lugar na plataforma, com as outras, para "dar as boas-vindas" à nova Caminhante. Uma corrente de inconfundível excitação pulsava através da sala, enquanto esperavam sua chegada. Elas eram uma alcateia, farejando a presa, e Hannah estava entre elas. Mas, quando a mulher — uma Vermelha de meia-idade, com os cabelos grisalhos e seios caídos — abriu a porta estreita e caminhou para dentro, sobressaltando-se de medo com o som das vozes delas, acovardada e cobrindo-se ao vê-las, a excitação de Hannah se evaporou, e pesar e piedade tomaram seu lugar.

Mais tarde, percebeu que a reação delas era mais causada pelo tédio do que por lascívia ou crueldade. Os dias no centro se passavam com intolerável lentidão, correndo juntos como as cores num vaso de pincéis usados, fundindo-se num uniforme cinza-chumbo. Sermões, refeições, iluminação, trabalho, repetição. Ela e todas as outras mulheres ali estavam famintas de variação.

Ela vivia para as tardes de sábado, quando seu tempo lhe pertencia, e para as cartas do seu pai e de Becca, por mais agridoces que fossem de ler. Chegavam já abertas, presumivelmente pela sra. Henley. As do pai eram desajeitadas, informes e incansavelmente alegres, discorrendo sobre o tempo, as notícias locais e a família.

Querida Hannah,

Espero que você esteja passando bem e fazendo algumas amizades aí. Estamos todos ótimos, preparando-nos para uma tempestade de neve amanhã, embora hoje a temperatura esteja bem-elevada, e o tempo ensolarado. Ou seja, um dia típico do Texas!

O Reverendo Maynard está instalando-se como pastor-chefe, mas é muito difícil chegar à altura do seu antecessor. O comparecimento caiu um pouco, desde que o Reverendo Dale foi embora. Apesar de sentirmos sua falta, estamos todos orgulhosos do trabalho que ele está fazendo em Washington. Acho que tivemos sorte por ter contado com ele por tanto tempo, como aconteceu. Ele e Alyssa vêm para casa, no feriado de Ação de Graças, e há um boato de que ele vai conduzir o serviço religioso da quarta-feira à noite. Espero que diga boas palavras a favor dos Rapazes, quando fizer isso. Os Giants jogarão no Dia de Ação de Graças e eles precisarão, para ganhar, do maior número possível de orações. Walton luxou o pulso, duas semanas atrás, e a ofensiva está paralisada, sem ele. Será um milagre se este ano conseguirmos chegar aos *playoffs*.

Becca finalmente passou a pior fase do seu enjoo matinal e sua barriga está começando a crescer. Estou construindo berços para os bebês e sua mãe tricota feito louca — você precisa ver a quantidade de fios de lã rosa e azul espalhados pela casa inteira.

Com a aproximação do feriado, tive de dar uma porção de horas extras na loja, e então não tive muito tempo para procurar um emprego ou um apartamento para você. Mas logo depois do Ano-novo vou tratar do assunto, prometo. Enquanto isso, saiba que meus pensamentos e orações vão para você. Sinto sua falta. Todos sentimos.

Com amor,
O papai.

Becca se saía melhor. Ela escrevia com humor sobre sua gravidez, seu cotidiano, pessoas que elas conheciam da igreja. Às vezes, quando falava de Cole, Hannah detectava um laivo de inquietação em suas palavras.

Querida Hannah,

Como desejaria que você estivesse aqui! Tive de afrouxar NOVAMENTE a cintura de todas as minhas saias e você sabe como eu adoro costurar. Meus dedos parecem almofadas de alfinetes.

Agora que minha barriga está começando a aparecer, Cole se mostra mais protetor do que nunca. Juro, ele dificilmente me deixa sair de casa, a não ser para ir à igreja! Ingressou nesse novo grupo de homens cristãos e eles têm encontros algumas noites por semana. Ele não quer me dizer o nome do grupo nem onde se encontram — tudo o que sei é que não faz parte da Ignited Word —, mas ele diz que se parece com o Promise Keepers.

Espero que você esteja passando bem e tenha feito algumas amizades aí. Sei que eles a mantêm ocupada, mas, se puder, por favor escreva com mais frequência. Sinto tanta falta sua. Mamãe ainda está fora de si, mas continuarei conversando com ela sobre isso.

Vou sair agora, à procura de cheesecake. E de azeitonas. Na semana passada, foram sanduíches com bacon, alface e cerejas com marrasquino...

Com todo o meu amor,
Becca

Hannah se preocupava com a irmã e o pai, mas era impotente para ajudá-los. Sem dúvida eles sentiam a mesma coisa. Não lhe escapava que, embora ambos manifestassem a esperança de que ela estivesse bem, nenhum dos dois, em qualquer ocasião, chegou a lhe perguntar como ela estava. Talvez, pensou, não suportassem saber a resposta. Ela mantinha suas cartas curtas e leves, poupando-os da verdade: que ela sentia uma impressão cada vez mais forte de que fora parar no inferno.

A iluminação era o pior, e ela estava cada vez mais horrorizada com isso, insuportavelmente. Nunca sabia o que esperar: um sermão de um médico visitante sobre detalhes sangrentos do procedimento, encerrando-se com exibições de vasos com fetos em formol; uma "sessão de ideação", na qual elas tinham de imaginar futuros alternativos para seus filhos abortados; um holovídeo mostrando bebês ensanguentados, meio abortados, rastejando para fora dos úteros das suas mães. Mas o pior eram os sobreviventes, que vinham em pessoa: uma garota adolescente cujo braço fora cortado quando sua mãe tentara abortá-la, com vinte e seis semanas de gravidez; um homem que sofrera durante toda a sua vida de paralisia cerebral e uma depressão que o deixava incapacitado, e acabou sabendo, na casa dos quarenta anos, que seu irmão gêmeo fora abortado e que seu próprio cérebro fora perfurado, durante o procedimento. Essas sessões deixavam Hannah sentindo-se tão horrorizada e deprimida que nem mesmo Kayla podia comunicar-se com ela. A esperança que sentira logo ao chegar ao centro aos poucos foi desfazendo-se e ela se descobriu lutando para manter a fé. Suas conversas com Deus começaram a assumir um tom de dúvida e, depois, de acusação. Como podia Ele aprovar o que os Henley estavam fazendo ali? Poderia essa realidade ser o caminho para Ele?

O pouco de sanidade que Hannah conservava devia a Kayla, cujo espírito estava menos abalado pela atmosfera sombria do centro. Ela brincava a respeito de tudo: comida, as roupas delas, sua pele vermelha, Bridget e, especialmente, os Henley, que ela apelidara de Moral e Harpia. Kayla inventava pequenos poemas obscenos a respeito deles, deixando para recitá-los quando Hannah se sentia mais deprimida, e recitando-os com um atroz sotaque irlandês:

> Era uma vez um reverendo chamado Moral.
> Com sua mulher ele tinha apenas uma briga.
> Embora todas as noites lhe fizesse súplicas,
> Seus rogos não conseguiam convencê-la;
> Essa Harpia se recusava a partir para o oral.

Hannah não estava acostumada com essas obscenidades; mas, quando seu constrangimento passou, ela se descobriu rindo com a mesma força que Kayla. No que dizia respeito aos Henley, quanto maior fosse a agressividade, melhor.

Mas, quando se aproximava o fim do primeiro mês de Hannah no centro, o estado mental de Kayla se tornou sombrio e ela ficou inquieta e mal-humorada. Hannah perguntou-lhe várias vezes qual era o problema, mas ela não queria dizer. Finalmente, admitiu que fazia algum tempo não tinha notícias do namorado.

— No primeiro mês que passei aqui, TJ me mandava cartas com intervalos de poucos dias. E agora nada, há duas semanas. Estou preocupada com a possibilidade de alguma coisa ter acontecido com ele.

— O que dizia a última carta dele? — perguntou Hannah.

— Apenas que ele ainda não havia encontrado um apartamento para nós, mas que estava procurando com muito empenho.

— Tenho certeza de que você logo terá notícias dele.

Mas Kayla não teve nenhuma notícia e ficou cada vez mais agitada. Uma semana depois, numa segunda-feira, ela levou Hannah para um lado, depois do café da manhã.

— Decidi — disse Kayla. — Se não tiver notícias dele até sexta-feira, vou embora. Isto não parece coisa de TJ. Alguma coisa deve estar errada.

Uma onda de desespero cresceu e se quebrou dentro de Hannah. Como poderia ela suportar aquele lugar, sem uma amiga?

— Pode haver outros motivos para ele não ter escrito — disse ela.

— Por exemplo?

Detestando um pouco a si mesma, mas incapaz de se conter, Hannah disse:

— E se ele, simplesmente... mudou de ideia e não tem coragem de lhe dizer?

— Ele não faria isso — disse Kayla, com uma sacudidela enfática de cabeça. — Se não escreveu, é porque não pode.

— E se você estiver enganada? Para onde irá?

— Não estou enganada — disse Kayla.

Mas sua voz já não soava mais tão segura.

Não chegou nenhuma carta de TJ naquele dia, nem no seguinte. Era aguda a ansiedade de Hannah, tanto por sua amiga quanto por si mesma, e ela dormiu mal em ambas as noites. A quarta-feira passou rastejando. O Reverendo Henley era o convidado de destaque na iluminação, aquele dia, e durante três horas ridículas conduziu uma "discussão" em torno dos pontos de vista de Deus sobre o aborto, durante as quais nem mesmo o iluminador podia dar uma palavra sobre qualquer outra coisa. Na hora do jantar, Hannah se sentia paralisada de cansaço. Ela e Kayla estavam em mesas diferentes, mas conseguiram sentar-se junto uma da outra na capela. Kayla estava tão agitada que ganhou um olhar severo do Reverendo Henley, e Hannah percebeu que ela estava impaciente para voltar ao dormitório e ver se TJ tinha escrito. Caminharam para lá juntas, em silêncio. Não havia nenhuma carta esperando na mesa de cabeceira de Kayla. Seus ombros descaíram.

— Ainda há mais um dia — disse Hannah.

— Não. — A cabeça de Kayla se ergueu e ela fez um brusco movimento com ela na direção do corredor. Sua boca era uma linha reta, determinada. Hannah a seguiu para a sala de costura e fechou a porta atrás delas.

— Não vou esperar até sexta-feira — disse Kayla. — A primeira coisa que farei, amanhã de manhã, é ir embora.

Hannah não conseguiu falar. Sua sensação era de que tinha uma pedra alojada em sua garganta.

Kayla pegou a mão de Hannah.

— Escute, por que você não vem comigo? Podíamos ajudar uma à outra.

Hannah considerou a possibilidade: na verdade, tinha ruminado isso durante a semana inteira. Mas como viveria? E o que diria ao seu pai? Ele ficaria tão desapontado com ela, por desperdiçar esse presente de um refúgio, essa chance de redenção. E sua mãe, o que pensaria? Pela primeira vez, Hannah tomou consciência da esperança a que se prendera, a de que, se passasse seis meses naquele lugar — se mostrasse como estava verdadeiramente arrependida —, seria perdoada, não apenas por Deus, mas também por sua mãe. Por mais exígua que fosse essa esperança, ela sabia que, se fosse embora agora, ela desapareceria.

— Não posso — disse. — Sinto muito.

— Entendo. Você está se divertindo por demais, aqui. — O sorriso de Kayla era tenso e seus olhos ansiosos.

— Você o encontrará.

— E se não encontrar? Não acredito que possa enfrentar tudo sozinha.

— Você precisa, senão eles ganharão, lembra?

Kayla fez um sinal afirmativo com a cabeça e Hannah lhe deu um abraço rápido, apertado.

— Ah, antes que eu me esqueça. — Kayla tirou um pedaço de papel do seu bolso. — Este é o número do meu telefone.

Quando Hannah o pegou, ela pensou em Billy Sikes e em sua oferta horrenda, e seus olhos se encheram de lágrimas. Quem poderia ter previsto, naquele dia, seis semanas atrás, que ela teria uma verdadeira amiga, alguém que podia olhar para ela e ver alguma coisa além de uma desprezível criminosa?

— Não comece com isso, agora, senão você também me fará começar também — disse Kayla. — Você terá de decorar o número, antes de partir, ou então escrevê-lo em algum lugar em si mesma, porque eles não deixarão que leve nada consigo. Quero que me prometa que me telefonará logo que sair.

— Telefonarei, sim.

Hannah pôs o número em seu bolso e elas se abraçaram novamente, por mais tempo, desta vez. O contato físico era quase insuportavelmente doce. Os pais de Hannah haviam sido sempre pródigos em abraços e beijos, e ela e Becca muitas vezes rastejavam para a cama uma da outra, em busca de conforto. E depois houvera Aidan, cujo toque ela sentia como uma volta para casa. Como sentia falta disso, de todos eles.

Kayla se afastou primeiro.

— Cuide-se, está ouvindo? Não deixe este lugar afetar você.

A porta se abriu de repente, espantando-as, e a sra. Henley enfiou sua cabeça para dentro.

— Ah, aqui está você, Hannah — disse ela, com uma surpresa pouco convincente. Ela segurava sua cruz entre os dedos e Hannah entendeu de repente que as cruzes das Caminhantes deviam ser transmissores. Ela imaginou, pouco à vontade, se eram também microfones e depois decidiu que não. Se fossem, ela e Kayla já teriam sido postas para fora dali havia muito tempo.

— Recebemos uma grande doação de tecido — disse a sra. Henley. — Vou transferir você para serviço de costura a partir de amanhã. Fará vestidos para o centro.

— Sim, senhora.

— A hora da reflexão não é para mexericos sem sentido — disse a sra. Henley com um franzir de testa reprovador. — Sugiro que ambas vão estudar sua Bíblia.

AQUELA NOITE, HANNAH sonhou com queda, sacudindo-se e acordando repetidas vezes. Quando se levantou de manhã, tonta e atrasada, Kayla já fora embora, e deixara a cama sem fazer, num último e pequeno ato de desafio. A visão da cama vazia encheu Hannah de desespero. Tomou banho às pressas, distraída. Seus dedos estavam desajeitados e, quando conseguiu que seus cabelos ficassem no alto, era a única que restava no banheiro. Chegou ao refeitório exatamente quando a sra. Henley estava terminando a oração de ação de graças. Maravilhoso. Agora, não apenas Hannah não conseguiria nenhum café da manhã, mas teria de se sentar à mesa da mulher.

— Tenho um anúncio para fazer — disse a sra. Henley, quando Hannah estava sentada.

— A Caminhante Kayla saiu voluntariamente do caminho, esta manhã, e o Reverendo Henley teve de expulsá-la.

A mentira mesquinha acendeu em Hannah uma fúria repentina e desproporcional. Ela não podia, não deixaria a mancha no caráter da sua amiga permanecer.

— É estranho — disse ela.

A sra. Henley fez uma pausa com o garfo a meio caminho da boca.

— E por quê?

Hannah desviou a vista, fingindo estar aborrecida.

— Ah, devo ter me enganado.

— Com relação a quê?

Hannah respondeu com uma pequena sacudidela de cabeça.

— Sobre o que está enganada, Caminhante?

— Bem, eu juraria ter ouvido Kayla dizer, a noite passada, que estava *planejando* ir embora esta manhã.

A mesa se imobilizou. Os olhos de Hannah passaram por ela e viram dez rostos estarrecidos e um lívido. A sra. Henley colocou o garfo em cima do prato.

— Está questionando o que eu disse?

Suas palavras eram como pedras atiradas em água. Dentro de segundos o silêncio que saíra delas em pequenas ondulações já se espalhara por toda a sala de refeições.

— Ah, não, senhora — disse Hannah, com os olhos arregalados. — Sei que a senhora, mais do que qualquer outra pessoa do mundo, *jamais* diria alguma coisa que não fosse verdade. É óbvio que eu ouvi mal o que disse a Caminhante Kayla.

— É óbvio que ouviu mal — disse a sra. Henley. — Se eu fosse você, ouviria com mais cuidado, no futuro. Espalhar falsos rumores é um grave passo para fora do caminho.

Hannah curvou a cabeça, escondendo um sorrisinho zombeteiro.

— Sim, senhora.

Foi para o serviço religioso matinal faminta e exausta. O sermão era ainda mais monótono do que o habitual, e ela começou a cochilar, acordando com a voz trovejante do Reverendo Henley.

— Hannah Payne! Acorde! — Ele lhe lançou um olhar mal-humorado lá de cima, no púlpito, com o rosto escarlate de ultraje. — De joelhos, Caminhante! — Ela deslizou para o chão. — Você seguiu pelo caminho de Satanás e não pelo de Deus, exatamente como Jezebel fez, quando eliminou os profetas do Senhor. Você me desrespeitou e insultou a Deus em sua própria casa. Devia estar envergonhada de si mesma.

A certa altura, Hannah parou de ouvir a declamação dele. Estava pensando sobre vergonha, sua constante companheira desde o aborto. Qual fora o resultado de alimentar toda essa culpa e repugnância de si mesma? Nenhum, a não ser minar sua confiança e enfraquecê-la. E ela não podia permitir-se ser fraca, caso desejasse sobreviver. Terminou, ela resolveu. Tinha parado com a vergonha.

Permaneceu ajoelhada até que o Reverendo Henley finalmente perdeu o pique, concluiu o serviço religioso e saiu amuado da capela. Quando as mulheres começaram a se enfileirar para sair, a sra. Henley aproximou-se dela.

— Não sei o que pensar, Hannah — disse ela. — Primeiro, houve aquela história no café da manhã, e agora você dorme durante o serviço religioso. Tem alguma coisa a dizer em sua defesa?

— Não, senhora.

— O Reverendo Henley acha que este é seu primeiro passo para fora do caminho, mas eu e você sabemos que não, não é?

— Sim, senhora. — *É isso, então. Estou fora.*

— Acho que precisamos ter outra conversinha. Que tal sábado às três, em minha sala de visitas?

Os olhos da sra. Henley escavavam os de Hannah. Puxando puxando. Alimentando-se do seu medo.

Hannah obrigou a si mesma a fazer um aceno afirmativo com a cabeça.

— Excelente! — disse a sra. Henley. — Farei para nós alguns bolinhos de limão.

Quando Hannah entrou na sala da iluminação alguns minutos atrasada, o tamborete estava de volta no centro do círculo e a pobre e louca Anne-Marie estava sentada nele, concentrada, como sempre, em sua boneca. Naquele dia, fingia alimentá-la, fazendo sons como os de um avião que se aproxima, enquanto lançava uma colher imaginária na direção da boca da boneca.

— Muito bem, filhinho! — exclamava, depois de cada suposta engolida.

O iluminador estava em pé e se uniu a ela no centro.

— Este é o último dia da Caminhante Cafferty entre nós — anunciou ele. — Hoje ela vai embora e ingressará no mundo.

Hannah não pôde deixar de sentir alívio. Olhando em torno da sala, para os rostos das outras mulheres, pôde perceber que não era a única.

— Anne-Marie Cafferty — disse o iluminador —, durante seis meses você seguiu pelo caminho da penitência, expiação, verdade e humildade. Foi iluminada quanto ao mal do pecado que cometeu e se arrependeu. Caminhantes, vamos rezar em silêncio por esta mulher, para que ela possa continuar pelo caminho e um dia encontrar a salvação.

Hannah não rezava havia dias, mas, naquele momento, rezou.

Por favor, meu Deus, se estiver aqui, se estiver ouvindo, cuide dela.

— Hum! Cenouras gostosas! — disse Anne-Marie. — Só mais um pouquinho e mamãe lhe dará compota de maçã.

— Como todas as Caminhantes — disse o iluminador a Anne-Marie —, você deve partir deste lugar da mesma maneira como entrou, sem nada a não ser você mesma.

A cabeça de Hannah ergueu-se bruscamente, a tempo de ver a mão de Anne-Marie parar no meio do seu gesto de levar a colher.

O iluminador estendeu a mão.

— Dê-me a boneca.

Ela o ignorou, colocando-a com o rosto para baixo, contra seu ombro.

— Arrote para mamãe, agora.

— Dê-me a boneca, Caminhante — repetiu ele.

O rosto de Anne-Marie se franziu.

— Não — respondeu ela. — Não, não, não. Você está assustando o bebê. Não chore, querido, mamãe está aqui e não vai deixar que aconteça nada com você.

O iluminador agarrou o braço da boneca e puxou. A expressão do rosto de Anne-Marie se tornou feroz. Arrancando-a dele, ela pulou da cadeira e correu para a porta. Ele foi para cima dela e tornou a agarrar a boneca. Ela lutava com ele como uma criatura selvagem, puxando a boneca na direção contrária.

— Nãããooo! — gritou. — Você não pode ficar com ele!

Houve um som de coisa que se rasgava e as pernas da boneca saíram nas mãos do iluminador. Brancos chumaços de enchimento ficaram pendurados nos buracos das pernas. Anne-Marie olhou para ele com horror e depois desabou encolhida no chão e começou a carpir — gritos estrangulados, guturais, como os miados de um animal agonizante. Eram os sons mais terríveis que Hannah já ouvira em sua vida. Ela começou a chorar, desamparada. Agora todos estavam chorando, com exceção do iluminador, que olhava com um sombrio ar de triunfo para Anne-Marie, embaixo.

Apontou para ela um dedo acusador. Seus olhos percorreram rapidamente o círculo.

— É *assim* que Deus se sente, quando vocês abortam uma das suas amadas crianças.

Detalhadas fantasias assassinas, como Hannah jamais tivera, agitavam-se em sua cabeça. Imaginou-o torturado, desmembrado, como a boneca de Anne-Marie, por uma multidão frenética de mulheres Cromo; afogando-se num gigantesco tonel de formol; sendo queimado vivo, crucificado, morto a facadas, fuzilado. De repente, ela ficou em pé.

— Que tipo de monstro é você, para ameaçá-la desse jeito? — gritou. — Pensa, honestamente, que Deus aprovaria o que você acabou de fazer? Acha que Ele está lá em cima no céu, agora mesmo, dizendo: "Bom trabalho, o jeito como você torturou essa pobre mulher?"

As pernas compridas dele carregaram-no através do salão tão rapidamente que Hannah não teve tempo nem para se esquivar. Ele agarrou seu ombro e a sacudiu com tanta força que sua cabeça estalou para trás.

— Prostituta descarada! Como se atreve a falar comigo dessa maneira?

Ela olhou para dentro dos olhos dele.

— Espero que queime em sua própria ideia de inferno, seu filho da puta doente, sádico.

As costas da mão dele bateram com força do lado do seu rosto, derrubando-a no chão. Alguém gritou. A sala girou loucamente. O iluminador rugia para ela, mas era apenas barulho. O que Hannah ouviu com mais nitidez foram as batidas altas, teimosas do seu coração. Isso lhe lembrava que estava viva, que era ela própria. Ficou de quatro e descansou ali até a sala se aquietar um pouco, e depois, com uma guinada, ficou em pé e saiu pela porta afora.

O iluminador a acompanhou até o corredor, gritando:

— "E eu farei tua língua ficar pregada no céu da tua boca, para que te tornes muda."

Portas se abriram e os rosados rostos masculinos de outros iluminadores espiaram para fora, com curiosidade. Hannah cambaleou pelo corredor, desceu a escada na direção do escritório do Reverendo Henley com o frenético iluminador nos seus calcanhares.

— "O Senhor te castigará com uma doença grave, e com uma febre, e com uma inflamação, e com um ardor extremo, e com a espada, e com definhamento e com bolor!"

A porta do Reverendo Henley se abriu repentinamente, pouco antes de Hannah alcançá-la e ele caminhou para o corredor com a sra. Henley pouco atrás dele. Seus rostos estavam quase comicamente chocados.

— O que está acontecendo por aqui? — perguntou o Reverendo Henley.

Olhava, confuso, de Hannah para o iluminador, que estava jurando:

— "E eles a perseguirão até pereceres!"

— Se você sair deliberadamente do caminho, estará destinando sua alma à perdição.

— Esta mulher já está condenada — declarou o iluminador. — Ela é uma feiticeira que, voluntariamente, virou o rosto para Deus e abraçou Satã.

— "Não permitirás que viva uma feiticeira" — disse a sra. Henley.

Seus olhos eram lâminas. Dispararam de Hannah para alguma coisa atrás dela.

Hannah olhou para trás, por cima do seu ombro, e viu que uma grande aglomeração se formara no corredor. Os rostos dos iluminadores pareciam pálidos e doentios, cercados pelos rostos de arco-íris das mulheres.

Hannah tornou a se virar para o Reverendo Henley e disse, com uma voz firme:

— O senhor prometeu que eu podia ir embora quando quisesse, e que me daria de volta os meus pertences. Vai manter sua palavra?

O rosto dele ficou sombrio.

— Como ousa pôr em questão minha integridade? — disse, arrancando a cruz da mão de Hannah. — Eu a ponho para fora! Vá e espere no saguão. Alguém levará suas coisas para você.

Mas o brilho perverso nos olhos da sra. Henley dizia algo diferente. Sem seu cartão, Hannah não teria acesso à sua conta bancária, seguro saúde, atendimento médico, a nada. E, se fosse detida pela polícia e não estivesse com o cartão, eles aumentariam até um ano em sua sentença.

— Esperarei aqui — disse ela, satisfeita pela multidão que observava.

— Prostituta sem vergonha! Devíamos jogar você lá fora nua — disse a sra. Henley.

— "Sim, vamos deixar que tua nudez seja descoberta, vamos deixar que a vergonha seja vista" — disse o iluminador.

Seus olhos caíram do rosto de Hannah para seus seios.

O Reverendo Henley sacudiu a cabeça.

— Não, Bob.

Bob?, pensou Hannah, com uma espécie de incredulidade surreal. *O nome desse monstro é Bob?*

— E por que não? — perguntou o iluminador. — Ela merece isso, e pior.

— Porque — disse o Reverendo Henley — dei minha palavra. — À sua esposa, ele disse: — Vá pegar as coisas dela.

Por um momento, Hannah pensou que a sra. Henley poderia, de fato, desafiá-lo, mas finalmente ela fez um rígido aceno afirmativo com a cabeça e foi para sua sala de visitas. Hannah esperou no tenso silêncio do corredor. Alguns minutos mais tarde, a sra. Henley reapareceu segurando suas roupas. Seu cartão, ela ficou aliviada de ver, estava em cima. Ela pegou a trouxa, meio esperando que os Henley lhe ordenassem que tirasse a roupa e vestisse a outra ali mesmo.

— Que seja expulsa a atrevida! — disse o Reverendo Henley, com uma voz severa, repicando. — Vá agora, Hannah Payne, para o mundo cruel e selvagem, e colha o que merece por seus pecados.

Quando ela se virou para sair, o iluminador — Bob, ela pensou novamente, contendo uma vontade histérica de rir — silvou:

— Jezebel. Feiticeira.

Algumas das mulheres fizeram eco às suas palavras, e a empurraram agressivamente, quando ela passou através das suas fileiras, mas a maioria se movimentou silenciosamente para fora do caminho. Eve foi uma dessas últimas. A admiração no rosto amarelo da moça fez Hannah se erguer mais alto.

E, depois, as mulheres ficaram para trás, ela abriu a porta para o saguão, atravessou-a e se encontrou abençoadamente sozinha. O ar era refrescante, depois da opressiva proximidade do corredor e, por um momento, Hannah apenas se apoiou com as costas contra a porta, jogando esse ar para dentro dos pulmões, profundamente. De repente, a gola alta do seu vestido lhe deu uma sensação insuportável, um laço sufocando-a. Tirou-o e depois tirou o resto — a roupa interna, barata e feia, os sapatos pretos, a malha apertada, a detestada touca —, deixando tudo cair no chão, numa pilha desarrumada. Vestiu suas próprias roupas. A saia antes de cintura alta caiu para seus quadris, e sua blusa, que era folgada, quando deixara a prisão Cromo, agora estava pendurada em seu corpo. Finalmente, ela tirou os grampos dos cabelos. Ele caiu em cascata através dos seus ombros, e pelas costas abaixo, e ela percebeu como sentira falta do conforto do seu peso, como se sentira exposta, sem sua proteção. O pensamento a fez erguer os olhos para a pintura de Maria Madalena, sua irmã no pecado, vestida apenas com seus próprios cabelos.

— Deseje-me sorte — sussurrou Hannah.

Saiu para um dia frio e chuvoso de dezembro. A porta se cerrou atrás dela e ouviu o trinco clicar, sendo fechado — um som de fim definitivo. Ergueu o rosto para o céu, deliciando-se com o ar revigorante e a sensação da chuva enevoando sua pele. *Estou livre*, pensou, embora soubesse que a ideia era absurda: ela estava tudo, menos livre. Achava-se presa na armadilha daquele horrendo corpo vermelho, proibida de deixar o estado. Para onde quer que fosse, seria um alvo. Mesmo assim, sentiu um fluxo de euforia. Imaginou se Kayla teria ficado ali em pé, aquela manhã, e se sentido assim, se tivera a mesma sensação irracional de libertação e possibilidade. Pensar nela deu segurança a Hannah. Caminharia até a casa de Becca — Cole estaria no trabalho ainda por várias horas — e telefonaria para Kayla de lá. Se ela tivesse encontrado TJ, os dois a ajudariam. Se não, ela e Kayla elaborariam algum tipo de plano.

Hannah colocou a mão dentro do bolso do seu vestido, em busca do fragmento de papel com o número de Kayla. Só quando seus dedos não encontraram nenhum bolso ela notou que não usava mais aquele vestido, ele ficara caído no chão do vestíbulo. Não decorara o número do telefone, não tivera tempo. Nem sequer sabia o sobrenome de Kayla.

Hannah estendeu a mão para a maçaneta da porta, mas parou, pois sabia, antes mesmo de tentar girá-la, que estava trancada para ela.

TRÊS

O CÍRCULO MÁGICO

O entusiasmo de Hannah foi diminuindo e, finalmente, desapareceu, durante a longa caminhada sob a chuva até a casa de Becca. Mulheres Vermelhas eram raras o bastante para ela se tornar alvo de curiosidade. De carros e lojas, pessoas a devoravam com os olhos. Um casal idoso passou para o outro lado da rua, quando viram que ela se aproximava. Um sujeito numa bicicleta olhou-a tão fixamente que quase foi atropelado por um ônibus.

— Cuidado — gritou ela, mas o som foi engolido pela explosão simultânea da buzina do motorista do ônibus. O ciclista se desviou e o ônibus passou raspando. Ele bateu num carro estacionado e foi atirado na calçada.

— Maldita puta vermelha! — gritou ele.

Com o pulso se acelerando, Hannah apressou o passo. A chuva fina se transformou em aguaceiro. Não demorou muito e sua blusa e saia estavam encharcadas, e seus cabelos era uma massa fria, pesada, contra suas costas. Seus pés, calçados com sapatos baixos, finos, a cada passo seu faziam sons de lama pisada.

Alguém assobiou alto.

— Ei, Escarlate, quer uma carona?

Hannah olhou e viu um carro acompanhando-a. Um garoto, no final da adolescência, estava inclinado para fora da janela do assento de passageiro, olhando-a de esguelha. Ela cruzou os braços em cima dos seios, consciente de como suas roupas molhadas aderiam ao seu corpo.

— Aposto que ninguém trepa com você faz algum tempo — disse ele.

— Coisas cheias de suco como você precisam ser apertadas regularmente — gritou seu camaradinha, sentado no assento do motorista.

— Farei o suco correr para fora de você, queridinha.

Hannah os ignorou, olhando diretamente para a frente, tentando não deixar que seu medo aparecesse. Sabia perfeitamente que, se eles a puxassem para dentro do carro, ninguém os impediria. Eles a levariam para qualquer parte, fariam qualquer coisa com ela.

— Vamos, Escarlate. Nunca tive uma Vermelha, mas sempre gostei, na verdade, da minha carne malpassada.

— Sim, querida, com você no meio e um de nós de cada lado, faremos um ótimo sanduíche de rosbife.

Ela queria correr, mas sabia, instintivamente, que isso a transformaria numa presa, então se manteve numa caminhada determinada. Finalmente, eles se cansaram das brincadeiras e foram embora, no carro.

Na metade do caminho para a casa de Becca, o céu escureceu e depois se abriu, soltando uma torrente de água. Hannah se abrigou embaixo do toldo de uma casa de penhores, tremendo de frio. A vitrine estava cheia de detritos tristes e obsoletos das vidas das pessoas: alianças de casamento, relógios de ouro, velhos instrumentos de corda e telas de televisão 2-D. Ela sentiu um parentesco desesperançado com esses poeirentos e antigos objetos de desejo, abandonados pelas pessoas que outrora os possuíam.

A porta da loja se abriu e uma mulher de meia-idade enfiou sua cabeça para fora.

— Tem alguma coisa para penhorar, querida?

Ela parecia de alguma forma envernizada: cabelos pintados de marrom, esculpidos numa colmeia rígida, o rosto revestido por uma grossa e brilhante maquiagem.

— Não, só estou tentando fugir da chuva por uns poucos minutos.

Com um movimento brusco do queixo, a mulher disse:

— Vá se proteger da chuva em algum outro lugar. Cromos são uins para os negócios.

— Tem alguma capa de chuva para vender? — perguntou Hannah. — Ou guarda-chuva? Posso pagar.

Ainda mais do que o tremor que ela ouviu em sua voz, detestou o brilho de piedade que brevemente suavizou os olhos astutos da mulher.

— Espere aí, no seco.

A mulher voltou para dentro e reapareceu em pouco tempo, segurando um poncho barato de plástico, que atirou em cima de Hannah.

— Pegue isso.

— Quanto lhe devo?

Ela tateou em busca do seu cartão.

— Deixe pra lá — disse a mulher, com um aceno negativo de uma mão cheia de anéis. Seus dedos cintilavam com hologramas de Elvis em miniatura.

— Agora siga adiante, antes que eu chame a polícia.

O poncho engoliu Hannah e tinha um desagradável cheiro almiscarado, como se tivesse sido usado como uma cama para algum cachorro que não tomava banho. Mas ele a cobria da cabeça aos pés e, graças a Deus, tinha um capuz. Ela o puxou para cima, antes de seguir em frente, para dentro da fúria indiferente da tempestade.

O PONCHO DISFARÇAVA sua estranheza, era apenas outra figura correndo através da chuva, e ela chegou à casa de Becca sem novos incidentes. Fez uma pausa na calçada na frente da casa, que tinha um estilo rural bem-padronizado, e fora construída rapidamente e com material barato, nos tempos do *boom* dos anos 1990, reformada depois da Segunda Grande Depressão e agora, como a maioria das suas vizinhas, necessitava dolorosamente de outra remodelação total. Uma guirlanda com um cone de pinheiro e um laço vermelho vivo estava pendurada na porta. Hannah se esquecera totalmente do Natal, e sua existência, à luz das suas atuais circunstâncias, parecia grotesca, uma piada de mau gosto. Imaginou seu eu vermelho embrulhando presentes, entoando cânticos natalinos, enfeitando bonequinhos de chocolate. Que espetáculo festivo ela daria.

Seus pés se arrastaram, enquanto ela subia a calçada e parava ao pé dos degraus que levavam ao alpendre. E se Cole estivesse em casa ou Becca tivesse companhia? Talvez Hannah devesse procurar um *netlet* e ligar primeiro. Mas era tarde demais. Os sensores da casa a haviam detectado. Hannah ouviu ruído de passos que se aproximavam, a porta se abriu e, no instante em que curvou a cabeça para esconder seu rosto, teve uma rápida visão do rosto da irmã, atrás da tela.

— Em que posso ajudar? — perguntou Becca, com a característica doçura com que tratava todo mundo, até uma estranha, enlameada, nos degraus de entrada da sua casa.

Hannah ficou paralisada. Não conseguia forçar a si mesma a erguer a cabeça, não podia suportar ver o choque e a repugnância inevitáveis e, pior do que tudo, a piedade, no rosto da irmã. Mas então ouviu um silvo de inspiração de ar, seguido pelo estalido da porta de tela que se abria e o raspar dos pés de Becca nos degraus. E então mãos empurraram para trás, suavemente, o capuz do seu poncho e Hannah sentiu a chuva tamborilando outra vez em cima da sua cabeça descoberta.

— Hannah — disse Becca.

Apenas isso, apenas seu nome, impregnado de dor, mas também com tamanho amor e fé que ela soube que tudo estaria bem. Becca não a desprezaria nem repudiaria.

Hannah ergueu os olhos e então foi ela quem arquejou, com o choque, porque os olhos da sua irmã estavam inchados de chorar e um deles tinha em torno um círculo roxo, causado por alguma pancada. Ela abriu a boca para cuspir sua raiva de Cole, aquele desprezível, covarde, patético...

Becca a impediu, com uma mão erguida.

— Por favor, Hannah, não faça isso. — *Não me julgue. Não tenha piedade de mim.*

Isso, Hannah entendeu muito bem, e então engoliu suas palavras, embora sem engolir sua raiva, e inclinou a cabeça ligeiramente para a frente, num convite. Após alguns segundos, sentiu o toque suave da testa da irmã contra a sua — o ritual da sua infância, realizado depois de alguma briga, ou depois que uma das duas fora agredida na escola (em geral, Becca), ou então estava presa em casa por seus pais (em geral, Hannah). Ficavam assim por algum tempo, consolando-se silenciosamente e, como sempre, afastavam-se no mesmo momento.

—Vamos — disse Becca, pegando no braço de Hannah e conduzindo-a pelos degraus acima. —Vamos deixar você seca.

Lá dentro, Becca emitiu sons de lamentação, por causa da sua condição deplorável, e a enxotou para o chuveiro. Hannah estava morta de frio e a água quente foi uma felicidade. Quando parou de cair, ela ficou em pé debaixo do ar morno dos secadores, até muito tempo depois de seus cabelos e pele estarem secos.

Em seguida, examinou-se no espelho. Seu corpo estava macilento. Podia contar suas costelas e ver como se projetavam para fora, bem visíveis, os ossos dos seus quadris. Um calombo se formara do lado da sua cabeça e sua orelha direita estava machucada e sensível, mas a pele não se rompera. Tampouco, pensou, com uma onda de satisfação, ela própria. Bob e os Henley tinham agido da pior forma possível, e ela sobrevivera — se não incólume, pelo menos intacta.

Pegou de empréstimo um macio suéter de lã e uma velha saia que fizera para o aniversário de dezoito anos de Becca, e que a mãe delas insistira para que Hannah deixasse de lado, por ser curta demais. Ainda podia visualizar os dedos dela arrancando raivosamente fios do tecido e Becca lhe dizendo que não importava, a saia mesmo assim ainda era linda, e ela tentando em vão explicar a Becca por que sua mãe estava errada, por que cinco centímetros faziam toda a diferença entre o que era lindo e o que não era. Agora, sua indignação de adolescente por causa de uma coisa tão pequena parecia impossivelmente distante, uma praia verde e longínqua de inocência irrecuperável.

Hannah se uniu a Becca na cozinha, onde foi saudada pelos cheiros familiares de café e ensopado de carne, sobrepujados pelo aroma revigorante do pinheiro que era a árvore de Natal na sala de estar. Estava faminta e engoliu rapidamente todo o cozido da tigela, queimando a boca com a pressa. Becca pegou a tigela e foi para o fogão a fim de tornar e enchê-la.

— O que aconteceu no centro, Hannah? Papai disse que eles a expulsaram.

— Na verdade, fui embora antes que eles tivessem a chance de fazer isso.

— Era terrível?

— Não dá nem para descrever.

Becca colocou a tigela na frente de Hannah e ficou sentada diante dela, examinando-a com uma expressão preocupada.

— E você pode? Não me diga que tropeçou e caiu.

— Não é como você pensa — disse Becca. — Cole nunca me bateu antes, ele não é assim. — Sacudiu a cabeça. — É esse grupo de homens do qual faz parte, depois que entrou nisso ele mudou. Está zangado o tempo todo e sempre sai tarde da noite. Duas vezes encontrei sangue em sua roupa, no dia seguinte.

Hannah sentiu os pelos da nuca se arrepiarem.

— O que ele diz, com relação a isso?

— Nada, ele não fala a respeito disso e não ouso lhe perguntar.

Becca fez uma pausa, mordeu o lábio.

— Conte-me Becca.

— Alguns dias atrás, descobri algo no bolso do casaco dele.

— O quê?

— Um anel. Eu nunca o vira usando-o, ele deve colocá-lo no dedo depois que sai.

— Como é? O que está nesse anel?

Os olhos de Becca, assustados e desesperados, ergueram-se para os de Hannah.

— Uma mão fechada, perfurada por um espigão ensanguentado — sussurrou ela. — Acho que Cole entrou para o Punho.

O corpo de Hannah ficou frio. O Punho de Cristo era o mais brutal e temido grupo de vigilantes do Texas e se sabia que era responsável pelas mortes de dezenas de Cromos e pelo espancamento e tortura de centenas de outros. O Punho era formado por células independentes, cada uma com cinco membros, chamadas Mãos. Os membros usavam máscaras de borracha cor de carne. Cada um deles dava um único golpe, com qualquer arma que escolhesse usar: uma bota, ou uma soqueira de metal, um cassetete, uma faca, um revólver. Cada um tinha o poder, quando chegava sua vez, de mutilar, matar ou deixar viver, tudo a seu critério. A única prova que deixavam dos seus atos era aquele símbolo, marcado a fogo ou a laser na carne das suas vítimas. Poucos membros do Punho haviam sido algum dia capturados, muito menos sentenciados. Os líderes escapavam da captura, protegidos pela autonomia das Mãos e pela lealdade fanática dos seus integrantes.

Os pais de Hannah consideravam os membros do Punho bandidos blasfemos, e Aidan também; este falara contra eles no púlpito, em mais de uma ocasião. Mas ela ouvira uma porção de outras pessoas, na igreja, defenderem e até se empenharem em favor das atividades deles, dizendo: "Alguém precisa levar o lixo para fora."

— Você precisa deixá-lo — disse Hannah, sabendo, mesmo enquanto falava isso, que Becca recusaria e que, mesmo se concordasse, Cole jamais a deixaria partir.

— Não posso. — A mão de Becca se colocou em concha sobre sua barriga volumosa. — Ele é o pai dos meus filhos, Hannah. E eu ainda o amo.

— Como pode, sabendo o que ele está fazendo por aí? Por quanto tempo você vai continuar a lavar o sangue das suas camisas?

— Ele só está nisso há alguns meses. Se eu o deixar, ele nunca vai parar.

— O Punho tortura e mata pessoas, Becca. Pessoas como eu.

— Cole não matou ninguém.

— Você não pode saber.

— Posso e sei. — A expressão de Becca se tornou desafiadora. — Meu marido não é nenhum assassino. Cole acredita na santidade da vida. Se ficar com ele, posso ajudá-lo a parar. E realmente ajudo. Algumas noites, ele diz que vai sair e eu... faço com que ele mude de ideia.

O rosto dela se ruborizou e Hannah pensou: Sim, aposto que sei como, e depois ficou imediatamente arrependida. Quando se tornara tão rude e cínica, e logo com sua irmã, que não merecia isso?

— E quando o pequeno Cole e sua irmã vierem — continuou Becca —, Cole não vai querer fazer mais parte desse horror. Ele não precisará mais disso, não com seu filhinho e filhinha em casa.

Sabendo que nunca convenceria Becca de outra coisa, Hannah mudou a conversa de rumo.

— Você contou a mamãe e papai?

— Não. Você conhece papai, ele se sentiria obrigado a dizer alguma coisa e tenho medo do que poderia acontecer. Cole jamais o magoaria, mas se os outros descobrissem que ele sabia...

Becca foi baixando a voz e baixou os olhos para a mesa.

— Cole magoou *você*. O que o impedirá de fazer isso novamente?

— Ele me jurou que não faria.

— Meu Deus, isso não melhora nada o que sinto.

— Hannah, ele chorou depois, e eu nunca o vira chorar. E rezamos juntos todas as noites, por causa disso, desde que aconteceu.

— Rezar por causa disso? *Essa* é a sua solução? — perguntou Hannah.

O comentário zombeteiro chocou as duas. Becca ficou olhando para ela como se fosse um ser extraterrestre com vários tentáculos, o que, supunha Hannah, não estava muito longe da verdade. Não fazia tanto tempo assim ela também se voltaria para Deus, pedindo ajuda, como uma coisa natural, teria acreditado, sem questionar, que Ele estava suficientemente interessado em sua única pequena vida para intervir nela. Sondou o lugar dentro de si mesma onde Ele costumava residir e descobriu um buraco vazio e arrebentado. Sua fé — não apenas em Seu amor, mas também em Sua existência — se fora.

— Ah, Hannah, o que aconteceu com você?

O rosto de Becca estava molhado, mas Hannah não conseguiu convocar nenhuma lágrima sua, nem podia oferecer à irmã qualquer explicação. Nem para isso, nem para nada do que acontecera.

O agradável barítono do computador da casa falou, surpreendendo-as. "Cole está em casa", ele anunciou. Elas ouviram o som de uma porta de carro batendo.

Becca levantou-se com um pulo, as mãos se agitando em torno dela como andorinhas.

—Você tem de ir embora. Se ele descobrir que você esteve aqui, não sei o que fará. Saia pelo caminho dos fundos e se esconda no telheiro das ferramentas. E, quando puder, irei encontrar você.

Hannah estava no meio do corredor, quando ouviu a porta da frente se abrir com estrondo.

— Onde ela está? — gritou Cole. — Sei que está aqui. — Um rápido silêncio. — Responda-me, Becca!

Hannah parou.

— Estou aqui, Cole — disse ela.

O som surpreendentemente calmo da sua voz sustentou sua coragem.

Ela foi até o umbral da sala de estar e encontrou seu olhar furioso. Estava vestido para conduzir gado ou para um duelo armado, com um chapéu de caubói de feltro preto, botas de couro de lagarto e uma fivela de cinto do tamanho de uma calota.

Os olhos dele a esquadrinharam com desprezo e depois ele voltou sua atenção para Becca.

— O que foi que eu já lhe disse sobre sua irmã, hein? Que foi que eu disse?

— Que... que ela não seria bem-vinda aqui — gaguejou Becca.

— Houve alguma parte disso que você não entendeu?

— Não, Cole.

— Então, por que a deixou entrar? Por que me desobedeceu?

— Quem entrou fui eu — disse Hannah. — A porta dos fundos estava aberta.

—Vocês duas devem pensar que sou muito estúpido.

— Não, querido, claro que não — disse Becca, com uma voz partida, desesperada, que Hannah jamais ouvira até então.

Ela a encheu de raiva. A voz de uma pessoa não chegava a soar daquela maneira da noite para o dia, ela pensou. Não, alguém precisava trabalhar nisso por algum tempo, com verdadeira persistência, para fazer o outro deixar de lado o constrangimento, a consternação e a infelicidade e pular tão depressa para o medo abjeto. Olhando para o homem que tornara irreconhecível a voz da sua irmã, Hannah sentiu, pela segunda vez no espaço de poucas horas, um impulso para agir de forma violenta.

— Imaginei que ela viria aqui — disse Cole. — E imaginei que você a deixaria penetrar aqui. Coloquei nela um alerta de satélite no dia em que ela saiu da prisão Cromo.

Hannah deu um chute mental em si mesma. Esquecera-se dos nanotransmissores. Todos os Cromos os tinham implantados, como uma medida de segurança pública. Qualquer pessoa que fizesse uma simples busca do seu nome poderia descobrir detalhadamente sua localização e observar seus movimentos através de geossatélite. Mas não lhe ocorrera, simplesmente, que Cole ou qualquer outra pessoa conhecida sua, estivesse acompanhando seus passos, muito menos que ele tivesse colocado um alerta contra ela. E claro que isto aconteceria. Indo até ali, ela colocara Becca em perigo.

Com esforço, Hannah tornou o tom da sua voz brando e sério.

— Só vim para me desculpar com minha irmã. Para lhe pedir perdão por tê-la envergonhado, e também a família. Pensei que devia isso a ela.

— Você não pediu *meu* perdão — disse Cole.

Ele colocou o chapéu cuidadosamente na mesa de centro, com a aba para cima, e depois movimentou-se para trás de Becca e puxou-a para ele, com as costas dela contra seu peito, seu braço passado protetoramente sobre o abdome da mulher.

Hannah forçou as palavras a saírem da sua boca.

— Desculpe pela vergonha que minhas ações fizeram cair sobre você, Cole. Por favor, perdoe-me.

Sem tirar os olhos de Hannah, Cole colocou sua boca contra o ouvido da esposa.

— Você a perdoou, Becca?

Os olhos de Becca estavam arregalados de incerteza: qual era a resposta certa, a que o faria acalmar-se? Finalmente, ela disse:

— Sim, Cole, eu a perdoei.

A expressão dele se tornou terna, e ele beijou o alto da sua cabeça.

— Claro que sim, querida — disse ele, acariciando os cabelos dela com seus dedos grossos. — Eu não esperaria nada diferente da sua parte.

Os olhos dela se fecharam de alívio e ela se deixou cair ligeiramente contra ele.

— Minha mulher é a pessoa mais bondosa que já conheci em minha vida — disse Cole. A voz dele estava grossa de emoção, e parte disso, Hannah percebeu, era por autocensura. — Foi por isso que me apaixonei por ela.

A mão dele viajou para baixo, até o olho machucado de Becca. Ele acariciou suavemente a área embaixo dele com o polegar e depois deixou a mão cair do lado do corpo.

Saiu de trás dela. Seu rosto se endureceu.

— Mas eu, eu sou o oposto. Há algumas coisas que não posso perdoar. Algumas coisas que não merecem perdão.

Os olhos de Becca se arregalaram de repente.

— Por favor, Cole...

— Vá esperar na outra sala, Becca. Quero falar com sua irmã a sós.

Com uma olhada angustiada em Hannah, Becca saiu. Hannah soltou demoradamente a respiração e sentiu a massa do seu medo sair com ela. Enquanto a raiva de Cole estivesse dirigida contra ela, Becca ficaria a salvo. No que dizia respeito à própria Hannah, não havia nada que importasse que aquele homem pudesse fazer com ela.

— O que quer me dizer, Cole? Que se eu tornar a chegar perto de Becca, algum dia, você fará com que eu me arrependa disso? Que você me matará, se for preciso?

Ele franziu a testa como uma criança tentando entender um truque de mágico.

— É isso mesmo. Farei o que for preciso para proteger minha esposa.

— Fico satisfeita de ouvi-lo dizer isso. Quando planeja sair daqui?

— De que diabo você está falando?

— Do olho preto de Becca. Ela me disse que caiu, mas você e eu sabemos que é mentira.

E surgiu o remorso novamente, brilhando nos olhos de Cole, antes de ser coberto pela raiva. Uma rachadura, e não é pequena. *Bem,* pensou Hannah, *vamos ver até que ponto é possível alargá-la.*

— Quer de fato ser esse tipo de sujeito, Cole? O tipo que bate na mulher grávida?

O rosto de Cole estava ficando de um vermelho escuro e feio.

— Escute o que estou dizendo...

— No abrigo onde eu costumava trabalhar como voluntária, eles nos ensinaram que, se um homem bate uma vez numa mulher, há uma forte possibilidade de que ele torne a fazer isso. E, depois da segunda vez, ele quase nunca para. Toma gosto por isso, bate em todos os que puder... sua mulher, seus filhos. Vai bater também em Cole Jr. e na irmã dele?

— Cale sua suja boca vermelha — disse ele, mas Hannah podia ver que ela o abalara, que a fúria dele não passava de uma cobertura para sua vergonha. — Quem diabo é você, para falar comigo dessa forma?

— Sou uma mulher que destruiu duas vidas, e uma delas a minha própria. E estou lhe dizendo, acho que não é um caminho que você queira percorrer.

Um erro — ela percebeu, logo que acabou de dizer essas palavras. Cole reduziu a distância entre os dois, avultando por cima dela.

— Deixe-me entender direito. Você está me comparando com você, uma prostituta assassina que ultrajou os mandamentos de Deus e desonrou o nome da sua família? Está dizendo que você e eu somos parecidos. Bem, continue falando e você vai descobrir como somos diferentes. Você não tem ideia da pessoa com quem está tratando.

— Você está certo, não tenho — disse Hannah. — Com quem *estou* tratando? Cole, o marido amoroso e protetor, ou Cole o espancador da sua mulher?

— Cale a boca.

Ele estava prestes a bater nela; Hannah pôde sentir isso na tensão do seu corpo, pôde cheirar isso na acidez do seu suor. Mas também pôde cheirar o medo que havia nele, não dela, mas de si mesmo, o homem que machucara a mulher que amava e poderia fazer isso novamente.

Suavemente, Hannah disse:

— A verdadeira pergunta, a que você precisa fazer a si mesmo, é: qual dos dois Coles vai ganhar, no final?

— Saia da minha casa — disse ele, com voz sufocada. — E nunca mais torne a chegar perto da minha esposa.

Hannah foi até a entrada da casa, tirou seu fedorento poncho do gancho e o vestiu. Quando abriu a porta, Cole disse:

— Estarei vigiando.

Ela fixou seus olhos nos dele.

— Eu também. E não hesitarei em procurar a polícia, se você não mantiver seu punho — disse isso com ênfase deliberada — longe da minha irmã.

ELA CAMINHOU SEM RUMO durante quase uma hora, sem ligar para a chuva. Sua mente corria, revendo a cena com Cole, e tentando decidir se tratara com ele da maneira certa, se seu jogo daria algum resultado. Sabendo que, se não desse, Becca sofreria as consequências. Ela perguntara se Hannah podia suportar aquilo, e ela podia suportar, sim — ser uma Vermelha, perder Aidan, perder sua fé — enquanto soubesse que sua irmã estava viva e bem. Podia até suportar nunca mais ver Becca, se isso fosse preciso para mantê-la a salvo. Mas se alguma coisa acontecesse com ela...

Hannah tropeçou numa extensão irregular da calçada e a sacudidela foi tão forte que sua cabeça pareceu arrancada do corpo, mas em seguida ela voltou para o lugar. Suas pernas doíam e os mocassins de Becca, que eram estreitos demais, tinham machucado seus pés, provocando bolhas em meia dúzia de lugares. Estava com frio, com sede, inteiramente exausta. Precisava de um lugar para descansar e assentar a cabeça. Mais urgentemente, precisava de um lugar para dormir aquela noite. Mas para onde poderia ir? Não para casa. Não para o abrigo do iCs. Mesmo que seu orgulho lhe permitisse isso, os Henley já deviam ter telefonado para o escritório, a fim de contar sua desonra. Não para a casa de Gabrielle, por mais tentadora que fosse a ideia. A polícia não sabia nada sobre o envolvimento dela, e Hannah não iria pagar por sua bondade colocando-a em perigo através da associação. Hannah tinha algumas poucas amigas da escola secundária, algumas outras do trabalho e da igreja. Imaginou-as abrindo suas portas da frente e descobrindo-a em pé nos degraus da entrada. Rachel rígida e formal, com a boca num muxoxo de desaprovação; Melody pouco à vontade, nervosa com a possibilidade de alguém vê-las juntas; Deb constrangida e lamentando tanto, mas tanto. Não, a única amiga que realmente a receberia bem era Kayla. Mas, primeiro, tinha de descobrir onde ela estava.

Felizmente, Cole lhe dera a pista: o sistema de rastreamento dos Cromos. Ela não precisaria sequer de um sobrenome, uma busca traria as fotos e fichas criminais de todas as Cromos chamadas Kayla no estado do Texas. O geossatélite faria o resto do serviço. Se Kayla estivesse do lado de fora de casa, Hannah poderia vê-la caminhando pela rua.

Precisava do seu celular, mas seu pai estava com ele e, depois de tudo o que ela suportara naquele dia, era esmagador o pensamento de telefonar para ele, de aguentar seu abatimento, frustração e preocupação com sua partida do centro. Dos seus pais, ele era o que ela mais sentia pavor de desapontar. A mãe de Hannah sempre, em algum nível, esperava ser desapontada por ela, enquanto seu pai tinha nela uma fé quase infantil. Suas falhas o deixavam perplexo e suas rebeliões, mais do que lhe causar zanga, traziam-lhe perplexidade. Quando tinha doze anos, ela escapulira de casa, no Angeles Day, para dar um passeio ilícito de bicicleta. Estava inquieta e cansada por causa da solenidade do dia, de ter de se ajoelhar a manhã inteira com seus pais, e rezar pelas almas dos mortos inocentes, esperar que os ponteiros do relógio alcançassem o momento decisivo das 11h37 e os sinos das igrejas da vizinhança começassem com seus repiques de luto; e depois espiar a montagem familiar de imagens no vídeo: as nuvens em forma de cogumelo elevando-se sobre o Pacífico, os quilômetros intermináveis de lixo espalhados junto com os corpos carbonizados das vítimas, os enterros e serviços fúnebres em massa, as bombas caindo sobre Teerã. E assim, de tarde, ela saíra pela janela do seu quarto e pedalara com sua bicicleta em torno do bairro durante uma gloriosa meia hora. Quando voltou para casa, sem fôlego e revigorada, seu pai estava à sua espera nos degraus do alpendre.

— Venha sentar-se aqui comigo por um minuto — disse ele, tranquilamente.

Sua expressão era de sofrimento e Hannah desejou que fosse sua mãe quem estivesse ali sentada, zangada e acusadora.

— Você se divertiu em seu passeio de bicicleta?

Ela considerou a possibilidade de dizer não, mas detestava mentir para ele.

— Sim.

— Do que você gostou, no passeio? — Ela encolheu os ombros, confusa, e arrancou um pouco da pintura que estava descascando no degrau. — Do que você gostou? — insistiu ele.

— De estar do lado de fora, eu acho — disse ela, com uma voz que se tornara baixa e tensa, por causa do nó em sua garganta.

— E do que mais?

— De ser perseguida pelo cachorro dos McSherry. Descer depressa a ladeira para o Maple.

— Em que você estava pensando? — Hannah sacudiu a cabeça, olhando fixamente para o degrau, mas sem vê-lo, com os olhos ardendo. — Diga-me — pediu seu pai.

— O vento estava soprando forte em meu rosto e pensei em como... como era boa a sensação.

Ela começou a chorar e ele ficou sentado com ela, em silêncio, enquanto os soluços sacudiam seu corpo; enquanto ela imaginava uma menina de doze anos despreocupada, muito parecida com ela própria, descendo uma ladeira em sua bicicleta, em Los Angeles, num dia muito parecido com aquele, com seu rosto erguido para o vento, para a repentina rajada destruidora do vento da bomba que a incineraria e à sua família, e a mais setecentos mil.

Quando Hannah já se acabara de tanto chorar, sentiu o braço do seu pai passar em torno dos seus ombros.

— Sinto muito, papai — disse, apoiando-se nele.

— Eu sei.

Uma sirene gemeu nas proximidades, assustando-a. Hannah olhou em torno e percebeu que estava perto da Biblioteca Harrington. Dirigiu-se para ela, sentindo seu ânimo melhorar um pouco, quando viu o familiar prédio de pedras de um tom creme, com as bandeiras dos Estados Unidos e do Texas ondulando orgulhosamente na frente. Mesmo quando criança, quando o Plano ainda tinha várias bibliotecas públicas à escolha, a Harrington sempre fora sua favorita, porque possuía mais livros e bibliotecários melhores, do tipo que jamais erguia uma sobrancelha reprovadora diante das suas escolhas. Até completar dezesseis anos, ela não tivera permissão para ir à biblioteca sem um dos seus pais, uma proibição que ela infringira em todas as oportunidades que conseguira. Escondia os livros que tirava emprestados embaixo do colchão e depois, quando sua mãe descobriu esse esconderijo, dentro do seu velho leão de pelúcia. Mesmo que seus pais não monitorassem seu celular, para ver se estava baixando algum livro proibido, ela ainda preferiria ler os livros de verdade. Gostava do cheiro deles e do seu peso em sua mão, gostava de virar as páginas que outras mãos haviam virado antes dela, e imaginar os rostos dessas pessoas.

Ao contrário da biblioteca da sua escola secundária cristã, cuja coleção se limitava a livros e vídeos considerados influências saudáveis para mentes jovens, a Harrington tinha uma riqueza de atraente material inadequado. A lista de livros de Satã distribuída por sua escola tornou-se a lista de preferidos de Hannah. Ela descobriu o Oxford de Hogwarts e Lyra, conheceu Holden Caulfield e o Bem-Amado, e Lady Chatterley, cujos encontros amorosos faziam o corpo de Hannah doer de formas não habituais. E, claro, havia as revistas de moda: *Vogue* e *Avant*, e dezenas de outras, que excitavam de tal forma sua imaginação a ponto de, às vezes, ela ter de se levantar e caminhar de um lado para outro. Ninguém chegou sequer a notar e muito menos a repreendê-la. Ninguém se importava com o que ela estava lendo ou o que pensava sobre suas leituras; eles tinham suas próprias paixões para explorar.

Acima de tudo, a Harrington fora sempre um lugar onde Hannah se sentia segura e bem-vinda, de modo que foi com alguma apreensão que ela abriu a porta e caminhou para dentro. Ostensivamente, não podiam recusar-lhe a entrada; a discriminação contra os Cromos era ilegal em prédios municipais. Na verdade, era ilegal em qualquer prédio aberto ao público, mas a lei era raramente implementada em negócios de propriedade particular, e os letreiros que diziam NÃO É PERMITIDA A ENTRADA DE CROMOS estavam em toda parte.

A guarda era uma jovem latina de aspecto durão e a expressão do rosto dela se tornou desconfiada, quando viu Hannah. Mas era uma desconfiança profissional, fria e avaliadora, em vez de hostil. Ela examinou o cartão de Hannah sem comentários e leu a informação que apareceu em seu vídeo. Quando seus olhos se ergueram, a vigilância fora substituída pela compaixão. Mortificada, Hannah percebeu que a guarda sabia que ela fizera um aborto; que todas as pessoas que examinassem seu cartão, a partir de agora, saberiam disso. *Estúpida, estúpida.* Claro que saberiam. Por que não previra isso?

— Há uma sala com cabines isoladas para estudo — disse a guarda.

A bondade era intolerável.

— Conheço a biblioteca — respondeu Hannah, rispidamente.

A principal sala de leitura estava perfeitamente tranquila, ou assim pensou Hannah, até que seus ocupantes a avistaram. Uma consciência da sua presença viajou através do cômodo, o silêncio se aprofundou e ela congelou, com uma hostilidade tão opressiva que mal podia respirar. Passou às pressas e deslizou com gratidão para dentro de uma cabine vazia, com vídeo, na sala dos fundos. Ela ativou a privacidade, examinou seu cartão e disse ao seu PIP: "Posso fazer todas as coisas através de Cristo, que me dá força." Antigamente, esse fora um credo que lhe servia de guia para sua vida, agora era apenas uma sucessão de palavras vazias.

Quando abriu seus e-mails, o computador informou-a de que tinha 1.963 mensagens. O número a espantou. Até para uma ausência de cinco meses era muito. Deu uma olhada em tudo. Havia o habitual spam de marketing, mas havia também um grande número de mensagens de indivíduos com nomes desconhecidos. Tocou na tela, abrindo por acaso um vidmail. VÁ SE QUEIMAR NO FOGO DO INFERNO, ASSASSINA!, dizia, com as flamejantes letras vermelhas sendo atiradas em sua direção. Era apenas uma animação, mas ela se encolheu, como se fosse atingida. Abriu outro e ouviu um bebê chorando. Por cima dele, uma voz de mulher dizia: "Espero que você ouça todas as noites, pelo resto da sua vida, o choro do bebê que matou."

— Delete todos os mails de contatos desconhecidos — disse Hannah.

— Deletando.

Ela ficou com uma reles meia dúzia de mensagens. Mas uma delas era de Edward Ferrars. O coração de Hannah se contraiu dolorosamente, quando ela o olhou. Ferrars era o nome com o qual ela e Aidan se registravam em hotéis. Hannah o escolhera; de todos os amáveis ministros de Jane Austen, Edward Ferrars sempre fora seu favorito. *Mas não sou Elinor*, pensou Hannah. Alyssa era a Elinor dele: branda, virtuosa, sensível.

Era um mail com vídeo, que surpreendeu Hannah. Não havia comunicação verdadeiramente segura através da internet, e ela e Aidan haviam enviado apenas raramente mensagens um para o outro, e só de texto. O vidmail era datado de 20 de agosto — antes do julgamento, quando ela ainda estava na cadeia. Ela não estivera em comunicação com ele desde antes de ser presa, e não o vira, até ele falar em seu favor, na audiência da sentença. Ele fora severo e pranteador aquele dia, mas o que mais estivesse sentindo, escondera bem. Será que ficara ultrajado com o que ela fizera? Desiludido? Aborrecido a ponto de não mais a amar? Testemunhara por compaixão apenas, como seu pastor?

Ela precisava saber. Não podia suportar saber. E então foi vendo primeiro as outras cinco mensagens: dois vidmails lacrimosos, um da sua tia Jo e o outro da sra. Bunten, dizendo que rezariam por ela. Uma nota brusca do seu patrão no salão, informando-a de que seus serviços estavam dispensados. Um vidmail nitidamente desejoso, do seu antigo namorado, Will, que evidentemente não soubera da sua desgraça, dizendo que se mudara para a Flórida e estava noivo, ia casar-se, e achava que ela gostaria de saber. Uma nota de Deb, dizendo como ela lamentava que tudo isso tivesse acontecido, era terrível, se houvesse alguma coisa que ela pudesse fazer, qualquer coisa que fosse.

Não havia mais como adiar. Hannah engoliu em seco e disse:

— Mostre a mensagem de Edward Ferrars.

E ali, flutuando em 3-D diante dela, estava seu amado. Sentado num escritório escuro, que ela não reconheceu, iluminado por uma única lâmpada. Ele parecia melancólico e, como sempre, aquilo lhe caía bem, conferia-lhe uma beleza pungente.

— Rezo para que você receba isto, Hannah. Não consigo imaginar o que você está suportando, neste momento, na prisão. Detesto que esteja sozinha em tudo isso, que esteja suportando sozinha o impacto do nosso pecado. Detesto que tenha feito essa coisa por minha causa. Que nosso filho... — A voz dele se interrompeu. Ele fechou os olhos e os esfregou com uma mão pálida, de dedos longos.

Os braços de Hannah doíam com o desejo de colocar a cabeça dele em seu colo, de fazer seus dedos suavizarem a preocupação que aparecia em sua testa franzida.

— Quando assistir a isto, o julgamento terá terminado. Espero que tenha sido honesta. Espero que tenha cooperado com a polícia e dado o nome do abortador. E espero que tenha dado meu nome como pai e me revelado como o hipócrita que sou. Que Deus me ajude, sei que deveria ter-me apresentado. Digo a mim mesmo que me mantive em silêncio por causa de Alyssa, mas talvez eu simplesmente não tenha a força de vontade e a coragem de falar e verdade. E como posso conduzir a nação para Deus, se não consigo atravessar eu mesmo a porta estreita?

Uma onda de repugnância passou através de Hannah, quando ela se lembrou da sua iniciação no Straight Path Center.

— Se você me contasse que estava grávida, eu teria reconhecido o bebê. Espero que saiba disso, Hannah. Acho que deve saber, ou não faria essa coisa. Que perfeita ironia, ter perdido o único filho do qual algum dia eu poderia ser pai. Que brincadeira divina! Deus é, verdadeiramente, um brilhante professor.

Sua boca se contorceu, num sorriso amargo.

— Sei que deve ter-se indagado por que Alyssa e eu não temos filhos. Todo mundo faz isso, embora não perguntem nada. É por minha causa, por causa da minha fraqueza, arrogância e egoísmo. Pouco antes de conhecer Alyssa, fui a uma missão para a Colômbia e dormi com uma mulher que conheci lá. Apenas uma vez, mas foi o suficiente para me causar o Açoite. Foi nos primeiros dias, antes de começarem a fazer os testes, e eu não tinha nenhum sintoma. Nem sequer me ocorreu que eu pudesse estar infectado; como poderia uma coisa desse tipo ter a possibilidade de acontecer comigo? E então eu conheci Alyssa e nos apaixonamos e ficamos noivos, e eu não queria esperar. E então adulei, implorei e pressionei, até finalmente, cerca de um mês antes do casamento, Alyssa ceder e me deixar fazer amor com ela. E eu lhe dei um prêmio maravilhoso em troca disso. — Aidan soltou uma risada que era um feio ladrido. — Descobrimos, quando recebemos os resultados do exame de sangue para a licença de casamento. Se eu fosse paciente e tivesse respeitado os desejos dela, se eu respeitasse os desejos de Deus, eu não a contaminaria. Da forma como aconteceu, ela passou quase cinco anos num inferno, antes de descobrirem a cura. A essa altura, ela já estava estéril, claro.

Tanta coisa que Hannah jamais entendera sobre Aidan agora fazia um terrível sentido: seus acessos de infelicidade, sua devoção pelas crianças, sua atitude estoica para com sua esposa. *Não posso jamais deixar Alyssa, não levarei para ela esse tipo de vergonha*. A palavra não dita era *novamente*.

— De alguma forma, ela me perdoou, e continuamos com nossas vidas e nosso ministério. Nosso ministério se tornou nossa vida. Tentei muitas vezes convencê-la a adotar uma criança, mas ela sempre recusou. Acho que é sua maneira de se vingar do que eu fiz com ela. Só Deus sabe como ela merece alguma forma de retribuição. — Ele curvou a cabeça. — Então agora você sabe que tipo de homem você antigamente amou.

Magoada com o uso que ele fez do tempo passado, Hannah disse:

— E ainda amo.

Como se a tivesse ouvido, Aidan disse:

— Como poderia você amar-me, depois de tudo que eu lhe trouxe? Você teria de odiar a si mesma por me amar. E não quero que odeie a si mesma, Hannah. Isso não é sua culpa, é minha. Lembra-se de quando me disse que nosso amor tinha de vir de Deus, que Ele nos unira com um objetivo? Na ocasião, achei que você estava apenas racionalizando nosso pecado, mas agora sei que você tinha razão. Era *este* Seu propósito: punir-me pelo que fiz com Alyssa.

Hannah sentiu uma quente pulsação de raiva. Então era assim que ela a via: como um mero instrumento da sua punição, um chicote, um bordão, desprovido de qualquer vontade própria?

— Mereço sofrer, mas não posso suportar que você tivesse de sofrer. E, se condenarem você... — Ele se interrompeu, engoliu. — Farei tudo o que estiver ao meu alcance para ajudá-la. Duvido que o governador a perdoasse, mas talvez eu possa convencer o Presidente Morales a perdoar, quando eu o conhecer por mais tempo. Enquanto isso, transferi algum dinheiro para sua conta, a fim de ajudá-la a recomeçar, quando a liberarem. Sei como você é orgulhosa, mas não deve hesitar em usá-lo. Sua segurança poderá depender disso. Se precisar de mais, se precisar seja do que for, envie uma mensagem para este endereço.

— Rezarei por você, meu amor — disse ele. — Não lhe pedirei para me perdoar, mas lamento sinceramente tudo.

A mão dele se estendeu como se quisesse tocar a sua e então o holo caiu e o vídeo voltou ao primeiro enquadramento.

Hannah olhou fixamente para o rosto de Aidan, congelado no arrependimento, e sentiu sua raiva se intensificar. Em todo o tempo em que ela o amava, jamais nem uma só vez lamentou. Nem quando estava deitada na mesa do abortador. Nem quando foi examinada, interrogada, encarcerada. Nem quando foi renegada por sua própria mãe, presa por assassinato, injetada com o vírus que a tornaria uma pária. Nem quando viu seu eu vermelho pela primeira vez. Nem quando ficou sentada no carro do seu pai, nem na sala de visitas da sra. Henley, nem na cozinha de Becca. Tudo isso ela suportara sem jamais lamentar seu amor por ele. A raiva que crescera nela irrompeu.

— Como é que você *ousa* lamentar? — gritou ela para a tela.

Queria bater nela, queria bater nele, fazer suas feições se contorcerem de dor ou de raiva, que combinasse com a sua própria — tudo menos arrependimento.

Ela acessou sua conta bancária, viu o número na tela: US$ 100.465,75.

— Vá para o inferno — disse.

Mas, por mais desagradável que fosse o pensamento de pegar o dinheiro de Aidan, sabia que ele tinha razão: precisaria disso para sobreviver. Mesmo com esse dinheiro, a vida seria precária, principalmente se estivesse sozinha. A realidade da sua solidão a atingiu, então, batendo nela como uma maça, porque era absoluta. Estava perdida para todos os que a haviam amado, algum dia, e eles para ela.

Menos Kayla. Pensar em sua amiga foi como uma corda atirada e se agarrou a ela.

— Procure por todas as Vermelhas no estado do Texas chamadas K-A-Y-L-A.

Havia apenas uma: Kayla Mariko Ray, cumprindo cinco anos por tentativa de assassinato. Sua foto tinha a aparência reveladora da prisão Cromo: o rosto vermelho abatido, olhos vítreos.

— Localize — disse Hannah.

Uma imagem via satélite do Dallas Leste apareceu, aproximou-se um zoom do cruzamento de Skillman e Mockingbird, e depois foi focalizada uma figura que atravessava a rua. À medida que a imagem vista de cima se tornava mais nítida, Hannah reconheceu Kayla. Hannah viu que ela estava correndo, e havia outra pessoa correndo atrás dela.

Um homem que a perseguia.

KAYLA ERA RÁPIDA, mas seu perseguidor era mais rápido. Hannah não podia fazer nada a não ser espiar, com horror crescente, enquanto ele reduzia a distância entre os dois e, finalmente, a pegava. Ela livrou um braço e bateu no rosto dele. Ele a agarrou por ambos os braços. Os dois lutaram. Ele lhe disse algo, e ela parou de resistir, deixando os dois braços caírem dos lados do corpo. Ainda agarrando um deles, o homem a conduziu de volta pela rua, na direção do lugar de onde haviam vindo. Era claro que ela ia cheia de infelicidade; se ia por vontade própria ou não, Hannah não saberia dizer. Caminharam por vários quarteirões e depois entraram numa casa na avenida Kenwood.

Hannah espiou por mais dez minutos, mas ninguém saiu. Ela decorou o endereço e, às pressas, saiu da cabine. Tomaria o trem para Mockingbird e caminharia a partir de lá, o que lhe tomaria algumas horas. Não permitiu a si mesma pensar no que faria, se Kayla já tivesse ido embora quando ela chegasse lá.

Escurecia, quando ela saiu da biblioteca e a chuva parara de cair. A escuridão caiu rapidamente, e ela ficou satisfeita com isso; tornava-a menos visível. A estação ferroviária ficava a alguns quilômetros de distância e, quando Hannah chegou lá, sentia-se fraca por causa da fome e da sede. Havia um McDonald's do outro lado da rua. Foi até a entrada e estava prestes a abrir a porta quando viu o letreiro: CROMOS DEVEM USAR DRIVE-THRU. Ela seguiu pelo caminho do acesso dos automóveis, em torno do prédio, até os fundos, e fez seu pedido sobre a tela de toque e em seguida pagou com seu cartão. Uma refeição feliz, segure a felicidade, ela pensou. O adolescente cheio de espinhas no balcão de entrega passou-lhe cautelosamente o saco, tomando cuidado para não tocá-la. Mas se lembrou de lhe agradecer e lhe desejar um dia MacMaravilhoso.

Ela carregou o saco para a estação ferroviária e comeu sentada num dos bancos da plataforma. A comida salgada e gordurosa teve para ela um gosto tão bom quanto o da melhor comida que já comera em sua vida. Ouviu passos e viu outro Cromo — um rapaz Amarelo — caminhando em sua direção, com um andar emproado e ostentoso de marginal. Não era uma ameaça, ela decidiu. Quando passou por ela, ele lhe deu um olhar lento e insolente de apreciação, seguido por uma piscadela. Houve um som alto de pancada vindo da rua, adiante. Hannah ficou um pouco assustada, mas o Amarelo pulou como se tivesse recebido um tiro e rodopiou na direção da entrada, caindo todo agachado, de uma maneira feia, os músculos tensos para a luta ou a fuga. Ele levou uns poucos segundos para registrar seu erro. Levantou-se, fez uma carranca para Hannah, como se tudo fosse culpa dela, e depois tornou a assumir sua máscara de despreocupação e perambulou pela plataforma. A comida barata agitava-se em seu estômago, fazendo pressão e subindo pela parte de trás da garganta. Seria esse seu futuro, então, ficar sentada em bancos públicos, enfiando comida na boca como um animal faminto e esperando que alguma violência a atingisse?

O trem chegou. Era o final da hora do rush e a maioria das pessoas estava saindo e não entrando na cidade, então o vagão de Hannah tinha apenas um terço ocupado. Ela se sentou num lugar distante dos outros passageiros, mas, mesmo assim, os que estavam perto dela se afastaram, movimentando-se apressadamente para mais longe, no banco; e, no caso de uma mãe com uma criança de colo nos braços, levantando-se e indo para o vagão vizinho. Hannah se descobriu numa espécie de círculo mágico de ignomínia. Seu primeiro instinto foi tentar tornar-se invisível, mas então um repentino desafio cresceu em seu interior e ela olhou diretamente para os rostos dos seus companheiros de viagem, essas pessoas que sentiam tanta repugnância dela e tanta superioridade moral com relação à sua pessoa. A maioria evitou seu olhar, mas uns poucos o retribuíram, com uma mirada raivosa, ofendidos por ela ter ousado repousar neles os seus olhos. Ela ficou imaginando quantos ali eram mentirosos e mascaravam, com sua pureza externa, crimes tão sombrios, ou mais, do que o seu. Quantos seriam eles próprios Cromos se fosse revelada a verdade escondida em seus corações?

Ela saiu na estação Mockingbird e desceu os degaus, lembrando-se com uma punhalada de dor da sua visita, já tão distante, à biblioteca do SMU. Afastou a lembrança e se dirigiu na direção contrária, seguindo para Greenville. Quando lá chegou, virou para a direita, acompanhando o caminho que Kayla e seu captor — se fosse este o caso — haviam tomado, e depois, em Kenwood, dobrou para a esquerda.

Hannah parou na calçada em frente à pequena casa de tijolos aparentes que vira no vídeo. Antiquados candelabros de ferro flanqueavam os degraus conduzindo ao alpendre, e lançavam um clarão reconfortante sobre o jardim muito bem-cuidado. Crisântemos floresciam, em potes, de cada lado da porta da frente. As janelas estavam fechadas, mas ela achou quase impossível imaginar alguma coisa sinistra acontecendo por trás delas. Mas mesmo assim... Pensou no sorriso doce da sra. Henley, com covinhas, e disse a si mesma que devia manter-se em guarda.

A porta foi aberta por um rapaz no início da casa dos vinte anos, usando uma camisa de malha do Dallas Cowboys. Fez Hannah pensar num querubim, se os querubins pudessem ter um metro e noventa de altura, cachos desgrenhados num tom castanho-claro, olhos azuis com cílios compridos, e um rosto em forma de coração, que demonstrou algo entre surpresa e choque, quando a viu.

— Estou aqui procurando Kayla — disse Hannah, sem preâmbulo.

— Ah. — Ele olhou para trás, por cima do ombro, num movimento rápido, furtivo. — Você é amiga... de Kayla?

Seu constrangimento transparente aprofundou o da própria Hannah.

— Sim. Ela está aqui?

Tentou dar uma espiada na sala, por trás dele, mas seu corpo bloqueava sua visão.

Ele a examinou por um momento e depois gritou:

— Kayla!

Não houve resposta.

— Kayla, está aqui uma pessoa que veio ver você.

A Hannah, ele disse:

— Entre. Sou TJ.

Ela relaxou um pouco e caminhou para dentro.

— Sou Hannah. Prazer em conhecer você.

— Quem é? — Kayla gritou, de outro cômodo.

Sua voz era de uma pessoa trêmula e congestionada, como se estivesse chorando.

— Ela está bem? — perguntou Hannah a TJ

Ele encolheu os ombros e olhou para os pés. Ela estava prestes a irromper pelo corredor e descobrir por si mesma, quando Kayla apareceu. Seus olhos estavam inchados e ela segurava um chumaço de lenços de papel, numa mão. Quando viu Hannah, ela explodiu em prantos. Hannah se aproximou dela, disparando um olhar para TJ.

— Hum, vou correndo pegar um pouco de comida para nós — disse ele.

Agarrou seu casaco, que estava no armário da entrada, e saiu às pressas.

Kayla soluçava inconsolavelmente, com seu corpo esguio fazendo movimentos bruscos contra o de Hannah, ameaçando afastar-se como um cordão de pipa, num vento alto. Hannah segurou-a, até ela se acalmar o bastante para confirmar o que Hannah já adivinhara.

— Você tinha razão a respeito dele. O filho da puta está me deixando, vai se mudar para Chicago dentro de três dias. Começou a procurar emprego há um mês e não teve sequer os colhões para me escrever contando.

Hannah levou-a para o sofá. Com interrupções, entre explosões de novas lágrimas, Kayla contou os acontecimentos das últimas doze horas. Viera até a casa de TJ diretamente do centro, mas ninguém estava ali, então ela esperou no alpendre dos fundos. Ele apareceu algumas horas mais tarde, com os braços cheios de caixas para mudança, que imediatamente deixou cair no chão, quando a viu aparecer, saindo de trás da casa.

— Ele mora aqui? — perguntou Hannah.

A casa tinha uma sofisticação feminina que não combinava com a ideia que ela fazia de um apartamento de solteiro.

— Não, a casa é da mãe dele. Ele mora com ela. Ela é aeromoça, viaja um bocado.

— Está fora, agora?

— Sim, mas volta para casa depois de amanhã. Para se despedir dele. — Mais lágrimas. — TJ trabalha para uma empresa de biotecnologia, supostamente está sendo transferido. Sei que os empregos estão raros, mas sinto que, se ele realmente me amasse, procuraria alguma coisa aqui no Texas.

Hannah não podia discordar, mas Kayla estava tão perdida.

— Talvez ele tivesse procurado e não pôde encontrar nada — contrapôs.

— Não faça isso — disse Kayla, com um toque do seu antigo espírito. — Não preciso de outras falsas esperanças.

— Bem, ele deve se importar um pouco com você, do contrário não a teria perseguido do jeito como perseguiu.

— Como você sabe disso?

Hannah explicou como encontrara Kayla no geossatélite.

— Quase tive um ataque do coração. Pensei que aquilo fosse um sequestro.

— Quando ele me contou que ia embora, fiquei tão perturbada que simplesmente fui embora correndo. Ele me convenceu a ficar, pelo menos esta noite e amanhã. — Kayla assoou ruidosamente o nariz. — E por que você deixou o centro? Pensei que você resistiria até o fim.

A raiva e a determinação que haviam sustentado Hannah durante o dia a abandonaram imediatamente. Ela teve a impressão de que seus ossos haviam sido extraídos, deixando apenas um saco de carne sem forma, inerte.

— Será que posso contar isso a você mais tarde? No momento, não consigo nem pensar naquilo.

—Você está bem?

— Não, na verdade, não. Mas estou viva. Estou começando a pensar que é o máximo que gente como nós pode conseguir.

— Ah, Hannah, o que vamos fazer?

Hannah ouviu o medo na voz de Kayla como se viesse de uma grande distância. Sabia que sua amiga precisava ser tranquilizada, mas ela estava cansada demais para oferecer isso, cansada demais até para ela própria sentir medo, embora soubesse que sentiria, mais tarde. Sacudiu a cabeça.

— Não sei. Comer e depois dormir. Não posso pensar mais adiante disso.

TJ voltou com um pacote de doze cervejas e uma pizza com salada do Campisi's. Hannah não aceitou a cerveja, mas Kayla entornou várias, no curso da refeição, que comeram num silêncio tenso. Algumas vezes, Hannah surpreendeu TJ olhando para Kayla da maneira como Becca a olhara, mais cedo: como se estivesse tentando, sem conseguir, encontrar a mulher que ele outrora amara na mulher que ela se tornara. Será que o rosto de Aidan teria essa expressão, se ele visse Hannah? Será que ele chegaria até a reconhecê-la? Ela bloqueou essa linha de pensamentos. Ainda que suportasse descobrir as respostas, não adiantava especular sobre alguma coisa que nunca aconteceria.

Quando estavam terminando, Kayla levantou-se de repente.

— Hannah vai ficar aqui esta noite — disse.

— Ãh, claro — respondeu TJ. Olhou para Hannah. — Será bem-recebida, se quiser ficar aqui a noite de amanhã também.

— Obrigada — disse Hannah, aliviada.

— Ela pode dormir comigo no quarto da sua mãe — disse Kayla.

— O.k. Qualquer coisa que você quiser.

Os olhos de Kayla se incendiaram.

— É mesmo, TJ? *Qualquer coisa* que eu quiser?

— Kayla...

Hannah levantou-se. Já tivera todos os confrontos que poderia suportar naquele dia.

— Estou exausta. Acho que vou cair na cama.

— Boa ideia — disse Kayla.

Saiu da sala a passos largos.

— Obrigada por me deixar ficar — disse Hannah a TJ.

— Estou satisfeito por você ter vindo. Ela precisa de alguém.

— Ela precisa de *você*. Estava contando com você.

Ele sacudiu a cabeça. A infelicidade em seu rosto doce era absurda.

— Não consigo — disse ele.

E ela pôde perceber: ele tentara, de fato tentara, estar à altura da situação, e não conseguira. Ela pôde ver as pequenas fendas em seu caráter que haviam tornado esse fracasso inevitável; pôde ver que, embora isso fosse incomodá-lo durante algum tempo, no final ele superaria tudo, esqueceria sua culpa e, a não ser por lembranças que lhe viessem espontaneamente e logo fossem eliminadas, tiraria Kayla da cabeça. Não porque ele fosse uma pessoa ruim, mas porque essa era sua natureza essencial. Querubins não são talhados para a infelicidade.

No quarto, Hannah encontrou Kayla remexendo numa cômoda, em busca de roupa para dormir. Os gostos da mãe de TJ tendiam ao sensual; a busca resultou em meia dúzia de reduzidas camisolas de seda, de cores variadas, e um baby-doll de renda preta que deixou Hannah com o rosto quente só de olhá-lo. Kayla ergueu-o e o sacudiu sugestivamente.

— Você não adoraria chegar para o café da manhã no centro usando isto? Os olhos do Reverendo Henley saltariam para fora da sua grande e gorda cabeça.

Elas riram, um som solto, que desfez um pouco da feiura do dia.

Hannah escolheu a menos reveladora das camisolas e a levou para o banheiro, a fim de trocar de roupa. Enfiou-a por cima da cabeça, apreciando a sensação da seda contra a sua pele, depois de meses usando coisas de um algodão tosco. Lembrando-se, inevitavelmente, do tempo em que ela usara a de seda violeta, para Aidan: a sensação dos dedos dele mexendo em seus quadris, a parede contra as costas dela, dura, sem ceder, como ele se mostrara. Foi a única ocasião em que ele fora extremamente áspero com ela. Em seguida, mostrou-se arrependido: será que a machucara? Assustara? Ela mentiu e disse que não. Houvera dor, mas fora entremeada por um prazer misterioso, que ela nunca experimentara. Seu último pensamento, antes de pegar num sono profundo, foi como era estranho aquilo, e como era perturbador que uma coisa pudesse coexistir com a outra e até intensificá-la.

Acordara mais tarde e descobrira Aidan olhando fixamente para ela, pensativo.

— O que foi? — perguntou ela.

— Você fez isso? — Ele fez um sinal com a cabeça na direção do vestido que jazia amassado no chão.

— Sim.

— Para mim?

— Não. Para mim mesma. É uma coisa que venho fazendo há anos. Ninguém sabe disso.

— E todos eles são... assim?

Hannah hesitou. Será que ele pensaria mal dela, por criar coisas tão sensuais, tão contrárias à fé deles?

— Sim — admitiu ela.

— Por que você faz isso?

Ela encolheu os ombros, constrangida.

— Não tenho certeza se você entenderá.

— Faça o teste — disse ele, com uma estranha intensidade.

— É como se eu precisasse fazer essas roupas, senão explodiria. Como se elas fossem...

Ela pôs a mão no peito e bateu nele.

— Como se fossem uma parte essencial sua. Uma parte que não pode expressar-se de nenhuma outra maneira.

— Exatamente — disse ela, surpresa.

— Para mim são armas assassinas e pistas falsas.

— O quê?

— Escrevo histórias de crimes desde garoto — disse Aidan. — Tentei parar, quando estava no seminário, mas sentia falta demais.

Sua expressão era envergonhada, quase infantil. Ela sentiu um jorro de ternura por ele.

— Você já publicou alguma?

— Não. Nunca mostrei a ninguém.

Nem mesmo a Alyssa? Hannah não verbalizou essa pergunta, mas esperava que a resposta fosse não. Queria ter alguma coisa dele que ninguém tivesse.

— Por que não?

— Não são tão boas assim.

— Aposto que são. Você é maravilhoso com as palavras.

— Além disso, não é nada apropriado para um ministro estar escrevendo sobre assassinatos.

Nem tendo um caso de amor adúltero com uma integrante da sua própria congregação.

— Você me deixará ler uma? — perguntou Hannah. Aidan hesitou. — Vamos — disse ela. — Eu lhe mostrei minha criação.

Os olhos dele se estreitaram e seus lábios se curvaram num sorriso preguiçoso, íntimo. A mão dele se ergueu para seu seio.

— É verdade — disse ele, fazendo um círculo em torno do seu mamilo, com o indicador. — Mas gosto mais de você sem isso.

A lembrança era tão vívida que ela quase podia sentir as mãos dele em seu corpo. Deixou suas pálpebras caírem, fecharem-se com força, fez um círculo em torno dos mamilos de leve, puxou-os como ele fizera. Sentiu uma pontada de excitação, um eco mecânico do que sentira com Aidan. Abriu os olhos. Seu horrendo eu vermelho retribuiu fixamente seu olhar.

— Que se apaguem as luzes — disse.

Voltou para o quarto e deslizou para debaixo das cobertas. Kayla não respondeu ao seu murmurado "boa-noite", e Hannah supôs que estava dormindo. Fechou os olhos, sentindo-se exausta, mas segura, pela primeira vez em meses. Mas, apesar da exaustão, o sono não chegava. Imagens dos rostos que ela vira naquele dia desfilavam diante dos olhos da sua mente: o iluminador, os Henley, os dois rapazes no carro, a mulher na loja de penhores, Becca, Cole, a segurança na biblioteca, tia Jo, a sra. Bunten, Aidan, o adolescente no McDonald's, TJ. Um sombrio cortejo de fúria e maldade, choque e repugnância, piedade e sofrimento. Essas eram as emoções que Hannah agora despertava nas outras pessoas.

Ao seu lado, Kayla suspirou e se sentou na cama. As tábuas do assoalho rangeram debaixo do peso dela. Hannah ouviu um sussurro de som, o suave silvo de tecido caindo no chão. O roçar de pés nus contra madeira. Um guincho de molas de cama. Murmúrios, que se desfizeram no silêncio, interrompidos por gemidos, de início esporádicos e depois ritmados e urgentes. O grito de uma mulher, o arquejo de um homem. Silêncio. Finalmente, o som de choro, primeiro de uma mulher, e depois de duas pessoas.

H ANNAH DORMIU ATÉ BEM depois do meio-dia, e acordou com o cheiro celestial de bacon fritando. Isso lhe disse, imediatamente, que não estava mais no centro, que não teria de suportar outro banho de chuveiro apressado, morno, e um magro café da manhã, outro soporífero sermão do Reverendo Henley, outra medonha sessão de iluminação com Bob. Tomou um banho de chuveiro e vestiu as roupas que Kayla deixara para ela: jeans, uma blusa de malha, roupa de baixo, meias soquete, tênis. Hannah nunca usara calças e a sensação de aconchego que elas davam era desconcertante. Tinha aprendido que calças compridas eram inadequadas para as moças, por serem indecentes, uma explicação que jamais fizera sentido para ela, dado que as calças, ao contrário de todas as saias, menos as que iam até o chão, cobriam cem por cento das pernas de uma mulher. Uma vez, logo depois que ela completou dezesseis anos, insistiu com a mãe, perguntando exatamente qual o motivo de serem indecentes.

— Fazem os homens lembrarem-se das suas pernas e do que está entre elas — respondeu sua mãe. — É isso que você quer que aconteça?

A resposta perturbara Hannah de tal forma que, daquele momento em diante, nunca mais questionou a convenção.

Agora, olhando a si mesma no espelho, Hannah pôde entender o ponto de vista da sua mãe. Os jeans eram um pouco curtos, mas, fora isso, ajustavam-se perfeitamente às suas formas, enfatizando o comprimento das suas pernas, a pequenez dos seus quadris, a redondeza das suas nádegas. Quando ficou em pé, com suas pernas juntas, havia uma lacuna triangular logo abaixo da entreperna e mais duas no alto e na parte de baixo da barriga das suas pernas. As lacunas pareciam quase convites.

Mas... Hannah inclinou a cabeça para um lado, experimentando uma nova ideia. Se as calças das mulheres eram sugestivas, as dos homens também eram, e revelavam muito mais do que estava embaixo. Havia quase sempre uma protuberância — não se podia deixar de notá-la — e, se as calças fossem apertadas, via-se praticamente tudo. E a maneira como os homens estavam sempre chamando a atenção para isso! Tocando e coçando a si mesmos, com uma total falta de consciência, como se estivessem sozinhos e não em público. Ela até vira Aidan fazer isso algumas vezes, distraidamente. E, no entanto, ninguém acusava os homens de serem impróprios ou de encorajarem o pecado, lembrando às mulheres o que estava pendurado entre as pernas deles. Olhou para si mesma no espelho, irritada, de repente, pelo duplo padrão. Assim era seu corpo. O fato de ser bem-feito e de se encaixar bem num par de jeans não significava que ela estava convidando quem quer que fosse para alguma coisa.

— Você está viva, aí dentro? — gritou Kayla.

Hannah foi até a cozinha unir-se a ela.

— Bom-dia.

— Bom-dia — respondeu Kayla, animadamente.

A alegria era um pouco forçada, mas Hannah ficou satisfeita de ver que o desespero da véspera desaparecera.

— Onde está TJ?

Kayla encolheu os ombros.

— Foi embora, quando me levantei. Deixou um bilhete para mim, dizendo que voltará às três. Gostaria de estar fora daqui antes disso.

— Você quer dizer para sempre?

— Sim.

Não havia um átomo de dúvida na voz de Kayla.

— Para onde?

Elas discutiram suas opções, enquanto tomavam o café da manhã. Nenhuma das duas queria ficar em Dallas; a associação era demasiado dolorosa. Mas a ideia de ir para algum lugar onde não conhecessem ninguém era assustadora.

— Tenho um primo em Austin — disse Kayla. — Ele é um completo débil mental, mas preza a família. Aposto que nos ajudará a recomeçar. E há Annie, minha melhor amiga da universidade, ela está em Corpus. — Kayla olhou para Hannah, esperançosamente.

— Todos os meus amigos e família estão aqui.

Ocorreu-lhe então, como fora pequena e fechada a sua vida: um globo de neve sem a neve.

— Voto em Austin, se seu primo quiser ajudar. Mas precisaremos de um carro.

— Tenho um. Está estacionado em meu velho apartamento, se é que não foi rebocado. Meu problema é grana. Estou quase no zero.

— Tenho bastante dinheiro. Suficiente para nos sustentar por um bom tempo. — Kayla olhou para ela com curiosidade, mas não perguntou nada, e Hannah ficou grata por isso. — De qualquer forma, antes de podermos ir para qualquer parte, preciso pegar algumas roupas e outras coisas em minha casa. O que significa que preciso telefonar para meu pai. Duvido que minha mãe me deixe entrar em casa.

— Acredito. Se TJ não fosse ao meu apartamento, depois que fui presa, e pegasse meu celular e algumas outras coisas, tenho certeza de que minha mãe teria jogado tudo fora.

— Papai sai do trabalho às seis horas. Ele provavelmente poderia nos encontrar em algum lugar mais ou menos às sete horas. *Se ainda estiver falando comigo.*

Hannah usou o vídeo do quarto de dormir para fazer a ligação. Para alívio seu, o pai dela atendeu imediatamente.

— Graças a Deus — disse ele, quando viu seu rosto. — Estava doente de preocupação, e Becca também. Você está bem? — Ele parecia aflito, por culpa dela, Hannah sabia.

— Estou bem. Estou com uma amiga, em Dallas Leste.

— Eu sei. Descobri você no geossatélite. Eu estava prestes a ir para aí. Mas, Hannah, por que você saiu do centro? Não tive tempo para procurar um lugar para você, não tenho nenhuma indicação de emprego...

— Tudo bem, papai. Você não é responsável por mim.

— Se você tivesse uma filha, não diria isso.

As palavras dele evocaram uma imagem de Pearl, como ela poderia ter sido, deitada de costas em seu berço, acenando com seus bracinhos gorduchos e sorrindo para Hannah.

— Desculpe, não tive a intenção. — O pai dela suspirou, um silvo doloroso. — Descobriremos alguma coisa, Hannah. Vou pegar você logo que sair do trabalho.

Uma canção de sereia, à qual ela ansiava para se render. Como seria maravilhoso, entregar-se aos cuidados amorosos dele, deixar que ele entrasse, assumisse o comando, pensasse no que fazer em seguida. Papai socorrendo-a.

Não. Ela não era mais uma criança, e ela já o arrastara demais para o meio dos seus problemas, a ele e a Becca. Hannah sacudiu a cabeça e tornou firme a sua voz.

— Vou sair da cidade. Só preciso que me traga algumas coisas de casa.

— Não seja ridícula. Para onde irá? Você não tem relações, não tem nenhum dinheiro.

— Minha amiga tem dinheiro — mentiu ela. — E já decidi. Não posso ficar aqui, depois de tudo o que aconteceu. Claro que você pode entender isso.

— Essa amiga sua, ela é também uma... — Ele vacilou.

— Uma criminosa? Uma pária? Sim, ela é justamente como eu.

Ele se calou, diante disso, mas Hannah afastou seu remorso. Por mais que detestasse magoá-lo, sabia que só lhe causaria mais dor, se ficasse.

— Está bem — disse ele, derrotado. — Diga-me do que você precisa.

Ela lhe deu uma lista — seu celular, algumas roupas, coisas de toalete —, e combinaram encontrar-se às sete no estacionamento do pequeno shopping perto de casa. Hannah desligou e então, incapaz de resistir ao impulso, fez uma busca por Aidan. Havia mais de cem mil indicações. Ela percorreu as mais recentes e descobriu um vídeo noticioso da cerimônia do juramento dele como Secretário da Fé. Ele estava em pé num estrado, com Alyssa, seus pais, o Presidente Morales e alguns outros funcionários. O presidente louvou o trabalho que Aidan realizara, tão incansavelmente, em favor das crianças e dos pobres, a esperança que seu ministério levara a milhões de pessoas em todo o planeta, o poder da sua visão de uma América e um planeta unidos no amor a Deus. Alyssa segurou a Bíblia, quando ele fez o juramento do cargo, prometendo apoiar e defender a Constituição contra todos os inimigos, estrangeiros ou os internos, que Deus o ajudasse nisso. E então, provocando aplausos entusiásticos dos convidados reunidos, Aidan subiu no pódio. Em close-up, seu rosto estava abatido, seu espírito visivelmente toldado. Ele começou com agradecimentos: a Deus e ao seu abençoado Filho, Jesus Cristo, ao presidente e ao vice-presidente, ao seu predecessor, àquele senador e àquela deputada, aos seus pais e, finalmente, à sua esposa, a quem ele dava o crédito de tê-lo tornado não apenas um ministro melhor, mas um homem melhor, através do seu exemplo de amor e compaixão. Isso fez surgir em Alyssa um sorriso envergonhado e um coro de ohhhs da plateia, mas a Hannah suas palavras — todas — pareciam mecânicas, sem vigor, e ela sabia que o motivo era a tristeza que ele sentia por causa dela. Indagou-se se o tornara um homem melhor ou pior? Estaria isso em seu poder, ou ela, simplesmente, permitira que ele fosse o homem que era, tanto bom quanto ruim?

O discurso continuou, mas Hannah desligou e foi se unir a Kayla, na cozinha. Ela conseguira falar com seu primo maluco, que de fato se dispôs a deixá-las ficar com ele, até descobrirem seu próprio lugar para morar. Enquanto Kayla colocava suas coisas na mala, Hannah lavou os pratos do café da manhã e arrumou a cama. Quinze minutos mais tarde, estavam prontas para partir.

Quando estavam prestes a cruzar a porta e sair, Hannah disse:

— Você não vai sequer deixar um bilhete para ele?

— De jeito nenhum. Não tenho nada para dizer, a não ser adeus.

Seguiram na direção de Greenville e da estação ferroviária. A calçada era estreita, então caminharam em fila, com Hannah na frente. Não falaram, mas ela podia ouvir o leve rumor dos passos de Kayla atrás dela, movimentando-se num ritmo ligeiramente diferente do seu. Como se sentia diferente do que se sentira, quando caminhava por aquela mesma calçada, na véspera, apenas por causa desse simples som amistoso. Um carro virou para a rua e se aproximou delas. Hannah estendeu o braço para erguer seu capuz, mas depois se deteve, deixando o brilhante sol da tarde iluminar de cima o seu rosto vermelho descoberto.

O ANTIGO APARTAMENTO de Kayla era em Oak Lawn. Elas pegaram o trem para Lemmon e o ônibus até Wycliff. O motorista era indiferente a elas, mas os olhos dos seus companheiros passageiros eram duros e pouco acolhedores, empurrando-as para a parte traseira. Havia dois outros Cromos lá nos fundos, um de cada lado do corredor, um Vermelho e um Verde, ambos homens. O Vermelho era um vagabundo, provavelmente sem casa, e certamente sem tomar banho havia bastante tempo. Roncos, com um cheiro de bebida e de dentes podres, saíam da sua boca aberta. O Verde, por outro lado, era jovem e tinha boa aparência, com uma veemência contida e olhos de louco. Hannah e Kayla trocaram um olhar e escolheram o ruidoso e fedorento vagabundo. Sentaram-se duas fileiras de assentos atrás dele e quatro fileiras atrás do Verde, que as observou enquanto elas passavam. Como ela fizera com o Amarelo, na estação ferroviária, na véspera. Hannah se descobriu automaticamente avaliando-o, extraindo as informações apresentadas por seu rosto e corpo. Os Verdes eram uma categoria de ampla escala. Se ele fosse um incendiário ou assaltante armado, provavelmente não era perigoso, pelo menos não para elas. Mas se o cromaram por alguma coisa como estupro, com agravantes...

Ele virou a cabeça e devolveu o olhar delas.

— Eu trouxe a faca de mato de TJ — disse Kayla, num sussurro. Abriu a mochila e mostrou a faca a Hannah. — Peguei no quarto dele, hoje de manhã.

— Ótimo, podemos precisar dela — disse Hannah. — Mas não com aquele sujeito.

Novamente, ela se maravilhou com sua certeza. Será que se tornar uma Vermelha lhe dera um sentido extra, um conhecimento dos desejos escondidos e do mal, nos outros corações? Sacudiu a cabeça, enquanto uma explicação mais provável, menos romântica, lhe ocorria: tornar-se uma Vermelha a obrigara, pela primeira vez em sua vida, a prestar atenção, de verdade.

— Aquele motorista não levantaria um dedo para nos ajudar, isso posso garantir — disse Kayla. — E tampouco qualquer daqueles outros honestos cidadãos ali na frente.

— Tudo bem. Não precisamos que eles façam isso. — Hannah gesticulou na direção do Verde, agora atento a um hologame que jogava em seu celular. — Veja, ele já perdeu o interesse em nós.

Kayla lançou em Hannah um olhar apreciativo.

— Parece que Deus está mandando algumas informações para você que não estou recebendo, em minha faixa. Mas só posso agradecer.

— Deus não tem nada a ver com isso — disse Hannah.

— Pensei que você fosse uma cristã séria.

— Antigamente eu era. Você é?

— Não. Não sou religiosa. Quero dizer, como eles ensinam na igreja. Imagino que, se existe um Deus, Ela é boa e apareceu agora mesmo para ver o estado das coisas aqui embaixo.

Isso é blasfêmia, pensou Hannah, com uma explosão de ultraje a que se seguiu, um minuto depois, o espanto com a veemência da sua reação. Por que, se não acreditava mais, reagia dessa maneira? Fora puro reflexo, percebeu. Não tinha controle sobre ele, como não tinha com suas glândulas salivares na presença de pão recém-assado. Então, será que todas as suas crenças religiosas, o tempo inteiro, não passavam de um conjunto de preceitos tão profundamente inculcados nela que se tornaram automáticos, até mesmo instintivos? Ouvir a palavra *Deus*, pensar Nele. Ver a desgraça da humanidade, culpar Eva. Obedecer aos seus pais, ser uma boa menina, votar no Trinity Party, jamais se sentar com as pernas separadas. Não questionar, apenas fazer o que lhe dizem.

— Ei, onde você está? — perguntou Kayla. — Saí de cena.

— Estou no passado — disse Hannah. — Em que outro lugar estaria eu?

— Sei como é. Eu própria, ultimamente, ando passando uma porção de tempo por lá, e sempre volto me sentindo pior, não melhor. É bom deixar o passado no espelho retrovisor, que é o lugar dele.

Espiando as luzes da cidade voarem através da janela suja do trem, Hannah foi dominada por uma repentina tristeza. Quando era criança, sempre lhe parecera que o movimento era da paisagem, que passava por ela disparada, enquanto Hannah permanecia no mesmo lugar. Agora, a ilusão se desfizera. Era ela quem estava deixando tudo para trás.

Chegaram ao conjunto de prédios de apartamentos pouco depois do entardecer e encontraram o carro de Kayla. Era um Honda Duo convertido, tão velho que perdera os recursos mais sofisticados, mas os painéis solares haviam cumprido suas funções e havia carga suficiente para o motor pegar, e colocá-las em seu percurso.

— Boa menina — disse Kayla, dando palmadinhas no poeirento para-lama do carro. — Esta é Ella. Já me ajudou um bocado.

— Por que Ella? — perguntou Hannah.

— Por causa da Primeira Dama da Canção, claro. — Hannah lançou em Kayla um olhar vazio, e esta disse: —Ah, não. Será que você está me dizendo que nunca ouviu falar em Ella Fitzgerald?

— Jamais.

A única música permitida no lar dos Payne era do tipo que seus pais consideravam inspiradora: clássica, gospel e, quando sua mãe estava com um estado de espírito tolerante, rock cristão.

Ella cantou para as duas todo o caminho até Plano. Sua voz fez Hannah pensar em cetim lustroso e ondulado, com tonalidades inesperadas que mudavam com o ângulo da luz; no entanto, ao mesmo tempo, ela tinha a pureza e leveza do tule branco.

— É como se ela não tivesse nunca conhecido a dor — disse Hannah.

— Ah, ela conheceu bastante. Ficou órfã, foi enviada para um reformatório juvenil, divorciou-se duas vezes, diabética. No final da vida, precisou ter as duas pernas amputadas.

— Uau. Como você sabe de tudo isso?

— Somos aparentadas, de algumas gerações atrás — disse Kayla, com um orgulho tranquilo. — Cresci ouvindo sua música.

O trânsito na Central estava incomumente desobstruído e elas chegaram a Plano meia hora mais cedo. Pararam num DuraShell, para abastecer o carro. Hannah pagou com seu cartão e ficou pasma, novamente, com o saldo de seis dígitos da sua conta — nunca tivera tanto dinheiro em sua vida. Ainda estava gastando o seu próprio, mas sabia que ele não duraria muito tempo. Um dia, muito breve, o saldo mergulharia até abaixo dos cem mil e ela estaria, oficialmente, em débito com Aidan. E o fato de que ele era rico e lhe dera o dinheiro livremente, por amor — ou culpa —, não lhe facilitou em nada engolir a pílula.

Quando chegaram ao shopping, encontraram o estacionamento apinhado com carros e compradores de feriado. Luzes nas vitrines das lojas iluminavam um verdadeiro exército robótico de duendes, meninos tocando tambor e renas, todos saltitando em meio à neve artificial. Um grupo de cantores de músicas natalinas, vestidos com trajes dickensianos, entoava o "Good Night King Wenceslas", enquanto, nas proximidades, um voluntário do Exército da Salvação, vestido de Papai Noel, tocava sininhos. As duas mulheres observaram este pandemônio feliz de um local na parte de trás do estacionamento. Ella lhes fazia companhia: "*Someday he'll come along, the man I love...*"

— Surreal, não é? — disse Hannah.

Ela se sentia tão distante das pessoas que passavam às pressas, absortas em suas tarefas e pensamentos mundanos — *Preciso encontrar alguma coisa para tio John. Talvez uma gravata, ou será que dei a ele uma gravata, no ano passado?* — que era como se as observasse da lua. Apontou para uma moça usando um suéter com um Homem da Neve em 3-D, carregando uma porção de sacolas de compras.

— Eu era assim, há um ano. Menos o suéter cafona.

— Não imagino que algum dia voltaremos para esse lugar — disse Kayla, com uma voz sufocada.

— Ei, você pode. Sua sentença é de apenas cinco anos.

"*He'll build a little home, just meant for two*", cantou Ella.

— Bom, uma coisa é certa. Não vou suportar mais nem cinco minutos, se continuar ouvindo isso. — Kayla esfregou as costas da mão em cima dos olhos. — Canal nove. Volume alto. — Ella começou uma canção em ritmo mais acelerado e Kayla cantou junto com ela. Nos primeiros compassos, sua voz estava trêmula, mas depois ficou mais forte, à medida que a música foi fazendo com que se esquecesse de si mesma.

A inocência da letra deixou Hannah melancólica. Estava pensando que, se as pessoas achavam, naquele tempo, que o mundo era louco, deviam ver como estava agora — e então, de repente, ambas as portas do carro foram escancaradas e duas figuras com roupas escuras agarraram-na e a Kayla.

— Saia do carro — disse o homem do lado de Hannah.

Ela lutou com ele — ela e Kayla, as duas —, mas os agressores eram fortes e, no corpo a corpo, obrigaram-nas a sair do Honda. Hannah começou a gritar e o homem apertou uma mão em cima da sua boca.

— Escutem — disse ele. — O Punho vem atrás de vocês. Estarão aqui a qualquer momento. Se quiserem viver, fiquem quietas e venham conosco.

Hannah parou de lutar. O homem estava atrás dela, de modo que não podia ver seu rosto, mas seus dedos cheiravam fracamente a alho e manjericão.

— Como vamos saber se vocês próprios não são o Punho? — perguntou Kayla.

—*Tabarnak*! Não temos tempo para isso — disse a figura alta que a segurava.

A voz era de uma mulher, fanhosa, com um toque de raiva e um sotaque estrangeiro — francês?

O homem que segurava Hannah a soltou.

—Vocês têm cinco segundos para decidir.

Ela se arriscou a virar a cabeça e olhar para ele. Viu cabelos escuros, despenteados, pele olivácea, olhos solenes, inteligentes. Não podia ver sua companheira: Kayla estava no caminho. Esta olhava para Hannah. *O que fazemos?*

—Vamos confiar neles — disse Hannah. — O Punho não admite mulheres.

— E vigilantes implacáveis não fazem *pesto*.

— Depressa — disse o homem.

Foram empurradas para uma van estacionada na fileira seguinte, na frente do Honda. A porta dupla de trás estava aberta e os quatro subiram com dificuldade para a área de carga.

— Feche a porta. O modo de privacidade está ligado — disse a mulher.

A porta girou e se fechou e as janelas se escureceram muito vagarosamente. O homem subiu para o assento do motorista, acima, mas não fez nenhum movimento para dar partida à van. A mulher permaneceu agachada ao lado de Hannah e Kayla, com os olhos fixos em seu celular. Ele banhava seu rosto com uma fraca luz azulada.

— Eles estão aqui — disse ela.

— Por que não estão se movendo? — perguntou Hannah.

— Quieta.

Com pânico crescente, Hannah disse:

— Não podemos ficar aqui, eles podem nos rastrear.

— A van tem um neutralizador. Ele bloqueia os nanotransmissores — disse o homem.

Apontava para uma pequena videocâmera, do lado de fora do para-brisa.

— Mas e se... — começou Kayla a falar.

— *Ta yeule!*

Hannah não falava francês. Mas o que a mulher queria dizer era bem claro e seu tom era o de alguém que esperava ser absolutamente obedecida. Hannah viu um veículo aproximando-se, vindo depressa. Outra van parou com um solavanco perto do Honda. Dois homens mascarados pularam para fora e caminharam rapidamente de um lado para outro da fileira, espiando através dos vidros de todos os veículos. Quando o mais baixo dos dois se aproximou da van, as pernas de Hannah tremeram, com a esmagadora necessidade de correr. Dedos se enfiaram em seu braço.

— Fique quieta! — silvou a mulher em seu ouvido.

O homem do lado de fora pressionou seu rosto mascarado contra o vidro do lado do motorista, a centímetros da câmera, e depois se virou para seu companheiro.

— Nenhum sinal dela. Você conseguiu alguma coisa?

— Nada — disse o outro homem, olhando para seu celular. — O sinal sumiu. — Ele o enfiou em seu bolso e suspendeu os jeans. Hannah viu um brilho de metal: um cinto com uma fivela, grande, redonda e brilhante como uma calota.

— Parece que perdemos mais uma.

— Merda — disse Cole.

Quando os dois homens entraram em sua van e se afastaram, Hannah apoiou-se fracamente contra a parede do seu veículo. Sua fanfarronada da véspera agora parecia grotesca. O pensamento de estar à mercê de seu cunhado e seus amigos era aterrorizador.

— Ele ainda não matou — disse a mulher.

— Como você sabe?

— Luzes internas acesas. — As luzes revelaram uma mulher alta e esguia, na casa dos trinta anos, com um rosto anguloso e um emaranhado de cabelos cortados curtos, louro-branco. Seus olhos eram claros e ferozes, de uma forma desconcertante.

— Ele é uma nova Mão. Nenhum deles matou, ainda. E estão trabalhando para chegar a isso. Seu Cole é um seguidor, ele esperará até um dos outros matar primeiro.

— Ele não é *meu* Cole — disse Hannah, com repulsa.

— Espere um minuto — disse Kayla. — Cole, seu cunhado Cole? Era um dos homens do grupo?

— Sim. — À outra mulher, Hannah perguntou: — Como sabe de tudo isso? Sobre Cole e o Punho, sobre mim e Kayla? Quem são vocês?

— Amigos de Raphael.

Kayla olhou para Hannah, confusa.

— Quem diabo é Raphael?

— O médico que fez meu aborto.

Hannah lembrou-se de como ele ficara inexplicavelmente atrapalhado, quando lhe contou o motivo para ter ficado no Texas. *Via a mim mesmo como um revolucionário, deixei que eles me convencessem a ficar aqui.* Eles: essas pessoas, fossem lá quem fossem.

— Rastreamos você desde que saiu da prisão Cromo — disse o homem. — Meu nome é Paul, e esta é Simone.

— Por que vocês estariam interessados em nós? — perguntou Kayla.

— Não em você — disse Simone. O você soou mais ooocêêê, como o som que alguém faria cuspindo um pedaço de cartilagem num guardanapo. — Você não faz parte da nossa missão.

— Que missão? — perguntou Hannah.

— Basta! — Simone fez um movimento brusco, de corte, com a mão. — *Enwaille.* — Era claramente uma ordem e Paul deu partida imediatamente à van e saiu da vaga.

— Espere, eu deveria encontrar com meu pai aqui — disse Hannah.

— Isso não será possível — disse Simone.

— Mas meu pai está trazendo meu celular e minhas roupas. E ele ficará preocupado, se eu não estiver aqui.

— Vocês não podem conservar seus celulares — disse Simone. — A polícia pode rastrear vocês através deles.

— Mas não somos procuradas pela polícia.

— Agora são — disse Paul. — Eles foram alertados, quando os sinais dos seus transmissores se interromperam.

— Mas...

A mão de Simone disparou e agarrou o braço de Hannah, com tanta força que ela se encolheu.

— Você quer morrer, hein? — O olhar dela era tão implacável quanto seu aperto. — Muitos Cromos desejam isso, mas não querem admitir, ou não têm *gosses* para se matar, então andam por aí, de um lado para outro, implorando que alguma outra pessoa faça isso. É o que você quer, Hannah Payne? Se for o caso, tenho certeza de que o Punho atenderá com satisfação. — Soltou o braço de Hannah e agarrou a maçaneta que abria a porta do fundo da van. — E aí?

— Não, quero viver — disse Hannah, sem hesitar, sentindo a verdade das suas palavras soar profundamente dentro dela. Por mais sombria que sua vida estivesse agora, ainda lhe era preciosa.

— Eu também — disse Kayla.

— *Bon* — disse Simone a Hannah.

Pararam fora do estacionamento. Hannah pressionou seu rosto contra uma das pequenas janelas de trás da van, tentando localizar seu pai. Não o viu, mas sabia que ele estava ali, em alguma parte, examinando o estacionamento com olhos ansiosos, numa busca inútil da filha que perdera.

SIMONE ENTREGOU A Hannah e Kayla capuzes negros e lhes disse para usá-los. Elas trocaram um olhar desconfiado, mas obedeceram. Que escolha tinham? Hannah estava cheia de perguntas, mas não as fez. Fosse lá o que as esperava, com certeza era melhor do que as intenções do Punho. Seu estômago grunhiu, lembrando-lhe que não comia nada desde o café da manhã. Esperava que houvesse comida no lugar para onde iam.

Um celular tocou.

— Alô — disse Simone. Um curto silêncio e depois: — Sim, mas houve uma complicação. Ela não estava sozinha. Outra Vermelha. O Punho estava próximo demais e não era possível deixá-la. — Levantou a voz. — O*oocêêê*, qual o seu nome?

— Kayla Ray. — A voz dela estava abafada pelo capuz.

— Soletre.

Kayla soletrou. Houve uma pausa e depois Simone disse:

— Kayla Mariko Ray, idade vinte e dois anos, cumprindo cinco anos por tentativa de assassinato. Nenhuma condenação anterior.

Kayla fez um pequeno som de consternação, e Hannah tornou a ser incomodada pela profunda perda da privacidade delas.

— Você já fez sua renovação?

— Não. Só preciso fazer em 5 de janeiro.

— Menos de quatro semanas — disse Simone. — Concordo. Tudo bem, mas por pouco tempo.

— Para onde nos leva? — perguntou Hannah.

— Para uma casa segura — disse Paul. — É protegida, como a van.

— E depois, o quê?

— Isso depende — disse Simone.

— Do quê?

— De decidirmos se vocês são de confiança ou não.

Seguiram pelo resto do caminho num silêncio tenso, interrompido apenas pelo grunhido queixoso do estômago de Hannah que, aparentemente, ignorava o fato de ela ser uma fugitiva cuja vida estava em grave perigo, ou não se importava com isso. Ela achou a mundana insistência do seu corpo estranhamente reconfortante.

A van diminuiu a velocidade, virou, subiu por uma curta encosta e parou. O motor foi desligado e Hannah ouviu uma porta de garagem fechar-se. O capuz foi arrancado bruscamente da sua cabeça. Simone tirou também o de Kayla e depois abriu a porta de trás da van e pulou para fora, com os dois pés juntos, fazendo gestos para que elas a seguissem. Descobriram-se numa garagem para dois carros. As paredes estavam ornamentadas com pás, ferramentas elétricas, tenazes de churrasco e raquetes de tênis. Prateleiras de metal tinham caixas com rótulos inócuos, como EQUIPAMENTO PARA MERGULHO e ÁLBUNS DE FOTOGRAFIAS. Paul esperava por elas junto da porta que dava para a casa. Um capacho de boas-vindas que dizia: CUIDADO, O GATO ATACA, era flanqueado por um par de lamacentos tamancos de jardim, de borracha, e um conjunto de tacos de golfe. Qualquer coisa que Hannah esperasse, em matéria de aparência de uma casa segura, não seria essa perfeita mostra do estilo de vida americano.

Entraram numa cozinha que dava a mesma sensação de conforto da garagem. Um bilhete escrito à mão e preso à geladeira aumentava essa impressão:

FUI AO LUGAR, VOLTO MAIS OU MENOS ÀS 9, O MAIS TARDAR. O JANTAR ESTÁ NO FOGÃO, SIRVAM-SE! — S & A

Paul e Simone leram o bilhete e trocaram um olhar reflexivo, e Hannah ficou imaginando se havia outra mensagem encerrada nas palavras.

Alguma coisa se esfregou contra a barriga da sua perna e ela deu um pulo. Olhou para baixo e viu um gato cinzento, rajado.

— É Emmeline — disse Paul. Outro gato, este de uma cor avermelhada, com grandes orelhas, apareceu e foi diretamente para ele, miando alto. Ele o pegou e embalou-o pelas costas, como se fosse um bebê recém-nascido, ao mesmo tempo esfregando sua barriga.

— E este é Sojo.

Hannah inclinou-se e acariciou a cabeça macia de Emmeline. A gata ronronou e o ruído da sua satisfação viajou através dos dedos dela, subiu por seu braço e chegou até seus olhos, que se encheram de lágrimas. Fosse qual fosse a sua cor, essa criatura não a percebia.

— Ela gosta de você — disse Paul.

— Ela quer comida — replicou Simone.

— Bem, então somos duas — disse Kayla. — Há realmente jantar no fogão, ou isso é um código secreto para outra coisa?

— Podemos muito bem comer enquanto esperamos — disse Paul a Simone.

Ela deu de ombros.

— Vá em frente. Não estou com fome.

A mesa da sala de jantar foi posta para três. Simone ocupou um dos lugares vazios e bebeu café, enquanto o resto ceava. Seus anfitriões transbordavam espírito cristão. Os pratos eram enfeitados com árvores de Natal e os guardanapos bordados com poinsétias. Um candelabro com chifres de rena dominava a mesa e havia visco pendurado na arcada que dava para a sala de estar. Comeram em silêncio. A cabeça de Hannah era uma confusão de perguntas não formuladas. O que aconteceria, se essas pessoas decidissem que ela e Kayla não eram dignas de confiança? Será que de fato as deixariam ir, sabendo que as duas mulheres poderiam identificá-las? Paul parecia bastante bondoso, mas Simone era outra questão.

Hannah lembrou-se da força do aperto da mulher e de como seus próprios ossos se sentiram frágeis, em comparação. Não havia dúvidas, em sua cabeça, de que Simone faria tudo o que fosse necessário para se proteger e cumprir sua "missão".

O som de uma porta se abrindo interrompeu esse perturbador curso de pensamentos.

— Espere aqui — disse Simone a Paul.

Levantou-se e foi para a cozinha. Hannah não podia ver os recém-chegados, mas podia ouvi-los, um homem e uma mulher, falando baixo demais para que ela conseguisse entender o que diziam.

Paul bateu com as juntas dos dedos na mesa, atraindo a atenção de Hannah e Kayla para si.

— Ouçam-me, as duas — disse ele, numa voz suave, diferente da intensidade da sua expressão. — Eles vão tentar separar vocês. Farão com que isso pareça atraente, tentarão convencer vocês de que é do interesse de ambas. Podem até dizer que *precisam* separar vocês, mas não deixem que façam isso. — Olhou para Kayla. — Se deixarem, você estará em perigo.

— Que quer dizer, com estaremos em perigo? — perguntou ela.

— Hannah, não. Apenas você.

— Por que só eu?

— Não se previa que você estivesse aqui. Você não faz parte da nossa missão.

— Não entendo — disse Kayla.

— Apenas faça como eu digo. Não importa o que eles prometerem, insistam em continuar juntas.

— Por que me diz isso? — perguntou Kayla.

Mas Hannah sabia, mesmo antes de ver os olhos dele baixarem para suas mãos. Em parte, ele avisava isso por simples espírito de humanidade, porque essa era sua natureza, mas Paul tinha outro motivo, igualmente forte, mais relacionado com paixão do que com compaixão. Ele ergueu os olhos para Kayla e a expressão deles fez Hannah sentir uma punhalada de ciúme. Pegada desprevenida, ela baixou a cabeça. De quem, ou do que, exatamente, sentia ciúme? Mas, antes de poder examinar seus sentimentos, Simone voltou para a sala e ordenou a Hannah que a acompanhasse. A Kayla e Paul, ela disse:

— Fiquem aqui.

Hannah obedeceu com relutância. Na arcada, virou-se e olhou para sua amiga, atrás. A rápida olhada que trocaram continha toda uma conversa.

Não deixe que eles lhe metam medo.

Não deixarei, se você não deixar.

Sobrevivemos aos Henley, podemos sobreviver a isto.

Se nos prendermos uma à outra.

Se continuarmos fortes.

E se não pudermos?

Precisamos fazer isso, se não eles ganham.

— Venha — disse Simone, com impaciência. Hannah a acompanhou por um corredor, até chegarem a um pequeno e indefinido quarto de dormir.

—Você dormirá aqui.

— E Kayla?

— Como assim?

— O que você vai fazer com ela?

— Você deve estar muito cansada — disse Simone. — Vá você descansar. Precisará disso.

Saiu e fechou firmemente a porta.

HANNAH NÃO ACREDITAVA que fosse capaz de dormir, mas foi o que fez, quase imediatamente, pegando no sono em cima das cobertas, com a lâmpada acesa. Acordou numa escuridão de breu, desorientada, e então se lembrou de onde estava e do motivo.

— Luzes acesas — disse, mas nada aconteceu.

Deviam ter desativado o modo automático inteligente, para impedi-la de destrancar a porta ou as janelas. Tateou para encontrar o abajur e acendeu-o manualmente. As janelas estavam bem fechadas e não havia nenhum relógio nem vídeo no quarto, mas ela adivinhou que ainda eram altas horas da madrugada; sentia-se muito grogue para ter tido uma noite inteira de sono. Foi ao banheiro, fez o que tinha de fazer e escovou os dentes. Estava louca por um banho de chuveiro, mas se contentou em lavar o rosto e as mãos. Queria estar pronta, quando viessem buscá-la.

Tentou abrir a porta que dava para o corredor e descobriu que estava trancada. Pressionou seu ouvido contra a madeira, mas não conseguiu ouvir nenhuma voz nem outros sons de presença humana. Em seguida, testou as janelas. As persianas eram de metal e mecanizadas, mas não havia qualquer tipo de comutador. Quebrou duas unhas tentando forçá-las a se abrir e, finalmente, desistiu.

A sensação demasiado familiar de estar enclausurada, confinada, dominou-a. Evocava uma imagem, não do calabouço espelhado da prisão Cromo, não dos corredores estreitos e quartos de tetos baixos do Straight Path Center, mas do seu pequeno quarto de trabalho, em cima da garagem, um lugar que ela outrora considerara um paraíso. Imaginou a si mesma lá, com a cabeça curvada, dedos ágeis empurrando linha branca através da seda e tafetá brancos, os pontos tão minúsculos que chegavam a ser invisíveis — tão invisíveis, Hannah agora percebeu, quanto ela própria era, no pequeno quarto branco, na casa branca de estuque, no subúrbio de classe média, na maior parte habitado por brancos, onde ela nascera e vivera toda a sua vida e esperara viver sempre, a menos que seu futuro marido tivesse um emprego que a levasse para outro lugar. Viu seus dedos fazendo os pontos minúsculos, milhares e milhares, todos parecidos, enquanto sua mente estava faminta de coisas proibidas, do outro lado das paredes brancas, coisas tão nevoentas e indefinidas que não conseguia encontrar um nome para elas, e então ouvia sua mãe gritar: "Hannah, venha pôr a mesa", e via a si mesma colocando de lado sua agulha e seus devaneios, suas miríades de perguntas e sonhos diáfanos, e dizendo:

— Já vou, mamãe.

Bateu na porta com o punho fechado. Por quanto tempo pretendiam mantê-la ali? E se pusessem Kayla em risco ou a levassem embora? Hannah bateu na porta até sua mão doer demais para continuar, e depois se apoiou nela e examinou o quarto, abarcando com o olhar o tapete castanho-amarelado e as paredes de um tom creme, os móveis baratos num estilo imitando colonial, a elegante colcha florida e as gravuras botânicas: um cenário que lhe lembrou o de todos os quarto de hotel onde se encontrara com Aidan, algum dia. Acabara detestando esses quartos — seu anonimato e alegre banalidade, sua impermeabilidade para com as pessoas que passavam através deles, faziam amor e discutiam neles, tomavam banho de chuveiro, urinavam e cagavam neles, todas as evidências da presença delas limpas até sumirem, lavadas até descerem pelo cano, submetidas ao aspirador de pó até ficarem como se ninguém tivesse nunca estado ali. Hannah vagueou incansavelmente pelo quarto, procurando vestígios dos seus antigos habitantes. Abriu as gavetas da cômoda e encontrou uma variedade heterogênea de limpas e indefinidas roupas de homem e de mulher: camisetas, jeans, meias soquete, roupa de baixo, tudo usado. Quem pela última vez usara aquelas coisas? Pessoas comuns — uma categoria, percebeu, que não mais a incluía — ou fugitivos, como ela própria? Não havia nada no closet a não ser uns poucos casacos e blusões, com um aspecto abandonado, nada embaixo da cama, a não ser bolas de poeira, nada embaixo do colchão. Mas, quando ela começou a se levantar do colchão, seus olhos pararam atraídos para a parte de baixo da mesinha de cabeceira. Alguma coisa estava escrita ali, entalhada na falsa madeira. Não conseguiu ler — estava de cabeça para baixo — de modo que se deitou de costas e ajeitou a cabeça entre as estreitas pernas da mesa. Gravado com letras arrumadas, formando blocos, havia um poema curto:

> Sulcos do amor na cama –
> Foi assim que Menelau
> Descreveu a ausência de Helena

As palavras perfuraram seu coração. Não sabia quem eram Menelau e sua Helena, mas o que ele sentira por ela, e o que o homem ou mulher que penosamente entalhara aquelas letras na mesa devia ter sentido por alguém, algum dia, era tão familiar e inescapável para ela quanto o latejar dos seus dedos, depois de horas trabalhando com a agulha, ou a contração do seu abdome, antes da chegada da menstruação. *Ele se foi. E quem sou eu sem ele?*

Sentou-se e se viu diante da sombria extensão da cama. Incapaz de suportar o pensamento de se deitar ali sozinha, puxou os travesseiros de cima dela e se encolheu no chão, com um deles entre os joelhos e o outro apertado contra o peito. Seu amor se fora e a ausência dele, da sua cama, da sua vida, era permanente. As ondas se quebraram nela até que Hannah chorou e dormiu.

UMA BATIDA NA porta a acordou, e a cabeça de Simone apareceu no umbral. Ela examinou Hannah, com seus olhos claros sem perder nada.

— Vá lavar o rosto — disse ela, com uma gentileza fora do comum. — Esperarei por você do lado de fora.

Hannah teve a impressão de que ela não era a primeira mulher que Simone vira chorando, naquele quarto.

Na sala de jantar, Paul estava sentado à mesa, junto de um casal na faixa dos cinquenta anos. Kayla não estava com eles.

— Olá, Hannah — disse a mulher, com um sorriso acolhedor. — Meu nome é Susan.

— E o meu é Anthony — disse o homem.

Eram ambos meio gorduchos, com feições agradáveis, comuns. Usavam roupas de jogging, o que lhes dava um aspecto ao mesmo tempo afável e um pouco ridículo. A roupa de Susan era de um tom vibrante de alfazema, e suas unhas estavam pintadas no mesmo tom, combinando. Anthony estava ficando careca, e tinha uma papada e a fisionomia arrependida, que parecia dizer: *Sim, sou tudo que você pensa que sou.* Os dois, pensou Hannah, combinavam perfeitamente com a casa.

— Por favor, sente-se — disse Susan, fazendo um gesto na direção da cadeira à sua frente. — Gostaria de tomar um café?

Se sua aparência era convencional e um pouco tola, sua voz não tinha nada disso. Parecia repicar dentro de Hannah, melíflua e poderosa, impossível de ignorar.

Ela permaneceu em pé.

— Onde está Kayla? — perguntou.

A voz saiu grossa e fanhosa; seu nariz ainda estava entupido de tanto chorar.

— Aqui — disse Anthony, estendendo uma caixa com lenços de papel.

Sentindo-se desconfortavelmente exposta, Hannah pegou um e assoou o nariz.

— Kayla está dormindo, agora — disse Susan. — Ela estava muito cansada. Acho que, infelizmente, nós a mantivemos acordada até tarde.

— Quero vê-la.

— Ela está ótima. Só lhe fizemos algumas perguntas.

Os olhos de Hannah dispararam para Paul. Ele não moveu a cabeça, mas piscou uma vez, lenta e deliberadamente.

— E agora — disse Susan — temos umas poucas perguntas que gostaríamos de fazer a você e tenho certeza de que você terá algumas para nos fazer, também. Não quer se juntar a nós, e tomar um pouco de café?

Confie em mim, dizia aquela bela voz. *Só estou preocupada em fazer o melhor para você.*

— Quem são vocês? Por que me ajudaram?

Susan inclinou-se para a frente, prendendo o seu olhar no dela.

— É pessoal — disse.

Hannah sacudiu a cabeça, sem entender e depois entendeu e seus braços se arrepiaram.

— Ah, meu Deus, vocês são Novembristas.

Os Novembristas eram infames, um grupo fantasma pró-aborto, assim batizados por causa dos bombardeios de 17/11, os militantes responsáveis pela explosão do capitólio estadual do Missouri, duas semanas depois que o governo aprovou as leis referentes a transgressões sexuais. Mas os Novembristas raramente recorriam à violência. Intimidação e humilhação públicas eram suas armas preferidas. Atendendo ao seu lema, "O aborto é uma coisa pessoal", seus ataques eram sempre contra indivíduos que se opunham verbalmente à escolha. A mãe de Hannah fora uma voluntária dos Vigilantes do Útero, quando os Novembristas divulgaram vídeos chocantes de Retta Lee Dodd, a fundadora dos Vigilantes, nua, fazendo a dança do poste num clube de strip-tease, em sua juventude. Mais recentemente, tinham abalado o Trinity Party — e deixado pasmos todos os religiosos do estado do Texas, inclusive Hannah e sua família — revelando que o vice-governador, do Trinity, era homossexual e gostava de rapazes menores que se prostituíam. Os Novembristas estavam na lista dos Mais Procurados do FBI, mas, pelo que Hannah sabia, jamais um membro do grupo fora alguma vez capturado.

— É isso mesmo. O governo nos chama de terroristas, mas nós nos consideramos lutadores pela liberdade. Raphael é um dos nossos. — Susan inclinou a cabeça para um lado, apreciando abertamente Hannah. — Você poderia tê-lo traído. A maioria das mulheres prefere dizer o que sabe, em vez de acrescentar três anos à sua pena. Por que não fez isso?

— Porque ele foi bondoso. E, além disso, duvido que eu esteja por aí durante tempo suficiente para cumprir o período extra. Conheço o percentual de sobrevivência das mulheres Vermelhas.

Quando Hannah disse essas palavras, sentiu uma onda de frio atravessá-la. Não era a primeira vez que tivera o pensamento de que poderia morrer, assassinada ou se suicidando, por chegar a uma situação insuportavelmente ruim. Mas verbalizar isso tornou tudo, de repente, terrivelmente real.

— Podemos ajudar você a ser uma das exceções — disse Anthony.

— Ajudar-me como?

— Isso depende de você — disse Susan. — De sua força de vontade e de sua coragem.

— Vamos dizer que sou obstinada e corajosa. E aí?

— Por que não se senta? Vamos conversar a respeito.

Os olhos dela vaguearam sobre os quatro rostos deles: o de Simone, tenso e vigilante, sem revelar nada; o de Paul, sério e intenso; os de Anthony e Susan, amáveis, completamente diferentes dos seus olhos perspicazes e avaliadores. Com exceção de Paul, ela não confiava em nenhum deles, e mesmo ele, claramente, tinha seus objetivos próprios. Ainda assim, ofereciam-lhe esperança. Mesmo que fosse apenas um fraco brilho, era mais do que ela tinha, cinco minutos atrás.

Puxou a cadeira e se sentou.

— Vou tomar um pouco desse café — disse.

Pediram-lhe que falasse com eles de si mesma, e Hannah atendeu, descrevendo por alto a maneira como fora criada, como eram sua família e seu trabalho. Teve a impressão de que eles estavam menos interessados nos detalhes da sua resposta do que no que elas revelavam sobre suas crenças e seu caráter. Quando a narrativa chegou à sua gravidez, Anthony perguntou-lhe quem era o pai.

— É pessoal — respondeu ela, asperamente, e ele e Susan balançaram a cabeça, como se a resposta lhes agradasse.

Hannah descreveu o aborto com uma frase apenas e eles não tentaram escavar mais, porém a interrogaram extensamente sobre as perguntas da polícia e suas semanas na prisão. Susan fazia a maior parte das perguntas e estava claramente no comando. Quando Hannah falou do seu período na prisão Cromo — sua vergonha e letargia, sua deterioração mental —, Paul se levantou e começou a caminhar de um lado para outro da sala, agitadamente.

Todos quatro se animaram quando ela começou a contar suas experiências no Straight Path Center e, quando descreveu as sessões de iluminação, as expressões dos seus rostos se tornaram ávidas e suas perguntas precisas: Os Henley moravam no centro? Com que frequência saíam? Hannah tinha certeza de que não captara o sobrenome do iluminador, ou os nomes de quaisquer dos médicos que apareciam em visitas? Hannah percebeu, com um relâmpago de pura alegria, que Bob e os Henley poderiam estar visados para uma desagradável surpresa pessoal, um dia desses.

Atenta à advertência de Paul, Hannah envolveu Kayla na história, enfatizando sua generosidade e lealdade. Susan e Anthony não fizeram nenhum comentário, mas Hannah pôde sentir a impaciência deles. Quando lhes contou sobre sua decisão de ir para Austin com Kayla, Susan interrompeu.

— Mas você só a conhece durante quanto tempo, seis semanas?

— É isso mesmo — disse Hannah. — Mas acreditem no que lhes digo, seis semanas naquele lugar correspondem a seis anos em qualquer outro.

— Sabe que ela atirou em seu padrasto?

— Sim, ela me contou no primeiro dia em que nos conhecemos e não a culpo por isso. Ele estava abusando da irmã pequena dela.

— É o que ela diz.

— Ela não mentiria com relação a uma coisa como essa.

— As pessoas mentem com relação a todo tipo de coisas — disse Susan. — O fato é que não há maneira de confirmar sua história.

— Não preciso disso. Acredito nela, e então vocês deveriam acreditar, também.

Susan olhou de esguelha para Simone.

— O que você não sabe é que ela o matou — disse Simone. — Ele morreu de septicemia há dois dias. Agora, Kayla é procurada por assassinato. Se nós não a tivéssemos pegado, na noite passada, a polícia logo pegaria.

A notícia chocou Hannah e a fez ficar em silêncio. Como se sentiria Kayla, quando soubesse? Com remorso? Satisfeita? Hannah se indagou como ela própria se sentiria, sabendo que matara alguém, mesmo alguém ruim, e depois caiu na dura realidade: já matara, e sua vítima era inocente.

— O que farão, se a pegarem? — perguntou.

— Darão a ela uma nova sentença, é o mais provável — disse Anthony. — Em geral, eles não mandam para a prisão pessoas que não têm ficha criminal, especialmente mulheres. Embora possam fazer isso, se ela pegar um promotor duro.

— Vocês não podem deixar que isso aconteça — protestou Hannah. — Kayla não pode ir para um daqueles lugares, ela não sobreviveria.

As condições nas prisões estadual e federal eram notoriamente brutais. Não havia transmissões ao vivo das prisões, não era permitido qualquer tipo de câmera.

Susan tornou a assumir o comando e disse, com um tom de voz simpático, racional.

— Entendemos que você se tenha apegado a ela, Hannah, mas deve perceber que tipo de responsabilidade ela representaria. Se você fosse apanhada com ela, poderia ser acusada de ser cúmplice por encobrimento.

— E então, o que aconteceria? Eu seria cromada? — perguntou ela, sarcasticamente.

— A questão é a seguinte — disse Susan, com um toque de irritação na voz —, o rumo que você está prestes a tomar é longo e perigoso, e Kayla só aumentaria suas chances de ser apanhada.

Para não falar nas suas. Seria mais uma pessoa que teria visto seus rostos, mais uma pessoa que exporia vocês.

— Me fale desse rumo — disse Hannah, pensando nos Henley e no caminho deles. — Para onde leva?

— Para leste e norte.

— E qual é o fim dele?

— Redenção — disse Anthony. — Uma nova vida.

— Muito bem. Já ouvi isso.

R-U-M-O: REJEITADA, ULTRAJADA, MALTRAPILHA E OPRIMIDA.

— Vou dizer isso de outra maneira — disse Susan. — Reversão.

Hannah ficou muito quieta, procurando nos rostos deles sinais de falsidade; e não encontrou nenhum.

— Da cromagem?

— Sim.

— Mas como? Precisa ser feito por uma equipe de geneticistas, num centro federal de cromagem.

— Não necessariamente.

— Mas eles são os únicos que têm acesso aos códigos genéticos e aos de resistência aos vírus. Se alguém errar nisso aí, morrerei.

Com um aceno impaciente da sua mão gorducha, Susan disse:

— Não podemos entrar em detalhes, agora. Você só precisa saber que há um lugar onde o procedimento pode ser revertido com segurança, e nós podemos ajudar você a chegar lá.

— Qual a distância para o norte? — Hannah olhou para Simone.

— O Canadá?

A expressão da outra mulher não mudou, mas a tensão do silêncio na sala mostrou a Hannah que ela adivinhara. Fazia sentido. O Canadá rompera relações com os Estados Unidos, depois que a Suprema Corte aprovou a constitucionalidade da melacromagem. Hannah tinha apenas seis anos, na época, mas ainda podia lembrar-se da indignação dos seus pais e das desdenhosas referências a "gringos traidores", que ela ouvira na igreja. Os laços diplomáticos haviam sido restabelecidos, por necessidade, durante O Grande Açoite, mas as relações entre os dois países desde então se mantiveram tensas. Québec, em particular, era conhecida como um centro da oposição à cromagem.

— Bem, seja lá onde for — disse Hannah —, não irei sem Kayla.

— Infelizmente, não será possível — disse Susan. — Você precisa entender, temos uma missão muito específica, e não vamos além dela.

— No entanto, vocês monitoram o Punho — argumentou Hannah.

— Porque, muitas vezes, eles têm como alvo mulheres que fizeram aborto. Mas não podemos salvar todas, Hannah.

— Nem todas merecem ser salvas — disse Simone.

— Você fala exatamente como Cole — disse Hannah, sem esconder seu desprezo.

— Que quer dizer?

— Dois dias atrás, ele me disse: "Algumas coisas não merecem ser perdoadas." Talvez vocês e o Punho devam aliar-se, juntar seus recursos.

As narinas de Simone se alargaram.

— Como ousa falar comigo dessa maneira? Se não fôssemos nós...

— Nossos recursos são limitados — interrompeu Anthony disparando um olhar esmagador para Simone. Ela tornou a se sentar, embora continuasse a olhar raivosamente para Hannah. — Nós os usamos para uma coisa, e apenas uma, para defender os direitos das mulheres, na questão da reprodução. Somos feministas, não revolucionários.

Feministas. A palavra fez Hannah se enrijecer de desagrado. Em seu mundo, elas eram encaradas como mulheres antinaturais que procuravam derrubar a ordem estabelecida por Deus, sabotar a família, castrar os homens e, juntamente com os gays, ateus, abortadores, satanistas, pornógrafos e humanistas leigos, perverter o estilo de vida americano. Muitas pessoas que Hannah conhecia culpavam as feministas e seus companheiros anormais por atraírem a ira de Deus, sob a forma dos ataques de 11/9, o bombardeio de Los Angeles e catástrofes naturais, como O Grande Açoite e o terremoto Hayward. Hannah sempre achara difícil acreditar que Deus fosse destruir milhões de vidas como um ato vingativo, apesar do que dizia o Velho Testamento. Mesmo assim, ela nunca questionara grande parte do que lhe fora ensinado, e sobretudo não questionara o preceito de que as mulheres foram feitas para se submeterem à amorosa liderança dos homens.

Examinou Simone, que parecia o estereótipo de uma feminista, e Susan, que não parecia, e depois os dois homens. "*Somos feministas*", dissera Anthony, sem nenhum traço de constrangimento. Será que ele não achava esquisito que ele e Paul se denominassem assim, e ainda mais, que atendessem à liderança de Susan e Simone? Por que esses homens, ou qualquer homem, abririam mão voluntariamente da sua autoridade, perante uma mulher?

A cadeira de Paul arranhou ruidosamente o chão. Seus olhos sombrios encontraram-se com os de Hannah, lembrando-lhe que Kayla estava em alguma parte da casa, assustada e vulnerável.

— Você diz que são feministas — disse Hannah, olhando nos olhos de cada um, sucessivamente. — Não sei o que isso significa exatamente, mas me parece que deveria incluir ajudar mulheres que protegem mocinhas, tentando impedir que sejam estupradas.

— Ela tem razão e você sabe disso — disse Paul. Dirigia-se a Simone, não a Susan e Anthony, e pelo tom da sua voz Hannah adivinhou que aquela era uma velha discussão entre eles. — Não é bastante lutar apenas pela escolha ou mesmo pelos direitos das mulheres. Se quisermos uma sociedade justa, devemos ir além disso.

— E como faremos isso, hein? — perguntou Simone. — Como podemos saber quem é inocente e quem não é, quem merecia ser cromado ou não? Temos apenas a palavra delas, a palavra de criminosas sentenciadas.

— Ninguém merece isso. — Paul apontou para o rosto de Hannah. — É uma barbárie medonha.

Simone encolheu os ombros.

— Concordo. Mas essa não é uma preocupação nossa.

— Então — disse Paul —, você deseja arriscar sua vida lutando pelo direito de uma mulher à privacidade e ao controle sobre seu próprio corpo, mas acha que é perfeitamente aceitável que o governo faça *isso* com as pessoas?

— A maioria é ralé — disse Simone. — Estupradores, traficantes de drogas, *cáftens*.

Simone era exatamente como Bridget, pensou Hannah, com uma explosão de antipatia. Indagou-se se Simone tinha segredos dolorosos subjacentes à sua estridência e depois decidiu que nem estava ligando para isso. A vida de Hannah também não era exatamente um conto de fadas, mas isso não a transformara numa filha da puta cáustica.

— Claro, alguns são — admitiu Paul —, mas quantos outros são ferrados por um sistema que os agride desde o dia em que nascem? Não é coincidência o fato de que setenta e cinco por cento dos Cromos vêm das classes inferiores.

— E oitenta e cinco por cento dos Cromos são homens! — disse Simone. — Talvez, se vocês parassem de estuprar, de disparar seus revólveres e...

A mão de Susan bateu com força na mesa, fazendo Hannah e os outros pularem.

— Chega, vocês dois! Não é hora para isso.

Simone fez um rápido sinal afirmativo com a cabeça na direção de Susan.

—Você tem razão.

No silêncio que se seguiu, Hannah examinou Paul, desconcertada pelo que ele dissera. A cromagem metálica era a lei da terra desde que ela estava com quatro anos de idade e, embora muitas vezes lhe despertasse piedade a visão de um Cromo dormindo na rua ou em pé na fila para receber a sopa da cozinha, ela sempre aceitara sua necessidade e a justiça do procedimento. De que outra maneira, depois da Segunda Grande Depressão, seria possível aliviar os governos estadual e federal, financeiramente prejudicados, do custo proibitivo de abrigar milhões de prisioneiros? E por que seriam desperdiçados com criminosos preciosos dólares de impostos, quando cidadãos honestos passavam fome, escolas estavam falindo, estradas e pontes caíam em ruínas, e Los Angeles ainda era um montão de lixo radioativo? Além disso, o antigo sistema de justiça criminal era um fracasso óbvio e abjeto. As prisões estavam desintegrando-se e, de tão cheias, pareciam prestes a explodir, com a grande maioria dos seus detentos vivendo em condições horrendas a ponto de serem inconstitucionais. Estupro, assassinato, doença e abuso de prisioneiros pelos guardas eram endêmicos. Enquanto isso, as reincidências aumentavam, a cada ano que passava. Melacromar todos os convictos, menos os mais violentos e incorrigíveis, não apenas era mais efetivo do que aprisioná-los, em termos de custos. Era também mais impeditivo, contra crimes, e um meio de punição mais humano. Assim haviam ensinado a Hannah seus pais e professores, e assim ela sempre acreditara. Mesmo quando recebera a injeção não havia nem um fiapo de dúvida, em sua mente, de que ela merecia sua punição. Mas, agora, descobriu-se questionando a justiça do sistema. Será que ela seria cromada se tivesse dinheiro para contratar um advogado experiente, em vez de ser representada por um defensor público com dois anos de escola de Direito e com sessenta outros casos para resolver? Kayla seria presa, se fosse branca?

— Há mais outra coisa que você precisa saber — disse Susan, interrompendo os pensamentos de Hannah. — Se decidir tomar esse rumo, não haverá caminho de volta. Você nunca mais poderá voltar para cá, nem ter contato com qualquer pessoa da sua vida anterior, nem com sua família, nem com ninguém. Você desaparecerá e, no final, eles acreditarão que está morta. E, se descobrirmos que você esteve em contato com eles, é o que acontecerá. Não deixaremos que ponha em risco nossa missão.

Os rostos amados dos seus pais, Becca e Aidan, doentes de preocupação por ela, depois cheios de dor e, finalmente, de aceitação, passaram em sucessão pela mente de Hannah. Aidan, ao contrário da sua família, não poderia prenteá-la abertamente, mas não haveria falta de outras causas às quais ele poderia atribuir sua dor: *Tamanha* tragédia, todas aquelas famílias deixadas desabrigadas pelos incêndios incontroláveis, todos aqueles civis massacrados pelos rebeldes, todas aquelas crianças morrendo de malária na Grã-Bretanha. Ele sempre sentira tão intensamente o sofrimento dos outros; ninguém que o conhecesse suspeitaria de nada. Hannah se lembrou da última vez que estivera com ele. Aidan acabava de voltar de uma excursão estafante, de um lado a outro do país, com o título "Noites de Abundância", tendo como objetivo levantar dinheiro para os refugiados da guerra pela água na África do Norte. Seu rosto estava abatido e seus olhos com círculos vermelhos em torno e manchas escuras embaixo, por falta de sono. Quando ela o repreendeu, por fazer um esforço excessivo, ele fez acenos com a mão, minimizando sua preocupação, e descreveu, com detalhes horripilantes, os acampamentos que vira a oeste do Egito, na Líbia e na Argélia: as barrigas inchadas das crianças, os corpos secos dos mortos, as mães desidratadas demais para produzirem leite ou lágrimas. Eles não haviam feito amor, aquela noite. Hannah se aconchegara por trás dele, acariciando seu braço, até ele adormecer, pensando na vida dentro dela e sabendo que devia extingui-la, não apenas por causa dele, mas também por causa de todas aquelas crianças e mães desconhecidas, cuja sobrevivência dependia do seu trabalho. Saiu furtivamente do quarto, antes que ele acordasse. Antes que ela pudesse mudar de ideia.

Como, pensou ela agora, poderia suportar nunca mais tornar a abraçá-lo? *Uma nova vida.* Nunca mais sentar à mesa com seus pais? *Redenção.* Nunca mais encostar sua testa na de Becca? *Reverter.* Sua pele voltaria ao normal, mas ela ficaria sozinha.

Mas não mais do que estava agora. A verdade era que já os perdera, a todos menos o seu pai e, se passasse dezesseis anos como

Vermelha ela o perderia também, porque não teria mais nenhuma semelhança com a filha que ele amava.

— E então? — perguntou Susan.

— Vou tomar esse rumo — disse Hannah —, desde que vocês o ofereçam também a Kayla.

— Mesmo se permitirmos a ela ir com você — disse Susan —, ela pode decidir que o preço é alto demais.

— E se decidir?

— Bem, nós a soltaremos, claro. — A voz de Susan estava uniforme, seus olhos arregalados e brilhantes, cheios de sinceridade.

Anthony baixou a cabeça, numa confirmação. Mas Hannah vira, no instante anterior ao que eles responderam, como o olhar de ambos se agitara na direção de Simone, e o aceno afirmativo quase imperceptível que ela fizera, em resposta.

— Claro — disse Hannah, indagando-se como Simone cometia os assassinatos e onde ela se livrava dos corpos.

SUSAN ANUNCIOU QUE fariam uma pausa, durante a noite, para todos poderem dormir um pouco.

— Conversaremos novamente amanhã, depois que tivermos falado com Kayla — disse ela.

— Eu gostaria de estar presente, quando vocês fizerem isso — disse Hannah.

— Acho melhor falarmos com ela sozinhos. Ela precisa decidir isso por si mesma.

— Ótimo, não direi uma só palavra. Mas quero ouvir a decisão dela dos seus próprios lábios.

Susan deu uma olhada em Simone, tornou a olhar para Hannah. Disse:

— Está bem.

Simone a acompanhou até seu quarto num silêncio irado. Na porta, Hannah disse:

— Kayla cuidou de mim, quando eu não tinha mais ninguém. Sou devedora a ela, entende?

— E agora você é devedora a nós — disse Simone. — Você é devedora a mim.

Simone tinha razão, e Hannah admitiu isso com um cansado aceno afirmativo com a cabeça. Pensando: *A você e praticamente a todas as outras pessoas que conheço. E, que diabo, não sei como começar a pagar a nenhum de vocês.*

Nervosa por causa do interrogatório, ela adormeceu quase instantaneamente, acordando algumas horas depois com o som da batida de Simone da porta e o brusco anúncio de que se encontrariam dentro de vinte minutos.

Hannah tomou um rápido banho de chuveiro e se vestiu. A ideia de tornar a usar suas roupas sujas era desagradável, então ela escolheu, na cômoda, roupa de baixo, meias, calças cáqui do tipo militar, uma suéter, tudo limpo. Olhou no espelho e viu o rosto da sua mãe: os ossos da face proeminentes e a boca sensual, os olhos negros e puxados como os de um gato e as sobrancelhas grossas, inclinadas. Teve uma brusca consciência, então, de que o espelho seria o único lugar onde tornaria algum dia a ver o rosto da sua mãe. Jamais tinham sido verdadeiramente próximas, mas Hannah sentiu uma onda de amor e saudade por ela. Será que ela, de vez em quando, procuraria Hannah em seu próprio espelho, ou evitaria perceber a parecença, sem querer ser lembrada da desgraça da filha?

Quando chegou de volta à sala de refeições, Susan e Anthony já estavam sentados e tomando seu café da manhã. Os trajes de corrida haviam sido substituídos por outros, profissionais, que conseguiam transmitir idêntica impressão de um mau gosto ligeiramente humorístico. Susan tinha preso na lapela do seu terninho vermelho pouco atraente um grande panda, de uma pedra imitando diamante, e Anthony usava calças cáqui, um blazer azul e uma gravata de bolinhas que estava perfeitamente torta. Eles pareciam um caixa de banco e uma professora de matemática do curso secundário, sem dúvida não terroristas na lista dos Mais Procurados do FBI.

O café da manhã foi posto no aparador. Enquanto Hannah enchia seu prato, a gata cinzenta se esfregava contra ela, passando entre suas pernas.

— Alô, Emmeline — ela disse, curvando-se para acariciar a cabeça macia.

Paul e Kayla entraram na sala, a segunda ainda meio dormindo. Sua postura estava caída, seus olhos inchados, seu rosto desolado. Hannah conhecia aquela aparência, aquela sensação: *Ele foi embora.* O eco do seu rugido soou em sua própria cabeça e ela o silenciou à força. Nenhuma das duas podia permitir-se mostrar fraqueza. Ela captou o olhar de Kayla e lhe lançou uma mirada, acompanhada por um leve movimento brusco do seu queixo para cima. Kayla se endireitou um pouquinho e foi encher seu prato.

Quando todos estavam sentados, Susan chegou rapidamente à questão.

— Bem, Kayla, decidimos oferecer-lhe a mesma escolha que oferecemos a Hannah.

Os olhos de Kayla voaram para os de Hannah.

— Que escolha é essa?

Com um olhar de advertência para Hannah, Susan e Anthony começaram suas descrições, feitas em conjunto, do rumo a tomar; mas, enquanto com Hannah eles enfatizaram suas possibilidades, com Kayla destacaram os perigos e sacrifícios que ele exigia. Hannah podia ver sua amiga ficando cada vez mais em dúvida, principalmente quando soube que o rumo não tinha volta.

— Não sei — disse ela, obviamente dividida. — Nunca mais tornar a ver minha irmãzinha, minhas tias e primas? — Olhou para Hannah. — Você disse sim?

Hannah fez um sinal afirmativo com a cabeça e tornou a se virar para Susan.

— Sabe que preciso fazer a renovação no dia 5 de janeiro. Podemos fazê-la para onde vamos, nessa ocasião?

— Não há garantias — respondeu Susan. — O rumo é imprevisível. E também o vírus.

— O que quer dizer?

— Quero dizer que talvez você não tenha tanto tempo. Algumas pessoas começam a fragmentação cedo. Outras seguem por duas ou três semanas, antes de sentirem alguma coisa. E, claro, o arranque varia de uma pessoa para outra. Se você é das sensíveis, pode ficar completamente fragmentada em questão de poucos dias.

Kayla mordeu o lábio e baixou o olhar para o prato.

— Por mais difícil que imagine ser o rumo — disse Simone —, ele será ainda mais difícil. Os fracos e os duvidosos não sobrevivem a ele. Não deve seguir por ele, se não tiver certeza do que quer.

Kayla ficou em silêncio por um longo momento.

— Não sei — disse ela, olhando para Hannah com uma expressão infeliz, acanhada. — Se eu tivesse 16 anos para servir, como você, provavelmente eu não pensaria duas vezes. Mas minha sentença é de apenas cinco. Talvez eu deva me arriscar aqui.

Hannah ficou incrédula. Ela se alinhara com aquelas pessoas por causa de Kayla e agora ela estava dando o fora? *Me abandonando, exatamente como Aidan fez.* O pensamento era indesejável, e liberou uma inundação de rancor sufocado, que Hannah viu que estivera ali havia algum tempo, agitando-se logo abaixo da superfície do seu amor por ele. *Sacrifiquei a vida do nosso filho, e a minha própria, por causa dele, e o covarde me desertou.* Por mais dolorosa que fosse a percepção, a raiva era boa. E destruía toda imagem do choroso Santo Aidan.

— Se você não tem certeza, então não deve ir — disse Anthony a Kayla.

Hannah sentiu os olhos de Paul sobre ela, insistindo: "Não deixe que eles as separem." Ela analisou sua amiga, avaliando-a com a mesma frieza que treinara com Paul, TJ, o Verde no metrô. Viu medo, dúvida e vulnerabilidade, inteligência e garra. O que ela não viu foi covardia. Se ela estivesse na posição de Kayla, não teria a mesma relutância em desistir de toda a sua vida? Só que Kayla não estava na posição em que achava estar, e Hannah sabia que, se não dissesse alguma coisa, eles a deixariam decidir sem saber de nada.

— Seu padrasto está morto — disse Hannah.

Kayla olhou fixamente para ela, por um momento, pasma, e depois se virou para Susan.

— Isso é verdade?

Um aceno afirmativo com a cabeça, de má vontade.

— Ele morreu de septicemia, alguns dias atrás.

— Aquele filho da puta. Por que precisava morrer assim. — A voz de Kayla vacilou e Hannah pôde ver que, por trás da sua fanfarronada, ela estava profundamente abalada. Sua expressão se tornou sombria, enquanto absorvia as implicações. — Assassinato é o quê, um mínimo de dez anos? — Outro aceno afirmativo com a cabeça, de Susan. — Filho da puta.

— Pelo menos, ele nunca mais tocará em sua irmã — disse Hannah.

— Sim, há isso. — Kayla respirou fundo e soltou o ar num suspiro. — Acho que serão duas na estrada.

SUSAN LHES DISSERA que partiriam dentro de poucos dias, mas uma semana e meia depois elas ainda estavam engaioladas na casa, esperando. "Houve um atraso", foi a única explicação que receberam. Susan e Anthony ficavam afastados durante o dia, supostamente em seus respectivos e respeitáveis empregos, e Simone ou Paul cuidavam delas. Hannah e Kayla se sentiam cada vez mais prisioneiras e irritáveis. Não podiam ir para o lado de fora e estavam proibidas de acessar a internet — para não deixar que fizessem contato com qualquer pessoa que conhecessem, supunha Hannah —, o que significava que nem sequer tinham permissão para ligar o vídeo, a menos que um dos encarregados estivesse na sala com elas. Havia pouco a fazer além de comer, preocupar-se e brincar com os gatos. A biblioteca não digital de Susan e Anthony, como viram, consistia principalmente em livros de culinária, histórias militares e livros de autoajuda para mulheres, com títulos que causavam calafrios. Por exemplo: *Como alimentar a sua loba interior*. Hannah suspeitava que tudo aquilo — os livros, o gosto duvidoso das roupas, a decoração exagerada — era uma elaborada camuflagem. Ela os imaginou levando uma vida inteiramente diferente em algum outro lugar: num condomínio bem-cuidado, talvez, onde bebiam vinho francês e discutiam política, durante jantares elegantes.

A não ser à noite, Hannah e Kayla tinham permissão para perambular livremente pela casa, mas a intervalos de poucos dias, e sempre no início da noite, quando Susan e Anthony estavam em casa e Simone se achava presente, as mulheres eram trancadas em seus quartos por uma ou duas horas, sem explicação. Depois da segunda vez, Hannah viu cinco xícaras usadas de café na mesa da sala de jantar. Imaginou que os visitantes eram outros Novembristas, vindos para fazer relatórios e traçar planos com Susan e Anthony, e se indagou quantos membros o grupo tinha, e o que eles faziam em suas outras vidas. Era desconcertante pensar que talvez conhecesse alguns deles, apertasse suas mãos na igreja, ou conversasse um pouquinho com alguém na fila do supermercado, sem jamais saber o que faziam.

Felizmente, Paul era o guardador delas durante o dia com muito mais frequência do que Simone. A bondade dele era um contrapeso tranquilizante para o estado de limbo, arrasador para os nervos, em que elas se encontravam; isso, e a culinária dele, que era muito boa. Ele preparava suntuosos almoços para distraí-las e punha carne em suas silhuetas de espantalhos: frango ao parmesão, risoto de aspargos, suflê de espinafre. Hannah jamais comera nada assim em toda a sua vida — sua mãe era uma cozinheira convencional, e ela própria jamais tivera interesse suficiente para aprender além do básico —, e os sabores a espantavam, fazendo-a gemer alto, com frequência. Mas, quando Paul servia a comida, seus olhos repousavam em Kayla e, quando ela comia com gosto, eles se iluminavam de orgulho e prazer.

Kayla começou a florescer, sob sua atenção. Sua melancolia por causa de TJ se aliviou um pouco e seu espírito e irreverência se reafirmaram. Ela tentava fazer brincadeiras com ele, mais seus comentários em tom de flerte quase sempre o deixavam mudo. Hannah observava-os, tentando eliminar sua inveja. Como devia ser maravilhoso ser desejada por um homem, apesar da pele vermelha — um homem decente, atraente, não cromado. Paul parecia impermeável ao fato de que Kayla era uma Cromo. Quando ele a olhava, ficava claro que via uma mulher desejável.

Os pensamentos de Hannah voltavam constantemente para sua família e para Aidan, sua mente circulava em torno deles como uma mariposa atraída pela luz. De todos, Aidan era a presença mais insistente. Não havia como fugir dele, nem mesmo dormindo. Ele estava à espera atrás das suas pálpebras, emergindo eufórico do lago, embalando Pearl em seus braços, desabotoando o vestido de Hannah, com sua boca seguindo o caminho dos seus dedos. Uma vez, depois de um sonho especialmente erótico, ela tocou em si mesma, fingindo que era ele, mas em seguida o prazer se tornou amargo, quando ela abriu os olhos e viu o espaço vazio a seu lado. Imaginava cinquenta vezes por dia o lugar onde ele estaria, o que estaria fazendo, se pensava nela; depois, castigava-se por sua fraqueza. Precisava deixá-lo ir embora. Era o que dizia a si mesma, cinquenta vezes por dia, mas era como se deixasse ir embora seus pulmões, seu coração palpitante, e ainda não estava preparada para essa morte.

E então, uma tarde, ela estava sentada com Kayla e Paul na frente do vídeo, procurando alguma coisa para assistir, e de repente, como se ela o fizesse surgir por encanto, ali estava Aidan.

— Parem de trocar de canal — disse ela.

Ele estava num palco, numa grande arena, pregando para um grupo de adolescentes. Era um programa ao vivo. A câmera girou, num movimento panorâmico, demorando-se nos rostos extasiados, cheios de adoração, das jovens mulheres.

— Realmente, não me sinto com estado de espírito para sermões esta noite — disse Kayla, zangada. — Continue a procurar.

— Volte — disse Hannah.

A câmera fez um zoom e focalizou Aidan.

— O que há com você?

— Psiu, quero ver isso.

— Ótimo, veja o que você quiser — disse Kayla, rispidamente.

Levantou-se e saiu às pressas da sala. Paul disse um palavrão e foi atrás dela.

Hannah olhou fixamente para Aidan. Da última vez que ela o vira, em setembro, no vídeo da sua cerimônia de posse, ele estava com uma aparência triste e abatida. Agora, apenas três meses depois, seu rosto reluzia, rosado de vitalidade. Seus olhos estavam iluminados de paixão, seus movimentos pelo palco eram poderosos e exuberantes. E suas palavras! Estava em chamas com o espírito de Deus. Ela pôde ver que isso passava, como uma corrente elétrica, dos lábios dele para os ouvidos das suas ouvintes hipnotizadas, muitas de pé, com os braços estendidos para cima, na direção do teto, olhos fechados, balançando-se para a frente e para trás, ao ritmo da voz dele. Hannah espiava, lutando contra a mágoa, com uma furiosa incredulidade. Ali estava ela, uma Cromo, uma fugitiva, alvo do Punho, correndo para salvar a vida. E ele parecia... feliz.

Seu espírito turvou-se, transformando-se numa coisa feita de chumbo, informe e abjeta. Como ele devia estar afastado dela e do amor que haviam partilhado, se seu aspecto era esse. Algum dia aquela relação fora real, ou não passara de um sonho vívido? Ela não queria acreditar nisso, mas a evidência diante dos seus olhos era condenatória, irrefutável.

Ele a abandonara.

Ela estava morta havia algum tempo e não sabia.

QUATRO

O ERMO

Nos dias seguintes, Hannah fez pouca coisa além de dormir. A alternativa — ficar acordada, ruminando a questão de Aidan, sentindo falta da sua família, preocupando-se com a iminente data da renovação de Kayla e observando a crescente atração entre ela e Paul — era intolerável. Não havia nada para romper a monotonia dos dias, nada para manter afastada a escuridão. Até o Natal deixou de levantar seu estado de espírito, apesar dos esforços dos seus guardiães para torná-lo festivo. Susan e Anthony punham cânticos de Natal para tocar no vídeo e presentearam Hannah e Kayla com casacos quentes, luvas e botas grossas. Simone estava ausente, mas Paul chegou na manhã do Natal com sacolas de supermercado cheias e passou o dia cozinhando, com Kayla como sua *subchef*. Hannah ficou sentada, apática, na frente do vídeo, uma prisioneira das lembranças evocadas pelos sons e cheiros felizes que emanavam da cozinha. Em casa, ela estaria descascando batatas, enquanto sua mãe amassava pasta e Becca regava o peru. Seu pai enfiaria a cabeça pela porta, de vez em quando, na expectativa de roubar pedaços de comida, e sua mãe fingiria estar aborrecida e o enxotaria teatralmente da cozinha. Tia Jo traria sua famosa torta de creme e as primas de Hannah compareceriam carregando pralinas, pão de mel e pratos de forno, macarrão com queijo e batatas doces cobertas com marshmallow. As mulheres conversariam na cozinha, enquanto os homens assistiriam ao futebol ou falariam de política na sala de estar. Quando o jantar fosse servido, todos se dariam as mãos, enquanto o pai dela os lideraria numa oração.

Nenhuma oração foi dita no lar de Susan e Anthony, nem naquele dia nem em nenhum outro. Anthony abriu uma garrafa de vinho tinto e o serviu em torno. Ergueu seu copo e disse: "Feliz Natal para todos." Hannah deu um pequeno gole cauteloso. Antes, ela bebera álcool apenas uma vez, um vinho numa caixa cor-de-rosa, que seu namorado, Seth, providenciara, na noite da formatura deles na escola secundária. Se seu plano era deixá-la tonta o suficiente para fazer sexo com ele, não deu certo; ela ficou enjoada, depois de duas taças da coisa, e ele passou a hora seguinte segurando os cabelos dela, enquanto Hannah vomitava.

O vinho de agora, no entanto, era completamente diferente. Era espesso, em sua língua, e tinha um sabor de cerejas, baunilha e, levemente, de couro. Engoliu o primeiro copo mais depressa do que pretendia e começou a sentir um agradável e flutuante distanciamento de si mesma e dos outros. A sensação de estar sem âncora, vagueando para fora do momento, e observando-o tornar-se vago e pouco importante, como algo visto no espelho retrovisor de um carro em movimento lento, intensificou-se quando ela bebeu o segundo copo. Ao estender a mão para a garrafa, a fim de se servir de um terceiro, Susan retirou-a do seu alcance.

— Ah, deixe-a beber — disse Anthony. — É Natal e ela está longe do seu lar, entre estranhos. Se deseja um pouco de esquecimento, quem a culpará por isso?

Hannah tropeçou até sua cama, aquela noite, e foi trancada sozinha, como de costume. Mas, quando acordou, na manhã seguinte, com um gosto insuportável na boca e ondas de dor pulsando através da cabeça, o peso quente de Emmeline jazia através da sua barriga e do seu peito e as patas da gata a empurravam, ao ritmo do seu ronronar. Uma bondade, uma dádiva — Hannah não estava certa de quem, mas tinha um forte palpite de que fora de Anthony. Ficou deitada ali por um longo momento, acariciando o corpo lustroso da gata, agradecida pelo breve alívio da solidão.

Finalmente, sua bexiga e a cabeça doendo forçaram-na a sair da cama. No espelho, seu rosto parecia inchado, especialmente em torno dos olhos, e ela tinha um profundo sulco em sua face esquerda, por causa de uma dobra na fronha. Um mês atrás, ela refletiu, não teria notado esses detalhes, não veria nada além do vermelho e rapidamente desviaria a vista. Percebeu que começava a se acostumar com ele. Logo sua pele escarlate passaria tão despercebida para ela quanto a verruga em seu pescoço ou a minúscula cicatriz, legado de uma queda de bicicleta, embaixo do seu lábio inferior. E digamos que ela chegasse ao Canadá e a cromagem fosse revertida. Será que seria capaz de olhar para seu rosto e não o ver vermelho?

Sentiu-se ligeiramente melhor, depois de escovar os dentes e tomar um banho de chuveiro. Quando saiu do banheiro, Emmeline rondava perto da porta que dava para o corredor, provavelmente querendo seu desjejum. Hannah torceu sem maiores expectativas a maçaneta, esperando descobrir que a porta estava trancada, mas ela se abriu sob sua mão. A gata precipitou-se para o corredor e Hannah a seguiu, mais devagar. Ao se aproximar do seu final, ouviu vozes altas, vindas da sala de refeições. Rastejou o mais perto que ousou, a fim de ouvir.

— Tem de ser George, ou Betty e Gloria — disse Susan.

— Stanton suspeita de George — disse Simone.

— Ora, eu apostaria dinheiro nas damas — disse Paul. — Os desaparecimentos só começaram quando fizemos de Erie uma estação de passagem.

— Coincidência — disse Simone. — É impossível que Betty e Gloria fizessem isso. Elas são lésbicas, feministas.

— E daí?

— Daí, traírem suas irmãs? Ajudarem aqueles *salauds* fuçadores da Bíblia a subjugarem outras mulheres? Nunca.

Paul fez um som impaciente.

— Eis uma notícia nova para você, Simone: as mulheres são humanas, exatamente como os homens e também as lésbicas. Você também é capaz de traição. Quando você caga, sua *merde* fede como a de qualquer outra pessoa.

Os olhos de Hannah se arregalaram. Você também é capaz, ele dissera. Então, Simone era uma homossexual? Hannah só conhecia uma pessoa que era gay, um rapaz doce e muito agitado que trabalhava na farmácia próxima da sua casa. Ela sempre tivera pena dele, uma atitude que seu pai havia promovido nela e em Becca, quando a mãe das duas estava longe demais para ouvir. John Payne não partilhava a visão da esposa e de muitos religiosos, de que os gays eram agentes de Satã. Em vez disso, encarava-os como almas desencaminhadas, danificadas, merecedoras de orações e piedade. Hannah mentalizou Simone: seu olhar feroz, a orgulhosa e obstinada posição da sua boca. Certamente, não havia nada nela que inspirasse pena. E Hannah duvidava muito de que fosse gostar de ser objeto de orações.

— Talvez nem haja um traidor — disse Anthony. — A estrada é perigosa. Qualquer coisa pode ter acontecido com aquelas mulheres.

— Três, em sete meses? — disse Simone. — E só as jovens e bonitas? Acho que aí há coisa.

— Também acho — disse Susan.

— Ben — disse Simone. — Há apenas uma maneira de descobrir a verdade. Usamos a moça como isca. Nós a levamos para Columbus e, quando ela partir, nós a seguimos, para ver o que acontece.

— Espere um minuto — interveio Paul. — Você disse "a moça". E Kayla? — Houve um silêncio carregado. — Não — disse ele, elevando a voz. — Nós lhe oferecemos o rumo e ela aceitou. Estamos obrigados a ajudá-la.

— Perdemos tempo demais — disse Simone. — Agora, ela é uma responsabilidade que não podemos dar-nos ao luxo de ter.

— Você conhece o código tão bem quanto qualquer um de nós, Paul. — O tom de voz de Simone era pesaroso, mas firme. — A vida de ninguém é mais importante do que nossa missão.

— E nenhuma vida será sacrificada, a não ser como um último recurso — disse Paul —, e ainda não chegamos a esse ponto.

Hannah sentiu os pelos de seus braços se arrepiarem. Ela suspeitara que Simone fosse suficientemente implacável para matar, mas ouvir Paul falar de "sacrifício" de uma forma tão corriqueira era arrepiante.

— Essa é sua opinião — disse Simone.

— É um fato. Kayla não fez nada para nos colocar em risco.

— Ainda.

— Paul, com certeza até você pode ver a loucura que há nisso — disse Anthony. — O prazo da moça é de uma semana, pelo amor de Deus.

— Dez dias. E o que quer dizer com até eu?

— Ele quer dizer que você tem um coração mole demais — disse Simone. Falava como uma irmã mais velha, irritada, mas com gentileza. — Você se liga às pessoas com demasiada facilidade.

— É pessoal, lembra-se? É todo o sentido do que fazemos. Pensava que todos vocês entenderiam isso.

— Paul! — exclamou Susan, ao mesmo tempo que Simone dizia:

— Do que você está falando?

Ele não respondeu.

— Explique-se — disse Simone.

— Sei o que aconteceu com você — disse ele. — Há muito tempo que sei.

— Sabe merda de nada — disse Simone, bruscamente.

— Sei que você está disposta a morrer para evitar que outras mulheres tenham de passar por isso.

Será que ele queria dizer um aborto? Tinha de ser; ao que mais se referiria Paul? E, além disso, explicava tanta coisa. Ter algo tão profundamente pessoal em comum com Simone deu a Hannah uma sensação estranha, perturbadora. A não ser que, em seu caso, ela só tivera de "passar" pelo aborto em si. Nada dera errado, a não ser depois. Será que o médico fizera um mau trabalho, nos procedimentos com Simone, ou a machucara de alguma outra maneira? Será que ela cumprira pena por algum tempo, por causa disso? Embora o aborto fosse outra vez legal no Canadá, fora delito grave durante o Açoite e por vários anos, em seguida.

— Sim, estou disposta — disse Simone. — Mas não a arriscar minha vida e a sua por uma moça qualquer, que matou alguém da sua própria família.

— Bem, eu estou disposto.

— Você acha que ela gosta de você, hein? — Simone fez um ruído trocista. — Ela está usando você, isso sim. E, se não estivesse pensando com sua outra cabeça, você enxergaria isso.

— O que eu vejo — disse Paul — é uma moça com problemas. Alguém que olhamos bem nos olhos e prometemos ajudar.

— Desculpe, Paul — disse Susan. — Tenho de concordar com Simone. Não podemos correr o risco de que ela entre em fragmentação no rumo.

Então é isso. Hannah se apoiou na parede, com a cabeça girando. Ela e Kayla teriam de fugir, de alguma forma. Roubar um carro e partir de Dallas. Deixar para trás os Novembristas, a polícia, o Punho. E, se conseguissem fazer tudo isso, o que aconteceria? Para onde iriam? Quem as receberia?

— Por outro lado — disse Anthony, especulativamente —, as moças são jovens e bonitas.

— E daí? — perguntou Simone.

— Uma isca dupla para o anzol.

— Ele tem razão — disse Paul, depressa.

Fez-se um silêncio e Hannah sabia que estavam todos esperando que Susan decidisse.

— Simone? — disse Susan, finalmente.

— Está bem — disse Simone. — Mas, se ela começar a se fragmentar, ou se comprometer a missão...

— Você segue o código — disse Susan. — Combinado, Paul?

— Combinado.

Hannah estremeceu. Se ele estava fingindo, ela não conseguiu detectar.

Estava prestes a voltar furtivamente para seu quarto, quando ouviu um fraco miado vindo da sala de refeições. Gelou. Esquecera-se de Emmeline, que se supunha estar trancada junto com ela. Se eles percebessem que ela estivera escutando... Voltou para sua porta e a fechou alto, depois caminhou até a sala de refeições, rezando para que nenhum deles tivesse notado a presença da gata, até exatamente agora.

— Bom-dia — disse ela, esforçando-se para parecer indiferente.

Ficaram todos espantados com seu aparecimento, todos menos Anthony, que analisou Hannah com olhos estreitados.

— Coloquei Emmeline no quarto dela, na noite passada — disse ele aos outros. — Devo ter me esquecido de trancar a porta.

Quatro pares de olhos cravaram-se nela, procurando sinais reveladores de que ela os estava ouvindo. Com um sorriso triste, ela levantou a mão até a testa.

— Acho que minha celebração passou da medida na noite passada. Vocês têm aspirina?

Por longos segundos, ninguém se moveu. Então Paul disse:

— Vou pegar. — E Hannah sentiu que a sala se esvaziava da tensão. Sentou-se, trêmula de alívio.

— Já que vai pegar, traga Kayla — disse Susan. Virou-se para Hannah. — Vocês vão partir amanhã.

VINTE E QUATRO horas depois, ela e Kayla estavam de volta à van, encapuzadas, rumo a Columbus, fosse lá onde fosse. A única cidade que Hannah conhecia com esse nome ficava em Ohio, mas, provavelmente, havia uma em cada estado.

Ela teve uma sensação de deslocamento, um sentimento sem amarras, que crescia à medida que se passavam os minutos e os quilômetros. Ali estava ela novamente, precipitando-se para a frente, na escuridão, com um destino desconhecido. Parecia uma metáfora adequada para o que se tornara a sua vida. Pressionou as costas contra a parede da van, sentindo-se de repente tonta de tanta perda, desligada de tudo e de todos. Tudo o que tivera estava caindo para longe dela, tudo. E então Kayla se mexeu e chutou acidentalmente o pé de Hannah, e ela se corrigiu. Mesmo não tendo mais nada, tinha uma amiga verdadeira. Era o bastante, no momento, para sustentá-la e dar algum significado à sua vida.

Sua vida que, de alguma maneira, continuava, apesar da perda de Aidan. Ela estava inexoravelmente em movimento, em seu rumo para um destino que não o incluiria; e, embora sentisse sua falta, estava consciente de que algo mudara dentro dela, desde que o vira no vídeo. Através de um processo qualquer, desconhecido, o estrondo da sua perda reduzira-se a um ruído alto, e as ondas tinham perdido muito da sua fúria. O buraco que ele deixara dentro dela começava a ser costurado, a se fechar e, olhando de viés, podia perceber que, num dia ainda longínquo, restaria dele apenas uma costura irregular, sensível ao toque, talvez, porém não mais dolorida.

Ela e Kayla seguiam para um grave perigo, Hannah não tinha nenhuma ilusão quanto a isso. Mas, mesmo assim, sentia-se mais esperançosa e com menos medo do que tinha duas semanas e meia atrás, quando decidira aceitar a oferta de Susan. Parte disso era o conhecimento de que não seriam ativamente caçadas pela polícia. Ela brincou com o anel que Susan lhe dera, naquela manhã, acompanhando a suave protuberância da pedra com o dedo, uma opala falsa, escondendo um minúsculo dispositivo que bloqueava os nanotransmissores. Kayla também usava um, com uma selenita.

— E se formos apanhadas com eles? — perguntara Hannah.

— Diga que os conseguiu em Chromewood — respondeu Susan. — Não é difícil encontrar bloqueadores no mercado negro.

Isso era novidade para Hannah. Ora, se os bloqueadores eram tão comuns, por que ela nunca vira nada a respeito deles na rede dos vídeos noticiosos? Só podia pensar num único motivo: o governo não queria divulgar o fato de que uma evasão dessas era possível. Se as pessoas soubessem que os Cromos movimentavam-se de um lado para outro sem serem monitorados...

— Mas os bons não são baratos — disse Kayla, novamente surpreendendo Hannah. Como ela sabia disso? — Onde conseguiríamos esse tipo de bugiganga?

Susan olhou-a de alto a baixo, com astuta apreciação.

— Da velha maneira de sempre. Digam que vocês fizeram uma troca...

Hannah ficou com raiva, quando entendeu o sentido das palavras de Susan, mas Kayla apenas riu.

— Sim, acho que quando não se tem dinheiro há sempre um jeitinho...

Quando chegou a hora da partida, Susan e Anthony caminharam com elas até a van. Hannah sorriu, quando viu o logotipo pintado do lado dela: IGREJA NOVA VIDA.

— Existe mesmo esse lugar? — perguntou.

Susan retribuiu-lhe o sorriso.

— Você está em pé em cima dele.

Hannah esperara despedir-se com apertos de mão, mas o casal abraçou calorosamente tanto a ela quanto a Kayla. Sentir o busto amplo e maternal de Susan pressionando-se contra seu corpo causou um inesperado nó na garganta de Hannah. Não que ela exatamente gostasse daquelas pessoas, mas eles a haviam abrigado, arriscado suas vidas para ajudá-la, demonstrado para com ela uma espécie de bondade áspera. E eles eram uma coisa conhecida, enquanto o rumo e as pessoas que encontrariam ao percorrê-lo eram um ponto de interrogação.

— Obrigada por essa chance — disse Hannah. — Se você não tivesse mandado Simone e Paul à nossa procura naquela noite...

— É pessoal — replicou Susan. — E você mereceu. Boa sorte para vocês.

Suas palavras voltaram a Hannah agora, enquanto ela estava sentada no chão frio de metal da van. Será que ela merecera? Por não ter traído Raphael, será que se tornara digna da dádiva de uma nova vida, de uma lousa limpa? Não mereceria ser punida pelo que fizera, se não com a cromagem, então um castigo de algum outro tipo? Os Novembristas diriam que não, que ela não cometera nenhum crime. Simone tentara convencê-la disso, certo dia, insistindo que um feto não era uma vida, apenas uma trouxa de células que tinha o *potencial* da vida. Hannah pôde ver que a outra mulher acreditava realmente no que estava dizendo, que não estava apenas sendo gentil e tentando fazer com que ela se sentisse melhor (embora sentisse, com alguma surpresa, que a bondade fazia parte disso). Mas Hannah não aceitou essa visão. Tudo nela lhe contava uma história diferente.

E, no entanto, ela pagara, e um alto preço, pelo aborto. Perdera sua família, seu amor, sua dignidade. Estava verdadeiramente arrependida do seu crime. E isso não bastava? A Bíblia dizia que sim, que Deus era clemente, que o arrependimento ganhava Seu completo perdão e o sangue do Seu Filho limpava todos os pecados.

Mas e se não existisse nenhum Deus, ou se Ele fosse indiferente, como ficava ela, em tudo isso? O mundo era um lugar onde não havia perdão; ela já vira o bastante dele para saber. Um pensamento desabrochou em sua mente. Ela o rejeitou, mas ele voltou, furtivamente: *Preciso perdoar a mim mesma.*

A van ganhou velocidade e Simone lhes disse que podiam tirar seus capuzes. Hannah o fez com satisfação, porque sentia claustrofobia. A visão de dois grandes engradados de madeira, com os quais ela e Kayla partilhavam a área de carga, não ajudou muito a melhorar sua sensação. Neles, com letras grandes e ousadas, estava estampado: DOAÇÕES DE ALIMENTOS. APENAS ALIMENTOS ENLATADOS E EMBALADOS. <u>NADA</u> PERECÍVEL. Com duas exceções, de sessenta quilos cada uma. Ela e Kayla precisariam esconder-se dentro deles, todas as vezes que cruzassem uma linha estadual ou "fronteira", como Simone as chamava. Obviamente, os engradados não suportariam uma busca completa feita pela polícia de fronteira, mas Paul e Simone não pareciam preocupados com isso. O logotipo da igreja tinha um efeito imunizador, como explicara Paul, e tudo o que a polícia fizera, algum dia, fora dar uma olhada apressada para dentro da van.

Através do para-brisa, Hannah viu um letreiro da estrada passar voando: SHREVEPORT, 170 MILHAS. Notou, surpresa, que viajavam para leste, na I-20, a mesma estrada que uma vez ela tomara, com Aidan, naquele dia iluminado de dourado, em outubro, com aquela outra pele, aquela outra vida. Como ela se sentia segura, naquele tempo, apesar dos riscos que assumiam, como se sentia feliz e despreocupada — e tudo era uma ilusão.

Kayla dormiu, desabando desajeitadamente contra a parede da van, e Hannah pegou sua amiga pelos ombros e colocou a cabeça dela em seu colo. Automaticamente, começou a acariciar os cabelos de Kayla, exatamente como ela e Becca faziam frequentemente uma com a outra, em geral quando uma delas estava preocupada, mas algumas vezes apenas pelo simples prazer que aquilo dava a ambas. Sentiu um aperto de saudade de sua irmã, misturado com desamparo. Ela dissera a Cole que estaria vigilante por Becca, mas fora uma promessa quase vazia, mesmo naquela ocasião. Agora, como Hannah percebia, com amargura, isso era uma profunda impossibilidade. O destino de Becca e o seu não apenas tinham ido para lados diferentes, mas foram cortados um do outro, irrevogavelmente desvinculados; só que Becca ainda não sabia. Hannah sentiu uma momentânea inveja da ignorância da irmã, mas logo a sensação desapareceu. Se a dura certeza era terrível, não seria muito pior continuar esperando, indagando-se, desesperando-se, um pouco mais a cada dia que se passasse sem nenhuma notícia?

A perna de Hannah estava ficando dormente, com o peso da cabeça de Kayla, mas ela não mudou de posição. Poderia não ser capaz de manter Becca em segurança, mas estava determinada a fazer tudo o que estivesse a seu alcance para proteger Kayla. E, avaliou Hannah, o mesmo acontecia com Paul, que não parava de dar olhadas para elas, atrás, com olhos cheios de ansiedade. Indagou-se se já teriam feito amor. Se assim fosse, Kayla não confiara nela, mas as duas quase não passavam nenhum tempo juntas, desde que chegaram à casa protegida. Kayla e Paul certamente poderiam ter roubado algumas horas de privacidade durante o dia, quando Susan e Anthony estavam fora e Hannah dormia. Imaginá-los juntos provocou-lhe uma punhalada de dor. Ser beijada e envolvida pelos braços de um homem, sentir a pressão cálida do seu peso contra ela e ouvir a voz dele murmurando palavras carinhosas em seu ouvido — será que ela tornaria a conhecer isso? Baixando os olhos para o rosto adormecido de Kayla, Hannah esperou que ela tivesse experimentado essa felicidade com Paul. Afinal, com tudo o que perdera e tendo pela frente o que tinha, ela merecia alguma doçura em sua vida. Como consequência desse pensamento, veio outro: *E se ela merece, então talvez eu também mereça.*

Viajavam havia várias horas, quando Simone saiu da estrada e parou num local de venda de sucos. A mudança de rumo acordou Kayla.

— Onde estamos? — perguntou ela, sentando-se e esfregando os olhos, para acabar com o sono.

— Quase na fronteira com a Louisiana — disse Paul.

— Preciso usar o toalete — disse Hannah.

— Eu também — disse Kayla. — E estou ficando com fome.

Paul deu pancadinhas numa caixa refrigerada que estava no chão entre os dois assentos.

— Há sanduíches e batatas fritas aí. Sirvam-se.

Kayla estendeu a mão na direção da tampa, mas Simone a deteve com palavras bruscas:

— Agora não. Comeremos depois que cruzarmos a fronteira.

Disse a Paul para abastecer a van, enquanto ela ia pegar café e a chave do toalete.

— Meu Deus, como ela trabalha! — disse Kayla, no instante em que Simone e Paul fecharam as portas ao sair. — Eu apostaria que ela pratica aquela carranca diante do espelho, mas acho que, se praticasse, o espelho racharia. Ela...

Hannah a interrompeu, consciente de que não tinham muito tempo.

— Precisamos conversar. Você não está com nenhum sintoma, não é?

— Não. Mas ainda faltam nove dias. E, felizmente, haverá um período de adiamento. Se não houver...

— Escute, se você começar a sentir qualquer coisa, qualquer coisa mesmo, conte-me imediatamente. E não deixe que os outros saibam.

— Por que não?

— Ouvi uma conversa deles sobre isso, ontem, com Susan e Anthony. Eles acham que você é um risco. Simone tem ordens para matá-la, se você entrar em fragmentação.

Os olhos de Kayla se arregalaram.

— E o que disse Vincent?

— Quem é Vincent?

A mão de Kayla voou para sua boca.

— É o verdadeiro nome de Paul.

— Sim. Todos eles assumem os nomes de feministas famosas. Susan B. Anthony. Simone de Beauvoir. Alice Paul.

Com exceção de Susan B. Anthony, os nomes não eram familiares, e mesmo esse era apenas um rosto numa velha moeda da coleção do pai de Hannah. Alguma coisa beliscou sua memória. "Raphael", ela murmurou, estabelecendo a conexão. Não era Raphael o arcanjo da cura, mas Rafael Patiño, o governador da Flórida, assassinado pouco depois que vetou as leis da Santidade da Vida, aprovadas pelo legislativo estadual. Hannah tinha doze anos. Seus pais tiveram uma das raras discussões entre si, aquela noite, quando sua mãe se recusou inflexivelmente a rezar com seu pai pela alma do governador. Becca, como sempre a pacificadora, foi acalmá-la, enquanto Hannah se ajoelhava com seu pai, no chão da sala de estar, e rezava. Em seguida, ele pôs a mão no topo da sua cabeça e lhe disse que ela era sua boa menina. Ela pôde sentir isso agora, um fantasma daquele peso quente e aprovador, que fez seu coração se retorcer, num forte e seco aperto.

— Hannah. — Kayla deu em seu braço uma sacudidela impaciente. — O que disse Vincent?

— Discutiu com eles. Mas, no final, concordou que não podiam permitir que você pusesse a missão em risco.

— Então, ele estava fazendo um jogo com eles — disse Kayla. — Jamais deixaria Simone me fazer algum mal.

— Não sei, Kayla. Não pude ver o rosto dele, mas sua voz soava como se falasse sério.

— E eu lhe digo que ele não falou. Não podia ter falado.

A certeza de Kayla e a indisfarçável ternura que ela colocou em suas palavras irritaram Hannah.

— Só porque você está transando com ele, isso não significa que possa confiar nele — disse.

— Confio completamente. Eu o conheço, Hannah.

— Como conhecia TJ?

Embora o comentário devesse tê-la magoado, Kayla não demonstrou. Apenas olhou firmemente para Hannah, com uma dignidade tranquila que a encheu de dor. *Quem é, agora, a filha da puta agressiva?*

— Desculpe — disse Hannah. — Acho que estou com ciúme. Não porque você tem Paul, Vincent, mas porque você tem *alguém*. Porque você não está sozinha nisso. — Fez um gesto em direção ao próprio rosto. — Sei que é mesquinharia da minha parte.

Kayla deu um aperto compreensivo na perna de Hannah.

— O amor é um filho da puta, não? Perturba a pessoa, quando está sozinha.

— Sim.

E quando está com qualquer outra pessoa, refletiu Hannah. Mesmo depois de tudo o que acontecera, ela ainda não podia imaginar-se amando outro homem, algum dia. Indagou-se, não pela primeira vez, se amá-la não permitia mais a Aidan estar bem com Alyssa. Hannah jamais lhe perguntara sobre o relacionamento dos dois, se tinham intimidade. Esperava que não. Mas, agora que ela estava fora de cena, ele quase certamente voltaria para a cama da sua esposa, se já não voltara. Se, aliás, algum dia a deixara.

Hannah viu Simone sair do mercado e caminhar na direção do toalete. Tinham no máximo alguns minutos.

— Escute — disse ela. — Há outra coisa que preciso lhe contar. Algumas das outras mulheres que eles enviaram por este rumo desapareceram. Eles planejam nos usar como isca, para tentar capturar quem está por trás disso. Simone suspeita de alguém chamado George, mas Paul acha que são duas mulheres chamadas Betty e Gloria.

O rosto de Kayla ficou perturbado, mas sem demonstrar surpresa.

— Eu sei. Eu ia lhe contar. Vincent me falou disso na noite passada. Disse que nos protegerá, que não me preocupe, ele estará vigilante. — Fez uma pausa e olhou para ele, através da janela. Docemente, disse: — Ele falou de ir para o Canadá e me encontrar lá. Acho que está apaixonado por mim.

— Você o ama?

Kayla suspirou.

— Não sei. Amo a maneira como ele me olha. Amo como ele me toca, como se eu... — Sua voz foi sumindo, enquanto ela buscava a palavra certa.

— Como se você fosse uma coisa ótima. Algo incrivelmente precioso.

Os olhos de Hannah ardiam, e ela os apertou, fechando-os. Não choraria.

— Você ainda o ama, o sujeito que a engravidou.

— Sim. — *Mesmo ele não me amando mais.* — Mas tudo está misturado com raiva e mágoa. Deixou de ser claro.

Kayla soltou uma curta risada.

— E alguma vez é?

— Pensei que sim, no começo, mas a quem eu estava enganando? Ele era casado. Ainda é.

— É por isso que você nunca diz o nome dele?

Hannah não respondeu imediatamente. Não o dizia em voz alta há seis meses e nunca o dissera a ninguém, a não ser a ele.

— Reverendo Dale — dissera ela, mas não seu primeiro nome, aquele que ela acarinhava. O que era proibido. Ela o mantinha atrás dos seus dentes, enroscado como uma serpente, há dois anos. Tempo suficiente, decidiu.

— O nome dele é Aidan. Aidan Dale.

— Puxa vida! O Secretário da Fé Aidan Dale? O sacratíssimo reverendo?

— Ele não é nada disso, na verdade. É uma das pessoas mais humildes que conheci.

— Mas que merda! Aidan Dale. Ele deve ter ficado doido de medo de que você falasse.

— Não. Acho que ele queria que eu desse seu nome como pai. Ele praticamente implorou por mim, em meu julgamento.

Hannah ouviu um ruído e olhou para fora. Paul/Vincent estava retirando o cabo de abastecimento do veículo e Simone se encaminhava na direção deles.

— Ouça, acho que você pensa que pode confiar em Paul e espero que tenha razão. Mas me prometa que falará primeiro comigo, se começar a sentir alguma coisa esquisita. — Kayla lhe fez um meio sinal afirmativo com a cabeça e Hannah agarrou com força o braço da amiga. — Prometa. E pare de chamá-lo de Vincent, nem sequer pense nele como Vincent. Se isso escapar na frente de Simone, nem sei o que ela fará.

— O.k., Sargento Payne, prometo.

Kayla sorriu e Hannah sentiu uma onda de amor e gratidão por ela. E pensar que se não fosse pelos horrendos Henley, elas não teriam descoberto uma à outra.

Paul dirigiu o carro com elas até a lateral do posto onde ficava o toalete. Kayla foi primeiro e depois Hannah. O cômodo era sujo e fedorento, cheirando a urina. As paredes estavam cobertas de grafites: EMILIA ES UNA PUTA; ALÁ QUE VÁ PARA O INFERNO COM O CAMELO QUE O TROUXE; PAREM COM O DERRAMAMENTO DE SANGUE, MATEM MORALES!!! Os desenhos eram ainda mais perturbadores: um Azul sendo linchado, com os olhos projetados para fora e sua língua pendurada, em cima de letras toscamente desenhadas que diziam: OPERÁRIO; um chinês com um manto, com uma cauda estilo manchu, segurando seu pênis e urinando numa imagem da Terra. Seis meses antes, Hannah sentiria um misto de repugnância e choque, pelo fato de alguém ser capaz de coisas com tanta fealdade e raiva. Não que ela se esquecesse da violência que existia neste mundo; ela era uma garota da cidade, embora do tipo protegido, e o fato de seu pai quase ter morrido no ataque terrorista a desiludira de qualquer noção de que seus entes queridos fossem invulneráveis. Mas pensava naquilo como uma ocorrência anômala, algo de outra realidade, distante, que se intrometera na sua. Agora, olhando para os sórdidos rabiscos, ainda sentia repugnância, mas não havia mais choque. No mundo em que habitava agora, o ódio e a violência eram lugares-comuns, e tinha disso uma desconfortável consciência, não apenas de que ferviam nos corações das pessoas por toda parte, em torno dela, mas de sua própria capacidade de senti-los.

Quando voltou para a van, Simone estava no assento do passageiro e os engradados abertos, no da frente. Kayla já estava dentro do seu, sentada, com os joelhos pressionados contra o peito. O nervosismo de Hannah deve ter aparecido em seu rosto, porque Paul disse:

— A abertura tem dobradiças, está vendo? E o engradado é trancado por dentro, não por fora. Para sair, basta você virar este trinco.

Ele fez uma demonstração. Ela deu uma olhada em Simone. A outra mulher lançou-lhe um olhar duro, avaliativo. Hannah respirou ar fresco por uma última vez e rastejou para dentro. Paul virou a porta, fechando-a e ela tateou em busca do trinco e trancou-o. Pouco depois, sentiu a van movimentar-se.

— Vocês estão bem, aí dentro? — perguntou Paul.

— Estou me sentindo muito perecível — disse Kayla —, mas, fora isso, tudo maravilha.

Hannah sorriu.

— Eu também — disse ela, descobrindo que era verdade. A escuridão de breu ajudava: não podia ver como estava confinada. Mas o engradado também tinha um cheiro agradável, de madeira serrada, que lhe lembrava a oficina do seu pai, na garagem. Carpintaria era o hobby dele e Hannah sempre adorara vê-lo trabalhar. Uma das coisas que tinha, de que mais gostava, era uma casa de bonecas que ele fizera para ela, quando estava com cinco anos de idade. Becca também tinha uma e todos os anos, na ocasião dos aniversários delas e no Natal, ele lhes dava uma ou duas peças de móveis em miniatura, meticulosamente trabalhados, a fim de se parecerem com as coisas reais. As minúsculas cadeiras da sala de jantar eram estofadas em veludo vermelho, as minúsculas gavetas da cômoda podiam ser abertas e fechadas, a tampa da privada, erguida e baixada. Quando ficou mais velha, Hannah começou a fazer seus próprios enfeites, bordando tapetes em miniatura e costurando pequenas cortinas e colchas para a cama. Mesmo depois que ficou grande demais para brincar com a casa de bonecas, jamais se desfez dela. Tinha lugar de honra em sua estante, um vívido lembrete do amor do seu pai por ela.

Outra coisa querida que perdera.

Paul gritou um aviso, quando se aproximaram do posto de controle da fronteira. A velocidade do veículo foi reduzida e Hannah prendeu a respiração. Quase podia sentir os olhos do policial examinando minuciosamente a van, decidindo se os faria parar ou não. Os pulmões dela começavam a arder, quando sentiu a van acelerando e Simone disse:

— Passamos. Vocês podem sair, agora.

A respiração de Hannah escapou num suspiro alto. Simone distribuiu a comida. O apetite de Hannah, que havia desaparecido desde que vira Aidan no vídeo, voltara, e ela engoliu vorazmente o sanduíche. Sem dizer nada, Simone entregou-lhe a outra metade do dela. Enquanto Hannah a comia, analisou a outra mulher, pensando que quebra-cabeça ela era: dura e implacável num minuto, bondosa e generosa no minuto seguinte.

— Para onde seguimos? — Kayla se aventurou a perguntar, com a boca cheia de lascas de *tortilla*.

— Para o leste do Mississippi, perto da fronteira com o Alabama — respondeu Paul. — Para uma pequena cidade chamada Columbus.

— Que bom que vamos em dezembro — disse Kayla.

— Por quê? — perguntou Hannah.

— Porque na maior parte do ano é mais quente do que uma abelha de bumbum vermelho. Visitei essa cidade quando estava pleiteando entrar para a universidade. Não sei como alguém suporta viver lá. Durante a visita ao campus, quase derreti.

— Bom, Dallas não é exatamente o polo norte.

— Não, mas não temos umidade, como eles têm. É como estar na sauna favorita de Satã. Nunca suei tanto, em toda a minha vida.

Paul deu uma risada, e Simone disse, com indisfarçada impaciência:

— Se vocês três acabaram com sua conversinha, vou tentar pensar.

Um silêncio magoado desceu sobre a van. *Algumas pessoas simplesmente não aguentam ver outras pessoas felizes*, pensou Hannah. E então lembrou, com uma pontada de culpa, da sua própria reação à felicidade de Kayla por causa de Paul. *Por favor, meu Deus, não deixe que eu me torne assim*. A súplica foi meditativa e sua inutilidade evidenciou-se para Hannah no mesmo instante. Deus, se Ele existia, não respondia às orações dos fiéis nem dos amaldiçoados.

Hannah nunca estivera na Louisiana — na verdade, nunca estivera em parte alguma, fora do estado onde morava —, mas, aos seus olhos, ele não parecia diferente em nada do leste do Texas. A mesma monótona linha verde de pinheiros passava velozmente, pontuada, a cada poucas milhas, pelo brilho falsamente alegre da mesma dúzia de letreiros fluorescentes, em interminável repetição: McDonald's, BKFC, FujitJuice, Comfort Inn, Motel 6. O efeito era surreal, como se a van viajasse em círculos, sem ir a parte alguma.

Elas voltaram para os engradados, perto da fronteira com o Mississippi, e passaram pelo posto de controle sem incidentes. Alcançaram Columbus quatro horas depois, exatamente quando o sol começava a se pôr. Hannah ajoelhou-se e espiou por cima do ombro de Simone, através do para-brisa. As imediações da cidade eram uma fileira geral de lojas e restaurantes de marca, mas logo que saíram da estrada a vulgaridade cedeu lugar ao encanto histórico. A Main Street, no centro, era marginada por prédios de época, de dois andares, de tijolos, outrora o lar de organizações importantes de cidade pequena, como a central de abastecimento, e que agora abrigavam butiques e restaurantes. Um velho cinema em estilo art déco anunciava dois filmes da era do 2-D: *Os dez mandamentos* e *Ben Hur*. Hannah tentou lembrar-se do último filme que vira num cinema de verdade; uma animação qualquer, quando era muito nova.

Simone deu algumas voltas numa rua arborizada, levando-as para além dos imponentes prédios de tijolos vermelhos da Universidade para Mulheres do Mississippi. O campus era cercado por lindas casas antigas, com gramados de um verde luxuriante, e grandes canteiros floridos cheios principalmente com restos invernais de vegetação, embora houvesse alguns arbustos em flor. Hannah ficou espantada de ver mangueiras de jardim enroscadas, instaladas do lado de várias casas.

— Eles não têm racionamento aqui?

— Não — disse Kayla. — O Mississippi é como a Georgia, eles têm muita chuva. De fato, têm tanta que vendem seu excesso de água para outros estados.

— Imagine, ter tanta água que você pode usá-la em seu quintal — disse Hannah.

— Imagine, vender água para seus próprios compatriotas. — O tom de voz de Simone era de desprezo. — Como isso é tipicamente americano!

— Será que as coisas são diferentes no Canadá?

— Mas claro. Somos socialistas. Até em Quebec, onde temos tanta chuva, nós a racionamos, para ajudar nossas províncias irmãs, que têm pouca.

O absurdo de tudo aquilo borbulhou dentro de Hannah, irrompendo num riso abafado e desamparado. Ali estava ela, sendo socorrida por uma terrorista estrangeira, socialista, feminista, lésbica, assassina de bebê. O que diriam diante disso as damas do círculo de costura?

Simone olhou-a carrancuda, pelo espelho retrovisor.

— Achou alguma coisa engraçada?

— Você não entenderia.

— Ponham seus capuzes.

Hannah e Kayla obedeceram. A van deu mais uma meia dúzia de voltas e então parou.

— Alto-falante ligado. Chame Stanton — disse Simone.

Uma voz grave, estrondeante, respondeu no terceiro toque.

— É você, doce Siiimooooneee?

As sobrancelhas de Hannah se ergueram. *Doce* Simone?

— Sim. Estamos na hora?

— Bem na horinha. Calculam quanto tempo pra chegar até aqui?

Stanton arrastava a voz de uma maneira que soava ligeiramente exagerada, com as vogais grossas e redondas, como se tivesse acabado de colocar na boca uma colher cheia de pudim.

— Chegaremos até você dentro de cinco minutos.

— Me deem quinze. — Ele desligou.

— Você deve ir embora agora — disse Simone, e Hannah percebeu que ela falava com Paul. Kayla respirou fundo, fazendo eco ao pasmo de Hannah.

— Sim, é melhor.

— Obrigada, Paul. Por tudo — disse Hannah, estendendo sua mão.

Ele a pegou e apertou-a com força.

— Que tenham sorte. Tomem conta uma da outra — disse ele. *Tome conta de Kayla*, Hannah ouviu.

— Não esqueceremos o que você fez por nós — disse Kayla.

A voz dela estava tensa.

Hannah imaginou a despedida deles: a mão vermelha de Kayla buscando a branca de Paul, seus corpos lutando contra o disparo dos seus corações, tentando, no espaço de uns poucos segundos, comunicar, através das suas mãos unidas, o que significavam um para o outro, caso não se vissem novamente. Uma despedida cruel, mas melhor do que a de Hannah com Aidan, que fora nenhuma.

— Sucesso — disse Paul.

A porta da van se abriu e se fechou e, imediatamente, Hannah ouviu outro carro dar partida e se afastar. *Vá com Deus, Vincent*, pensou. Mas tentou, sem conseguir, imaginar um Deus que abençoasse uma missão como a deles.

As três mulheres esperaram em silêncio. Ficou quente e abafado debaixo do capuz, e os pulmões de Hannah doíam, na expectativa de ar fresco. Como chegara àquele ponto, àquela situação tão absolutamente negativa que até o ar, essa coisa a mais básica de todas, tornara-se um luxo? Esqueça chocolate, seda, amor — naquele momento, ela teria vendido sua alma por uma única respiração limpa, desimpedida.

— Ben, vamos agora encontrar Stanton — anunciou finalmente Simone. — Ele levará vocês na próxima etapa da sua viagem. Vocês farão exatamente o que ele lhes disser. — Deu partida na van, mas elas não se mexeram. — Escutem. Vocês acham que já viram o pior do mundo, porque são Cromos. Pensam que isso tornou vocês mais duras, mais sábias. E talvez seja verdade, um pouquinho. Mas vocês ainda parecem, todas duas, uns bebês. Confiam com facilidade demais. — O tom da voz dela não tinha nada do seu habitual desdém. O que Hannah ouviu, em vez disso, foi algo que soava notavelmente como empatia. — O rumo se tornará muito mais perigoso depois que deixarem Stanton. Não devem confiar em ninguém, a não ser em si mesmas. Em ninguém.

Então, a van acelerou. Seguiram por uma curta distância, não mais do que alguns quilômetros, e pararam.

— Esperem aqui — disse Simone.

Ela saiu. Hannah ouviu outra porta se abrir. Arriscou-se a erguer seu capuz e descobriu que Kayla já espiava para fora, através do para-brisa. Estava escuro demais para se ver grande coisa, mas Hannah conseguiu divisar a forma alta e esguia de Simone abraçando — abraçando — uma figura consideravelmente mais baixa, que devia ser Stanton. Atrás deles, ela viu a fraca silhueta de uma ponte alta e o brilho da água embaixo.

— Reconheço este lugar — disse Kayla. — Estamos perto do rio. O que você achou daquele pequeno discurso de Simone?

— Acho que ela já esteve onde estamos ou em algum lugar bem parecido.

— O que leva você a dizer isso?

Hannah hesitou, relutando em divulgar os dados que juntara sobre o passado de Simone. Visualizou o rosto da guarda na biblioteca, antes e depois de ela ter examinado o cartão de identificação de Hannah e de saber que ela fizera um aborto. É pessoal. De repente, a frase assumiu um novo significado. Os segredos de Simone não haviam sido dados livremente. Conhecê-los já era uma transgressão, mas contá-los seria uma violação.

— Apenas uma intuição que tenho — disse Hannah. — De qualquer forma, acho que ela tem razão, não devemos confiar em ninguém. Inclusive nela. — Simone e Stanton aproximavam-se da traseira da van. — Aí vêm eles. — Apressadamente, as mulheres puxaram os capuzes para cima dos seus rostos. A porta de trás foi aberta, deixando entrar um sopro de ar fresco.

— Venha — disse Simone, agarrando o braço de Hannah e ajudando-a a passar pelos engradados e sair da van. Quando ela tentou ficar em pé, suas pernas se vergaram, com cãibras, por causa de todas as horas que passara sentada.

— Cuidado — disse Stanton. Uma mão segurou seu outro braço, apoiando-a. — Eu a tirarei daqui, Siiimoooneee. Pegue a outra.

Simone a soltou e Stanton conduziu Hannah para a frente, com cuidado.

— Firme, agora. Estou sustentando você. — Ele parou. — A mala do carro está aberta — disse, e Hannah a ouviu desprender-se. — Infelizmente, é onde as damas precisarão ir, mas será apenas por pouco tempo, prometo.

Hannah se enrijeceu, enquanto ele tentava empurrá-la de leve para a frente. Ela sentiu o duro para-choque dos fundos de um carro contra a frente das suas coxas e se afastou dele com um movimento brusco.

— Não vou entrar aí — disse, forçando as palavras a saírem da sua garganta, que se fechava rapidamente.

Desta vez, não haveria nenhum trinco do lado de dentro. Ela e Kayla ficariam aprisionadas, desamparadas.

— Vai, sim, e agora — disse Simone.

Sua voz era como um chicote contra carne nua. Hannah sacudiu a cabeça violentamente, e sentiu uma onda de tontura. Era como se houvesse dedos em torno da sua garganta, sufocando-a. Sua mão voou para cima, a fim de arrancar o capuz, e outra mão, gentil mas implacável, pegou-a e a obrigou a voltar para seu lado.

— Ela está com a respiração acelerada demais — disse Stanton.

— *Sacrament!* Não temos tempo para isso.

O capuz foi empurrado para cima, sobre o nariz de Hannah, e ela atirou a cabeça para trás, engolindo ar.

— Hannah? Você está bem? — gritou Kayla.

Hannah ouviu-a lutando para se libertar de Simone.

— Fique quieta! — silvou Simone. — Cada segundo mais aqui nos coloca em risco maior. Querem que venha a polícia? Non? Então fechem a boca e obedeçam. Não permitirei que comprometam esta missão.

As palavras sombrias abriram caminho através da histeria de Hannah. Ela já ouvira Simone dizê-las, e sabia que a ameaça não era vazia.

— Estou bem, Kayla — disse ela, mas o tremor em sua voz dizia outra coisa. Ela engoliu e se esforçou para firmá-la. — Na verdade, agora estou bem. É melhor fazermos o que eles dizem.

— Boa menina — disse Stanton. Ele afrouxou seu aperto nos punhos de Hannah e ela sentiu a mão dele na parte inferior das suas costas, guiando-a para a frente e ajudando-a a entrar na mala do carro. — Serão menos de dez minutos até a casa. Sei que estão assustadas, mas tentem relaxar e pensar em alguma coisa agradável e eu as tirarei daqui num abrir e fechar de olhos.

Hannah se enroscou de lado e sentiu Kayla rastejar para dentro, atrás dela, contorcendo-se, num esforço para encontrar uma posição confortável, no espaço confinado.

— Vocês podem tirar seus capuzes logo que eu fechar a mala — disse Stanton. — Isso deve ajudar um pouquinho.

— Até logo — disse Simone. — Boa sorte para vocês. — Sua voz soava tão fria e distante quanto as estrelas. Mas então Hannah sentiu o toque macio de uma mão em sua perna. — *Courage* — murmurou Simone.

A mão foi retirada e a tampa da mala fechada, com um ruído surdo. Hannah tirou imediatamente seu capuz. Seus olhos encontraram um profundo negror. Ouviu Kayla retirando também seu capuz e enchendo os pulmões de ar, com um som áspero. O barulho da sua respiração acalmou Hannah. Imaginou como seria fácil perder-se, sem a âncora da presença de Kayla ao seu lado, e parar de acreditar até em sua própria existência.

Enquanto o carro começava a se movimentar, a mão de Kayla tateou à procura da sua, e a agarrou com força. Ela estava tremendo, mas Hannah sentiu que seu próprio medo cedia. Seu desamparo, naquele momento, era tão absoluto a ponto de se tornar uma espécie de libertação. Não havia nada que ela pudesse fazer ou dizer capaz de modificar o que estava prestes a lhe acontecer. A tampa se abriria em dez minutos, dez horas — ou nunca. Ela encontraria do outro lado dela segurança ou perigo. Viveria ou morreria.

Ficou deitada na escuridão, acariciando a mão quente da sua amiga, esperando para nascer.

UMA CURTA ETERNIDADE, e depois a mala do carro se abriu e revelou um rosto redondo e branco, olhando eufórico para elas.

— Ora, ora, olá vocês. Sou Stanton. Bem-vindas a Columbus.

Ele estava no início da casa dos quarenta anos, avaliou Hannah, mas seu sorriso era de um garoto de oito, que acabara de descobrir um cachorrinho embaixo da árvore de Natal.

— Vamos tirar vocês daí. — Com as maneiras corteses de um lacaio ajudando damas a descer de uma carruagem, ele as auxiliou a sair da mala do carro. — Garanto-lhes que as acomodações na casa são muito mais confortáveis — disse, inclinando a cabeça para trás, a fim de olhá-las. Era bastante baixo, não tinha mais de um metro e sessenta, por aí. Sua voz grave soava absurda, saindo de um físico tão reduzido. — Hannah e Kayla, é isso mesmo ou tenho de inverter a ordem?

Hannah não se deixou enganar; a mente por trás daqueles olhos astutos sabia exatamente quem era quem, e provavelmente, também, todos os outros detalhes que havia para saber a respeito delas. Mas fez o mesmo jogo, dizendo:

— Adivinhou bem. Prazer em conhecê-lo.

Stanton fez-lhe um decoroso aceno com a cabeça. Era pequeno e redondo, com uma cabeça pequena e redonda e um bigode bem-arrumado empoleirado em cima de uma boca pequena, redonda e rosada, e olhos pequenos e redondos de um pássaro, cobertos por óculos de arame pintado de cor-de-rosa, pequenos e redondos. Estava vestido com elegância, com calças de lã preta e um suéter de caxemira preta, que não conseguiam esconder sua barriga pequena e protuberante. E, no entanto, imaginou Hannah, observando-o cumprimentar Kayla, ele não era desprovido de atrativos. Tinha um ar gracioso, garboso — a palavra "garboso" poderia ter sido inventada para descrever aquele homem —, que era muito envolvente.

Afastou dele o seu olhar e abarcou o que a cercava. Estavam numa garagem de madeira, velha e levemente deteriorada, mas sem nada da barafunda doméstica da garagem de Susan e Anthony. Era despojada de tudo, só havia ali dois carros: o discreto sedã no qual tinham vindo e um conversível *vintage* verde-escuro, com forma de uma bala. A sinuosa beleza das suas linhas fez seus dedos formigarem, com o desejo de tocá-lo.

— É um Jaguar XK-E de 75 — disse Stanton. Languidamente, como se pudesse farejar o desejo dela, passou uma mão pequena, de unhas bem-tratadas, através do capô. — Ainda roda com gasolina. Custa uma fábula levá-lo a qualquer parte, mas eu não pude suportar vê-lo convertido. — Olhou para as duas mulheres, atrás, com seus olhos negros brilhantes como contas. — Aposto que estão preparadas para uma refeição quente e um chuveiro. Peguem suas coisas e venham comigo.

Fez um gesto na direção do chão, atrás delas, e Hannah viu as mochilas que Anthony lhes dera, aquela manhã, encostadas contra a roda de trás do sedã. Enfiou a sua pelos braços, reconfortada com a sensação do seu peso contra suas costas. Embora não contivesse nada com um significado pessoal, na mochila estavam as poucas posses que podia chamar de suas. Um recipiente tão pequeno, refletiu, para conter toda a sua vida.

Stanton as conduziu para trás do Jaguar, para um alçapão aberto no chão. Uma escada de metal levava até embaixo.

— Damas primeiro — disse, fazendo acenos com a mão para que seguissem em frente.

Kayla disparou para Hannah um olhar que significava "que diabo é isso" e desceu pelo buraco. Hannah a seguiu e depois foi a vez de Stanton. A porta do alçapão se fechou atrás deles com um forte tinido. Por um momento, o som a encheu com o pânico imediato da criatura presa numa armadilha, mas também lhe lembrou algo e, finalmente, ela identificou o que era: o som do portão que se fechou atrás dela, no dia em que fora solta da prisão Cromo. Forçou a si mesma a lembrar de que aquilo também era um portão para a liberdade da prisão vermelha que era seu corpo.

Acabaram num túnel estreito, bem-iluminado, revestido com algum tipo de material duro e cinzento. Tinha um brilho opaco e era quente ao toque. Stanton pulou, nos últimos centímetros, aterrissando agilmente ao lado delas.

— Faz a gente mais ou menos se sentir como se estivesse num filme de James Bond, não é?

Cantarolou uns poucos compassos da canção tema e Hannah não conseguiu deixar de sorrir, com o pensamento desse homenzinho guapo, de óculos, no papel de 007.

Ele as conduziu pelo túnel abaixo, numa descida de talvez dez metros, e parou no que parecia ser um beco sem saída.

— Com coragem e armas — disse ele, e uma porta escondida deslizou e se abriu. — Esse é o lema do Mississippi. — Acenou para que as mulheres passassem, acrescentando: — Esta porta só responde à minha voz, caso estejam perguntando a si mesmas o que foi isso.

Entraram num quarto de dormir sem janelas, num local que devia ser o porão.

— *Voilà*, a suíte de hóspedes — disse Stanton, fazendo um gesto amplo com o braço. — Espero que se sintam confortáveis aqui.

Hannah olhou em torno e sentiu um pouco da sua tensão desaparecer. Embora o quarto e o que ela pudesse ver do banheiro anexo fossem mobiliados de forma escassa e simples, era uma simplicidade refinada. As paredes eram pintadas de um amarelo suave, que ajudava a compensar a ausência de luz natural. As duas camas, combinando uma com a outra, eram de ferro forjado, com edredons puxados, revelando lençóis brancos limpinhos. Uma grande orquídea fazia um arco, na mesinha de cabeceira entre as duas camas. As flores brancas, com seus centros de um roxo pulsante, tinham formas tão perfeitas que pareciam falsas, mas Hannah sentiu que, se as tocasse, a sensação que lhe dariam seria de pele, embaixo dos seus dedos, macia e vibrante. A orquídea lembrou-lhe a que Aidan lhe dera, mas esse não foi o único motivo para seus olhos se encherem de lágrimas, nem mesmo o principal; era o simples fato da existência da flor ali, naquele quarto que aquele homem enfeitara com tal cuidado, acreditando que elas eram dignas de tamanha graça, a perfeição daquela coisa linda, viva.

— Vou deixar que as damas se arrumem — disse Stanton. — Gosto de me vestir para jantar e espero que vocês me deem o prazer.

Há algumas roupas limpas no closet, e podem usá-las. — Apontou para uma escada do outro lado do quarto. — Quando estiverem prontas, subam para o andar de cima. O jantar estará na mesa em cerca de quarenta e cinco minutos. Espero que tenham vindo com bom apetite. Vou fazer ensopado de lagostim, com receita da minha avó, o qual, como se sabe, faz homens adultos caírem de joelhos e chorarem de êxtase, convencidos de que subiram ao céu.

Com uma pequena mesura, ele as deixou.

As mulheres tomaram banho e trocaram de roupa. Havia mais ou menos uma dúzia de trajes naquele armário, todos surpreendentemente elegantes e femininos. Mais uma vez, Hannah ficou comovida com a consideração de Stanton. Kayla escolheu uma túnica de cetim cinzento, com uma gola em V, sobre uma calça colante negra e Hannah um vestido de renda preta com mangas cheias, caindo em dobras. O corpete era um tanto decotado demais, mas ela não se importou; era bom sentir-se outra vez vestida como uma mulher. O espelho do banheiro era fortemente iluminado de cima, com uma fileira de lâmpadas redondas, como as que se veem no camarim de uma estrela, num filme antigo. Hannah examinou seu reflexo com um olhar crítico e se descobriu desejando brincos de pérolas. Escapou-lhe uma risada.

— Veja só nós duas — disse ela. — Vermelhas como uma dupla de carros de bombeiros e ainda tentando incrementar nossa aparência.

— Ora, e o que há de errado nisso? — Kayla estava em pé ao lado de Hannah, fazendo uma trança com uma parte dos seus cabelos compridos. — Não paramos de ser mulheres quando nos cromaram.

— Não, mas... — Hannah deixou o pensamento incompleto, sem querer tornar o momento amargo.

— Mas o quê?

Hannah encolheu os ombros.

— Podemos fazer o que quisermos, mas não ficaremos bonitas de verdade.

No entanto, mesmo enquanto dizia isso, pensava como Kayla era linda, com a pele vermelha ou não. E, se ela podia ver beleza em Kayla, e Paul também, será que alguém não poderia ver nela?

— Pense assim, se quiser — disse Kayla, com uma expressão ofendida no rosto. — Vá em frente, seja uma desleixada, isso só fará com que eu tenha uma aparência melhor, por comparação.

Sugou para dentro suas bochechas e fez uma pose de modelo, depois explodiu em risadas. Hannah riu com ela, sentindo um calor agradável por dentro.

Seguiram para o andar de cima. A porta, no alto, era feita com o mesmo metal do túnel. Hannah abriu-a e caminhou para dentro de um grande vestíbulo. Estava esperando uma casa boa, mas aquilo só poderia ser chamado de mansão. Os pisos eram de mármore xadrez preto e branco, polidos até brilharem intensamente, e os tetos tinham uns dez metros de altura. Um lustre estava pendurado em cima da entrada, com suas centenas de minúsculos cristais facetados tão ofuscantes quanto diamantes, e vitrais flanqueavam a porta da frente, que era de mogno. Uma majestosa escada, acarpetada num tom de vermelho-vinho, levava ao segundo andar. Erguendo os olhos, Hannah pôde ver um segundo lance de escada, em espiral, para outro andar acima daquele.

Kayla deu um assobio baixo.

— Belo lugar. Eu me pergunto o que nosso amigo Stanton faz para ganhar a vida.

O corredor dava em quatro cômodos e as mulheres iam espiando para dentro deles, enquanto passavam. O primeiro era uma grande sala de visitas, harmoniosamente entulhada com antiguidades e tapetes orientais. Uma mulher majestosa, com um traje de montaria vitoriano, as olhou de uma pintura acima do console da lareira. Não havia um único objeto na sala que não fosse refinado e, no entanto, o ambiente de alguma forma era acolhedor e não intimidante. O sofá de pelúcia convidava a sentar, os troncos empilhados na lareira de mármore imploravam para serem acesos, os tapetes insistiam com Hannah para que ela tirasse seus sapatos e se enroscasse em cima deles.

A sala oposta era uma biblioteca revestida de estantes do chão ao teto. Abajures altos, para leitura, lançavam íntimos lagos de luz sobre duas poltronas de couro marrom-chocolate e uma espreguiçadeira estofada, revestida com damasco creme. Pesadas cortinas de veludo cobriam as janelas altas e, a um canto, um enorme dicionário permanecia aberto sobre um suporte de madeira entalhada. Hannah demorou-se no vão da porta, olhando desejosamente as prateleiras e seu conteúdo, os livros com encadernações de couro.

— Se esta casa fosse minha, eu nunca sairia desta sala — disse ela.

— Você está brincando? Se esta casa fosse minha, eu a venderia na mesma hora e me mudaria para a Riviera Francesa.

A porta para a terceira sala estava fechada e as mulheres passaram por ela com relutantes olhares de esguelha, mas a porta para a quarta estava aberta, numa fenda de alguns centímetros, e isso poderia ser considerado um convite. Enquanto Hannah hesitava, Kayla empurrou-a, abrindo inteiramente a porta. As dobradiças gemeram, fazendo-as pular e olhar nervosamente para os fundos da casa. Como Stanton não veio investindo pelo corredor abaixo, elas espiaram para dentro. Depois do esplendor da sala de visitas e da biblioteca, não estavam preparadas para a miséria que seus olhos encontraram. A sala claramente se destinava a ser de refeições, mas uma mesinha arranhada e duas cadeiras com três pernas eram os únicos móveis. O medalhão de gesso no teto se achava lascado e fendido, seu gancho vazio, e o papel de parede pendia, em abandonadas tiras, sobre o lambril. As cortinas tinham sido comidas por cupins, e os tapetes puídos cheiravam desagradavelmente a mofo. Hannah fechou apressadamente a porta, constrangida, como se tivesse dado uma olhada nos buracos da roupa de baixo de Stanton.

Seguiram o cheiro tentador de frutos do mar e chegaram a uma cozinha que era ao mesmo tempo sala de refeições e parecia saída da *Homes & Gardens*. Stanton estava inclinado sobre o reluzente e amplo fogão, mexendo o conteúdo de uma panela de cobre com uma colher de madeira.

Quando as viu, fez um gesto teatral de surpresa.

— Ah — disse, colocando as duas mãos sobre o coração. — "Ela caminha em beleza, como a noite, em climas de céu aberto e estrelado, e o que há de melhor em escuridão e brilho se une em seu aspecto e em seus olhos." Senhoras, sois uma visão do belo que se manifesta em minha cozinha.

— Você deve gostar de vermelho — disse Kayla, secamente.

— De fato, é minha cor favorita. — Ele ergueu uma taça de vinho tinto. — Posso oferecer-lhes um pouco deste excelente clarete?

As mulheres aceitaram. Hannah se obrigou a bebê-lo devagar, em pequenos goles. Não queria embriagar-se, como no Natal.

— Preciso dizer-lhe — disse Kayla —, você tem uma das casas mais lindas que já vi em minha vida.

— É gentileza sua. Está chegando lá, pouco a pouco. — O tom da voz de Stanton era leve, mas seus olhos brilharam com o orgulho da posse. — Esta casa está com minha família desde que foi construída, em 1885. Antigamente, era um local visitado por sua beleza e valor histórico; mas, como aconteceu com uma porção de casas e famílias antigas por aí, enfrentou tempos difíceis. Tenho um longo caminho a percorrer para restabelecer sua antiga glória. Ainda nem comecei no andar de cima, mas já estou apavorado com essa perspectiva — com toda a poeira, barulho, operários pisando forte. — Percebeu as expressões perplexas das duas. — Parece que vocês nunca experimentaram o verdadeiro inferno que é uma reforma em casa. Não? Bom, não recomendo a ninguém.

Hannah sentiu uma pontada de ressentimento. *Não venha falar comigo sobre verdadeiro inferno*, pensou, olhando para os impecáveis tampos de granito dos balcões da cozinha e os reluzentes móveis de madeira de lei.

Mas sua irritação desapareceu, quando se sentaram para comer. A comida era tão maravilhosa quanto todo o resto que havia sob o telhado de Stanton e ele era o anfitrião perfeito. Conduziu a conversa, entretendo-as com histórias sobre Columbus e seus moradores ilustres, entre os quais antigamente constavam Tennessee Williams e Eudora Welty. Hannah só sabia sobre eles que ambos eram escritores mortos havia muito tempo, mas eram, evidentemente, favoritos de Kayla, porque seu rosto se iluminou e ela mergulhou numa animada discussão com Stanton a respeito dos dois. Ouvindo a conversa, Hannah foi dominada pela amargura com sua ignorância. Se não fosse obrigada a levar livros às escondidas para casa e a lê-los em apressados e furtivos intervalos, se frequentasse uma escola secundária normal e depois a mandassem para a universidade, como acontecera com Kayla, ela também seria capaz de garantir que a srta. Welty escrevia muito melhor do que Faulkner, e de dar uma opinião sobre qual era a grande obra-prima de Williams, se *Um bonde chamado desejo* ou *À margem da vida*. Sempre acreditara que seus pais haviam feito a coisa certa para ela, mas agora, sentada muda à mesa de Stanton, descobriu-se com muita raiva das escolhas deles. Por que mantiveram sua vida tão pequena? Por que nunca lhe perguntaram o que *ela* queria? Em cada virada possível, como ela via, agora, eles haviam escolhido o caminho que a manteria fraca e dependente. E o fato de que não encarariam as coisas dessa maneira, de que acreditavam, sinceramente, que agiam para seu bem, não tornava os fatos menos verdadeiros, nem os seus pais menos culpáveis.

— Você está muito calada, Hannah — disse Stanton. — O que pensa?

— Não penso — replicou ela, bruscamente. — Fui criada para não pensar.

Corou, embaraçada por sua grosseria, mas Stanton não pareceu absolutamente ofendido. Um brilho aprovador apareceu em seus olhos e ele ergueu sua taça de vinho em sua direção, num brinde.

— Bem, minha querida — ele disse, sorrindo, com seu beatífico sorriso de criança —, bem-vinda ao outro lado. Algo me diz que você vai gostar daqui.

Imagens fugidias de todos e tudo que ela amara passaram rapidamente pela mente de Hannah e depois recuaram, deixando um imenso espaço branco que, a não ser por Kayla, estava completamente vazio. Por um momento, o vazio foi escancarado, esmagador. Com o que, neste mundo, ela o preencheria? E então a resposta lhe surgiu e ela prendeu a respiração. Se lhe fosse dada a oportunidade de encher esse espaço — se ela sobrevivesse ao rumo e chegasse ao Canadá —, podia enchê-lo com o que quisesse. Pela primeira vez em sua vida, não haveria limites para o que podia fazer ou ser, ninguém para lhe dizer em que deveria ou não pensar.

Retribuiu o sorriso de Stanton.

— Algo me diz que você está certo.

ELE TIROU OS pratos da mesa, recusando severamente as ofertas de ajuda que elas fizeram.

— Vocês não têm permissão para tocar nos pratos até comerem três refeições em minha mesa. São as regras da casa. Agora, posso trazer para vocês um conhaque, ou um café? Ou, então, tenho chá de camomila, se preferirem.

Hannah estremeceu, sentindo o gosto do ensopado de lagostim na parte de trás da sua garganta. Pela expressão de enjoo no rosto de Kayla, sentiu que ela também fora lançada bruscamente de volta à sala de visitas da sra. Henley.

— Café, por favor — disse Hannah, respondendo pelas duas.

Stanton serviu o café num delicado bule de porcelana, e em xícaras e pires combinando, com bordas douradas, e depois serviu conhaque para si mesmo, numa taça própria. Girou o líquido âmbar na taça, e deu uma cheirada apreciativa, seguida por um gole de bom tamanho.

— Agora, aos negócios — disse, olhando para Kayla. — Fui informado por Seemoonee da situação de vocês. Infelizmente, não tiveram a renovação, antes de saírem do Texas. Simplificaria muito as coisas.

A voz dele tinha um nítido toque de aborrecimento.

— Sim — disse Kayla —, não tive lá muita escolha.

— Não, acho que não teve. Como se sente?

Embora a pergunta fosse feita casualmente, seu olhar era intenso e não piscava.

— Ótima. Normal. — Ela encolheu os ombros.

— Tem certeza de que não anda um pouco distraída, ultimamente? Ou talvez pensando que Hannah estava falando com você, quando não estava? É importante que seja honesta comigo.

Os olhos de Kayla dispararam para os de Hannah, com um alarme fingido.

— Perguntou alguma coisa? — Ninguém sorriu. — Garanto que me sinto ótima — insistiu ela.

Stanton analisou-a por um momento a mais e depois fez um sinal com a cabeça, aparentemente convencido de que ela dizia a verdade.

— Muito bem, então. Aqui está o plano. Ao amanhecer de amanhã, levarei vocês para fora da cidade. Um carro estará esperando. Eu lhes darei as orientações nesse momento.

—Vamos ficar sozinhas? — perguntou Hannah.

— Sim Normalmente, é como funciona. Fiquei surpreso por Seemoonee ter trazido vocês. Susan e Anthony, em geral, não gostam de colocá-la em risco. — Stanton esperou, com os olhos brilhantes dirigidos inquisitivamente para as duas mulheres. Como elas não responderam, ele se recostou na cadeira e tomou um pequeno gole do conhaque. — E estou satisfeito com isso, por mais que me agrade vê-la. Seemoonee é família. — Seu rosto se iluminou de divertimento, com a expressão confusa delas. — O que, vocês não veem semelhança? — Ele riu. — Não estou falando ao pé da letra, é que nos conhecemos há muito tempo.

Sentindo que ele não lhes contaria mais nada, Hannah perguntou:

— Qual é o nosso destino?

— Bowling Green, Kentucky. George será o anfitrião de vocês, lá.

— E para onde vamos, depois?

Ele abriu bem as mãos, com as palmas para cima.

— Se quiserem arriscar algum palpite, será tão bom quanto o meu. Tudo o que qualquer um de nós sabe é uma parada adiante e outra atrás.

Fazia sentido, pensou Hannah. As pessoas não poderiam dizer o que não sabiam. Se alguém fosse apanhado e interrogado, não poderia expor a rede inteira.

Mas Betty e Gloria ficavam três paradas adiante de Dallas e todos os quatro membros do grupo de Susan as conheciam. O que devia significar que ela e as outras estavam em posições mais elevadas, na hierarquia Novembrista, do que a de Stanton. Seria Dallas o quartel-general de toda a organização, e Susan sua líder? Lembrando o poder persuasivo da voz da mulher, Hannah podia perfeitamente acreditar nisso.

— Nunca pus os olhos em Susan nem em Anthony — continuou Stanton. — Nisso, vocês têm uma vantagem sobre mim. Só me contem uma coisa — disse ele, num tom conspiratório. — Susan tem um rosto que combine com aquela voz magnífica?

O comentário, acompanhando de tão perto os pensamentos da própria Hannah, a desconcertou. Ela hesitou. Susan e Anthony claramente confiavam em Stanton, mas essa confiança, com a mesma clareza, tinha seus limites. Se ele não os conhecera, era porque o casal não desejara que o fizesse.

— Sim — disse Hannah. — Ela é mesmo admirável.

— Posso perguntar-lhe uma coisa? — disse Kayla.

— Sim, com certeza — respondeu ele, inclinando cortesmente a cabeça.

— Você arrisca sua vida por mulheres que nem sequer conhece?

Parênteses apareceram nos cantos da boca de Stanton, enquadrando um sorrisinho triste.

— É pessoal. Minha mãe era uma ardente feminista, embora ninguém descobrisse isso olhando para ela. Era a perfeita beldade do sul, com mais ou menos isto de altura — a mão de Stanton pairou alguns centímetros acima de sua cabeça —, que gostava de cor-de-rosa e não sonharia em pôr os pés fora da casa, se não estivesse usando batom. Queria estudar medicina, mas, então em seu último semestre no ensino médio, conheceu meu pai, fosse lá quem ele fosse, e engravidou.

— Ela nunca lhe contou quem era ele? — perguntou Hannah.

— De jeito nenhum e, pelo que sei, também nunca disse a ele. Aconteceu antes de haver coisas como direitos de paternidade, você entende. — Bebeu seu conhaque. — Ela concluiu a escola secundária, veio para casa, em Columbus, me teve e se matriculou na escola de enfermagem. Meus avós mais ou menos me criaram, enquanto ela buscava seu diploma; e, finalmente, ela se tornou uma parteira. Só quando aprovaram as leis criminalizando o aborto foi que ela começou a praticá-los. Àquela altura, meus avós estavam mortos e eu tinha trinta anos e sem ter o que fazer, então voltei para cá, a fim de ajudá-la. Eu marcava os encontros para ela — examinava as mulheres e encontrava um lugar —, e ela fazia os procedimentos.

Era assim que Raphael tinha chamado aquilo: o *procedimento*. Hannah lembrou como o termo, juntamente com outras palavras igualmente clínicas e desapaixonadas que ele usara, a acalmou. Ela viu, retrospectivamente, que eles a haviam capacitado, na verdade, a passar por aquilo. Ninguém contemporiza e muito menos se angustia com um procedimento, vai-se em frente com ele. Um procedimento não induz ao arrependimento nem exige expiações. Mas o roteiro se tornava muito diferente, se substituía isso por palavras como "assassinato" e "abominação". A verdade naquilo tudo, Hannah pensou agora, estava em algum lugar no meio-termo. Interrompera sua gravidez por amor, medo e necessidade. Não fora simplesmente um procedimento, mas também não fora uma atrocidade.

— De início, não havia muita procura por aborto, por causa do Açoite — disse Stanton. — Naquele tempo, as mulheres limpas estavam *tentando* engravidar, casadas ou não. Os orfanatos estavam vazios e os casais sem filhos pagavam cinquenta mil dólares por um bebê e o dobro, se fosse branco.

Hannah deu uma olhada disfarçada em Kayla. O rosto da sua amiga permaneceu cortesmente atento, mas houve uma agitação de alguma coisa em seu olhar, raiva ou, talvez, um ressentimento cansado. Quantas vezes, indagou-se Hannah, você terá de ouvir comentários como este, antes de pararem de incomodá-la?

— Mas, depois que descobriram a cura — prosseguiu Stanton —, começamos a receber cada vez mais telefonemas. Havia uma porção de charlatães e carniceiros fazendo abortos, naquele tempo... ainda há, aliás... e a fama da habilidade da minha mãe se espalhou. — Ele bebeu um demorado gole de conhaque e a expressão do seu rosto se tornou pensativa e um pouco nostálgica. — Ela era tão terna com as mulheres, tão gentil, especialmente com as jovens.

Como Raphael fora com Hannah e, ainda assim, fora terrível. Não era difícil imaginar como seria muito pior, se fosse feito por outro tipo de médico.

— E claro que, se fossem pobres, minha mãe não ficaria com um centavo do dinheiro delas. Apareciam mulheres que vinham de lugares tão distantes como Colorado e Virginia. E, quanto mais vinham, mais perigoso aquilo ia ficando, mas isso apenas tornava mamãe mais determinada. — Ele fez uma pausa, perdido em lembranças, e distraidamente tirou seus óculos e os limpou com o guardanapo. Sem eles, seu rosto parecia ainda mais infantil. — Os riscos aumentaram quando nos unimos aos Novembristas, mas eu jamais vira minha mãe tão viva. Honestamente, acredito que ela sentia que descobrira a finalidade da sua vida.

A lamentação de Stanton era aberta e dolorosa de ouvir. Hannah se indagou se a mãe dele, alguma vez, dera-lhe tanta atenção, tanta ternura. Embora sua própria mãe negasse isso, Hannah sempre soubera que ela amava mais Becca. Não se importara; mas, na verdade, sempre tivera seu pai.

— Quando ela faleceu? — perguntou Kayla.

— Há um ano, em setembro passado. Pneumonia. — A voz dele ficou presa e as duas mulheres murmuraram condolências. — Eu lhe disse que estava trabalhando demais, mas ela não quis ouvir, continuou ocupadíssima. Fui o fim de semana a Jackson e, quando voltei, encontrei-a caída, inconsciente, no chão do banheiro. No hospital, ela acordou apenas durante o tempo suficiente para se recusar a tomar o antibiótico vindo de fora, que talvez a salvasse. Disse que vinha de muito longe e que não tínhamos como pagar por ele. — Stanton terminou seu conhaque e se serviu de outro. — Sabem qual foi a última coisa que ela me falou? "Use esse dinheiro para terminar o túnel, filho. Prometa-me." Mamãe era assim, nunca pensava em si mesma.

Tampouco em você, aposto. Hannah sentiu uma punhalada de piedade por ele.

— Deve ter sido um grande conforto para ela ter um filho para continuar seu trabalho — disse Kayla.

— Francamente, acho que ela me rejeitaria, se eu não fizesse isso.

Houve um silêncio desajeitado.

— Bem — disse Hannah —, estamos muito gratas aos dois.

Stanton se levantou, bruscamente.

— É tarde demais, e vocês, damas, precisam ir enfiar-se na cama. Eu as acompanharei de volta ao seu quarto, agora.

— Não tenha esse trabalho, podemos encontrá-lo — disse Kayla.

— Poderiam tentar, mas duvido muito que conseguissem.

Quando chegaram ao corredor da frente, Hannah viu o que ele queria dizer. Examinou a parede revestida de madeira, por onde achavam que haviam entrado, mas até Stanton dizer: "Com a coragem e com as armas", e a porta se abrir, vagarosamente, ela era invisível.

— Para a própria segurança de vocês, terei de trancá-las durante a noite — disse Stanton. — Mas, quando se levantarem, de manhã, se precisarem de qualquer coisa, basta apertarem este pequeno botão aqui. Ele envia um sinal para meu celular e virei logo que puder.

Hannah e Kayla trocaram um olhar pouco à vontade. "Logo que possível" estava bem distante de "imediatamente". Stanton podia deixá-las ali por um longo tempo. E, se alguma coisa acontecesse com ele, nem mesmo Simone seria capaz de encontrá-las. Elas morreriam de fome, lenta, inexoravelmente.

— Não se preocupem comigo — disse Stanton, com palpável ironia. — Talvez eu esteja meio gorducho, mas meu médico diz que tenho o coração de um rapaz de vinte anos.

Os olhos de Kayla eram espelhos refletindo o pensamento da própria Hannah: *Que escolha temos?* Naquele momento, só podiam continuar descendo.

Quando Stanton estava prestes a fechar a porta, parou e bateu na testa com um dedo grosso.

— Quase esqueci. O que vocês mais gostam de comer, no café da manhã?

— Rabanada — disse Hannah.

— E bacon e cereais — acrescentou Kayla.

— Então, é exatamente o que teremos — disse ele, sorrindo, com seu sorrisinho de menino. — Durmam bem, minhas queridas.

Mas Hannah não dormiu bem, apesar da sua exaustão. Sua claustrofobia surgia repentinamente, e ela acordou inúmeras vezes, durante a noite, aos solavancos, atormentada por pesadelos de que estava sendo enterrada viva. De manhã, acordou desorientada, com o som de água correndo. Entrou em pânico, até que acendeu a luz e viu as duas camas, as paredes amarelas, a orquídea. Não estava no Straight Path Center; estava na casa de Stanton, com Kayla.

Quando Kayla terminou, Hannah deu-se bastante tempo para tomar o banho de chuveiro e se vestir, tentando recuperar a sensação de calma que sentira a noite passada na mala do carro de Stanton, mas ela lhe escapava. Subiram a escada juntas, e Hannah pressionou o botão com uma mão trêmula. Mas seus medos se mostraram infundados e, rápidos dois minutos depois, Stanton abria a porta e lhes desejava bom dia. O prometido café da manhã estava tão saboroso quanto o jantar da noite anterior e, quando ele insistiu para que se servissem de mais, elas aceitaram sem sequer um protesto fingido.

— Onde aprendeu a cozinhar assim? — perguntou Kayla.

— Minha avó me ensinou, escondido do meu avô. Ele achava que cozinhar não era coisa para homem aprender. Era um sujeito duro e velho, perdeu um olho na Coreia. Está enterrado no Cemitério da Amizade. Será que passaram por ele, quando entraram na cidade? — As mulheres sacudiram as cabeças, negando. — É um cemitério militar, mais de dezesseis mil soldados estão enterrados lá. Columbus foi uma cidade-hospital, durante a guerra. Milhares de feridos, tanto deles quanto nossos, foram trazidos para cá e postos para repousar juntos, no cemitério. — Hannah ficou confusa. Por que feridos ou mortos coreanos tinham sido trazidos para o Mississippi? — E então, em abril de 66, um grupo de senhoras decidiu enfeitar os túmulos com flores e foi o primeiro Memorial Day.

— Ah — disse Hannah. — Você está falando da Guerra Civil.

Kayla riu.

— Você está no extremo sul, agora. Não *existe* nenhuma outra guerra.

— Dito como se fosse por uma verdadeira filha da Confederação — disse Stanton, com um balanço aprovador de cabeça. — E, agora, preciso deixar vocês, damas, durante a tarde. Sou um dos Amigos da Amizade e faço visitas guiadas pelo cemitério, como voluntário, uma sexta-feira sim e outra não. Nunca faltei uma só vez ao meu turno, e não quero receber repreensões a partir de hoje.

De volta ao porão, Hannah ficou caminhando de um lado para outro, sentindo um inexplicável nervosismo, enquanto Kayla permanecia deitada, contente, em sua cama, com um prato de brownies repousando em seu estômago.

— Vou dizer-lhe uma coisa — disse ela, com a voz alterada pela comida —, para uma dupla de fugitivas desesperadas, sem dúvida estamos comendo como rainhas. Você precisa experimentar um desses. São incríveis.

Hannah não respondeu. Alguma coisa a importunava, como um dedo batendo em sua espinha dorsal.

— Está bem, deixe pra lá — disse Kayla.

— Você não sente que há alguma coisa um pouco... deslocada em Stanton, em toda essa situação?

— Além do fato de que ele não nos deu nenhum leite para acompanhar esses brownies, não. Mas me diga por que você acha isso.

Hannah se sentou no pé da cama de Kayla.

— Eu estava pensando em quanta coisa ele nos contou. Sobre si mesmo, sua família. Se fôssemos apanhadas, poderíamos identificá-lo em dois segundos, sem erro. Quero dizer, quantos homens minúsculos de meia-idade podem existir em Columbus, Mississippi, e que moram numa mansão vitoriana e tinham como mãe uma parteira? Por que ele revelaria tudo isso?

Kayla soltou um "hum" de divertimento.

— Você não tem muita experiência com álcool, não é? Uma pessoa lhe contará todo tipo de coisas depois de esvaziar uma garrafa e meia de vinho e duas taças de conhaque.

— Talvez, mas ele estava inteiramente sóbrio poucos minutos atrás, quando nos contou que é voluntário no cemitério. Quero dizer, ele foi específico como o diabo. Pense nisso. O que sabemos sobre as vidas reais de Susan e Anthony, ou de Simone? Nada. Porque, ao contrário de Stanton, eles tiveram o cuidado de não revelar nada, para o caso de sermos capturadas.

Kayla sacudiu a cabeça.

— Mas confiam nele inteiramente, até Simone, e não se pode dizer que ela seja do tipo de confiança fácil. E, se ele pretende nos causar dano, por que colocar uma planta de cem dólares em nosso quarto e nos alimentar com ensopado de lagostim? A verdade é que já podia umas dez vezes nos ter entregado à polícia ou nos matado, se quisesse. O sujeito nos teve dentro da mala do carro dele... podia nos levar para qualquer parte. Ou nos trancar no túnel e nos deixar lá até morrer, ou colocar drogas ou veneno nesses brownies.

Kayla jogou o último pedaço dentro da boca e ofereceu o prato a Hannah.

— É verdade — disse Hannah. Kayla tinha razão, ela estava sendo paranoica. Pegou um brownie e lhe deu uma mordida. — Hum.

— O que foi que eu lhe disse?

Mas, depois de duas mordidas, Hannah colocou o resto outra vez no prato. Era saboroso demais, doce demais. A ponto de se tornar enjoativo.

— Não aguento comer mais nem um pedacinho disso.

Kayla lhe lançou um olhar de descrença.

— Você está maluca, sabe?

Hannah encolheu os ombros. Não podia discordar.

STANTON VEIO BUSCÁ-LAS uma hora antes do anoitecer. Comeram uma rápida ceia e então chegou o momento de ir. Ele as conduziu de volta pelo túnel, até a garagem, empilhou a bagagem delas no assento de trás do carro e abriu a mala.

— É melhor nos despedirmos agora — disse ele. — Não haverá tempo quando chegarmos ao carro.

Hannah e Kayla lhe agradeceram por sua bondade, mas ele rejeitou a gratidão delas com o agora familiar "É uma coisa pessoal".

— Boa sorte na sobrevivência às reformas — disse Kayla.

Stanton sorriu.

— É um processo doloroso, mas valerá a pena, no fim. E agora, infelizmente, é preciso tornar a colocar vocês duas na mala. — Com sua habitual galanteria, ele as ajudou a subir e se instalar. Segurou a tampa com uma das mãos e as contemplou. — Lamento mesmo tudo isso — disse ele, com um arrependimento sincero, quase terno. — Mas não terão de suportar isso por muito tempo.

Baixou a tampa devagarinho, trancando-as ali dentro. Hannah o ouviu entrar no carro, dar partida ao motor e ligar uma música clássica. Recuaram, aceleraram. Ela sentiu o pânico crescendo, desejando irromper de sua garganta, seus punhos e pés.

Kayla fez um som rascante, um silvo, com a parte de trás da sua garganta.

— Boa-noite, é seu piloto falando — ela disse, com uma cordialidade artificial. — Bem-vindas à ClaustrofobiAérea. Esperamos que apreciem sua prisão. Se houver alguma coisa que pudermos fazer para tornar sua sensação de aperto maior e mais sufocante, por favor, não hesitem em pedir a um dos comissários de bordo.

Hannah sorriu, apesar do medo. O que faria ela, sem Kayla?

Cinco ou dez minutos depois, o carro parou. Hannah ouviu a porta do motorista se abrir e o ruído dos passos de Stanton e depois outra porta se abriu e uma segunda série de passos se aproximou do carro. De repente, a tampa da mala foi bruscamente aberta. Uma lâmpada de lanterna elétrica brilhou em seus olhos, cegando-a, e depois deslocou-se para Kayla. O dedo que antes estivera batendo na coluna vertebral de Hannah se tornou um punho, socando-a.

— Ótimo — disse uma voz masculina, soltando a palavra de uma forma lasciva. Antes de qualquer das duas mulheres poder mexer-se, a tampa da mala tornou a bater e se fechar.

— Ei — gritou Kayla. Deu um impulso para cima e Hannah ouviu o *pam* da sua cabeça batendo na tampa. — Ai! Merda! — Ela começou a chutar a tampa da mala. — Tire a gente daqui! Stanton!

— Acomodem-se! — gritou o estranho, com uma forte e rápida pancada na tampa.

Kayla respirava em arquejos altos, ásperos.

— Psiuuu — sussurrou Hannah, lutando para conter seu próprio terror, esforçando-se para ouvir o que diziam os dois homens.

— ... que pena — disse o estranho.

Houve uma resposta ininteligível de Stanton e então o estranho disse:

— Mas ela alcançaria o triplo, se sua renovação não estivesse por vir tão cedo. Nunca vi os lances ficarem tão furiosos por uma mulher quase quebrando.

Lances? Quebrando? O corpo de Hannah ficou frio. Ela sentiu um início de terror, ao apreender o que estava acontecendo. *Não, ele não pode, ele não faria uma coisa dessas, ele nos alimentou com ensopado de lagostim e brownies.* Sua mente se acovardava diante das suas conclusões, partindo então para todas as direções, em busca de alternativas, mas sem encontrar nenhuma.

Stanton as vendera.

Ela imaginou a si mesma e a Kayla na noite da véspera, enfeitando-se na frente do espelho, com seus trajes sexy, iluminadas por aquela brilhante fileira de lâmpadas, do tipo que a pessoa encontra no vestiário de uma estrela ou num cenário de filme. Meu Deus, ele devia estar filmando-as o tempo inteiro. Devia haver uma câmera atrás do espelho, passando as imagens delas para seus clientes à espera, porque claro que eles desejariam examinar a mercadoria antes de fazer seus lances. O leilão ocorreria mais tarde, depois que ela e Kayla fossem para a cama, ou esta tarde, talvez, quando Stanton supostamente estava fora, desempenhando o papel de guia de excursão. Mas *quebrada...?*

— Ah, meu Deus, ele está falando de mim — gemeu Kayla. — A quebrada sou eu.

Subiu bílis pela garganta de Hannah, quando ela captou o significado do termo. Por isso era que Stanton se mostrara tão aborrecido com o fato de Kayla não ter conseguido sua renovação: isso diminuía sua vida fora de circulação e, portanto, seu valor. Tique, tique, tique, Kayla entraria em fragmentação a qualquer dia, agora, e Hannah em algum momento, em fevereiro. E, quando isso acontecesse, elas se tornariam tão arrebentadas que deixariam de ter utilidade para seus proprietários. "Vocês não terão de suportar isso por muito tempo", prometera Stanton. Elas não seriam levadas para renovação: seus captores não ousariam arriscar-se a isso. Seriam descartadas, como um par de caixas de leite vazias.

— Até da próxima vez, então — disse o estranho. Stanton não respondeu. Hannah ouviu passos recuando, o som da porta de um carro se fechando. — Anãozinho filho da puta, metido a besta — disse o estranho.

Bateu com força na tampa da mala, fazendo as mulheres pularem.

— Ouçam bem, garotas. É uma viagem de três horas, até o lugar para onde vamos, e vão ficar boazinhas e quietas, até chegarmos lá. Se ouvir vocês fazendo barulho, tentando chamar a atenção de alguém, vão se ver comigo e, podem acreditar, é melhor não acontecer isso.

Quando o carro começou a se movimentar, uma imagem se formou na mente de Hannah, a do gancho vazio no teto da esfrangalhada sala de jantar de Stanton. Um gancho onde um lustre seria pendurado, lançando seu brilho sobre o papel de parede sedoso, sobre os tapetes com tonalidades de joias, sobre a mesa de mogno antiga, posta com talheres de prata, pratos de porcelana e copos e taças de cristal lapidado, tudo cintilando sob a ofuscante luz branca.

Seguiram de carro primeiro num silêncio pasmo, cada uma trancada em seus próprios pensamentos. Os de Hannah eram sombrios. Ela previa cinco ou seis semanas de escravidão, e isso se tivesse sorte; podia levar até dois meses antes que ela estivesse inteiramente fragmentada. Não tinha ilusões a respeito de que tipo de escravidão seria. "Só as jovens e bonitas", dissera Simone. Hannah se acalmou visualizando o rosto de Simone: tenso, furioso, resoluto. Uma mulher com um rosto desses não deixaria que elas fossem levadas por traficantes de escravos, como não deixara que fossem levadas pelo Punho. Viria procurá-las, mataria, se fosse preciso, para salvá-las, porque para ela era uma coisa pessoal. E para Paul, ainda mais. Ele não deixaria que Kayla sofresse nenhum mal. Com certeza não deixaria.

Hannah ouviu música tocando baixinho e depois o captor delas cantando junto, bem alto, com uma sinceridade a plenos pulmões, e sem qualquer senso de afinação, em absoluto. "Vi você e ele dançando no Broken Spoke a noite passada... Ele estava abraçando você e a apertava com força..."

— Ele só podia ser fã de música country — murmurou Kayla.

Hannah sentiu Kayla tremendo com o que ela pensou que eram risadas e depois ouviu uma fungadela e percebeu que sua amiga estava soluçando.

— Ei — disse Hannah. — Ouça, tudo vai acabar bem. Simone e Paul... Vincent... sabem onde estamos. O plano deles era nos seguir. Pense nele Kayla. Pense em Vincent.

"Senti vontade de quebrar os braços e a cara dele... Quis esfolá-lo, mas não posso... Porque ele é seu marido e eu sou apenas o outro..." — a música continuava.

— Eles pretendem nos matar — disse Kayla. — Quando estivermos fragmentadas demais para que possam continuar a nos estuprar.

—Vincent não vai deixar nenhuma dessas duas coisas acontecer. Ele se preocupa muito com você.

— E se ele não conseguir nos encontrar a tempo? E se eles o matarem?

— Não farão isso. Ele nos encontrará. Ele e Simone, e eu não gostaria de estar no lugar do sujeito que está dirigindo este carro, quando isso acontecer. Tenho certeza de que eles estão nos seguindo, agora mesmo, fazendo planos para nos resgatar. E sabe a primeira coisa que vão fazer, quando nos pegarem? Voltar e agarrar aquele filho da puta do Stanton.

—Vou ajudá-los a fazer isso — disse Kayla. — Quando penso em toda aquela merda de comida que ele fez para nós, tenho vontade de vomitar. E nós ficamos simplesmente ali sentadas, e engolimos tudo, como coelhos na frente de uma pilha de cenouras. — A imagem era familiar e Hannah tentou lembrar-se de onde a vira. — Lembra, em *Uma grande aventura*, como o fazendeiro bonzinho põe comida à vontade, todo dia, e os coelhos vão comendo tudo e ficam cada vez mais gordos, e então um coelho descobre, finalmente, que o fazendeiro está planejando transformar todos em fricassê?

Hannah sentiu, de repente, seu café da manhã revolvendo-se, ameaçando subir.

— Ah, meu Deus, estou enjoada.

— Respire fundo — disse Kayla. — A única coisa pior do que ser sequestrada e trancada numa mala de carro é ser sequestrada e trancada numa mala de carro cheia de vômito. — Lutando contra seu pânico, Hannah respirava fundo e soltava a respiração. — Por outro lado — acrescentou Kayla —, se vomitarmos em cima de nós mesmas talvez eles decidam nos mandar de volta e pedir a Stanton um reembolso. Que acha? Talvez valha a pena tentar.

A respiração profunda e o humor tiveram o efeito desejado e Hannah sentiu sua náusea começar a passar.

— Engraçado é que — disse ela, quando conseguiu falar —, ao contrário do fazendeiro, eu acho que Stanton de fato se sente mal com o que está fazendo. Acho que foi por isso que ele cozinhou para nós, como uma espécie de... expiação.

— Hum... Droga de expiação. "Desculpem senhoras. Estou vendendo as duas para serem escravas" — disse Kayla, imitando o sotaque dele —, "mas aqui estão alguns ótimos brownies antes de irem embora." Traidor filho da puta. — Sua voz soou mais forte, como se tivesse menos medo. *Nada como um pouco de raiva para aliviar o medo e o sofrimento* — pensou Hannah. — Imagino com quantas outras mulheres ele já fez isso — disse Kayla.

— Simone disse que houve três que desapareceram antes de nós.

— Uma para a sala de visitas, outra para a biblioteca e a terceira para a cozinha. Eu e você vamos financiar as reformas da sala de jantar e do quarto de dormir principal.

O captor delas chegara ao majestoso final: "Então, se ela flertar com você, corra o mais rápido que puder... Porque você não quer ser o outro... Oh, sim, é horrível ser o outro." Ele pulou uma oitava na última sílaba, emitindo-a num falsete gritado.

Quando o homem ficou em silêncio, Kayla disse, baixinho:

— Acho que estão todas mortas, agora, aquelas outras mulheres.

— Espero que sim, para o bem delas.

POR UM ACORDO não falado, elas passaram o tempo conversando sobre outras coisas — infância, família e, inevitavelmente, amor. Seus murmúrios teciam um cobertor macio em torno delas e as duas aproveitavam todo o conforto que podiam do seu calor tão provisório. Hannah sabia que elas, provavelmente, seriam separadas logo que chegassem ao seu destino. Empurrou o pensamento para o fundo da sua mente e ouviu Kayla lembrar seu primeiro amor, Brad, "que se revelou gay, e acho que eu mais ou menos sabia disso, mas ainda estava bastante envolvida, quando ele me contou" — e também dois namorados seguintes:

— Shaun era incrivelmente inteligente, engraçado e meigo, mas apareceu num momento de depressão e eu não estava preparada para nada sério tão depressa. E então veio Martin, era um inglês rico, vinte anos mais velho do que eu. O encontro foi na Kimbell, na frente de uma pintura de algum lorde do século XVIII, com uma peruca empoada, que era mais ou menos o que ele me fazia lembrar. Jamais teria funcionado, mesmo se eu não me apaixonasse por TJ. Martin só queria me manter numa caixa. Era uma caixa de veludo, mas mesmo assim uma caixa, entende o que quero dizer? — Uma pequena risada. — Pergunta idiota, considerando onde estamos agora.

— Ah, eu sei, tudo bem — disse Hannah, amargamente. — Eu poderia escrever um livro sobre o assunto.

Uma por uma, ela evocou todas as caixas dentro das quais fora colocada: a caixa da boa menina e da boa cristã. Os limites do seu quarto de costura, em cima da garagem. A caixa da amante, o papel que desempenhara dentro das caixas de todos aqueles indistintos quartos de hotel. O sufocante quarto do apartamento 122. A cela da prisão, a sala do interrogatório, a caixa das testemunhas em seu julgamento. As caixas da filha má e da mulher caída. Seu corpo vermelho, na cela cheia de espelhos da prisão Cromo, uma caixa dentro de outra caixa. O quarto da iluminação, a sala de visitas da sra. Henley. Os quartos trancados no esconderijo e na casa de Stanton. O engradado de madeira. E, agora, outra vez, a mala de um carro. Viu, com uma ardente e dolorosa clareza, que cada uma dessas caixas fora feita por ela própria, ou por consentimento ou por falta de resistência. Não tinha nenhum direito à amargura; colocara a si mesma dentro delas. E sairia, jurou. Uma vez que saísse, nunca mais entraria outra vez, voluntariamente, numa caixa.

Kayla a cutucou.

— Ei, está ouvindo?

— Desculpe. O que você estava dizendo?

— Perguntei se Aidan foi seu primeiro amor.

— Sim, primeiro e único.

Hannah contou a Kayla como se conheceram no hospital, a espera longa e tortuosa dos dois, a primeira vez em que estiveram juntos e a última, quando ela ficara deitada atrás dele com o ventre pressionado contra suas costas, sabendo que era o mais próximo que ele alguma vez ficaria do seu filho. Nunca falara sobre ele com ninguém e, quanto mais falava, mais se alargava a fenda na represa dentro dela e mais furiosamente as palavras eram cuspidas para fora. Kayla ouvia, com periódicos murmúrios de simpatia, aquela história inteira, que Hannah finalizou, de olhos secos, no momento em que o viu no vídeo, tão vibrante e distante, e percebeu que ele tocara sua vida para a frente. E então ficou em silêncio, com a sensação de que tudo lhe fora arrancado, mas se sentindo também imensamente mais leve. Imaginou que, se a mala do carro se abrisse exatamente naquele momento, ela subiria flutuando, como um imenso balão vermelho.

— Você não enxerga, não é?

— Enxergo o quê?

— Como você é forte, para ter feito a escolha que fez. Foi preciso coragem, de verdade. — Hannah começou a protestar, mas Kayla impediu. — Forte para manter a identidade dele em segredo, para enfrentar os Henley, como você fez, e para ir atrás de mim, quando achou que eu fora sequestrada, e, e, e... Que diabo, Hannah, você é uma das pessoas mais fortes que já conheci em minha vida. — Fez uma pausa e acrescentou: — E isso significa que você tem grande possibilidade de sobreviver a isto.

— O que quer dizer com isso... que *eu* tenho uma possibilidade? Você também é forte.

— Ouça — disse Kayla. — Não estou brincando. Poderá demorar dias ou até semanas para Vincent e Simone descobrirem uma maneira de nos libertar e, provavelmente, não terei tanto tempo assim. Mas você tem tempo...

— Sim, tenho sorte — interpôs Hannah. — Tenho seis ou mais semanas fabulosas, com todas as despesas pagas, para apreciar isto.

— A questão é que — disse Kayla, bruscamente — você tem a força para sobreviver, seja o que for que acontecer, até Simone e Vincent virem buscá-la. Lembre-se, não importa, se a situação ficar muito ruim.

— Sim, conseguirei — disse Hannah, perplexa com o jeito de Kayla.

Não parecia coisa da sua amiga mostrar-se tão fatalista. Ou tão silenciosa.

— Kayla?

Um longo suspiro.

— Não tenho certeza absoluta — disse Kayla —, mas acho que comecei a me fragmentar.

O TRAVO SALGADO DO MAR foi a primeira coisa que os sentidos dela registraram, quando a mala do carro foi aberta e os homens a puxaram para fora, enquanto seus olhos se envesgavam e se enchiam de lágrimas, por causa da repentina incursão da luz. A segunda coisa que ela registrou foi a dor aguda em seus membros. Quando tentou ficar em pé, suas pernas, com cãibras, desabaram sob seu peso, e o homem que a segurava deu-lhe uma sacudidela para cima, grosseiramente, usando a mão dele como um apertado cinturão em torno da parte de cima do seu braço. A terceira e a quarta coisas foram o vento frio, com a umidade do mar, contra seu rosto e uma sensação de espaço que era entontecedora, depois do seu confinamento. Agora podia ouvir o sussurro do mar, e esta foi a quinta coisa que registrou, e ver o cintilante caminho dourado traçado pela lua sobre sua escura extensão, e isto foi a sexta. A sétima foi o tamanho do seu captor. Ele era um colosso, uma montanha respirando. A oitava foi uma punhalada de dor na parte superior do braço, aquela que ele não estava agarrando e o resto foi um borrão caleidoscópico. O mundo se inclinou, enquanto um braço se enganchava embaixo dos seus joelhos e outro por trás das suas costas. Famintos olhos castanhos olhando de cima para ela, num rosto largo e branco, e cheiro de dentes sem escovar cobertos de café, um borrifo de estrelas que se tornava fraco por causa de uma lua gorda, corcunda. Um cais de madeira adelgaçando-se na direção de uma grande bolha branca, pés batendo forte na madeira, a cabeça de Kayla mole e curvada para trás, balançando-se pelo cais, longe de Hannah. Uma mão agarrando seu seio e apertando com força o mamilo, a tosse de um motor engolindo seu arquejo de dor.

O cheiro salgado do mar foi a última coisa que ela registrou, antes de deslizar para dentro do vazio.

CINCO

TRANSFIGURAÇÃO

D<small>E INÍCIO, QUANDO A ESCURIDÃO</small> começou a recuar, ela não teve consciência disso. Não existia "ela", para ter consciência, apenas uma infinita não existência. Ela não estava no vazio, ela *era* o vazio.

Ela. Era.

O vazio começou a se iluminar, desbotando para um tom não inteiramente negro, desbotando-se para um cinzento escuro, fuliginoso, desbotando-se para um cinzento de lousa, depois de nuvem. Um pontinho reluzente perfurava a escuridão. Ele pulsava — Hannah — e ela viu um grão brilhante suspenso ali. Pulsou repetidas vezes — Hannah! — tornando-se mais brilhante a cada irrupção de incandescência. Ele crestava seus olhos, apunhalava seus ouvidos, ameaçava sua não existência. Hannah! O grão ardia como um sol, esmagador, abrangendo tudo. Entrou nele, entrou nela. Ela era o grão.

— Hannah! Acorde!

Suas pálpebras pareciam estar presas para baixo por tijolos, mas o comando forçou-a a erguê-las. O quarto — estava num quarto — girou. Estava deitada de lado, numa cama. Estava nua da cintura para baixo. Isso provocou uma lembrança: um quarto sufocante, uma mesa coberta com lençóis com uma estamparia de dinossauros, o brilho de instrumentos médicos, o cheiro de sangue. Gemeu, de repente nauseada. Seu corpo encheu-se de suor e ela teve uma ânsia de vômito. Uma lata de lixo apareceu ao lado do seu rosto. Vomitou dentro dela. Um pano de prato limpou sua boca.

— Está melhor, agora?

A voz, de uma mulher, era familiar. Hannah sacudiu a cabeça, gemeu e tornou a vomitar. O pano de prato voltou, tornou a enxugar sua boca.

— Melhor? — Ela fez sinal afirmativo com a cabeça. — Vire-se e fique de costas — disse a voz.

Hannah tentou obedecer — mas suas pernas estavam fracas demais. Mãos a viraram, e uma toalha fria, molhada, foi pressionada contra a sua testa. Um rosto surgiu à vista, uma lua branca pairando sobre ela. Conhecia-o, e vasculhou sua mente à procura do nome que a ele correspondia.

— Você está salva, Hannah. Os homens que tentaram sequestrá-la estão mortos.

Hannah lembrou-se de outro rosto, olhando-a de soslaio, do alto. Uma mão imensa apalpando-a, machucando-a. Ela gemeu e recuou, tentando escapar. Mãos agarraram seus ombros e a empurraram para baixo.

— Psiu, acalme-se, você está salva — disse a mulher. Simone, este era seu nome. Imediatamente, os músculos de Hannah relaxaram e ela deixou sua cabeça tornar a cair em cima do travesseiro.

— Eles não lhe fizeram mal, mas drogaram você, aqueles *salauds*. Por isso você está enjoada, por causa do sedativo que lhe deram.

Ela se lembrou de uma picada em seu braço, Kayla sendo carregada para longe, com a cabeça pendente. Com esforço, Hannah voltou a cabeça para a direita e depois para a esquerda, procurando sua amiga. Havia uma segunda cama no quarto, mas estava desocupada e ainda muito bem-arrumada. Havia uma pistola na mesinha de cabeceira. Um alarme disparou através dela, afastando um pouco do nevoeiro que havia em seu cérebro. Onde estava Kayla? Tentou perguntar, mas sua língua estava inerte, impossível de movimentar. Esforçou-se, e deu um jeito de sussurrar:

— Onde?

Simone não entendeu.

— Ainda estamos no Mississippi, num lugar qualquer chamado Palagousta, Pascalula. — Um aceno impaciente. — Fica na costa.

Hannah gemeu, frustrada.

— Kay — disse ela.

— Ah — disse Simone. — Eles tinham um barco. Não estávamos mais de um quilômetro atrás de vocês, mas eles foram rápidos. Fizeram-se ao mar durante o tiroteio.

Nós. Querendo dizer Simone e Paul. Onde estava Paul?

— Capturamos os dois que estavam com você e eles falaram. Aquele *fils de pute*, Stanton, vendeu-a a um rico homem de negócios em Havana. Paul foi atrás dela.

Hannah soltou um suspiro, tonta de alívio, mas Simone estava claramente aborrecida. Claro, ela pensava que aquilo era tarefa de tolo: Paul, mole demais, não seguia o código.

— Você, eles a levavam de carro para um bordel em Nova Orleans que se especializa em Cromos. Atende a homens de negócios estrangeiros e turistas que procuram algo... exótico. Vermelhas são muito populares.

Hannah sentiu outra onda de náusea e engoliu, forçando tudo a descer de novo. Sua boca estava com um gosto horrível e todo o seu corpo escorregadio, com um suor frio. Ela estremeceu e Simone ergueu o lençol que a cobria e olhou para baixo.

— Mon Dieu, você está encharcada, e a cama também. Precisamos colocar você embaixo do chuveiro.

Simone movimentou-se para erguê-la, mas Hannah, consciente de que estava seminua, encolheu-se e se afastou, puxando o lençol contra seu corpo. Simone deslizou um braço por baixo das suas axilas e a puxou para cima à força.

— Não seja ridícula. Somos duas mulheres, inteiramente. E, não tem jeito, já vi isso.

O sangue subiu para o rosto de Hannah, quando ela percebeu que Simone devia tê-la despido. Por que fizera isso, e apenas da cintura para baixo? A menos que... Foi dominada pelo pânico. Simone era uma lésbica, e as duas estavam sozinhas, Hannah drogada, desamparada, presa numa armadilha.

— Não — gritou, lutando para se libertar.

Simone agarrou-a com mais força e lhe deu uma pequena sacudidela.

— Quem você pensa que limpou a urina do seu corpo, hein? Agora, vamos.

Alimentado pela humilhação — *Ah, meu Deus, devo ter me molhado* —, o pânico de Hannah transformou-se em histeria. Tinha de fugir, agora, mas seu corpo fez o exato oposto, dando uma súbita guinada para cima, na direção de Simone e não se afastando dela, esforçando-se, em sua ansiedade, para obedecer-lhe.

Simone franziu a testa e olhou atentamente para ela.

— Fique quieta — disse. Hannah gelou. — Feche os olhos. — Hannah fechou-os. — Abra as pernas. — Embaixo dos lençóis, ela as abriu. — *Ostie!* — Simone soltou-a, fazendo um movimento brusco para longe, com desagrado. Hannah se encolheu, aterrorizada com a possibilidade de ter desagradado a outra mulher, e forçou suas pernas a se abrirem mais, até os músculos da parte interna das suas coxas arderem. — Pare! — exclamou Simone e então, mais tranquilamente. — Pare, Hannah. Relaxe. — Seus músculos ficaram moles. Com uma gentileza de que Hannah não a julgaria capaz, Simone segurou suas pernas e tornou a juntá-las. — Está tudo bem — ela disse. — Você não fez nada errado.

Simone se sentou na beira da cama, olhando para Hannah com uma expressão assombrada, como se visse alguma coisa ou alguém diferente.

— Eles não apenas sedaram você, mas lhe deram um remédio chamado Thrall. Você sabe o que é? — Hannah sacudiu negativamente a cabeça. — O nome químico é tralaxomina. É uma droga feita para o estupro. Quando alguém está sob seu efeito não tem nenhuma vontade própria, faz o que lhe ordenam, não importa o quê. A pessoa quer lutar contra eles, quer chutar e gritar pedindo ajuda; mas, em vez disso, suplica mais, porque lhe dizem que suplique. E a pessoa fica inteiramente consciente, o tempo todo, observando a si mesma, odiando a si mesma por obedecer a eles. E, depois... — Simone cruzou os braços sobre o peito, abraçando a si mesma. — Depois, você se lembra de tudo. De tudo. — Sua voz estava baixa e recortada pelo sofrimento.

Seu som doeu no coração de Hannah.

— Isso foi feito comigo — disse Simone, como Hannah sabia que diria. — Havia três deles e me levaram para um motel muito parecido com este e me prenderam lá durante dois dias. — Os olhos dela dardejaram em torno do quarto, remobiliando-o com diferentes quadros, mesas, colchas. Repovoando-o. — Depois, encontrei com uma amiga que me deu a pílula, a pílula do dia seguinte. Mas já era tarde demais. Dois meses depois, descubro que estou grávida. Isso foi em Québec, antes de mudarmos a lei para o que era antes. Procurei uma mulher, que conhecia outra, e esta sabia de um homem que fazia abortos. Fui ao encontro dele numa caverna, um... porão de um prédio abandonado. O lugar era sujo, e o homem um carniceiro. Quando fez aquilo — ela fez um movimento de punhalada, com uma das mãos —, ele, ele me perfurou. Depois, fiquei muito doente. Quase morri, com a infecção. — Fez uma pausa. — Algumas vezes, queria morrer.

As palavras "sinto muito" se formaram nos lábios de Hannah, mas ela não tentou dizê-las, embora sentisse mesmo, e profundamente. Aquela mulher não desejaria sua piedade, que seria atirada de volta para ela como uma serpente morta. Simone podia ter sido vitimizada, mas não era nenhuma vítima. Não se permitira ser. Em vez disso, alimentara sua coragem, usando-a como combustível, primeiro para sobreviver e, depois, para ajudar outras mulheres a fazerem o mesmo. *É pessoal*. Hannah entendeu inteiramente, pela primeira vez, o significado das palavras. Não eram apenas sobre escolha, ou sequer sobre o direito à privacidade; eram uma declaração de autoestima, uma exigência de dignidade pessoal. A verdade fundamental das duas repicou dentro dela, intensamente clara.

— Estou satisfeita por você não ter morrido — disse ela, descobrindo que podia falar novamente. Estendeu a mão e tocou na perna de Simone. — Os mortos não podem lutar contra quem os ataca. E, se não lutarmos, eles ganham.

Simone meio que a fez caminhar, meio que carregou Hannah até o banheiro e a soltou em cima da privada, de onde ela pendeu como uma boneca de trapos. Sua mente estava um pouco mais aguçada, mas ainda sentia seus membros sem energia nem coordenação, e estava tão cansada que parecia sem dormir havia dias.

— Acho que é melhor prepararmos um banho, non? — Hannah fez um sinal afirmativo com a cabeça; não que pudesse fazer outra coisa, agora que Simone expressara uma preferência. A outra mulher deixou a torneira aberta e disse: — Vou deixar você um pouco sozinha. Bata quando estiver pronta.

— Obrigada — disse Hannah, agradecida pelo tantinho de privacidade.

Simone retirou-se, fechando a porta ao sair. Havia um espelho na parte de trás da porta, diretamente em frente a Hannah. Uma criatura lastimável estava sentada ali, encolhida na privada. Seu rosto vermelho estava frouxo, como um balão meio esvaziado, os cabelos, emaranhados, o suéter, rasgado e sujo. Tinha um joelho revestido de sangue seco. A criatura estava chorando, e quem poderia culpá-la, horrenda, abjeta e solitária como estava? Mas suas lágrimas, percebeu Hannah de repente, não saíam apenas por causa da infelicidade. Eram também lágrimas de alívio, porque estava viva, porque sobrevivera mais um dia. Como poderia alguém estar grato por uma existência daquelas? E, no entanto, aquela criatura estava. Quando se viu e soube que, apesar de tudo, queria viver, chorou com mais força ainda, soluçou inconsolavelmente, até se esvaziar.

Quando Hannah bateu na porta, Simone voltou, trazendo a escova de dentes que estava em sua mochila. Ela olhou para os olhos inchados de Hannah, mas não fez nenhum comentário, apenas aplicou a pasta de dentes, molhou a escova e a entregou a ela. Hannah usou-a desajeitadamente, ainda sentada na privada, cuspindo dentro de uma tigela de plástico que Simone lhe estendeu, bochechando água e tornando a cuspir. Em seguida, bebeu vários copos de água e se sentiu melhor.

— Pronta?

Hannah fez um sinal afirmativo com a cabeça e ergueu os braços, e Simone tirou seu suéter encharcado de suor. Seu toque era rápido e impessoal, e desviava os olhos do corpo de Hannah, mas ela, mesmo assim, sentia-se constrangida e exposta, e teve de resistir ao impulso de se cobrir com as mãos. Simone a ajudou a se levantar da privada e entrar na banheira.

— Precisa de ajuda, para tomar banho?

— Acho que posso dar um jeito — respondeu Hannah, mas então lhe ocorreu que, se deitasse de costas na banheira, para molhar os cabelos, talvez não tivesse força nem coordenação para se levantar novamente. Como seria absurdo, depois de tudo a que ela sobrevivera, afogar-se em alguns centímetros de água! Considerou a possibilidade de deixar de lado os cabelos, mas seu desejo de ficar inteiramente limpa ultrapassou seu pudor.

— Pensando bem, acho que precisarei de ajuda para lavar meus cabelos.

Simone encolheu os ombros.

— Não é um problema. — Pegou o copo do qual Hannah tinha bebido e se ajoelhou ao lado da banheira. — Movimente-se para a frente. — Hannah disparou para o centro da banheira, entornando água pela borda, em sua pressa de obedecer. — Desculpe — disse Simone, com um sorriso triste. — Vou tentar parar de lhe dizer o que fazer, até passar o efeito do Thrall.

Hannah olhou atentamente para ela, surpresa. O sorriso havia transformado o rosto de Simone, tirando dele dez anos difíceis e fazendo com que parecesse surpreendentemente... feminina. Ela não era bonita de uma maneira convencional, mas havia uma pureza impressionante nos planos bem definidos e marcados do seu rosto. Era muito bem-feita, Hannah pensou, com uma espécie de indiferença sonhadora. Como se um mestre entalhador a tivesse cinzelado.

— De manhã, deve passar completamente. — Simone mergulhou o copo na água e inclinou a cabeça de Hannah para trás. — Por favor, feche os olhos.

Água quente escorreu do topo da cabeça de Hannah pelo seu couro cabeludo. *Que estranho batismo*, pensou ela, com o mesmo distanciamento. Simone despejava um copo d'água atrás do outro, em cima da sua cabeça, erguendo seus cabelos para molhá-los embaixo, e depois seus dedos trabalharam com o xampu, massageando-o vagarosamente no couro cabeludo de Hannah. A sensação era sublime, e ela começou a se sentir sonolenta. Quando Simone começou a lavar seus cabelos, Hannah caiu para um lado.

Simone endireitou-a, fazendo com a boca um pequeno som repreensivo.

— Quase terminado — disse ela.

Um pano de prato molhado movimentou-se suavemente através do rosto de Hannah, em torno do seu pescoço, descendo por suas costas, debaixo dos seus braços, através e debaixo dos seus seios.

Como uma criança, ela deixou suas pernas serem levantadas e abaixadas, deixou-se arrastar para cima e ser enrolada numa toalha, seus cabelos serem desembaraçados e penteados. Como uma criança, deixou então que Simone a conduzisse para a segunda cama, puxasse as cobertas, tirasse a toalha que a envolvia. Simone a ajeitou, então, embaixo dos frescos e limpos lençóis, que puxou em torno do seu corpo. Sentiu um suave roçar de lábios contra sua testa, e ouviu a outra mulher murmurar:

— Durma agora, chère.

Chère, pensou Hannah. *Acarinhada.* Que coisa boa de acontecer. Embrulhou a palavra em torno de si e a carregou consigo, para dentro do sono.

QUANDO HANNAH ABRIU os olhos, viu o rosto de Simone a centímetros de distância do seu, iluminado por um fino fio vertical de luz do sol, que passava através de uma abertura na cortina. Sua confusão se transformou em pânico, enquanto os acontecimentos da véspera iam caindo, como uma cascata, através da sua mente, e depois veio o alívio. Salva, ela estava salva. Por causa dessa mulher.

Hannah examinou Simone, lembrando-se do que ela revelara sobre seu passado, lembrando-se da sua coragem, raiva e dor, e da sua ternura, durante o banho. Ela estava deitada de lado, como Hannah. Sua boca se achava ligeiramente aberta, seu rosto suavizado pelo sono, e tinha uma mão enroscada embaixo do queixo. Seus cílios eram cor de mel e formavam uma espessa e curva franja contra suas faces pálidas. Uma ruga leve de preocupação dividia ao meio suas sobrancelhas, e a mão de Hannah, por vontade própria, levantou-se da cama e se estendeu para alisá-la, com um levíssimo roçar do seu polegar contra a pele da outra mulher. Simone suspirou e Hannah retirou rapidamente a mão.

O que estou fazendo? Sua pulsação se acelerou, com o pensamento de que Simone poderia acordar. *E se ela acordasse? O que faria? O que Simone desejaria que ela fizesse?* As duas primeiras respostas que sua mente deu — Nada, e depois Não sei — vieram como um reflexo, uma depois da outra. A terceira foi mais lenta de se materializar, uma relutante descoberta que expunha a posição de ambas.

Eu desejaria que retribuísse meu toque.

A consciência disso era perturbadora, inconcebível, e a resposta imediata de Hannah foi a negativa. Mas o não foi fraco e, quando desapareceu, a terceira resposta permanecia em sua cabeça, à espera, e ela sabia que era a verdadeira.

Maldade, perversão, abominação: aqui veio ele, o virulento e bem conhecido vocabulário da vergonha. Mas, desta vez, ela deteve sua investida e o examinou, em busca da verdade. Para sua surpresa, não descobriu nenhuma que reconhecesse. Essas palavras antigamente poderosas, da sua vida anterior, estavam cansadas e fracas, inofensivas, a menos que ela lhes desse forças, acreditando nelas.

A mão de Hannah voltou para o rosto de Simone, pairando sobre ele. Devia a Simone a sua vida e sabia que sua gratidão era em parte por causa disso. Reconheceu também sua própria solidão, até que ponto andava faminta pelo toque amoroso de outro ser humano. Mas enquanto sua mão descia e seus dedos traçavam o contorno dos ossos da face de Simone, Hannah sabia que precisava e queria tocar, tanto quanto ser tocada, e não por qualquer ser humano, mas por aquele. Aquela mulher que ela admirava, respeitava. Pela qual estava inegavelmente atraída.

Simone acordou com um movimento brusco, imobilizando-se ao reconhecer Hannah. A ruga entre suas sobrancelhas se aprofundou e Hannah estendeu a mão e a acariciou com seu polegar.

— O que está fazendo? — perguntou Simone. — Pare.

Hannah fez uma pausa, por um momento, e depois sua mão recomeçou sua lenta e deliberada odisseia, acompanhando a reentrância entre a boca e o queixo de Simone, deslizando para baixo, através do ângulo do seu maxilar, descendo pela macia e vulnerável coluna do seu pescoço.

— Pare — disse novamente Simone, mas de uma forma que mais parecia uma pergunta.

Os olhos de Hannah seguiam o caminho da sua mão, tão sinistra, contra a palidez de Simone, maravilhando-se pelo fato de ela estar ali, movimentando-se pelo ombro nu de outra mulher, descendo pelo comprimento do seu braço esguio, rijo, circulando em torno da palma da mão dela. Um estremecimento passou pelo corpo de Simone e, quando a mão de Hannah viajou de volta, pelo seu braço acima, sentiu a pele dela arrepiar-se sob seus dedos e, dentro de si mesma, seu próprio desejo crescendo. Como se estivesse a uma grande distância, observou sua mão descer até a bainha da camiseta de Simone.

Simone se afastou e se soergueu.

— Non, isso não é uma boa ideia.

— Pare — disse Hannah. — Deite-se.

Colocou a mão aberta sobre o peito de Simone e a empurrou.

Simone procurou o rosto de Hannah e depois relaxou, deitando-se de costas, com uma lânguida rendição, que fez o coração de Hannah bater forte. Sua mão vagueou vagarosamente pela cintura de Simone acima, até seus seios, uma paisagem menos sinuosa do que a sua própria, mas mesmo assim inconfundivelmente feminina. Simone estava imóvel, vigilante, com seus lábios ligeiramente separados. Os dedos de Hannah passaram de leve sobre o inferior, acompanharam a espiral de uma orelha e se enfiaram nos cabelos cortados bem curtos, descobrindo que era macio como o pelo de um animal. Uma pulsação batia visivelmente em seu pescoço, chamando a boca de Hannah. Ela pôs a mão em concha atrás da cabeça de Simone e puxou-a para perto. Seus lábios cercaram o local da pulsação e ela sentiu o insistente latejar da vida, embaixo da pele delicada. Aspirou-o, tinha cheiro de sal e de baunilha, mais profundamente de almíscar. Simone fez um som entre gemido e suspiro, e Hannah recuou para olhá-la, esfregando sua face contra a da outra mulher, como um gato.

Simone pegou o queixo de Hannah em sua mão, pressionando seus dedos para dentro da carne macia entre a face e o maxilar.

— Tem certeza?

Hannah lembrou sua primeira vez com Aidan, e pensou na profunda certeza que tinha, naquele momento, na confiança que sentia de estar cumprindo a vontade de Deus. A sensação de agora era inteiramente diferente. Ela só tinha sua própria vontade a seguir, seu próprio desejo a realizar, ou não. Fosse qual fosse a decisão, seria apenas sua.

— Sim — disse ela.

Seu pé encontrou o de Simone debaixo do lençol, e ela acariciou o macio lado de baixo do peito. Soergueu-se e se inclinou para baixo, a fim de beijar a boca de Simone.

— Feche os olhos — murmurou Hannah. — Abra as pernas.

Em seguida, elas cochilaram um pouco, deitadas com as pernas e braços entrelaçados. Quando Hannah acordou pela segunda vez, Simone a olhava com uma expressão que parecia de perplexidade.

— Você é cheia de surpresas.

Hannah desviou a vista, sentindo uma repentina timidez.

— Você também.

Os lábios de Simone se curvaram, num sorriso irônico.

— Foi bom, non?

— Sim — disse Hannah, mas o fato era que fora muito mais do que apenas bom.

Fora espantoso, tanto física quanto emocionalmente: íntimo, intensamente erótico, curativo de uma maneira que ela necessitava, mais até do que sabia. Nada apagaria jamais os horrores que atravessara, mas o toque de Simone e sua própria reação a ele obscurecera tudo isso, diluindo seu poder sobre ela e afastando, até uma distância suportável, as experiências vividas. Pela primeira vez, desde que se tornara uma Vermelha, Hannah se sentiu inteiramente humana.

— Não podemos ficar aqui por muito mais tempo — disse Simone.

Hannah ouviu o pesar na voz dela e sentiu ela própria uma pontada dele, misturada com alívio, culpa e outras emoções que não podia sequer identificar. A culpa era principalmente por Kayla: porque fora resgatada e Kayla não; porque tivera intimidade com a mulher que estivera preparada para matar Kayla apenas três dias antes; porque, enquanto ela fazia amor com Simone, tirara Kayla da sua cabeça. *Sou uma pessoa terrível*, pensou.

Simone rolou na cama e ficou de costas, olhando para o teto. A expressão do seu rosto se tornou sombria, refletindo os próprios pensamentos de Hannah.

— Iremos embora logo que escurecer — disse ela. — Tenho negócios em Columbus.

Hannah sorriu, sombriamente.

— Acho que Stanton não precisará sofrer durante o inferno terrível das reformas, afinal.

— O que quer dizer?

— Foi por isso que ele nos vendeu. Para pagar a restauração da sua casa.

— Foi por causa *disso* que ele nos traiu? Por causa de uma merda de uma *casa*? — Simone sacudiu a cabeça. — A mãe dele, Claire, foi uma das primeiras a se unir a nós. O fato de um filho dela fazer uma coisa dessas é inimaginável.

— Ele falou sobre ela. Fiquei com a impressão de que se ressentia dela, por ter posto a sua causa em primeiro lugar.

— Ela era uma verdadeira patriota. Ela o mataria pessoalmente, se estivesse viva.

Em vez disso, Hannah sabia, Simone faria isso. Hannah imaginou a cena: Stanton amarrado a uma das suas preciosas cadeiras, enquanto Simone o interrogava. Seria torturado, exatamente como ela e Paul deviam ter torturado os raptores de Hannah, na véspera, para descobrir o que eles sabiam. Seria silenciado. Antigamente, isso perturbaria sua consciência. Mas, agora, pensando nas mulheres que Stanton havia destinado ao abuso e à morte, pensando em Kayla, drogada com Thrall, implorando aos seus captores para a estuprarem, Hannah não apenas ficou impávida, mas, na verdade, sentiu um prazer profundo, primitivo. As palavras de Cole ecoaram em sua cabeça: *Algumas coisas não merecem ser perdoadas.* Talvez os dois não fossem tão diferentes, afinal. Era um pensamento perturbador.

Simone se sentou na cama, curvou-se, pegou suas calças no chão e ficou procurando nos bolsos o celular.

— Vá agora tomar seu banho de chuveiro. Preciso dar alguns telefonemas.

— O.k. — Quando Hannah se levantou, com esforço, seu estômago grunhiu. — Há alguma coisa para comer? Estou morta de fome.

— Nada, sinto muito. Pararemos quando sairmos da cidade e pegaremos alguma coisa. Mas terá de ser fast food. Temos uma viagem de nove horas de carro para fazer; e quanto mais depressa eu a entregar a George, em Bowling Green, mais depressa poderei voltar e cuidar daquele *chien sale*, Stanton.

— Não — disse Hannah, sem pensar, com sua mão voando numa negativa enfática. — Mais, não.

Simone franziu as sobrancelhas.

— Ele precisa morrer, você com certeza percebe isso.

— Quero dizer, não ficar mais à mercê de estranhos. Não me encolher mais dentro de engradados e malas de carro ou ficar em quartos trancados, me perguntando se a pessoa do outro lado vai me deixar sair ou não. — *Não quero mais caixas.*

Simone acariciou seu braço.

— Ah, *chérie*, entendo muito bem seus sentimentos, mas não será durante muito tempo mais. Em seguida, você vai encontrar com George e depois Betty e Gloria. Pode confiar neles. Vão levá-la em segurança.

— Como fez Stanton? — Hannah viu Simone recuar um pouco. — E a pessoa seguinte, e a outra depois dela? Pode me olhar nos olhos e me dizer que tem cem por cento de certeza de que posso confiar em todas?

Simone fez um ruído de irritação.

— E o que, na vida, é cem por cento certo? Mas, sim, tenho confiança nos outros. E, seja como for, não há nenhum outro rumo.

— Sim, há. Alugue um carro para mim e me dê um endereço no Canadá. Dirigirei a noite inteira e me esconderei durante o dia.

— *Es-tu folle?* — exclamou Simone, circulando seu indicador em torno da têmpora. — Você não conseguirá de jeito nenhum passar por todas as fronteiras.

— Não cruzarei as fronteiras estaduais, nas grandes vias expressas, seguirei por estradas laterais. Você não pode me dizer que eles têm guardas em cada ponto isolado. E, quando chegar à fronteira canadense, eu a atravessarei a pé, pela floresta, se for preciso. Pensarei em algum jeito.

— E é a isso que você chama de plano?

— As pessoas fazem isso o tempo inteiro — disse Hannah, com mais confiança do que de fato sentia.

A segurança na fronteira entre os Estados Unidos e o Canadá não era estanque, mas os avanços nas análises térmicas, biometria e vigilância com robôs haviam reduzido drasticamente o número de cruzamentos ilegais, desde os tempos da TSA, a Agência de Segurança nos Transportes. Mesmo assim, algumas pessoas conseguiam atravessar.

— Há maneiras, tem de haver. E aposto que você as conhece.

— Non. É perigoso demais.

Hannah sabia que as objeções de Simone eram bem-fundamentadas, mas, mesmo assim, o autoritarismo dela era irritante.

— Estou disposta a assumir os riscos.

— Pode ser, mas eu não estou disposta a colocar você em risco.

— Não sou uma coisa sua para você arriscar — replicou Hannah, com mais raiva do que pretendia.

Viu um relâmpago de mágoa nos olhos de Simone e ficou sentida por um rápido instante; mas, num nível mais profundo, não estava sentida, de forma alguma. O que dissera correspondia exatamente à verdade. Ela não era de Simone. Não era de mais ninguém a não ser de si mesma.

Hannah estendeu a mão e tocou na face da outra mulher.

— Não entende? Não posso voltar a ser dependente, a ser *manejada* por outras pessoas. Passei a maior parte da minha vida assim, e para mim chega. Por favor, ajude-me a fazer o que preciso.

O maxilar de Simone se enrijeceu. Bruscamente, ela pegou a mão de Hannah e fez com que ela voltasse para seu colo.

— Não posso permitir isso, Hannah. Você sabe demais, agora. Se eles a pegarem, vão drogá-la e você contará tudo.

Hannah sentiu que fraquejava um pouco, diante da ideia de ser novamente drogada. Mas então seu olhar bateu na mesa de cabeceira e nos objetos que estavam em cima dela.

— Então me dê um revólver e me mostre como usá-lo. Se me pegarem, eu o usarei contra mim mesma, juro.

— Sinto muito, de verdade — disse Simone —, mas o que você me pede não é possível.

A determinação em sua voz abriu uma fenda em algum lugar no íntimo de Hannah, um núcleo duro de tenacidade submerso tão fundo dentro dela que nem sequer sabia que existia até aquele momento, quando viu sua mão avançar e agarrar a pistola, seus dedos curvando-se em torno do sólido aço do seu cano, para então estender a arma, com a extremidade mais grossa na frente, em direção a Simone.

— Então, faça isso — disse ela. — Porque prefiro estar morta a ser vítima de alguém, outra vez.

Uma selvagem exaltação a dominou, quando ela percebeu que falava sério; que reivindicava sua vida como nunca fizera. Jamais se sentira tão inteiramente viva, como naquele momento, sentada, nua, com uma arma apontada para seu peito, num quarto de motel barato, com uma mulher com quem acabara de fazer amor, desafiando tudo o que já lhe fora algum dia ensinado, uma mulher que a olhava com choque e consternação, porque via que Hannah falava sério, e com empatia porque no lugar de Hannah, Simone sentiria exatamente a mesma coisa. Tudo isso, Hannah percebeu num instante. Manteve-se imóvel como uma pedra, observando a guerra de emoções no rosto de Simone, e viu o momento em que a empatia venceu.

Simone soltou um longo suspiro. Com cuidado, tomou o revólver da mão de Hannah e o recolocou na mesa.

— Não gosto disso — disse ela.

Hannah inclinou-se para a frente e a beijou.

— *Merci*.

Quando se levantou e caminhou para o banheiro, a fim de tomar um banho de chuveiro, Hannah permitiu que o pensamento traiçoeiro, que até então escavava nas profundezas da sua mente, se contorcesse até chegar à superfície. Agora, podia procurar Aidan.

No final, Simone decidiu alugar um carro para si mesma e deixar Hannah ficar com a van.

— Você ficará muito mais segura dessa maneira — disse.

Revolvia sua valise, completamente nua, sem tomar consciência disso. Hannah estava sentada na cama, toda vestida, analisando Simone — minha amante, pensou com um pasmo que não diminuía —, analisava disfarçadamente; ou, pelo menos, esperava não ser notada.

— O logotipo da igreja acabará com as suspeitas — disse Simone.
— E você pode dormir nos fundos sem ser vista.

Hannah se indagou, não pela primeira vez, como os Novembristas eram financiados. Deviam ter bastante dinheiro, se podiam permitir-se simplesmente lhe dar um veículo.

— Susan e Anthony não se importarão, por você dar a van deles? — perguntou.

— No final, eles a pegarão de volta ou terão outra parecida. — Simone encolheu os ombros. — De qualquer forma, não cabe a eles fazer objeções a nada que eu decida. Susan e Anthony obedecem às minhas ordens.

— Como assim? — perguntou Hannah.

Simone a encarou, com divertimento.

— Sou a superior deles.

Hannah ficou aturdida.

— Mas vocês todos se submetiam à vontade de Susan — ela disse.

Hannah pensou retrospectivamente nas interações do grupo no refúgio, lembrando como os olhos de Susan e Anthony constantemente disparavam na direção de Simone — para lhe dar instruções, pensara Hannah, na ocasião, mas agora via que eles estavam checando tudo com ela, que buscavam sua aprovação. E, durante a última conversa, a que Hannah ouvira escondida, fora de fato Simone, e não Susan, quem tomara a decisão final de mandá-las para Columbus.

— Hum — disse ela. — Bem, vocês quatro sem dúvida representaram muito bem.

— Temos muita prática. Susan, Anthony e Paul estão entre os pouquíssimos que sabem a verdade. E agora, você.

Por que eu? Certamente, não porque haviam dormido juntas. Simone era a última pessoa do mundo que deixaria sexo governar seu julgamento. Mas qual seria o outro motivo para ela confiar em Hannah?

Simone terminou de se vestir e examinou-se rapidamente no espelho. Seus olhos claros, agora de um azul-acinzentado, movimentaram-se no espelho e encontraram os de Hannah. Ela viu atração neles, mas eles também tinham um novo respeito. Por ela, percebeu Hannah. Sentiu uma rajada de alguma coisa passando através de si, como uma poderosa e revigorante corrente de ar ascendente; finalmente reconheceu-a como orgulho. Quanto tempo fazia desde que se sentira orgulhosa de si mesma? Mais do que ser desejada e merecedora de confiança, mais ainda do que sua liberdade, isto — a volta da sua autoestima — era uma dádiva infinitamente preciosa, porque sabia que não era dada com facilidade.

Simone vestiu seu casaco e caminhou até a cama.

— E agora preciso sair por um tempinho e conseguir para você um cartão bancário pré-pago e um pouco de comida para a viagem. Quanto menos vezes você precisar sair da van, mais segura estará.

— Tenho bastante dinheiro — protestou Hannah.

— Mas não tem acesso a ele. No momento em que usar seu cartão de identificação, a polícia saberá onde está.

— Tem razão. Claro — disse Hannah, sentindo-se tola e ingênua.

— Não fique embaraçada, *chérie*. Demora para aprender a pensar como uma terrorista implacável.

O comentário não foi registrado por uns poucos segundos, mas, quando foi, Hannah escancarou a boca e arregalou os olhos, numa expressão burlesca de surpresa.

— Não consigo acreditar.

— Em quê?

— Você, Simone, fez uma brincadeira.

Simone deu um sorriso torto.

— Ben, há sempre uma primeira vez para tudo. — Ela se curvou e deu um demorado beijo em Hannah. Ela sentiu seus lábios formigarem, com um zunido elétrico. — Voltarei dentro de uma hora — disse Simone. — Então, talvez...

Ela arrastou o dedo através do lábio inferior de Hannah, extraindo dela um suave gemido involuntário.

Simone riu.

— Espere por mim. Dirigirei rápido.

DEPOIS QUE ELA foi embora, Hannah tornou a se jogar na cama e olhou para o teto, como Simone fizera, deixando os acontecimentos da manhã — imensos, concretos, irrefutáveis — tomarem forma em sua mente. Acabara de ter intimidade com outra mulher. Ela iniciara a intimidade das duas, tivera prazer com isso, sentira-se profundamente ligada a outra mulher. Será que o fato a tornava uma lésbica, então, ou uma bissexual? Sentiria ela atração por outras mulheres, além de Simone, ou o episódio fora uma anomalia, deflagrada por seu sequestro, quase estupro e resgate? Uma frase lhe veio: "o ato do amor", e Hannah sacudiu a cabeça, rejeitando-a. Ela gostava de Simone. O que haviam partilhado fora além do sexo. Mas não houvera a febre do amor entre elas, a ânsia de duas almas por união, não era o que ela antigamente tivera com Aidan.

E poderia tornar a ter. Seu pensamento anterior sobre ir procurá-lo em Washington voltou voando. Ela se resignara a jamais tornar a vê-lo, mas agora que era possível, agora que lhe fora dada essa chance inesperada de viajar sozinha, como poderia não tentar, pelo menos? Precisava olhar dentro dos olhos dele, saber a verdade dos seus sentimentos por ela. Pedir perdão a ele, abraçá-lo e ser abraçada, chorar com ele pelo que haviam perdido. Mas e se ele se recusasse a vê-la? Claro que ele não seria tão cruel, mesmo que não estivesse mais apaixonado por ela; pelo menos, o antigo Aidan não faria isso. Mas aquele que ela vira no vídeo, na casa de Susan e Anthony...

Só havia uma maneira de descobrir.

Sentou-se na cama e ligou o vídeo. Seu primeiro pensamento foi telefonar para ele, mas rejeitou quase imediatamente a ideia. Ele podia estar com alguém; e, além disso ela não estava preparada para que ele a visse. Teria de encará-lo no final, claro, se seu plano fosse bem-sucedido, mas não naquele dia. Sabia que, se permitisse que isso acontecesse agora, jamais teria coragem de encontrá-lo.

Abriu sua caixa de e-mails, pretendendo enviar para ele uma mensagem auditiva, e ali, esperando por ela, havia três mensagens em vídeo de Edward Ferrars, uma delas enviada exatamente havia quatro dias, na manhã do Natal. Ela sentiu um ondulante fluxo de esperança, misturada com preocupação. Agora que ela era uma Vermelha, a comunicação através da internet era mais arriscada do que nunca. Sabia que o governo monitorava ao acaso as caixas de e-mails dos Cromos e ela só podia esperar que as mensagens de Aidan se perdessem entre os milhões que eles precisavam vigiar constantemente.

Abriu a primeira, enviada na noite de 8 de dezembro — dois dias depois que ela saíra do Straight Path Center. O rosto de Aidan estava abatido e tenso, sua pele de uma palidez de coalhada, como se metade do seu sangue tivesse sido sugado.

— Hannah, Hannah, onde você está? Ponder Henley me telefonou ontem. Ele me contou que teve de expulsá-la do centro. Disse coisas terríveis a seu respeito, nas quais mal consigo acreditar. — Apesar da sua agitação, ele mantinha a voz baixa. Devia estar em casa, na ocasião, telefonando para ela depois que Alyssa fora para a cama. — Não acredito nele, Hannah. Conheço você o suficiente para não acreditar, mas... — Ele vacilou e ela olhou para os lençóis amassados que a cercavam, a pistola carregada na mesinha de cabeceira. Viu a si mesma gritando com o iluminador, ameaçando Cole, desafiando Simone, apontando a arma para si mesma. Como ele a conhecia pouco, agora, pensou.

— Você não tem atendido ao seu celular, então finalmente telefonei para a casa dos seus pais. Falei apenas com seu pai. Ele está fora de si, de tanta preocupação, e eu também. Disse que esperou por você a noite inteira, na noite passada, e você não apareceu. — Hannah imaginou seu pai rodando de um lado para outro da área de estacionamento até as luzes das lojas se apagarem e os lojistas e, depois, os empregados com carros parados nas extremidades mais afastadas do estacionamento saírem, deixando-o sozinho, cada vez mais assustado e desesperançado, à medida que as horas se passavam e ela não aparecia. *Ah, papai, sinto tanto.*

— Não posso sequer encontrar você em seu geossat, porque seu sinal desapareceu. E não sei o que fazer. — Repentinamente, ele olhou para outro lado, na direção de alguma coisa fora do campo da tela, e ela ouviu uma fraca voz de mulher — Alyssa, quem mais poderia ser? — gritar alguma coisa ininteligível. Aidan apertou a ponte do nariz entre o polegar e o indicador e soltou um suspiro sofrido.

— Tenho de ir, agora. Por favor, Hannah, telefone para mim ou me envie uma mensagem logo que receber esta. Preciso saber que está bem. Se alguma coisa aconteceu com você... — A voz dele se interrompeu. — Te amo.

A imagem congelou. Hannah se recostou, pasma. Então, ainda em 8 de dezembro ele estava lamentando sua ausência. O que poderia ter acontecido, para transformá-lo de forma tão dramática?

Ela ouviu a segunda mensagem, com data de oito dias depois. E ali estava ele, o novo e melhorado Aidan, ardente e vibrante, com seu desânimo desaparecido, como se jamais tivesse existido.

— Meu amor, passei esta semana rezando para ter notícias suas, rezando para que esteja viva e em segurança. Tenho de acreditar que está, porque minha alma saberia, se você tivesse partido deste mundo. — Ele se inclinou para a frente. Sua pele parecia brilhar, como se fosse iluminada de dentro por uma radiância extraterrestre. Ele jamais lhe parecera tão lindo nem tão distante. — Uma vez, eu lhe disse que não poderia nunca deixar Alyssa, mas isso foi antes de você desaparecer, antes de eu passar esta semana pensando que a perdi para sempre. — Ele passou uma mão sobre o rosto. — O inferno é um paraíso comparado com o lugar onde estive. Você não pode imaginar.

Hannah lembrou-se das horas, dias, semanas que ela passara atormentada pela dor do vazio, no lugar de Aidan, em seu coração.

— Ah, sim, eu posso — sussurrou ela.

— Rezei para que Deus me desse uma orientação e então, na noite passada, no momento do meu mais profundo desespero, Ele me enviou uma visão de nós depois, vivendo juntos abertamente, como marido e mulher. Estávamos em pé um ao lado do outro, num círculo de luz dourada, e eu soube que, se pudesse segurar essa luz em minha mão, eu estaria unido não apenas com você, mas também com Deus. Mas, quando estendi minha mão para agarrá-la, ela desapareceu, e você foi junto, deixando-me sozinho na escuridão. E, dentro dessa escuridão, Ele me enviou uma segunda visão, mostrando-me o preço que eu teria de pagar por te amar. Eu seria jogado para baixo, para fora... do gabinete, do meu ministério, dos corações de todos aqueles que haviam acreditado em mim e me olhavam como um exemplo de excelência. Eu seria um verme e não um homem, alvo de zombaria e desprezado por todos os que me viam. Mas estaria com você, Hannah, e não mais vivendo esta mentira que queima dentro de mim, esse calor constante que me atormenta, com a diferença entre o que pareço ser e o que sou.

"O que Deus me dizia, tão claramente como se falasse em meu ouvido, era que apenas a verdade me salvará, e que sem ela, sem você partilhando minha vida, não terei vida, apenas escuridão e morte."

Hannah se balançava para a frente e para trás, na cama. Como podia ter duvidado dele?

— Vou pedir o divórcio a Alyssa — disse ele. — Mas, antes de fazer isso, preciso saber se você me perdoou, se ainda me ama. Se não ama... — O rosto dele descaiu e ela viu o mesmo vazio desespero que vira no espelho durante semanas. Ele o afastou, com uma sacudidela da cabeça, e disse: — Não... Não posso acreditar nisso. Por mais que lhe tenha feito mal, conheço sua disposição para o perdão, a constância do seu coração. E não posso acreditar que Deus me tenha proporcionado essas visões, se não estivesse em meu poder torná-las reais. Então, por favor, minha querida, ligue para mim e me dê a coragem para fazer o que preciso, a fim de podermos começar nossa vida juntos.

A mensagem terminou. Hannah se balançava, suas emoções eram um tumulto de amor e dor, alegria e descrença. Nossa vida juntos. Fosse lá o que ela esperara ouvi-lo dizer, não era isso: exatamente o que ela sempre ansiara ouvir dos lábios dele, embora sabendo que nunca, nunca ouviria. E, agora, ele o dissera — e não obtivera nenhuma resposta sua, por quase duas semanas. O que deveria estar pensando? Que ela estava morta? Que não o amava mais?

Resistindo ao impulso de entrar imediatamente em contato com ele, Hannah ouviu a última mensagem, que ele enviara às cinco horas da manhã do dia do Natal. O aspecto de Aidan era terrível: abatido, pálido, maníaco. Sua testa tinha um fraco brilho de suor.

— Hannah, ainda não tive notícias suas e só posso rezar para que isso signifique que você não pode me perdoar, e não signifique que está doente ou com algum tipo de problema. Se foi prejudicada, de alguma forma, por causa da minha covardia, jamais perdoarei a mim mesmo.

Estendeu a mão e agarrou com tanta força a cruz pendurada em seu pescoço que as juntas dos seus dedos ficaram brancas.

— Queria ter certeza de que você é minha, mas agora vejo que este é o teste final que o Senhor preparou para mim, devo confessar a verdade a Alyssa sem saber se você ainda me ama, sem saber onde você está ou até mesmo se ainda está viva, embora acredite que sim, preciso acreditar nisso. Meus pais estarão hospedados em nossa casa no próximo final de semana, mas logo que forem embora vou contar a ela. E, depois, voltarei para o Texas, a fim de procurar você. — Agora, a cor de Aidan estava intensa de uma forma alarmante, e gotas de suor pontilhavam sua testa. — Não falharei no teste desta vez, meu amor. Não falharei com você nem com nosso Salvador. Juro.

A mensagem terminou.

Hannah saiu com dificuldade da cama e se aproximou do vídeo.

— Componha resposta, apenas áudio.

Sua boca estava tão seca que a voz saiu como um grasnido. Caminhava de um lado para outro, na frente da tela, ansiosa, confusa. O que diria a ele? O que ela queria dizer?

— Pare de gravar.

Foi até o banheiro, bebeu da torneira e respingou água em seu rosto quente. Examinou seu reflexo no espelho, tentando analisar seus sentimentos a partir da expressão do seu rosto. Ela não tinha nenhuma dúvida de que ele falara a sério. Arrebentaria seu casamento, seu ministério, tudo — por ela. Eles resistiriam de alguma forma à tempestade, se casariam, iriam para algum lugar e viveriam tranquilamente, envelheceriam juntos. Era uma visão enganadora e familiar. Quantas vezes ela ficara deitada ao lado dele ou em sua própria cama solitária, e fantasiara exatamente um final assim para a história dos dois? Só que Hannah, nessas fantasias, era outra pessoa, e não apenas porque sua pele era branca. O que ela dissera a Simone era nada menos que a verdade, não podia voltar a ser aquela pessoa. Mas poderia Aidan amar a Hannah que ela se tornara?

O fraco ruído de vozes do lado de fora lembrou-lhe de que os minutos passavam. Tinha talvez meia hora, antes de Simone voltar. Voltou às pressas para junto do vídeo.

— Mostre o caminho mais rápido daqui para Washington, D.C., evitando todos os postos de controle conhecidos.

Estudou a brilhante linha vermelha: uma diagonal acidentada conduzindo para noroeste, através do Alabama até chegar a Atlanta, através da Carolina do Norte, entrando no canto sudoeste da Virginia, e daí no sentido leste, até Washington. O tempo ao volante era de dezoito horas, fora as paradas, que ela pretendia manter poucas e rápidas. Duas noites, então. Ela se entocaria, no dia seguinte, em alguma parte da Carolina do Norte e depois, no outro dia, ela o veria. E saberia.

— Recomece a gravação em áudio. — Respirou fundo. — Aidan, é Hannah. Só agora recebi suas mensagens. Estou em segurança e vou até onde você está. Há coisas de que precisa saber, coisas importantes que preciso lhe contar, antes de você falar com Alyssa.

Estou no Mississippi, agora, levarei dois dias para chegar a Washington. Mande-me um endereço e eu estarei aí, em algum momento, pouco antes do amanhecer da segunda-feira. Até lá, imploro a você para não contar a ela a nosso respeito. E, seja lá o que você fizer, não diga a ninguém que teve notícias minhas, nem mesmo aos meus pais. Por favor, Aidan. Espere por mim. Seu rosto flamejava, quando ela registrou o que acabara de dizer. Terminou a gravação bruscamente, antes de poder acrescentar: *Dirigirei depressa.*

Esperou vinte angustiantes minutos pela resposta dele, chegando junto da janela, observando o estacionamento com crescente ansiedade. Quando o vídeo, finalmente, informou-lhe que havia uma nova mensagem de Edward Ferrars, seu coração deu um pulo.

Não havia nenhuma imagem, desta vez, apenas áudio, enviado do celular dele. Ela pôde ouvir o barulho da rua por trás. "Hannah, graças a Deus que você está bem." A voz dele estava tão marcada pela emoção que ela mal a reconheceu. "Mas por que você saiu do Texas? Sabe que, se a pegarem, acrescentarão anos à sua sentença. Podem até mandar você para a prisão. Deus do céu, pensar em você num desses lugares..."

Ela ouviu mais alguém falando, interrompendo-o. Uma mulher, mas não Alyssa; a voz era baixa demais, rouca demais. "Desculpe, Hannah, só um minuto", ele disse. E mais baixo: "Sim, estou, mas..." A voz da mulher se elevou, tornou-se uma tagarelice excitada. Ele a interrompeu: "Sim, está bem. A senhora tem uma caneta?"

Hannah gemeu de frustração. Aidan era constantemente abordado por pessoas que queriam seu autógrafo, sua bênção ou as duas coisas. Ele rezava com elas, punha a mão em suas testas, rabiscava seu nome nas telas dos seus celulares e nas costas de receitas médicas, em páginas arrancadas de revistas, notas de dólar, palmas de mãos, antebraços, fosse lá o que atirassem na mão dele, enquanto todos o observavam com sedenta adulação. Algumas vezes, choravam. Ele nunca dizia não a ninguém, nunca manifestava a mínima impaciência, mas ela pôde sentir na voz dele, agora, com quanta pressa pedia a Jesus para dar à mulher outro filho e fazer o marido dela parar de beber.

Hannah voltou a caminhar até a janela, exatamente a tempo de ver a van parar no estacionamento do motel. "Para a frente trinta segundos, acelerando."

"... não sei o que fazer, Hannah", dizia Aidan. "Eu diria a você que fique parada e espere que eu vá encontrá-la, mas não tenho ideia se você está num lugar seguro ou quando isso irá alcançá-la, ou como você está viajando. Uma coisa é certa, você não pode vir até a capital. Há postos de controle em excesso e eles estão constantemente sendo mudados de lugar. Deixe-me pensar um minuto."

— Vamos! — exclamou Hannah.

Simone estava saindo da van, logo subiria a escada, abriria a porta. O que faria ela, se descobrisse que Hannah estivera em comunicação com alguém da sua antiga vida? Será que Simone cumpriria sua ameaça? Seria capaz disso, de matar alguém com quem já fizera amor umas meras duas horas antes? Os instintos de Hannah diziam que sim.

— Está bem — disse Aidan, afinal. — Veja o que faremos. Tenho uma casa para fins de semana em Maxon, na Virginia, o endereço é 1105 Chestnut. Vá para lá. Irei dirigindo esta noite e desligarei todos os sensores. Encontrarei você na segunda-feira de manhã, logo que conseguir escapar. A polícia faz patrulhamentos regulares, então se tiver um carro não estacione na casa. A estação ferroviária fica a uns dois quilômetros de distância, você terá de deixar o carro no estacionamento de lá e caminhar até a casa. Deixarei a porta de trás destrancada. Ah, e se chegar à casa antes do amanhecer, não acenda as luzes. Há uma lanterna elétrica na parede, na entrada. — Um suspiro longo, forte. — Por favor, meu amor, tenha cuidado...

Hannah ouviu passos aproximando-se, do lado de fora. "Finalizar. Desligar o vídeo", disse ela. Permaneceu em pé junto da janela e compôs seu rosto numa máscara sorridente. Simone abriu a porta e caminhou para dentro, deixando entrar uma corrente de ar frio que tinha um cheiro do mar.

— Foi rápido — disse Hannah, com uma animação um pouquinho excessiva.

Simone inclinou a cabeça, olhando para Hannah com os olhos levemente estreitados.

— Cumpro minhas promessas — disse ela.

O desafio não dito parecia pendurado no ar entre elas: *E você, também cumpre?*

Mas o momento passou. Enquanto comiam, Simone acessou um mapa no vídeo e traçou para ela uma rota tosca para o norte, através do Alabama e Tennessee, até Kentucky, West Virginia, Pensilvânia e depois subindo através do estado de Nova York. Destacou uma área na fronteira entre Nova York e o Canadá.

— É aqui que você cruzará a fronteira. Mas, primeiro, irá até aqui, até a cidade de Champlain. Deve cruzar entre a meia-noite e as duas da manhã. Se não tiver certeza de poder chegar a tempo em Champlain, espere onde estiver até o dia seguinte. Não deve estacionar a van na cidade. — Ela mudou para *satview* e fez um zoom de aproximação sobre um pequeno prédio comercial. — Vá para a Main Street e procure este lugar. Clínica para Animais

Aiken. Vê o letreiro? Se todas as luzes estiverem acesas, você atravessa nessa noite. Se uma letra estiver apagada, você irá na noite seguinte. Se forem duas, na noite depois desta. Não deve passar de duas, mas se certifique de ter consigo comida suficiente, só para uma eventualidade, porque uma vez que chegar ao ponto final não poderá sair dele até chegar a hora de atravessar.

— E onde é, exatamente, o ponto final?

Simone tornou a focalizar o mapa.

— Aqui. Uma fazenda abandonada. Eu lhe darei as orientações. Estacione no celeiro e espere até a meia-noite, para atravessar. Quando sair, desligue o bloqueador da van... não deve esquecer de fazer isso, do contrário eles não saberão que você está indo... e caminhe na direção norte. Eu lhe darei uma bússola, para navegar com ela. Estará muito frio, então use todas as roupas que tem. Depois de meia hora, tire o anel e deixe que caia. Alguém virá buscar você.

Confusa, Hannah perguntou:

— Se estou com o anel, porque preciso afinal do bloqueador da van?

— Os anéis não são nem de longe tão potentes e às vezes falham — disse Simone.

Hannah franziu a testa. Susan não lhes havia dito isso. E se falhasse, quando ela estivesse com Aidan? Será que a polícia o prenderia também, por acolhê-la em sua casa?

Simone estalou os dedos.

— Está ouvindo? Por essa e por muitas razões, só saia da van quando for preciso e, tendo de sair, que seja por pouco tempo.

Ela continuou com a lista do que Hannah devia ou não fazer: Atravesse as fronteiras estaduais nas menores estradas possíveis. Evite túneis e pontes importantes, mesmo que isto exija uma volta de muitos quilômetros em torno. Deixe ligado, em todas as ocasiões, o sistema de controle de velocidade da van, para não ultrapassar acidentalmente o limite. Ligue o modo de privacidade, antes de dormir, mas desligue-o enquanto dirigir, ele desperta suspeitas na polícia. Aplique lama nas placas, para obscurecer a palavra "Texas". Não leve o revólver para lojas ou restaurantes, uma grande quantidade desses estabelecimentos tem sensores de metal. Use apenas toaletes com entradas do lado de fora. Se for atacada, grite "Fogo!", e não "Socorro!". Você desejará sair correndo, mas deve conter-se e lutar, a não ser que tenha certeza de poder escapar. Bata primeiro no nariz, com a parte carnuda da palma, entre o polegar e o pulso, e depois ataque os colhões. Não use o joelho, ele estará esperando por isso, chute-os com seu pé, com toda força que puder. Não pare nos estacionamentos para caminhões, onde há muitos homens sozinhos. Não estacione em cidades pequenas nem em bairros ricos. Jamais ignore seus instintos. Se sentir medo, provavelmente haverá uma boa razão para isso.

Hannah foi ficando cada vez mais nervosa, enquanto ouvia essa recitação num tom de voz casual. Esquecera-se, durante suas semanas no Straight Path Center e no abrigo, como o mundo era um lugar arriscado para um Cromo. Repetiu as instruções, depois que Simone parou de falar, fixando-as em sua memória, sabendo que não podia permitir-se, outra vez, esquecer.

Finalmente, Simone mostrou-lhe como carregar e disparar a pistola. Sentindo seu frio peso em sua mão, Hannah se indagou se seria capaz de usá-la. Contra si mesma, sim; se estivesse prestes a ser capturada, tinha total certeza de que não hesitaria. Mas será que poderia fazer como Simone dissera, e disparar em outra pessoa, fazendo mira no peito, para matar, sem parar nem sequer um segundo para pensar a respeito ou tentar discutir com o atacante?

Simone tirou a arma da sua mão e tornou a colocá-la em cima da mesa.

— Temos pouco tempo até o entardecer — disse ela. Passou sua mão de leve pelo braço de Hannah acima, até seu pescoço, e lhe deu um sorriso cúmplice. — Como passaremos esse tempo?

Hannah se enrijeceu, apenas um mínimo, mas Simone sentiu. Sua mão caiu para o lado do corpo e suas sobrancelhas se levantaram.

— Non?

— Eu, eu não sei — gaguejou Hannah.

Aquela manhã, pensara que Aidan estivesse perdido para ela, mas agora que sabia que não, que estaria com ele dentro de dois dias, como poderia novamente ter intimidade com Simone? Como poderia desejar isso? Porque o fato era que uma parte dela queria sim.

— Isso é apenas... — Ela se interrompeu e baixou os olhos para suas mãos.

— Hannah. — Quando ela não levantou a vista, Simone gentilmente ergueu seu queixo. — Ouça. Não se preocupe com isso... — Sua mão acenou rapidamente entre as duas — com o que se passou entre nós. Talvez você goste de mulheres ou talvez não. Você não tem a possibilidade de saber, no meio de uma crise desse tipo, quem e o que você é. Mas peça a Deus para ter a oportunidade de descobrir, um dia.

A sinceridade da voz da outra mulher deixou Hannah confusa. De alguma forma, ela sempre supusera que Simone era ateia.

— Está falando literalmente? Você reza?

Um encolher de ombros à francesa.

— Mas claro. Sem Deus, não temos nenhum objetivo, nenhuma alma. Seríamos apenas sacos ambulantes, feitos de sangue e ossos.

— Mas... mas... você é uma lésbica.

— E daí?

— Daí, como você pode rezar para um Deus que a considera uma abominação?

Simone deu um riso de desdém claramente ímpio.

— Não acredito nesse Deus deles, nesse Deus furioso e machista da Bíblia. Como pode um ente desses existir? É impossível.

Hannah se descobriu invejando a certeza de Simone, embora duvidasse das palavras dela.

— O que leva você a dizer isso?

— Se Deus é o Criador, se Deus engloba todas as coisas isoladas do universo, então Deus é tudo e tudo é Deus. Deus é a terra e o céu, e a árvore plantada na terra debaixo do céu, e o pássaro na árvore, e o verme no bico do pássaro, e a sujeira no estômago do verme. Deus é Ele e Ela, hétero e gay, preto, branco e vermelho... sim, até isso — disse Simone, enfaticamente, em resposta ao olhar cético de Hannah —, e verde e azul e todo o resto. E então, desprezar-me por amar as mulheres, ou por você ser uma Vermelha que fez amor com uma mulher, seria desprezar não apenas Suas próprias criações, mas também odiar a Si mesmo. Meu Deus não é tão estúpido assim.

MEU Deus. Hannah sacudiu a cabeça, pasma com essa visão. Havia apenas um Deus, não se podia inventar o seu próprio. Certamente não, na fé em que ela fora educada, que era fixa de forma tão absoluta quanto uma figura numa pintura. As mãos da Mona Lisa permaneceriam sempre cruzadas daquele jeito. Ela jamais se viraria para olhar a paisagem atrás dela, jamais afastaria do seu rosto um cacho de cabelos caídos, jamais bocejaria nem sorriria de uma orelha a outra. A pessoa podia observá-la, mas certamente não lhe caberia pegar um pincel e mudar nela alguma coisa de que não gostasse. Só pensar em fazer isso já era heresia.

E, no entanto, os pais de Hannah lhe haviam ensinado que a fé era profundamente pessoal, algo entre ela e Deus apenas. A contradição chamou a atenção de Hannah agora, enquanto avaliava plenamente como era pouca a vontade própria que ela tivera, algum dia em sua própria fé, como eram poucas suas opiniões que, algum dia, contaram para alguma coisa.

— Meu Deus é um Deus de infinita sabedoria, amor e compaixão — disse Simone —, e não um fanfarrão qualquer, que passa seu tempo atirando fogo e... anh... pedras de *soufre*...

— Enxofre — consertou Hannah.

— Enxofre em homossexuais.

Será que podia ser verdade, ou era apenas uma racionalização de desejo por parte de Simone — e dela própria? Porque, se Simone tivesse razão, Hannah ainda poderia encontrar um caminho de volta para Ele.

— Seu Deus é lindo — disse ela.

— Mas claro — disse Simone.

Lindo e sedutor. A mãe de Hannah diria que aquilo era Satã, sussurrando no ouvido dela, mas não parecia ser isso, de forma alguma, a sensação era de algo limpo demais para ser isso, numinoso demais. Ela hesitou, e depois perguntou:

— Você já o perdeu, alguma vez?

— Pensei que sim, depois que fui estuprada, mas era idiotice. Como se pode perder algo que está dentro de nós, que está integrado em cada molécula do nosso corpo? Você não pode perder Deus, como não pode perder seu cérebro ou sua alma. Sem alguma dessas coisas, você não existe.

— Existe apenas o vácuo — murmurou Hannah e, enquanto dizia isso, seu sonho, de quando estava inconsciente, lhe voltou. Apenas o vácuo, frio, negro e vazio. Um lugar para onde ela não queria voltar nunca. Estremeceu. Simone viu, mas não fez nenhum movimento para confortá-la. O olhar da outra mulher era firme e compassivo, não pedia nada.

Hannah inclinou-se para a frente e a beijou suavemente na face.

— Obrigada. Por tudo.

Simone sorriu.

— O prazer foi todo meu.

E meu, pensou Hannah, *e não havia como fugir a isso.*

Simone foi até a janela e abriu a cortina, a fim de espiar para fora.

— O sol se pôs — disse ela. — É hora de partir.

Enquanto arrumavam suas coisas para ir embora, Hannah refletiu como era fácil, em quartos de hotel, perder a noção do tempo. Com Aidan, o tempo sempre passara depressa demais, e então chegava a hora de escapulir, ela primeiro e depois ele, para dentro da noite, para suas vidas separadas. Ela nunca fizera como havia feito aquela manhã, com Simone: ficar deitada ao lado dele, na cama, e ver a claridade do amanhecer iluminar seu rosto.

Dentro de dois dias talvez fizesse isso.

Quando chegaram à van, Simone surpreendeu Hannah, pedindo-lhe para dirigir. Fazia meses que ela não dirigia e, de início, sentiu-se um pouco desajeitada. Simone lhe deu as instruções e depois ficou em silêncio, com uma expressão contemplativa. Hannah descobriu que estava ficando tensa. Será que Simone suspeitava de alguma coisa? Estaria prestes a mudar de ideia? Hannah manteve os olhos na estrada, tentando não parecer tão culpada quanto se sentia.

Mas, quando chegaram e pararam o carro no estacionamento, Simone programou a van para responder à biometria de Hannah e depois tirou um grande livro de debaixo do assento do passageiro: um sovado atlas da América do Norte, de dez anos atrás.

— Para que é isso? — perguntou Hannah.

Simone fez um gesto na direção do painel de instrumentos e Hannah notou, pela primeira vez, que não havia nenhum indicador de navegação.

— Não usamos indicadores. Eles têm memórias e as empresas dos satélites mantêm registros que a polícia pode acessar, sempre que quiser. Então, navegamos da maneira antiga. — Ela entregou a Hannah o atlas, junto com um relógio de pulso que também era uma bússola, e ela os olhou cheia de dúvidas. — De qualquer forma — disse Simone — o bloqueador bloqueia os sinais de satélite, de modo que, mesmo se houvesse um indicador de navegação, ele não funcionaria. Você ficará invisível. Nem mesmo nós seremos capazes de rastreá-la.

Simone a observava atentamente e Hannah fez um sinal afirmativo com a cabeça, esperando que seu alívio não aparecesse. Ela nem sequer considerara a possibilidade de que os Novembristas fossem capazes de seguir seus movimentos. *Mas que terrorista idiota eu seria.*

— A coisa mais importante a lembrar, Hannah, a coisa que deve fazer imediatamente, se achar que está prestes a ser apanhada, é desligar o bloqueador. Dessa maneira, saberemos, e poderemos dar os passos necessários para nos proteger. — Do que quer que Hannah dissesse à polícia, sob interrogatório. — E, se for apanhada fora da van, deixe cair o anel, caso tenha essa possibilidade.

— Farei isso — disse Hannah, de repente rebaixada pela enormidade do que Simone estava arriscando, ao deixá-la ir.

Era pura fé, da parte da outra mulher — uma fé, ela tinha uma desconfortável consciência disso, que em parte não era merecida. Ela deslizou suas mãos para debaixo das coxas, para impedi-las de se remexerem nervosamente.

Como se lesse seus pensamentos, Simone olhou-a fixamente, nos olhos.

— Confio que manterá sua palavra e não entrará em contato com ninguém que conheça. Você não tem celular, mas isso não a impedirá de usar uma rede telefônica pública, se quiser, ou de telefonar logo que chegar ao Canadá. Quando se sentir tentada a fazer isso, e ficará tentada, se não hoje, então na próxima semana ou no próximo ano, lembre-se de que tem nas suas mãos as vidas de muitas pessoas boas.

Hannah aguardou, esperando uma ameaça, mas não veio nenhuma. De alguma forma, isso a fez sentir-se ainda mais culpada.

— Manterei minha palavra — disse ela. *Exceto nesta única coisa.* — E guardarei seus segredos.

Isso, pelo menos, ela podia prometer.

— Bon — disse Simone. Sua expressão se suavizou. — E agora precisamos seguir por nossas próprias estradas. Há duas maneiras de nos despedirmos, em Québec. Uma é *adieu*, que significa "adeus para sempre". A outra é *au revoir*, que significa "até nos vermos da próxima vez".

Ela se inclinou para a frente e beijou Hannah de leve, primeiro nos lábios e depois na testa.

— *Au revoir, ma belle. Courage.*

— *Au revoir* — respondeu Hannah, mecanicamente.

Só quando já estava saindo da área de estacionamento percebeu que esperava que aquilo fosse verdade.

DIRIGIU-SE PARA NOROESTE, parando periodicamente para consultar o atlas. Amaldiçoava a falta de um indicador de direção e a necessidade de sair da rodovia interestadual todas as vezes que cruzava uma fronteira entre estados. Os mapas não eram inteiramente exatos e perdeu umas boas duas horas tentando encontrar estradas subsidiárias para o Alabama e, depois, para a Georgia.

Deu sua primeira parada nas imediações de LaGrange. O suprimento de combustível da van estava ficando baixo e, depois de seis horas e meia atrás do volante, ela precisava esticar suas pernas e usar o toalete. Decidiu passar ao largo dos estabelecimentos de redes conhecidas, às margens da I-85, e se acomodou, em vez disso, numa lojinha baixa, de venda de sucos, uns quilômetros mais adiante, na estrada. Escolheu-a porque era mal-iluminada e não havia nenhum outro cliente à vista.

Estava examinando o cartão bancário que Simone lhe dera quando sentiu o formigar de olhos em suas costas; virou-se e viu o balconista observando-a, de dentro da loja. Ligou o carregador da bateria, trancou a van e se dirigiu para o toalete, nos fundos do prédio, caminhando depressa, com a cabeça baixa.

— Ei, senhora, aonde pensa que vai?

Gritou uma voz masculina.

Hannah se virou e viu o balconista em pé no umbral. Ele era de meia-idade e tinha a pele escura, com meias-luas cor de berinjela embaixo dos olhos. Sua postura era inconfundivelmente agressiva.

— Ao toalete — disse ela.

Ele sacudiu o dedo para ela.

— Não. Nenhum Cromo pode usar o toalete.

A bexiga de Hannah ardia. Se não fosse logo se molharia, pela segunda vez em dois dias.

— Ora, o que é isso. Vou pagar o preço total. Claro que isso me dá o direito de usar seu toalete.

Logo que acabou de falar, sentiu que fora um erro. O balconista veio para fora e caminhou em sua direção. Era um pouco mais baixo do que ela, mas seu corpo esguio tinha uma força rija. Hannah amaldiçoou a si mesma por sua imprudência. Por que discutira com ele? Tateou no bolso do seu casaco, em busca do revólver, e percebeu que o deixara na van.

Enquanto se aproximava dela, a expressão hostil do homem tornou-se especulativa. Seus olhos baixaram até seus seios, voltaram para seu rosto. Sorriu, revelando dentes manchados e tortos.

— Sim, senhora, tem razão e Farooq está errado. Farooq deve manter o cliente feliz, esta é a regra número um. Venha, ele lhe mostra onde está o toalete.

Acenou na direção dos fundos do prédio, lançando em sua direção um cheiro forte e desagradável de homem sem tomar banho.

Hannah sentiu medo, como um quente relâmpago. Lançou um rápido olhar para a estrada, mas não havia nenhum carro à vista. Ela estava completamente sozinha com ele.

— Deixe pra lá — disse.

Começou a se afastar dele, devagar, seguindo na direção da van. Ainda sorrindo, ele acompanhou seu movimento, mantendo seu corpo entre ela e a fuga. Ele abriu bem as mãos:

— Por que vai embora, hein? Farooq sente muito, não deveria ter dito não. Ele tem um toalete bonito e limpo, bom para uma senhora, você verá.

Deu um passo na direção dela e ela deu um passo para trás, instintivamente. Mais uns poucos passos e eles estariam atrás do prédio, fora da vista de quem passasse pela estrada.

— Mas preciso ir andando.

Ela pensou na possibilidade de correr para a van, mas sabia que nunca conseguiria chegar lá a tempo. Sua mente voava, tentando lembrar-se dos movimentos que Simone lhe mostrara. No quarto do motel, Hannah se sentira forte e confiante, mas ali, agora, indagou-se como teria a possibilidade de realizá-los. Ele deu outro passo em sua direção. Desta vez, ela manteve sua posição.

— Fique longe de mim.

Os olhos do homem se estreitaram. Ela pôde sentir a agressão vindo dele em ondas, como o calor saindo de alcatrão recém-aplicado.

Ela sutilmente alargou sua posição, movimentando seu pé esquerdo num espaço mínimo para a frente e fortalecendo o direito para chutar. Tudo o que ela tinha de fazer era incapacitá-lo por um tempo suficientemente longo para chegar à van. Ele se movimentou para um pouco mais perto, mas não o suficiente. Seu fedor era estonteante. Ela puxou seu braço para trás, curvando a mão no pulso para expor a parte carnuda da palma. *Bata primeiro no nariz e depois ataque os colhões.*

Exatamente neste momento ela ouviu um veículo aproximando-se, uma motocicleta, pelo som que produzia. Farooq congelou e virou a cabeça na direção do som, mas não tirou os olhos de Hannah. Eles ficaram em pé juntos por longos segundos, numa tensa confederação, os fios nevoentos da respiração deles se unindo no ar frio. A motocicleta diminuiu a velocidade e seu gemido baixou e se tornou um zumbido. Farooq fez uma carranca e olhou por cima do ombro, quando ela apareceu e virou para dentro do estacionamento. Parou na bomba diretamente atrás da van.

Sem firmeza, por causa do alívio, Hannah saiu caminhando de detrás do balconista e o motociclista girou a cabeça, a fim de olhá-los. Ela começou a caminhar depressa na direção da van. Estava a meio caminho para lá quando ele levantou o visor do seu capacete e mostrou seu rosto.

Seu rosto brilhante, de um tom de amarelo-limão.

Ao se aproximar dele, viu que era jovem, mais ou menos da sua idade, com feições afro-americanas, e grande. Seus bíceps se empurravam contra o casaco de couro que usava. Seus olhos, ela viu, eram de um surpreendente tom de água-marinha, como dois peixes exóticos nadando num mar amarelo. Movimentaram-se dela para o balconista e depois de volta.

— Está bem, senhora? — perguntou ele.

Sua voz era inesperadamente suave e gentil.

Ela parou à sua frente.

— Sim, obrigada — disse, com voz trêmula. — Muitíssimo obrigada.

O estranho inclinou a cabeça e a examinou.

— Ele não pôs as mãos em você nem a machucou de alguma maneira, não é?

Hannah a ouviu, então, uma raiva derretida, mal contida, que ela sabia que não era dirigida apenas contra Farooq, mas contra todos os que molestavam Cromos, tirando vantagem da sua vulnerabilidade, confiantes com o conhecimento de que podiam fazer isso com relativa impunidade. Sentiu a mesma raiva crescendo dentro dela, e imaginou os punhos amarelos do estranho batendo no rosto do balconista repetidas vezes, transformando-o numa polpa. Sacudiu a cabeça, afastando a imagem pavorosa.

— Não, é verdade. Estou bem.

— Bem, então — disse ele, elevando a voz para Farooq poder ouvir —, acho que é o dia de sorte dele.

Olhou por cima do ombro dela, lançando um olhar fixo e mortal para o balconista. Hannah virou-se e viu o homem dar um passo para trás. O estranho aumentou a rotação do motor da sua moto e Farooq deu um pulo. Ele pareceu ficar louco de raiva, e brandia os punhos na direção deles, pulando freneticamente de um pé para o outro.

— Cromos filhos da puta, vocês são bosta! Vocês sujam o chão onde estão em pé! Saiam da minha propriedade, senão chamo a polícia!

Com um último olhar agradecido para seu salvador, Hannah foi às pressas para seu veículo, ignorando o fulminante balconista. O estranho esperou, enquanto ela desenganchava o cabo, com mãos desajeitadas. Ela entrou na van, deu partida no motor e ele seguiu ao seu lado. Ela baixou o vidro.

— Cuide-se, agora — disse ele.

Ela examinou seu rosto amarelo, indagando-se que crime ele cometera. Fosse qual fosse, pensou, ele acabara de ser absolvido, com seu gesto.

— Você também — disse ela e, depois, surpreendendo a si mesma, acrescentou: — Que Deus o abençoe.

"Você está dirigindo sem rumo", advertiu a van, ajustando o volante de Hannah pela terceira vez em vinte minutos. Ainda faltava uma hora para amanhecer, mas ela lutava para permanecer acordada. Atenta para o fato de que não podia dar-se ao luxo de chamar atenção para si mesma, saiu da estrada em Greensboro e parou no estacionamento de uma loja de conveniência barata. Dormiu mal, torturada pelo frio e perturbada por pesadelos, acordando com um movimento brusco a cada leve ruído.

Naquela noite, acocorada atrás de um arbusto, em alguma parte da Virginia, pensou em como estava cansada de se sentir desconfiada e com medo; cansada de não poder nunca abandonar a vigilância contínua. Evitava paradas públicas desde o incidente com Farooq, fazendo suas necessidades nos bosques ou no meio das urtigas, atrás de celeiros desertos, cercada pelo cricrilar dos insetos, o guincho dos sapos e o farfalhar de ramos e folhas mortas. Não estava acostumada com esses sons, mas eles não a assustavam. Na verdade, tinham um efeito calmante.

Estava impressionada com a beleza das extensões cada vez mais onduladas do campo — tão diferentes dos subúrbios planos, sem nenhuma variação, do norte do Texas — entre as cidades pelas quais ia passando nesta sua viagem; as faixas de floresta virgem da Carolina do Norte; e, a oeste, a gigantesca grandiosidade dos Apalaches, entrevistos por ela, intermitentemente, sob a luz dos letreiros da estrada e o fulgor das cidades. Ansiava para ver aquela terra de dia, mas sabia que, agora, nunca mais seria possível. Imaginava os muitos lugares selvagens do Canadá, jurando visitá-los e talvez se instalar num deles. Estava enjoada das pessoas e do fedor e barulho que provocavam, amontoados em grande número; enjoada do cimento debaixo dos seus pés e da pressão dos prédios, com suas muitas fileiras de janelas, que olhavam para fora como olhos vazios e sem pálpebras; das linhas retas e ângulos retos; das noites sem estrelas, amarelo-acinzentadas, e dos pores de sol que a poluição tornava espetaculares.

Quando o relógio no painel foi das 11:59 para as 12:00, ela sentiu uma onda de agitação, misturada com nervosismo. Era 31 de dezembro, a véspera do Ano-Novo. O dia em que deveria ver Aidan.

No ano anterior, ela comemorara em casa, com sua família, e algumas amigas da igreja. Sorrira e tornara a encher as taças das pessoas com cidra cintilante; e, quando chegara a meia-noite, erguera sua própria taça e beijara seus pais, Becca e as outras, desejando-lhes um feliz Ano-Novo. E, o tempo inteiro, visualizara Aidan com Alyssa, na festa de gala anual para levantar fundos em benefício da Save the Children, sabendo que suas imagens estariam postadas por toda a internet, no dia seguinte, Aidan muito bonito, com seu smoking, Alyssa sorrindo para ele; e Hannah sabendo que não poderia deixar de procurá-las, de examinar detalhadamente as feições dele, em busca de sinais de que se divertia mesmo com sua esposa.

Mas, hoje, ela não tinha motivos para sentir ciúme. Hoje, ela o veria. E ele veria... o quê? A mulher que ele amava ou uma monstruosidade? E se não a desejasse mais? E se sua pele vermelha fosse um sinal de trânsito que ele não conseguiria ultrapassar? Como poderia olhar para ele e não tocá-lo, beijá-lo, abraçá-lo pela última vez? O conhecimento disso permanecera escondido num armário escuro da sua mente, desde o momento em que decidira vir procurá-lo, e explodia agora, assustador e irrespondível, em plena luz.

Depois de amanhã, ela nunca mais tornaria a ver Aidan.

Ele não poderia unir-se a ela no Canadá; se o fizesse, os Novembristas certamente descobririam e matariam os dois. Simone poderia delegar a tarefa a outra pessoa, mas providenciaria para que fossem silenciados. Ela não teria nenhuma outra escolha, especialmente diante do fato de Aidan ser famoso. Mesmo se eles deixassem a América do Norte, não havia nenhuma parte do mundo para onde pudessem ir onde o rosto dele não fosse reconhecido. E ela não o submeteria a esse perigo e terror perpétuo, a esse suplício.

Mas. Durante um dia e uma noite, ele seria dela e ela queria que isso fosse perfeito, uma joia cintilante que poderia carregar consigo para dentro da extensão vazia do seu futuro.

Não seria suficiente. Teria de ser suficiente.

O CAMPO RENDEU-SE aos subúrbios esparramados, à medida que ela se aproximava da capital. Saiu da I-66 e se encaminhou para o sul, para dentro dos arrabaldes residenciais da elite de Washington. Quanto mais se afastava da estrada, mais imaculados os bairros, e maiores e mais majestosas as casas.

Finalmente, chegou a Maxon. Era um lugar inacreditavelmente gracioso, mais uma aldeia do que uma cidade, com um único sinal de trânsito. Enquanto ela esperava que se tornasse verde, começou a cair uma neve leve, dando ao cenário uma perfeição ainda mais surreal. Hannah podia imaginar Alyssa ali, fazendo compras no Gourmet Pantry com uma cesta de vime no braço, penteando os cabelos no Ritz Salon, bebericando um café com leite, com uma amiga, no Muddy Cup. Podia ver Aidan, dando uma espiada em busca de um presente para Alyssa na Swope's Fine Jewelry — nada muito ostentoso, um fio de pérolas, talvez, ou alguns brincos de diamantes de bom gosto — e depois presenteando-os a ela, por cima de crème brûlée, no Chez Claude. Uma vida de sonho, na qual certa vez Hannah tentara, e não conseguira, imaginar-se entrando.

Suas mãos apertaram o volante, quando ela virou para Chestnut Street. Era tão pitoresca quanto todo o resto, larga e marginada de árvores, com grandes terrenos arborizados e casas senhoriais com portões, bem recuadas da rua. O número 1.105, pelo que a pequena Hannah pôde descobrir, era uma casa colonial de fazenda, branca, com um grande alpendre e persianas escuras.

Uma guirlanda de pinheiro, com um alegre laço vermelho, estava pendurada do portão de ferro batido. Alyssa talvez o tivesse colocado ela própria, pensou Hannah. Certamente, andara para trás, até mais ou menos onde estava Hannah, agora, para ter certeza de que se achava perfeitamente no centro, ajustara-a um pouco e sorrira, com tranquilo orgulho, diante da sua obra. Alyssa devia ter escolhido aquela casa e a decorara, mobiliando-a de acordo com o gosto de Aidan e o seu próprio, e acrescentando os toques femininos que transformavam uma casa em lar.

Mas o que estou fazendo aqui, pelo amor de Deus? Hannah teve o súbito impulso de dar a volta com a van, tornar a se encaminhar para a estrada e continuar dirigindo até a fronteira do Canadá. Mas, se fizesse isso, partiria o coração dele. Ia parti-lo, de qualquer jeito, ela sabia, mas não queria que fosse por covardia.

E assim continuou pela rua abaixo, atravessando uma ponte sobre um pequeno riacho, passando por mais casas, por uma igreja com as luzes apagadas, um parque público. Era quase meia-noite e a estação ferroviária estava deserta, a não ser por um punhado de veículos desocupados, cobertos pela poeira de neve, na maioria estrangeiros, todos caros. Sentindo-se rígida e desconjuntada, depois de sete horas atrás do volante, ela vestiu seu casaco e deslizou com cuidado o revólver para dentro do bolso à direita, depois agarrou sua mochila e abriu a porta, esforçando-se para resistir ao frio. A temperatura era de pouco mais de dez graus quando ela saiu do Mississippi e menos de dez em Greensboro, mas uma frente fria chegara com força, e os números do termômetro da van caíram, enquanto ela seguia para o norte. Ali, o termômetro marcava oito graus negativos e, segundos depois que saiu da van, ela descobriu que não havia como resistir àquele tipo de frio. Às pressas, com um silencioso agradecimento a Susan e Anthony, calçou as luvas que eles lhe haviam dado e puxou seu capuz para cima da cabeça, depois partiu pela estrada, com a caminhada mais rápida que podia, na calçada escorregadia. A neve ficou mais pesada, rodopiando para cima do seu rosto e deixando suas faces dormentes, escurecendo tudo em torno dela. Mesmo assim, Hannah estava agradecida por isso; não havia quase ninguém na rua enfrentando a tempestade e os motoristas dos poucos carros que passavam não podiam vê-la, ou estavam demasiado preocupados, eles próprios, em chegar em casa a salvo, e não era o caso de ficarem curiosos com uma pedestre solitária.

A meio caminho da casa de Aidan, ela chegou à igreja que notara antes. Agora, ficou surpresa de ver que os vitrais brilhavam com um esplendor de joias, e os postes de ferro batido que marginavam a calçada na frente estavam acesos, iluminando um letreiro onde se lia: IGREJA DA NATIVIDADE, FUNDADA EM 1737. Pendurado nela, balançando para a frente e para trás, ao vento, preso por suas dobradiças, estava o familiar letreiro A IGREJA EPISCOPAL LHE DÁ AS BOAS-VINDAS. Deu uma parada na beira da calçada, admirando o telhado alto e pontiagudo, e seus maciços campanários, tendo em cima uma agulha feita de ripas pintadas de branco. Hannah sempre gostara da estética das igrejas episcopais, do seu despojamento e graça. Uma vez, ao passar de carro com sua mãe pela Igreja da Encarnação, em Dallas, Hannah comentara sua beleza.

— Belo é aquele que faz belas coisas — replicara Samantha Payne, referindo-se, naturalmente, ao notório liberalismo da Igreja Episcopal, à sua oposição, desde o início, à melacromagem e às leis que criminalizavam o aborto, ao fato de que sancionava o divórcio e aceitava mulheres sacerdotisas, à sua tolerância para com o sexo pré-marital, homossexualismo e consumo de álcool e, o mais danoso de tudo, à disposição de algumas paróquias de serem presididas por padres e bispos gays.

Hannah arqueou o pescoço e acompanhou a linha do campanário até a flecha amortalhada pela neve, um dedo apontando ansiosamente para Deus. Imaginou se aquela igreja de fato a acolheria, uma adúltera que fizera um aborto, mentira para a polícia, fugira da justiça e tinha um caso homossexual.

— Posso ajudá-la? — perguntou uma voz masculina.

Hannah deu um pulo e baixou o olhar para uma faixa de luz dourada do lado da igreja. Um rosto projetava-se para fora, de um umbral aberto. Hannah sabia que devia dar a volta e continuar caminhando, mas ficou paralisada, tão atrapalhada que só conseguiu ficar ali, olhando fixamente, como um grande coelho vermelho apanhado num par de faróis.

— Você deve estar congelando — disse o homem. — Por que não entra e se aquece por alguns minutos?

Sua voz era presa e um pouco brusca, mas também bondosa. Ela lhe fez lembrar alguma coisa; não conseguia imaginar o que era, mas a associação foi positiva, criando confiança.

Não confie em ninguém, a não ser em si mesma.

— Obrigada, mas estou ótima — respondeu, saindo bruscamente do seu estupor.

Fez um pequeno aceno de agradecimento, baixou a cabeça e se virou, afastando-se, sabendo muito bem que, mesmo com a neve, ele devia ter visto seu rosto vermelho virado para cima, à luz dos postes. *Por favor, estou perfeitamente bem, vou embora. Por favor, não chame a polícia.*

— Não há ninguém aqui, a não ser eu — gritou ele, atrás dela.
— Tem certeza de que não quer entrar?

Hannah parou, virou a cabeça e olhou para ele, e depois para os vitrais da igreja, desejando mais do que qualquer outra coisa passar por aquele umbral e entrar naquela luminosidade de joias, naquela possibilidade de clemência. Ocorreu-lhe, então, onde ela ouvira antes aquele sotaque, aquela mesma enunciação aristocrática, nasal, e, embora não percebesse que tomara uma decisão, sentiu suas pernas carregando-a pela calçada em direção à faixa de luz, que se ampliava.

E então, com a mesma rapidez, não a carregaram mais, porque seus pés deslizaram numa extensão de gelo e voavam para fora, saindo de debaixo dela. Aterrissou com força, em seu traseiro. A dor foi intensa, quase tão forte quanto na ocasião em que ela caíra de uma árvore de magnólia e quebrara o pulso. Tonta, indagou-se: *Seria possível quebrar o traseiro?* Começou a rir e logo a chorar, ao mesmo tempo, soluços fortes que aumentaram de intensidade e volume, chegando a um quase uivo. Embora tivesse consciência de que se colocava em perigo — nada como um Cromo histérico na sua porta para fazer alguém chamar a polícia —, não tinha condições de se conter. O medo, a incerteza e a tristeza dos últimos dias irromperam dela para o ar carregado de neve, e foram absorvidos por sua brancura.

Um rosto se curvou sobre o seu. Uma mão deu tapas leves em sua face, uma vez, duas. Hannah piscou e sua histeria desapareceu aos poucos, sendo substituída por soluços. Ela notou rugas, cabelos grisalhos, curtos, olhos bondosos. Uma camisa negra, de colarinho alto, com um retângulo branco no centro. Um padre. Um padre, ela percebeu, que não era um homem, mas uma mulher, uma mulher que limpava a neve e as lágrimas do rosto de Hannah, com uma ternura enérgica, dizendo, com uma voz quase idêntica à do Presidente John F. Kennedy:

— Você está bem, querida?

— Não sei. Caí em cima do meu traseiro. Com força. Hic!

Sua salvadora — mais uma salvadora — riu.

— Bem, isso acontece com todos nós, uma vez ou outra.

A sacerdotisa içou Hannah, levantando-a, com um esforço que a fez grunhir; e, por alguns momentos, foi como se ela estivesse de volta no quarto do motel, sendo levantada da cama por Simone. Só quando ficou em pé notou como a mulher era minúscula e como estava vestida de forma inadequada. Não usava um casaco, apenas uma camisa de algodão e calças, e tremia por causa do esforço, do frio, ou de ambos. Hannah ficou ereta, aliviando-a de todo o seu peso, e a religiosa se endireitou, com um gemido baixo.

— Vamos entrar, não? — disse ela. — Está mais frio aqui do que os colhões de um boneco de neve.

REVERENDA EASTER, CUJO nome significa Páscoa — "Sim, foi este o nome com que fui batizada, ao nascer. Deus não é nem um pouquinho sutil, quando Ele realmente deseja que a pessoa seja alguma coisa." —, conduziu Hannah por um corredor até um pequeno e entulhado escritório, revestido de madeira escura, instalou-a numa poltrona e a envolveu num cobertor tricotado, antes de sair às pressas, a fim de pegar alguma coisa para comer. Hannah ficou sentada, mole, na cadeira, com a mente fechada para tudo, a não ser para as pequenas realidades daquele momento: o latejar do seu cóccix, o formigamento de calor voltando para os dedos das mãos e dos pés, o cheiro de livros, de madeira antiga e pasta para lustrar móveis, o guincho distante de uma chaleira em cima do fogão. A Reverenda Easter voltou carregando uma bandeja com um prato de cookies e duas canecas fumegantes de chá. Ela a colocou em cima da sua escrivaninha, afastando uma pilha de papéis, e depois foi até a estante e puxou uma garrafa de um líquido cor de âmbar, de trás de um grande tomo encadernado em couro — *As vidas dos santos*, viu Hannah, com divertimento. A religiosa ergueu a garrafa.

— Isto é da Escócia, a terra dos meus ancestrais. Eles eram mineiros do carvão, na maioria: pobres sujos, velhos já aos trinta anos, mortos aos quarenta ou quarenta e cinco, se tivessem sorte. Meu tris-tris-tris-avô fez um contrato de serviços por sete anos, a fim de conseguir o dinheiro para pagar sua passagem até aqui. Espantoso, não é, o que as pessoas fazem, procurando uma vida melhor.

Não, pensou Hannah. *Não é tão espantoso.*

A Reverenda Easter despejou uma quantidade generosa numa caneca e um respingo na outra e entregou a primeira a Hannah. O pungente cheiro de álcool atacou seu nariz, e ela a segurou à distância de um braço estendido.

— Beba até a última gota. Considere isso medicinal — disse a religiosa, com serena autoridade.

Hannah obedeceu, erguendo a caneca até seus lábios e dando um minúsculo gole. Esperava que fosse picante e desagradável, mas era delicioso, com um gosto de mel, limões e alguma coisa carbonizada, que devia ser o uísque. E realmente a mistura a fez sentir-se melhor, e depressa, soprando ondas de calor da sua barriga para fora, relaxando seus músculos e acalmando seus nervos esfrangalhados.

A Reverenda Easter bebeu o seu num silêncio amistoso, deixando Hannah livre para não fazer outra coisa além de ficar sentada aquecendo-se. A mulher mais velha — Hannah calculou que ela estava no final da casa dos cinquenta ou início dos sessenta — a olhava de vez em quando, com uma expressão de curiosidade, mas não ávida nem calculista. Sem julgar. A reverenda não queria nada dela, Hannah percebeu. Nem agradecimento, nem contrição, nem confissão, embora tivesse a sensação de que, se quisesse confessar-se, a Reverenda Easter a ouviria com sincero interesse e inabalável calma, não importava o que saísse da boca de Hannah. Ela examinou sua companheira em busca de mais pistas sobre sua natureza, indagando-se como seria ser uma sacerdotisa, uma mulher, se ela já fora casada — não usava nenhuma aliança — e até que ponto acreditava de fato no que a Bíblia dizia ser verdadeiro. De alguma forma, Hannah não podia imaginar que uma mulher que mantinha um suprimento secreto de uísque e falava dos colhões de um boneco de neve fosse como suas antigas amigas, e acreditasse que havia dinossauros na Arca de Noé.

— Sente-se melhor? — perguntou a Reverenda Easter, depois de algum tempo.

— Muito melhor. Obrigada.

— Bem — disse a religiosa, com um aceno satisfeito de cabeça —, isso explica as coisas.

— Explica o quê?

— Sabe aquela sensação incômoda que a gente tem, às vezes, como se tivesse deixado alguma coisa sem fazer? Menos de uma hora atrás, eu estava de camisola, escovando os dentes, segundos antes de rastejar para minha cama quente, quando a sensação se tornou forte e começou a me cutucar. "Ah, não", eu disse a ela, "não vou sair nessa confusão, não há nem uma dezena de pessoas em toda a cidade que saiba como dirigir na neve e, embora eu seja velha, não estou preparada para morrer exatamente agora". Mas era teimosa a sensação, ainda mais teimosa do que eu. Continuou a me incomodar até que, finalmente, cedi, me vesti e voltei cá para baixo. E agora eu sei o motivo.

— Acha que foi por minha causa.

— Tenho certeza disso.

— Acredita que foi uma ação de Deus?

Hannah desejava tanto que a religiosa lhe desse uma resposta igualmente inequívoca: *Sim, sem a menor dúvida, claro que foi.*

— E você, acredita? — perguntou ela.

— Gostaria de acreditar, mas... — Hannah sacudiu a cabeça.

— Mas como pode Deus existir, diante de toda a crueldade e injustiça que há no mundo, é isso? — disse a religiosa.

Hannah fez um sinal afirmativo com a cabeça e a Reverenda Easter continuou:

— Um católico lhe diria que questionar Deus é seu primeiro erro, que a fé deve ser cega e absoluta, do contrário não é absolutamente fé. Claro, se eu fosse católica, usaria um hábito e não um colarinho, e minha opinião sobre essas questões doutrinárias tão sérias não teria a menor importância para ninguém. — Tomou um gole do seu chá e examinou Hannah, com as sobrancelhas arqueadas. — Algo me diz que você está familiarizada com esse tipo de fé.

— Sim, mas não sou... Não era católica.

A Reverenda Easter acenou sua mão, minimizando o que ela dissera.

— Não importa a Deus como chamamos a nós mesmos, ou até como o chamamos. Somos os únicos que nos preocupamos com isso. Mas, sendo da igreja episcopal e não evangélica — disse ela, com um olhar entendido para Hannah —, responderei à sua pergunta com outra, ou melhor, com uma porção de perguntas, que agora é como tendemos a fazer as coisas. De que outra maneira você explicaria o milagre do seu coração batendo, a compaixão de estranhos, a existência de Mozart, Rilke e Michelangelo? Como você explica sequoias e beija-flores, orquídeas e nebulosas? Como pode tanta beleza existir sem Deus? E como poderíamos, sem Deus, vê-la e saber que é bela, e nos comovermos com ela?

Hannah sentiu um choque de reconhecimento, de conexão. Mas, imediatamente, com um encolher de ombros, recusou a isca oferecida.

— Talvez a beleza simplesmente exista — disse. — Talvez seja inexplicável ou esteja além de explicações.

A Reverenda Easter exultou, com o orgulho de uma professora cuja aluna acabou de solucionar uma equação especialmente difícil.

— Uma definição adequada para o Todo-Poderoso, você não acha?

Hannah mordeu o lábio e baixou os olhos para dentro da sua caneca quase vazia, girando de um lado para outro o líquido restante.

— Você não precisa parar de pensar e fazer perguntas, para acreditar em Deus, criança. Se ele desejasse um rebanho de oito bilhões de ovelhas, não nos teria dado polegares que podem opor-se e nos daria muito menos livre-arbítrio.

Hannah olhava fixamente para o redemoinho em sua caneca, com seus pensamentos numa desarrumada confusão. Aprendera que o livre-arbítrio era uma ilusão; que Deus tinha um plano para ela e para todos, um destino previamente traçado. Mas, se isso fosse verdade, então Ele tivera a intenção de que ela engravidasse e se submetesse a um aborto, que fosse cromada, desprezada e humilhada, sequestrada e quase estuprada. Viu, de repente, que isso se achava no núcleo da sua perda da fé: uma relutância em acreditar num Deus tão indiferente ou tão cruel.

E, no entanto. Houvera também boas coisas, dádivas de bondade e amor: Kayla, Paul, Simone, as mensagens de Aidan, o estranho na motocicleta e agora essa religiosa compassiva, sábia. Hannah não fora torturada pelo Punho, não fora estuprada nem capturada pela polícia. Ação de Deus ou resultado das suas próprias escolhas — tornar-se amante de Aidan, submeter-se a um aborto, tomar o caminho que os Novembristas ofereceram, fazer amor com Simone? Apertou suas têmporas entre o polegar e o dedo médio, sentindo-se confusa e profundamente desgastada. Como poderiam a predeterminação e o livre-arbítrio existirem ambos?

— É tarde, e posso ver que está cansada — disse bondosamente a religiosa. — Só lhe farei mais uma pergunta. Você não precisa responder, a não ser que queira.

Hannah obrigou-se a olhar nos olhos a mulher mais velha, preparada para dizer: *Porque fiz um aborto.*

— Sei por que estou aqui esta noite — disse a religiosa. — Você sabe?

— Não — disse Hannah.

Uma mentira; mas, se dissesse as palavras — vim procurá-Lo —, então teria de agir de acordo com elas, teria de deixar o abrigo do seu ceticismo e abrir a foice seu caminho através do emaranhado das suas dúvidas e temores, fracassos e anseios. E se lhe faltassem forças? E se juntasse a força, mas não houvesse nenhuma clemência, no fim da jornada? E se descobrisse a graça, mas a perdesse novamente, no processo?

— Se quiser livrar-se da sua carga, eu a ouvirei — a Reverenda Easter curvou de leve sua cabeça e fez um ângulo em seu corpo, afastando-o do de Hannah, convidando-a a se confessar, ela percebeu, e a receber a absolvição. Que alívio seria depor suas cargas, entregá-las à Reverenda Easter e a Deus! Porém, por mais que desejasse fazer isso, parecia fácil em excesso, naquele momento, e também esmagadoramente difícil.

— Não posso. Sinto muito.

A Reverenda Easter virou-se de costas para ela.

— Não há nada de que se desculpar. Quando estiver preparada, saberá.

Levantaram-se, Hannah encolhendo-se.

— Deve levar alguma aspirina e colocar um pouco de gelo nisso, quando chegar aonde você vai. Folhas de repolho também são boas para inchação.

Hannah sorriu, com a imagem de si mesma caminhando de um lado para outro com repolho enfiado na parte de trás das suas calças.

— Obrigada. Farei isso.

Quando chegaram à porta lateral, a religiosa perguntou:

— Posso deixar você em algum lugar?

— Não. Não tenho uma grande distância a percorrer.

A Reverenda Easter examinou-a, com a cabeça inclinada para um lado, como se tentasse entender as palavras de uma canção distante.

— Pode ser — disse ela, finalmente. — Ou talvez você tenha a percorrer uma distância maior do que imagina. Mas, de uma forma ou de outra, você chegará lá, no final.

Hannah inclinou-se e lhe deu um rápido e impetuoso beijo na face. A religiosa se enrijeceu involuntariamente, e Hannah soube, de alguma maneira, que ela se sentiu constrangida porque não estava acostumada a ser tocada. Será que era solitária? Será que lamentara, alguma vez, as escolhas que fizera?

— Posso abençoá-la, antes da sua partida? — perguntou a religiosa, corada.

Hannah pegou a mão da outra mulher em ambas as suas, ignorando a leve resistência, e a apertou.

— Não é necessário, reverenda. Já me abençoou.

NÃO ENCONTROU MAIS ninguém no caminho, até a casa de Aidan. Era a única habitante de um universo branco sobrenatural, silencioso, a não ser pelo ranger das suas botas na neve.

Teve um momento de ansiedade, quando chegou ao portão, e outro na porta dos fundos, mas ambos estavam destrancados, como fora prometido. Caminhou para dentro do calor maravilhoso; apesar de todo o desperdício, Aidan deixara o aquecimento ligado para ela.

Quando seus olhos se ajustaram à escuridão, viu a lanterna elétrica na parede. Ela saiu, quando a puxou do encaixe, e revelou um cômodo estreito, marginado por botas, sombrinhas e casacos pendurados numa fileira de ganchos. Um estava vazio e ela pendurou nele seu próprio casaco, entre um grande sobretudo de lã e outro casacão menor, azul. Não lhe escapou a ironia da colocação, mas estava cansada demais para se preocupar com isso.

Tirou suas botas e se movimentou através da casa com meias nos pés, dando rápidas olhadas numa grande cozinha, numa sala de estar formal, em outra, íntima. Descobriu a escada e subiu por ela, sentindo-se como um ladrão num filme antigo, encolhendo-se um pouco a cada gemido de protesto da madeira. Meia dúzia de portas davam para o corredor. Ela hesitou, antes de virar a maçaneta da primeira, esperando que não fosse a grande suíte do casal. Não queria vê-la, não queria que seus detalhes ficassem impressos em seu cérebro, a madeira antiga ou moderna, ou o ferro batido da moldura da cama tamanho gigante onde Aidan e Alyssa dormiam; as listras floridas enfeitando o algodão ou linho do edredom, colcha ou acolchoado artesanal; o claro tom de rosa ou amarelo do robe de caxemira de algodão, ou de seda, jogado despreocupadamente sobre a poltrona ou o pé da cama; os dois pares de chinelos de cetim, couro ou lã, um de cada lado da cama, colocados certinhos, esperando pelos pés dele, ou dela.

Abriu a primeira porta e descobriu um escritório com paredes revestidas de livros. Enquanto caminhava para dentro, o cheiro de Aidan a envolveu, provocando uma dor, uma punhalada vazia, que se parecia com a fome. A tentação de se demorar ali, no retiro dele, de fechar a porta, desligar a lanterna elétrica e se sentar aspirando o cheiro de Aidan na cadeira que embalara inúmeras vezes seu corpo, era ultrapassada apenas por sua necessidade de dormir. Saiu e fechou a porta. O cômodo do outro lado do corredor, como ficou aliviada de descobrir, era o que ela procurava: um quarto de hóspedes menor que o habitual, com uma cama de casal e um banheiro anexo. Deixou cair sua mochila no chão, satisfeita, e tirou a roupa, franzindo o nariz por causa do seu cheiro almiscarado. Ocorreu-lhe que poderia correr atrás de Farooq e pegar o dinheiro dele, mas estava exausta demais para fazer mais do que correr um pano molhado sobre seu rosto e a parte superior do corpo e escovar os dentes, antes de desabar na cama.

Seu último pensamento, antes que o sono a dominasse, foi com a Reverenda Easter, enfiada em sua camisola de dormir, em sua cama solitária. Sem fazer uma pausa para pensar a respeito, Hannah rezou para que a religiosa tivesse uma vida longa e feliz e alguém, ele ou ela, para amá-la e abraçá-la, até o fim.

O RANGIDO RÍTMICO da escada arrancou-a do limbo para um instantâneo e total despertar. Esperou, prendendo a respiração, e ouviu-o fazer uma pausa, como ela fizera, no topo da escada.

— Hannah! — gritou.

Sua voz estava rouca, urgente. Sentiu que ela entrava em seu sangue, carne e ossos, sentiu seu corpo se inclinar, como se fosse uma planta, na direção dela; embora, ao mesmo tempo, sua mente se acovardasse. O momento era ali, agora.

— Hannah? — tornou ele a chamar, como se fizesse uma pergunta, desta vez, cheia de preocupação.

— Estou aqui — disse ela.

Ouviu os passos dele se apressarem e se sentou na cama.

— Onde? — gritou ele.

— Aqui, no quarto de hóspedes — disse ela.

As janelas estavam com pesadas cortinas fechadas, mas havia luz da manhã entrando do corredor. No último segundo sua coragem lhe faltou e ela mudou de posição, virando-se de costas para a porta aberta. Ouviu-o parar no umbral.

— Hannah?

— Feche a porta — disse ela — e deixe a luz apagada.

Ele fez um ruído de impaciência e saudade.

— Não, meu amor, por favor, não fique envergonhada. Quero ver você. *Preciso* ver você. Acha que isso importa para mim... para mim, o homem culpado pelo seu sofrimento!... a cor da sua pele?

Ela o ouviu dar um passo em sua direção.

— Não faça isso — disse ela, rispidamente, e ele parou.

Uma imagem lhe veio, de *A Bela e a Fera*, não a versão com os detalhes desagradáveis retirados, que ela lera em menina, mas uma história mais antiga, mais sombria, que ela descobrira num livro ilustrado, na biblioteca, sobre uma donzela que fora forçada a se casar com o rei dos corvos e levada para seu castelo. Ele fora transformado em corvo por uma feiticeira má, que o amaldiçoara para que permanecesse um pássaro por mais sete anos. Até então, ela tinha permissão para vê-lo apenas durante o dia, sob sua forma de pássaro, e estava proibida de vê-lo à noite, quando ele tirava suas penas. Durante seis anos e 364 dias, deitara-se obedientemente ao lado dele, com seus corpos separados por uma espada. Mas, naquela última noite, ela não pôde mais suportar a situação e decidiu ver qual era a sua aparência. Acendeu uma vela e descobriu um homem nu, lindíssimo, deitado do outro lado da espada. Uma gota de cera se derramou sobre o peito dele, acordando-o, com um susto. Ao vê-lo em sua verdadeira forma, ele lhe disse, ela o amaldiçoara para sempre. Hannah jamais esquecera a imagem da moça, numa gravura, com a boca escancarada de espanto, olhando para o rosto horrorizado do seu marido, no instante em que percebeu sua perdição.

Hannah sabia que Aidan falava sério. Ele estava cem por cento certo de que, se acendesse a luz, veria a bela e não uma fera. *Mas o que, nesta vida, é cem por cento certo?* Ele achava que estava preparado para a visão dela, mas ela sabia que ele não estava, como também não estivera, na prisão Cromo. Ele ficaria horrorizado, mesmo que não deixasse seu rosto demonstrar isso.

— Não estou preparada, Aidan — disse ela. — Por favor, faça o que lhe pedi.

Ela esperou. A porta se fechou, mergulhando-os em absoluta escuridão. Ele permaneceu em pé, perto da porta, com a respiração alta e irregular. Ela pôde sentir a incerteza dele, lutando com sua necessidade. Aproximou-se dele, então, movimentando-se pelo ruído da sua respiração. Suas mãos estendidas encontraram seu peito, moveram-se para seu rosto. Seus braços a cercaram e ele arquejou, quando suas mãos descobriram a nudez dela. Ele sussurrou seu nome, uma vez, e depois esmagou-a contra si, beijando o alto da sua cabeça, sua testa, suas faces, seus lábios, seu pescoço. Ele gemeu e caiu de joelhos, passando seus braços com força em torno da sua cintura, pressionando seu rosto no abdome de Hannah. Ela sentiu a umidade das lágrimas dele contra sua pele, a umidade da sua boca, descendo. Mas isso não era o que ela queria, agora, não era o que seu corpo estava pedindo, então caiu de joelhos e o beijou, puxando a língua de Aidan para dentro da sua boca, abrindo o zíper das calças dele e arrastando-o para cima dela, para dentro do rio agitado e ondulado que era seu corpo. A correnteza ergueu-os e os carregou para casa.

Algum tempo depois, Hannah se sentou e se levantou, engolindo seu gemido de dor para não acordá-lo. Fazer amor num chão de madeira não fora, pensando retrospectivamente, a escolha mais sábia, diante do estado fragilizado das suas costas. Saiu do quarto na ponta dos pés, fechando a porta, e se dirigiu para o andar de baixo em busca de um copo d'água. Deveria ser perturbador, caminhar nua através da casa de Aidan, a casa de Alyssa, mas em vez disso deu a Hannah uma sensação de poder, primitiva e profundamente satisfatória. Teve certeza de que nenhum dos dois jamais caminhara sem roupas naquela ou em qualquer outra casa onde já houvessem morado. Mesmo na escuridão, mesmo se estivessem completamente sozinhos, eles usariam um robe. Antigamente, Hannah também faria o mesmo, mas não era mais aquela pessoa.

De acordo com o relógio da cozinha, era pouco mais de onze horas da manhã. Havia uma banana já quase completamente marrom, numa tigela em cima do balcão, e ela a descascou e engoliu em três mordidas. Não comera desde o cookie no escritório da Reverenda Easter e, antes disso, desde o encharcado meio sanduíche e saco de batatas fritas que enfiara na boca na véspera, logo antes de sair de Greensboro. Deu uma olhada na geladeira e na cafeteira, cheia de desejo, mas contentou-se com a banana e a água, e se dirigiu novamente para o andar de cima, a fim de tomar um banho de chuveiro

Não ousou demorar-se: Aidan poderia acordar e vir à sua procura, e ela não queria que ele a visse, ainda não.

E talvez nunca, de jeito nenhum, ela pensou, analisando seu reflexo berrante no espelho do banheiro. Por que quebrar o encantamento e estragar o que haviam partilhado, e suas lembranças daquilo? Porque ela realizara seu desejo: a união deles fora perfeita, completa. E, como acontecera com Simone, curativa. Hannah fora tratada como objeto pelos homens desde que fora cromada, tratada como uma coisa a ser usada e dispensada. Estar com Aidan apagara essa feiura, restaurara seu equilíbrio. Limpara-a do ódio.

No passado, ela experimentara o amor que faziam como uma incursão íntima — uma penetração não apenas do seu corpo, mas do seu ser. Acolhera bem isso, embora os ferimentos da perfuração nunca se curassem inteiramente; embora uma pequena parte dela fosse sempre abandonada com dores, e vazia. Mas hoje fora diferente. Hoje, por alguns preciosos minutos, sentira que ela e Aidan eram verdadeiramente um só: que ele estava dentro dela e ela dentro dele. O sonho dele lhe voltou à mente: *Estávamos em pé um ao lado do outro num círculo de luz dourada, e eu soube que, se pudesse segurar essa luz em minha mão, estaria unido, não apenas com você, mas com Deus.* Talvez fosse isso o amor mortal, ela refletiu, uma fraca e fugidia olhada do que seria estar em união com Deus. Esta manhã, com Aidan, ela sentira, pela primeira vez em sua vida, a verdadeira exaltação.

E, naquela noite, teve uma dolorosa consciência disso, ela teria de deixá-lo.

Ele ainda dormia, quando ela voltou para o quarto. Fez uma pausa no umbral, olhando-o sob a luz da janela do banheiro. Os olhos dela confirmaram o que suas mãos lhe haviam dito, mais cedo: ele emagrecera, estava quase macilento. Mesmo assim, era lindo. O resultado da fragilidade dele era torná-lo ainda mais lindo, conferindo-lhe a poderosa fascinação do efêmero: um vaga-lume, uma rosa plenamente desabrochada, cuja beleza corta o coração, porque logo desaparecerá. Estremeceu, desalentada com o pensamento.

Aidan se mexeu e ela deslizou para dentro do quarto e fechou a porta, antes que ele pudesse vê-la.

— Estou com frio — disse, deitando-se na cama. — Venha para junto de mim.

Ele se levantou, tropeçou, bateu um joelho ou um cotovelo contra o pé da cama.

— Ai! — Uma risada pesarosa. — Você podia ter deixado que eu pegasse minhas calças, enquanto saía.

— Eu estava com pressa.

Ele deslizou para a cama, ao lado dela e a puxou contra si.

— Ora, você não precisava de pressa meu amor, nunca mais precisará. Temos o resto das nossas vidas. — Ela não se mexeu nem fez qualquer som, mas o corpo de Aidan se retesou. — O que há de errado?

Uma parte dela queria mentir para ele, dar-lhe a dádiva deste último dia juntos, sem o peso do conhecimento de que deveriam separar-se. Mas, no final, ela descobriu que não podia. Chegara a um lugar onde a verdade, mesmo que fosse brutal, era tudo o que tinha para oferecer. E então saiu do seu abraço e lhe contou sobre seu suplício no Straight Path Center, sua quase captura pelo Punho de Cristo, o fato de que um grupo de estranhos a libertara (ela só disse que era um grupo contrário ao Punho), sua fuga do Texas e quase escravização e quase estupro por Farooq. Ela o poupou do seu encontro amoroso com Simone, contou todas as suas provações, embora soubesse que contá-las o magoaria. Mas só a completa verdade o faria deixá-la ir.

Ele ficou agitado durante seu relato, movimentando-se inquieto na cama e soltando esporádicas exclamações de choque e infelicidade. Hannah parou em sua chegada ali, adiando, por enquanto, o momento em que teriam de falar do futuro. Aidan ficou deitado, silencioso e imóvel. Ela estendeu a mão em busca da sua e descobriu que estava fria como gelo. Todo o corpo de Aidan se achava frio e pegajoso e ela enroscou o seu em torno do dele, para aquecê-lo.

A respiração dele era irregular.

— Como é que você pode perdoar-me, algum dia? — perguntou.

Ela sabia que era onde ele iria parar, mas mesmo assim ficou irritada.

— Não há nada para perdoar, Aidan. Não sou uma criança a quem você fez mal ou deixou que se perdesse. — Sentiu que ele ficou um pouco tenso e suavizou o tom de voz. — O que estou tentando dizer, o que preciso que você entenda é que em cada ponto, ao longo do caminho, fiz minhas próprias escolhas, as escolhas que me pareceram certas, e que estou preparada para viver com as consequências. Não viverei mais é com vergonha e arrependimento, e espero que você também não.

— Você fala... de uma forma diferente. Parece mudada.

Fora consternação que ela captara em sua voz?

— Sim, estou mudada — disse ela. — Mais do que você sabe.

— Você está tão forte, tão segura.

Ela sacudiu a cabeça.

— Você não pode imaginar como me senti perdida, nos últimos seis meses. Duvidei de tudo: de você, de Deus. Principalmente, de mim mesma.

— Duvidou — disse ele. — O verbo no passado.

A alegria da sua voz abateu-a profundamente.

— Sim. No passado.

Como Aidan logo estaria. Os olhos de Hannah arderam e ela os fechou com força. Ele não havia pensado no que vinha pela frente, para onde a história dela inevitavelmente conduzia; não vira ainda o lugar onde seus caminhos teriam de seguir cada qual para um lado. Muito breve, ela teria de levá-lo até lá e acabar com a felicidade dele. Mas ainda não. Por apenas um pouquinho mais, ela lhe permitiria a felicidade da ignorância.

— Vou ter de deixá-la dentro de pouco tempo — disse Aidan, depois que tornaram a fazer amor. — Preciso ir para casa e contar a Alyssa.

Hannah estava deitada com a cabeça no recesso do ombro dele. Ela se ajustava ali tão perfeitamente como se tivesse sido feita para isso, como uma bola em seu suporte adequado.

Só que não fora feita para isso e não se adequava.

— Não — disse ela, tranquilamente. — Não faz sentido.

Ele se sentou bruscamente, desalojando sua cabeça.

— O que quer dizer?

Ela se sentou também, encarando-o na escuridão.

— Essas pessoas de que lhe falei, as pessoas que me salvaram do Punho e me ofereceram um rumo... elas me fizeram jurar que nunca tornaria a entrar em contato como qualquer pessoa da minha vida passada. Nunca.

Ela sentiu que ele recuava diante da enormidade da palavra, sentiu-a instalando-se em cima deles na escuridão. *Separados*, ela pensou.

— Tolice. Eles não podem pedir a você para fazer isso.

— Aidan, se eles descobrirem que cheguei a falar com você, quanto mais vê-lo, eles nos matariam, aos dois. E, se você viesse comigo eles no final descobririam, não importa para onde fôssemos. Não há lugar que nos sirva de esconderijo.

Um silêncio.

— Por causa de quem eu sou — disse ele, finalmente.

Hannah jamais o ouvira falar com tanta amargura. Ansiou para confortá-lo, mas se conteve.

— Tem de haver, em alguma parte — insistiu ele. — Em alguma distante ilha da Ásia ou da África, onde jamais ouviram falar de mim.

— É perigoso demais — disse ela. — Não submeteria você a isso.

Mas, por um momento, ela visualizou a situação; pensou neles deitados numa rede, junto de uma rústica cabana própria para a selva, cercados por floresta tropical e tendo ao redor um mar azul cerúleo. A cabeça dela no recesso do seu ombro, seu braço passado em torno do peito dele, as pernas dos dois entrelaçadas. Adão e Eva, antes da queda. Menos o *Tyrannossaurus rex*.

— Não ligo para o perigo — disse ele.

A visão brilhou e se dissolveu, uma última quimera, reconhecida como tal e desaparecida.

— Mas eu, sim — disse Hannah —, não posso viver para sempre como uma fugitiva.

Isso era verdade, mas apenas uma pequena parte dela. A verdade maior, que ela mantivera afastada já havia alguns dias, veio a Hannah agora com tranquila certeza: se ela e Aidan algum dia haviam se ajustado um ao outro, não se ajustavam mais. Ela viajara para longe demais dele, uma distância imensurável em dias ou quilômetros, e logo viajaria para ainda mais longe. Ele não podia acompanhá-la para onde ela ia, e ela não podia voltar. Não queria voltar para o mundo onde fora criada e voltar a ser a pessoa que fora, dentro dele; a pessoa que ele esperara que ela fosse, se ficasse com ele. Alyssa era sua Elinor: branda, virtuosa, sensata. Hannah ainda não sabia quem era, mas queria a oportunidade de descobrir. E, se ficasse com Aidan, jamais descobriria. Estaria apenas colocando a si mesma dentro de outra caixa.

Mas Hannah não podia dizer-lhe isso; seria magoá-lo sem necessidade, porque ele não entenderia. Como podia ele, sendo o homem que era, levando a vida que levava? Então, quando ele começou a fazer objeções, ela encontrou sua boca, colocou seus dedos em cima dela e lhe falou na linguagem do mundo dele.

— Deus tem um trabalho importante para você fazer, meu amor.

— *Seu Deus, que não é mais o meu.* — Para isso Ele o colocou nesta terra: para conduzir as pessoas até Ele, através da sua fé. "Trarei os cegos por um caminho que não conheciam... Transformarei escuridão em luz diante deles, e farei as coisas tortas se endireitarem. Essas coisas farei para eles e não os abandonarei."

Os Henley haviam pervertido o significado das palavras, mas agora Hannah sentiu sua beleza e seu poder. Havia tantas pessoas no mundo que estavam sofrendo, que precisavam de ajuda, esperança, luz. E Aidan lhes dava isso. Quaisquer que fossem suas faltas, ele era um verdadeiro homem de Deus.

— Você não pode afastar-se disso, Aidan. Não faça isso por mim nem por ninguém.

— Não. Dei minha palavra a Deus e a você de que revelaria a verdade. Que eu reconheceria meu amor por você mesmo se você estivesse perdida para mim. Devo-lhe isso, nada menos.

— Se você me deve alguma coisa, é a de cumprir seu objetivo. Se levar a cabo o que está dizendo, acabará com a fé e a esperança de milhares de pessoas.

Inclusive dos meus pais e de Becca.

O corpo de Aidan ainda estava rígido, resistindo.

— E acabará com a minha — acrescentou Hannah. — Se a imprensa soubesse meu nome, eu ficaria famosa. Minha foto estaria em todos os vídeos. Se alguém me reconhecesse, e alguém com certeza o faria, afinal, me denunciaria à polícia.

Ele ficou em silêncio por um tempo muito longo. Ela esperou, acariciando sua testa, tentando suavizar a dor e a confusão que ela sabia que se agitavam sob sua mão. Ele soltou um suspiro, uma grande rajada de ar na qual ela ouviu exaustão e rendição.

— Você tem razão, claro — disse ele. — É liberador, não é, quando o caminho da pessoa se torna claro, afinal?

A voz dele era um cisne deslizando através de um lago, o rosto de Maria baixando os olhos para seu filho bebê.

Hannah franziu a testa, ouvindo ecos do e-mail em vídeo que ele lhe enviara.

— Então, está dizendo que não fará isso?

A mão dele subiu e acariciou sua face.

— Nunca farei nada para tornar a colocá-la em risco.

Ela desejou poder ver o rosto dele. Não confiou nisso, nessa calma gelada. Pegou na mão dele e agarrou-a com força.

— Prometa-me.

— Não lhe falharei, meu amor. Prometo. Você é o grande anjo da minha vida.

Ele a puxou para baixo, para seu abraço, e acariciou suas costas, seus cabelos, seus braços. Memorizando-a, ela sabia. Acalmada por seu toque, ela cedeu ao cansaço e caiu no sono, de forma muito parecida com a que acontecera no carro, naquele dia de outubro, tanto tempo atrás.

Mas, desta vez, quando ela acordou, ele não estava a seu lado. Ela ficou escutando, sentiu o vazio da casa ecoar nos compartimentos do seu coração. *Foi-se, foi-se, foi-se*. Desta vez, para sempre.

A porta do quarto estava aberta, a escuridão fendida pela luz violeta do crepúsculo, que pulsava de leve, infiltrando-se, vinda do corredor. Tateou em busca da lanterna elétrica, mas não estava na mesinha de cabeceira onde a deixara. Arriscou-se a acender o abajur e viu que estava junto do travesseiro de Aidan. Um bilhete estava preso embaixo dela.

Minha querida Hannah,
  De tudo o que existe na criação de Deus, você é a coisa mais linda para mim. Eu a amo, agora e sempre.
                                                                                Aidan

Enquanto lia isso, começou a chorar, pressionando o bilhete com as duas mãos contra seus seios, onde nenhuma gota de cera ardente havia caído para avisá-la.

ELA DIRIGIU PARA dentro da brancura: fria, completa, estranha, bela. Quanto mais para o norte ia, mais a paisagem se tornava tudo isso. E, no entanto, alheia como era para ela, não a intimidava. Antes de mais nada, a brancura parecia convidá-la a seguir adiante, para o norte, uma tabula rasa que não prometia nada, a não ser uma oportunidade de recomeçar. Ter uma nova vida, vazia de Aidan, dos seus pais, de Becca.

Pranteou a perda deles, enquanto dirigia, embora aceitasse sua necessidade. Sua família não a reconheceria mais. E, se soubessem de toda a verdade, ficariam horrorizados com o que ela se tornara, e ela teria ressentimento deles por causa disso, e se irritaria com as restrições dentro das quais esperariam que ela vivesse. Melhor, disse a si mesma, que a acreditassem morta. E melhor que Aidan ficasse com sua esposa, em seu mundo, um mundo que não tinha nenhuma semelhança com aquele que Hannah esperava criar para si mesma, no Canadá. Reviu mentalmente o espaço branco que vira na casa de Stanton, que pretendia mobiliar segundo seus próprios gostos e desejos. Aidan ficaria constrangido e deslocado lá, e sua família nem sequer cruzaria o umbral.

Kayla, no entanto, estaria em casa. Se tivesse sobrevivido. Sobreviveu, disse Hannah a si mesma, desejando que fosse verdade. Paul a encontraria — podia já tê-la encontrado — e a levaria para o norte, e os dois encontrariam Hannah. Ela rezou para isso durante a noite inteira, sem ter certeza para Quem estava rezando, ou para o quê, mas com um sentimento que quase se parecia com a fé.

Seguiu para o norte a partir de Maxon, atravessando para Maryland e depois para a Pensilvânia, em estradas laterais; e, finalmente, pegou a I-81 em Harrisburg. Seria mais rápido continuar na costa e depois pegar a I-87, para cima, mas isto significaria dirigir através de quatro fronteiras estaduais, em vez de duas, e através de um número excessivo de áreas densamente povoadas. A forte nevada retardou mais ainda seu progresso, mas ela logo percebeu que isso era mais uma bênção do que uma maldição. Funcionava para ela como um manto e uma distração para os soldados da força pública estadual, que ficavam muito ocupados ajudando passageiros feridos e confusos de veículos acidentados e retidos, e não se preocupavam em vigiar Cromos fugitivos. Ela passou no mínimo por uma dúzia de locais de acidentes, iluminados intermitentemente pelas lúgubres luzes vermelhas e azuis dos carros e ambulâncias da polícia, como se fossem pesadelos meio lembrados. Ela olhava direto para a frente ao passar, deixando as vítimas às suas tragédias, sem querer que o sofrimento delas se gravasse em sua memória.

Não estava acostumada a dirigir em condições tão traiçoeiras, mas a van mais do que dava conta da tarefa. Mesmo assim, os quilômetros passavam com torturante lentidão. Ela esperara dirigir em linha reta até chegar a Champlain, mas o amanhecer se aproximava e nem sequer cruzara a linha do estado de Nova York. Teria de dormir mais um dia na van, e isso significava que teria de parar em alguma parte e comprar um cobertor ou um saco de dormir. Mesmo usando todos os artigos isolados de roupa que possuía, quase morreu congelada em Greensboro, e estava quase dez graus mais frio ali, no noroeste da Pensilvânia, do que lá. Pensara na possibilidade de pegar um cobertor da casa de Aidan, um roubo menor que, no final, não conseguiu forçar-se a cometer. Já roubara bastante de Alyssa Dale.

Nas imediações de Scranton, viu o familiar olho de boi holográfico da Target e saiu da estrada. A área do estacionamento, revestida de neve, estava quase vazia, mas as luzes dentro da loja permaneciam acesas. Estacionou, agasalhou-se e correu para a entrada, preocupada com a possibilidade de não aceitarem sua compra. Mas, quando o segurança a viu, embora levasse sua mão até o coldre da sua arma de fogo, numa advertência, não fez nenhum movimento para detê-la e, quando ela passou pela área de inspeção, viu que um dos caixas era um Amarelo. A área de material para acampamento ficava do lado mais distante da loja. Caminhou por sucessivos corredores apinhados de mercadorias, pensando em como havia no mundo um excesso de coisas em grande parte desnecessárias — um pensamento que não lhe ocorreria um ano antes. Naquele tempo, ela não conseguiria viver sem uma porção de coisas — seu celular, seu café da manhã, suas boas tesouras, sua Bíblia. Sua irmã, seus pais, Aidan.

Escolheu o saco de dormir mais caro que tinham, parou na seção de comida para pegar alguma coisa leve e garrafas de água, e se encaminhou para a saída. O caixa Amarelo tinha um cliente, mas esperou por ele, embora não houvesse nenhuma fila no outro caixa. Hannah esperava que houvesse entre eles algum tipo de reconhecimento mútuo, um parentesco parecido ao que experimentara com o motociclista, mas o Amarelo foi ríspido e hostil. De início, ficou magoada, mas depois uma espécie de empatia surgiu nela. Por que ele não seria rude, esse homem de meia-idade ficando careca, que não usava nenhuma aliança, que trabalhava no último turno do horário de trabalho, numa loja Target de cidade pequena, e fora forçado a viver como Cromo por quem sabe quanto tempo? Essa poderia com facilidade ter sido sua vida, se ela ficasse em Dallas e cumprisse sua pena até o fim. Ela lhe agradeceu cortesmente, quando ele jogou para ela suas sacolas, pensando que, fosse lá o que tivesse passado e ainda tivesse de passar, valia a pena evitar um destino assim.

Ao sair da loja, viu um letreiro em cima da porta: FELIZ ANO-NOVO É O QUE LHE DESEJAMOS TODOS NÓS DA TARGET! Fez uma pausa, registrando, com atraso, que já passava da meia-noite. Um novo ano começara. Onde estaria ela, no próximo dia 1º de janeiro? Numa casa ou apartamento no campo ou na cidade, dividindo a morada com alguém, um namorado, um marido, um gato? Checou todas essas perspectivas, testando uma por uma, no espaço vazio da sua mente, mas nenhuma delas demorou nem ganhou qualquer dimensão. Naquele momento, tudo o que ela podia ver à sua frente era branco.

Alguns quilômetros adiante, na estrada, parou no estacionamento de um gigantesco shopping de descontos, com vendas diretas dos fabricantes, e dormiu profundamente por quase doze horas, entrouxada em seu saco de dormir, no chão da van. Já estava escuro novamente, quando acordou, e a neve parara de cair. Verificou a temperatura — menos onze graus, com um efeito térmico de menos catorze, causado pelo vento e pela umidade — e optou por urinar desajeitadamente dentro de uma tigela, enrugando o nariz por causa do cheiro, no espaço fechado. Despejou a urina pela janela, depois escovou os dentes, jogou um pouco de água no rosto e seguiu novamente para a interestadual. A caminho, passou por um White Castle. Seu estômago imediatamente começou a clamar por um burger, batatas fritas e uma xícara de café, mas depois de uma curta e feroz batalha entre ele e seu cérebro, ela se contentou com outro encharcado sanduíche do cooler.

Comeu cada pedacinho sem gosto, dizendo a si mesma, perversamente, que aquele era o gosto da liberdade.

A interestadual tinha sido coberta de areia, então era possível dirigir mais rápido e ela tinha esperança de poder chegar a Champlain por volta da meia-noite. Parou num posto perto de Syracuse para abastecer a van. A temperatura caíra para menos dezesseis graus e precisava fazer mais do que urinar, então se arriscou a entrar para usar o toalete. O vídeo gigantesco estava ligado, na área para se sentar muito iluminada, e um grande grupo de pessoas aglomerava-se diante dele, algumas com as bocas escancaradas. Estavam tão fixados na tela que nem sequer notaram que havia uma Vermelha no meio deles. Hannah fez uma pausa para espiar.

Viu uma apresentadora loura e empertigada — do tipo aborrecido ainda tentando, aos quarenta, ser uma gracinha — com uma imagem da Catedral Nacional flutuando atrás dela. Então a imagem foi substituída por outra, de Aidan falando do púlpito, com o rosto vermelho e apaixonado. Hannah teve uma convulsão interior, como um terremoto. Não, não, você prometeu. Caminhou na direção do vídeo como se caminhasse pelo fundo do oceano, com as pernas lentas pela resistência da água, os sons que chegavam aos seus ouvidos eram distorcidos e sem sentido. Movimentou-se para o meio da aglomeração, esforçando-se para ouvir.

— O serviço religioso do Dia de Ano-Novo terminou com um tumulto — dizia a locutora, com uma excitação que a deixava sem fôlego —, com o colapso do Secretário da Fé Aidan Dale, pouco depois que ele fez um feroz e inesperado sermão denunciando a melacromagem como, abre aspas, uma coisa ímpia, inconstitucional e desumana, fecha aspas, e apelando para o Congresso e para o Presidente Morales, muito surpreso — rápido corte para os rostos pasmos do presidente e da primeira-dama —, para que interrompa a prática. Em seguida, ele chocou mais ainda a congregação e o mundo, confessando que teve um caso extraconjugal com uma mulher não identificada.

O filme teve um corte e voltou para Aidan.

— Contemplem-me agora como verdadeiramente sou — disse ele —, um pecador que caminhou entre vocês, escondendo-se por trás de uma máscara de santidade, enquanto o engodo queimava em meu coração. Por mais de dois anos rompi meus votos conjugais, em pensamentos e ações. Traí meu Deus e minha esposa — corte para um close-up de Alyssa Dale, com um rosto pétreo — e todos vocês, que acreditavam em mim. — O filme voltou para Aidan. Sua pele estava cinzenta. — Mas o Senhor é clemente! Ele me mostrou sua clemência trazendo-me aqui, para este local sagrado e me dando esta preciosa oportunidade para revelar minha vergonha e hipocrisia, com a esperança de salvação. Louvado seja Seu nome! Que seja feita a Sua vontade!

O rosto de Aidan de repente se contorceu e ele agarrou seu peito. Cambaleou e em seguida seus joelhos se dobraram e ele caiu no chão.

Uma parte de Hannah caiu com ele, seu próprio coração tendo um espasmo, sua própria respiração deixando seu corpo. Estaria morto, então? Não podia vê-lo; ele estava cercado por um numeroso e apertado grupo de pessoas. Alyssa entre eles, agora soluçando. Alguém — o médico-chefe do serviço de saúde — bombeava o peito de Aidan. A imagem foi cortada e ele apareceu sendo levado da catedral numa maca com rodinhas, com Alyssa caminhando a seu lado, segurando sua mão.

— Os médicos do hospital Walter Reed confirmaram que o Secretário Dale sofreu um ataque cardíaco brando. Informam que ele está consciente e os sinais vitais estão estáveis.

Consciente. Estável. As palavras registradas. O coração de Hannah recomeçou a bater, seus pulmões se expandiram e absorveram ar. Ah, graças a Deus, ela disse, e depois agiu de acordo com isso, caindo de joelhos no chão, curvando sua cabeça e rezando, as mesmas quatro palavras simples, inúmeras vezes: *Obrigada pela vida dele.* A certa altura, ela se tornou consciente do movimento em torno dela, seguido por uma quietude carregada. Ela ergueu os olhos e viu que todos estavam ajoelhados na frente do vídeo, com as cabeças curvadas numa oração silenciosa. Ela experimentou um momento de deslumbramento incandescente, uma sensação de estar ligada não apenas àquelas pessoas, mas a todos e tudo o que há de vivo: a cada coração que bate, a cada asa que se agita, a cada broto verde projetando-se para cima e para fora da terra, buscando, como ela fazia, o sol.

Obrigada pela vida dele. E pela minha.

ELA CAMINHOU PARA dentro da brancura: fria, completa, estranha, linda. Uma lua cheia iluminou seu caminho, tornando prateados e nítidos os galhos nus das árvores e transformando a neve num tapete com cintilações de diamante, vistosa como uma capa de mágico. De início, o frio foi brutal e afiado como uma lâmina em seus pulmões, mas após quinze minutos vadeando através de neve que cobria os pés e escalando para fora dos buracos escondidos que a engoliam até os quadris, seu sangue começou a se aquecer. O áspero e irritante som da sua respiração era um contraponto tranquilizador para o silêncio da floresta.

Quando se passou meia hora, ela tirou o anel bloqueador e o deixou cair na neve, sem hesitar, bem consciente de que, sem ele, ela seria detectável, não apenas pelos Novembristas, mas também pela polícia da fronteira. Ela deixara sua mochila na van, atendendo a um impulso que não entendera na ocasião, mas agora, movimentando-se para a frente livre de qualquer peso, a não ser o do relógio e das roupas que usava, captou o motivo: *Deve colocar o pé no caminho sem nada a não ser você mesma.* Parecia certo e necessário, esse abandono, essa rendição total. Jamais em sua vida se sentira tão vulnerável, ou tão poderosa.

Caminhou durante mais dez minutos, mais vinte. Suas pernas doíam e seus jeans estavam molhados e pesados. Seria aquilo um piscar de luz à sua frente? Parou e olhou fixamente em sua direção, mas desaparecera e, quando não reapareceu, ela decidiu que deveria ter imaginado aquilo. Não seria difícil ali, naquele estranho lugar, ver fogos-fátuos, luzes das fadas que a conduziriam até embaixo de um montículo coberto de neve, para cem anos de sono e esquecimento. Quanto mais pensava nisso, mais atraente era a ideia: dormir tranquilamente durante um século e acordar num mundo diferente, sem melacromagem, doenças, fome, violência ou ódio.

Estremeceu. Por quanto tempo estava em pé ali. Não podia sentir seu rosto nem seus pés, e a parte superior do seu corpo se achava molhada de suor frio. Estava consciente, de uma maneira distanciada, de que corria perigo de congelar até morrer e tentou forçar suas pernas a se movimentarem, mas estavam como toros, rígidas e não cooperativas. Olhou para a neve, embaixo, pensando em como seria maravilhoso deixar-se cair nela, como deixara o anel cair, afundar naquele branco macio, brilhante. Uma última rendição. Uma doce e interminável acolhida.

E então ela viu as luzes, duas, mais perto do que antes. Desta vez, não desapareceram. Tornaram-se mais brilhantes e intensas, afastando sua lassidão. Os Novembristas ou a polícia? Hannah tateou em busca da pistola, mas sua mão enluvada era desajeitada demais. Tirou a luva com os dentes e a deixou cair na neve. Soltou o dispositivo de segurança, dobrou a mão em cima do cabo, o dedo em torno do gatilho. Virou a arma para dentro e para cima, pressionando o cano para dentro do buraco macio na parte de baixo da sua caixa torácica. Ela não voltaria; iria apenas para a frente, de uma maneira ou de outra. Observou as luzes virem em sua direção, dois olhos tremulantes, dois globos oculares que de tudo sabiam e encerravam seu destino. Liberdade ou morte?

Nos segundos anteriores a saber a resposta, ela imaginou sua vida como poderia ser, mobiliou o espaço branco com um tapete grande, com as cores de joias, um sofá estofado com veludo, no rosa profundo do suspiro de um amante, uma mesinha de centro de vidro sobre a qual estava um jarro cheio de rosas vermelhas plenamente desabrochadas. Acrescentou música. Ella cantando, Kayla e Paul rindo, todos três falando como se nunca tivessem conhecido o sofrimento. Kayla e Paul estavam sentados no sofá, segurando taças de vinho tinto, cor de granada. Seus pés descalços estavam apoiados na mesinha de centro e os dela enfiados embaixo das suas pernas. O braço dele a cercava, e seu polegar acariciava de leve seu ombro nu, que era da cor da luz filtrada através de âmbar. Kayla disse alguma coisa e Hannah ouviu sua própria risada, radiante e leve, misturar-se com as deles.

As luzes estavam em cima dela, agora, tão fortes que a ofuscavam. A floresta, a neve e a lua desapareceram; só podia ver as luzes. Ergueu sua mão livre para proteger os olhos.

— Qual é o seu nome?

A voz era de um homem, com o mesmo sotaque francês de Simone.

— Hannah Payne.

— E por que está aqui?

Os Henley lhe haviam perguntado isso, e ela lhes respondera dizendo a verdade. Como sua verdade agora era diferente, e como era muito mais rica e vibrante.

— Porque — disse ela — é pessoal.

As luzes se apagaram, mas seus olhos ainda estavam ofuscados demais para poder ver. Ouviu o ruído de pés esmigalhando a neve e, finalmente, distinguiu um rosto pálido, com dentes brancos: um homem, sorrindo para ela. Soltou o revólver, sentiu-se cair de lado. O homem a segurou pelos ombros e a puxou, endireitando-a. Beijou suas faces geladas, a direita e depois a esquerda.

— *Bienvenue*, Hannah. Bem-vinda a Québec. Você está em segurança, agora, e sua amiga também. Simone me pediu para lhe contar que Paul a encontrou e a está trazendo para cá.

Hannah voltou, então, para aquele espaço em sua mente, agora não mais vazio e branco. Viu um quarto com um piso de madeira reluzente e um espelho de pé, uma cama com uma coberta roxo-escura, cortinas transparentes ondulando sob uma brisa perfumada pela turbulenta promessa da primavera. Havia uma figura dormindo na cama, iluminada por raios do sol da manhã. Seus cabelos, compridos e escuros, estavam abertos em leque sobre o travesseiro, e sua pele era de um tom de mel-rosado, que escureceria para castanho-dourado, com a chegada da primavera.

Acordou, e era ela mesma.

Impresso no Brasil pelo
Sistema Cameron da Divisão Gráfica da
DISTRIBUIDORA RECORD DE SERVIÇOS DE IMPRENSA S.A.
Rua Argentina 171 – Rio de Janeiro, RJ – 20921-380 – Tel.: 2585-2000